U0527469

JUSTICE PENG:
AN OFFICIAL IN THE LATE QING
DYNASTY

大清官
晚清名臣
彭玉麟

下

林家品 著

SPM 南方传媒 广东人民出版社
·广州·

图书在版编目（CIP）数据

大清官：晚清名臣彭玉麟. 下 / 林家品著. —广州：广东人民出版社，2023.10

ISBN 978-7-218-16502-8

Ⅰ. ①大… Ⅱ. ①林… Ⅲ. ①长篇小说—中国—当代 Ⅳ. ①I247.5

中国国家版本馆CIP数据核字（2023）第054780号

DA QINGGUAN: WANQING MINGCHEN PENG YULIN（XIA）
大清官：晚清名臣彭玉麟（下）
林家品 著

版权所有 翻印必究

出 版 人：肖风华

策划编辑：向继东 钱飞遥
责任编辑：钱飞遥
责任技编：吴彦斌 周星奎

出版发行：广东人民出版社
地　　址：广州市越秀区大沙头四马路10号（邮政编码：510199）
电　　话：（020）85716809（总编室）
传　　真：（020）83289585
网　　址：http://www.gdpph.com
印　　刷：广州市豪威彩色印务有限公司
开　　本：787毫米×1092毫米　1/16
印　　张：52　　　字　　数：775千
版　　次：2023年10月第1版
印　　次：2023年10月第1次印刷
定　　价：78.00元（全2册）

如发现印装质量问题，影响阅读，请与出版社（020-87712513）联系调换。
售书热线：（020）87717307

目 录

下

第十二章　斩杀总兵

　　一　若在他倒霉之时，正好落井下石　/426
　　二　以假信下战书，也是"屡败屡战"　/428
　　三　总督一句话，令巡阅使陷入窘境　/436
　　四　出巡侦将领不法着军法处置　/447
　　五　人不可为名利所驱，尤不可为势所驱　/454

第十三章　处决副将

　　一　春满楼和圣仙寺　/460
　　二　胭脂花与光头　/468
　　三　召娼杀妻　/472
　　四　正好除去心头之患　/474
　　五　夜探虎口滩　/482
　　六　若都以刑律处置，就没有几个官了　/488
　　七　清晨如同约会一样又准时来到　/492

八　这回得真的在他面前做儿子　/501

九　一语成谶　/508

第十四章　参劾总办

一　换个地方，你官儿照当　/514

二　鞭长莫及，感到了自己的无能为力　/522

三　有此良缘不能错过，以免留下遗憾　/529

四　清国的事情，不能用常理去理解　/532

五　身似碑帖，人则临写　/536

第十五章　"剑"指中堂

一　不信普天下没有一个清官　/546

二　才参劾他的大舅子，又查他外侄　/564

三　江神庙；小县衙　/573

四　放我一马，给你十万两白银　/586

五　八成是个噩耗　/594

第十六章　逆水桨橹

一　二位大人亲自撒尿　/600

二　老彭老彭，你好多把戏　/606

三　独生子遭人追杀　/611

四　坚辞两江总督，举荐左宗棠　/624

五　人生情缘犹如机遇，当当机立断　/630

六　一只老鸹在他头顶盘旋　/635

第十七章　单骑入粤

一　兑现诺言：以寒士始，以寒士终　/646

二　终于被安了个罪名："抗旨鸣高"　/654

三　要他去抵御法军，会不会又抗命？　/659

四　草楼调兵，一鞭遥指五羊城　/663

第十八章　虎门黄埔

一　湘淮矛盾爆发，不得不走曲线　/674

二　郑观应解虎埔之争　/686

三　"渔民"奸细　/689

四　没想到又被你缉破　/694

第十九章　彭张联手

一　欲亲自率勇出关，北宁已经惨败　/700

二　迎来了一个真正的好搭档　/703

三　以德报怨，为参劾过自己的人辩护　/707

四　力阻和议无果，但愿福建无事　/711

第二十章　心托梅花

一　未经批准，派出兵轮援闽　/720

二　母亲、朝廷，皆无法抗拒　/723

三　训令难违，但有一人不受此约束　/732

四　平时满口爱国、报国的，临战便逃了　/735

五　朝廷本不可妄议，事实又由不得不议　/741

第二十一章　收编黑旗

一　越是寂静之处，越有可能出突发事件　/748

二　俨然千军万马　/754

三　刘永福的大炮响了　/758

四 "师傅"变招 /762

第二十二章 老帅老将

一 当今日之时势，不能不因时而变 /768
二 背后说人好话，误会自当消除 /773
三 不是缴枪而是送枪 /777
四 "四不能战"与"四能战" /782

第二十三章 大举援越

一 再现巾帼从戎 /788
二 东西二线，四军齐发 /792
三 此身已许国，吾身即为国所有 /795
四 带棺出征，以侵略者头颅重建国门 /798

第二十四章 古今一辙

一 捷报频传，"保关复谅" /804
二 不许黄龙成痛饮，矛头直指慈禧 /806
三 老梅无花，一腔热血倾冰海 /811
四 草楼在寒风中摇曳 /815

致　谢 /818

第十二章 斩杀总兵

一　若在他倒霉之时，正好落井下石

谭祖纶说彭玉麟有两大不可赦免之罪，满堂人员无不哗然。谭祖纶接着喊道：

"彭玉麟篡逆谋反！"

李宗羲一怔，旋即说道："大胆狂徒，竟敢在受审时出如此之言！"

刘维桢暗喜，原来他留有这一手呵，只是不知具体罪行能否如他所说。

赵武、李超当即对彭玉麟说："谭祖纶如此中伤大人，请大人对他动刑！"

其他人跟着喊："请大人动刑！"

谭祖纶呵呵一笑，说："我要揭巡阅使的罪行，你们就要对我动刑吗？彭玉麟，此时你到底敢不敢让我说？！"

"我早就说过，要让你对总督大人、提督大人说关于我的什么罪状，你只管说，说！"彭玉麟旋对书记说，"你一一详细记下，不得疏漏。"

"好，总督大人、提督大人、在座的各位，听好了。彭玉麟第一大不可赦免之罪，他以皇上自居！"

哗然声愈发加剧。

李宗羲说："荒唐，说彭大人以皇上自居，荒唐至极。"

刘维桢在心里叹了口气，唉，安个这样的罪名，就算喝酒喝多了也不会如此胡言。

谭祖纶说："各位不要大惊小怪，不要以为我在胡说八道，今有证人在此。"

刘维桢脱口而出:"证人,还有证人在此,什么证人?"

"证人是谁?"李宗羲喝道。

谭祖纶指着陈峰:"就是他!我原来的手下,参将陈峰。"

陈峰怒道:"谭祖纶,你……我是什么证人,要我证明什么?"

谭祖纶说:"各位,彭玉麟装扮成村夫模样来到忠义营大门外,我迎他进军营时,陈峰未向他跪拜,我斥责陈峰为何不跪拜巡阅使大人,彭玉麟反袒护陈峰,竟说'当年周亚夫就是甲胄之士,不行跪拜'。周亚夫是在军营不向皇帝跪拜,他将陈峰比作周亚夫,他自己岂不成了皇上,彭玉麟这是不是以皇上自居!以皇上自居是不是篡逆谋反?"

谭祖纶故意停住,扫视众人。

谭祖纶扫视时,刘维桢在心里想:谭祖纶啊谭祖纶,这分明是彭玉麟严军纪、勉将士之话,你却说他是以皇上自居,这话若是在彭玉麟倒霉之时,正好落井下石,现彭玉麟正是受圣命巡阅,要"清吏治,严军政",你就不会想些别的话。若说他以太后自居恐还有几分效用,谁不知皇上是个摆设。

谭祖纶扫视一圈后:"总督大人,提督大人,彭玉麟以皇上自居,他这是不是死罪?!"

李宗羲、刘维桢脸上毫无表情。余者惴惴。

全场气氛凝重。

谭祖纶又稍停片刻,说:"证人陈峰,你已被彭玉麟收买,估计你不会作证,但还有当日的哨兵在场,可喊哨兵来作证。"

"谭祖纶,忠义营在你治下已是腐败不堪,反诬什么我被彭大人收买,岂有此理!"

彭玉麟说:"陈峰,休要斗嘴,你照实说来,不得隐瞒。"

"当时我正值勤,彭大人布衣芒鞋,来到营门外。"

陈峰复述当时的情景,说他先是向谭祖纶禀报,营门外来了个老头,口口声声要见将军。谭祖纶要他轰走。后来谭祖纶不知怎么地又来到军营大门外,一见真是彭大人,便说不知巡阅使大人到来,请巡阅使大人恕罪!彭大人说谭祖纶是军务缠身,何罪之有,倒是自己贸然造访,打扰了。谭祖纶陪彭大人到大门哨岗,怒骂哨兵没长眼睛,巡阅使大人来了，竟然不立即请进。彭大人说怎么能怪哨兵，还夸这些哨兵倒还精神。后谭祖纶又骂他是怎么值的勤，怎么管的哨，连巡阅使大人来了都不立即禀报！彭大人也未责怪他。谭祖纶就要他跪拜彭大人，他只行了拱手礼，说末将甲胄在身，就不下跪了。谭祖纶说他大胆，正要又骂，彭大人说谭祖纶手下还是有些好将嘛，当年周亚夫就是"甲胄之士，不行跪拜"。

陈峰说："实情便是如此，无一虚言。可传当日哨兵来证。"

刘维桢想，我趁此机会为彭玉麟说上一句，也许他就不会参劾我了。立即说："谭祖纶，彭大人此话有何差错，怎么又成了以皇上自居？你这明明是危言耸听，搅乱庭审，若是本提督审你，听你如此胡言，立杖五十军棍！"

谭祖纶盯着刘维桢："你……"

彭玉麟对书记说："都一一记录下了吧？"书记说："全都记录在案。"彭玉麟又问："刘大人的话也记下了吧？"书记说："记下了。"

刘维桢不禁暗喜。

"谭祖纶，你说的那些，早已有人替你拟成文字，并张贴在外。"彭玉麟拿出一张帖子，"这是赵武在静冈府小巷揭下来的。这张帖子所写彭玉麟第一条罪状，便是你所言'以皇上自居'，你说这帖子会是谁所写？除了钱文放，还能有第二人吗？你被拘押在此，潜逃在外的钱文放竟然知道你要说的一切，岂非咄咄怪事。这难道不是你事先和他商量好的吗？"

彭玉麟话刚落音，谭祖纶又喊道："我还有彭玉麟的第二大罪证！"

二 以假信下战书，也是"屡败屡战"

谭祖纶一喊出还有彭玉麟的第二大罪证，李宗羲就不屑地说：

"依本督看你最好别说了,尽是些废话。可彭大人有言在先,尽管让你说,你就说吧。"

刘维桢说:"听清楚李大人的话没有,如果还是些废话,就别说了,免得丢人现眼。"

谭祖纶指着赵武:"彭玉麟私自任命他为都统,这难道不是变朝廷法度为私己之罪?!"

李宗羲看着赵武说:"他是都统?"

刘维桢赶快补一句:"是任命他为都统?"说完便在心里暗道,谭祖纶你早说这条罪啦,这若是真的……但恐怕又是胡乱拼凑……

刘维桢正这么想着,彭玉麟已喝道:

"赵武,我什么时候任命你为都统?"

谭祖纶说:"赵武若不承认,孙福可以作证。"

赵武走出队列,对彭玉麟跪下:"禀大人,是这么回事,船队快到静冈迎官渡时,因大人早已微服上岸,张召开玩笑喊我大人。我说我是什么大人。他说彭大人不在,命你统率船队,不喊你大人喊什么?我说大人命我统率船队,就是把你们都统管统管而已,但是个临时的。张召就喊我赵临时都统。后他又嫌喊'赵临时都统'拗口,便喊我赵都统。我也随口应道,好,好,我就是赵都统。这些都不关大人的事,也没想到给大人惹下如此麻烦,请治赵武之罪。"

谭祖纶说:"如果不是彭玉麟封你都统,你怎么敢自称都统?"

张召走出跪下:"此事是张召玩笑引起,请治张召之罪。"

谭祖纶说:"你们都是一个队伙里的,岂能不相互遮掩!"。

"张召,你是真的喊过赵武为'赵临时都统'?"彭玉麟问。

张召说:"确实是我所喊。"

"赵武,你是真的自称过都统?"彭玉麟又问。

赵武说:"确实自称过都统,但确实也就是都统管统管张召等人的临时都统。"

"好!谭祖纶说我私自任命你为都统,而你却既为本巡阅使感到冤屈,又为你自己感到冤屈。之所以为本巡阅使感到冤屈,是本巡阅使并未任命你为都统,只是命你临时统率船队;为你自己感到冤屈，乃你仅仅当了几天张召所喊的都统，且为临时。赵武，是这样的吗？"

张召抢着回答说："是张召连累大人并赵武，请大人治张召一人之罪。"

赵武说："赵武连累大人，罪不可恕，赵武本人并未有什么冤屈之感。"

"张召，没有问你，要你回答什么！起来，退一旁去。"彭玉麟又对赵武说，"只要你回答是或不是。"

赵武说："是。"

气氛顿时紧张，李超、张召、查敏、林道元、金满等都为赵武捏一把汗。

刘维桢想，彭玉麟难道真的会拿赵武开刀，来为自己开脱吗？不可能。这个彭打铁这一锤恐怕会砸出个……

刘维桢还没想完，彭玉麟已要赵武听令：

"赵武听令！一等轻车都尉、太子少保、钦命长江巡阅使彭玉麟，命你代行巡阅使船队都统之职！巡阅使船队所有事务、一应人员，统归你管辖。"

站立两旁的在惊愕之余，皆欣喜不已。唯赵武还在懵懂，不敢相信。

彭玉麟说："赵武，听清楚了吗？"

李超等忙对赵武说："赵武，快领命，谢大人。"

赵武说："大人，我，我……"

彭玉麟喝道："赵武，你敢抗命吗？"

赵武忙高声应道："赵武领命。"

"李大人、刘大人，你们看彭玉麟藐视朝廷法度到何等地步，"谭祖纶说，"他竟敢不向朝廷请示，竟敢当着二位大人的面，公然私封都统！"

李宗羲说："谭祖纶，你难道到现在还不知道钦命巡阅使大人有'临事自决而后奏闻'之权吗？本总督已请彭大人代为筹划长江防务，彭大人已经应允，本督也并未向朝廷请示，难道也是藐视朝廷法度？"

"谭祖纶，你是明明知道而故意如此吧。"刘维桢附和着，说罢，心里想，代行巡阅使船队都统之职，统管巡阅使船队所有事务、一应人员，彭打铁真想得出，这和"临事自决而后奏闻"都无关，他自家内部临时调整，还是赵武自己所说的那个"官衔"。

谭祖纶一时语塞，稍倾便气急败坏地喊："你们，你们竟然都沆瀣一气，我要上奏太后、皇上。我要上奏，上奏啊！"

谭祖纶正发飙，一亲兵匆匆走进，对彭玉麟耳语。

彭玉麟一听："哦，有这等事。你先将他带至书房。"接着对谭祖纶说，"明日再审与你有关的一件人命案子！预先告知，好让你做好准备。"

谭祖纶心头一震，人命案子，难道……

彭玉麟、李宗羲、刘维桢往行辕临时书房走去。

李宗羲问："彭大人，什么事啊？"

"说是钱文放被抓来了。"

"喔，钱文放被抓来了，那就可以和谭祖纶对质，谋杀、行刺的主谋立可认定。"

"这么快就被抓来，恐不太可信。"

刘维桢说："去看看就知道了，我倒是想见见这个钱文放。"

彭玉麟、李宗羲、刘维桢一走进书房，"钱文放"便问：

"哪一位是彭玉麟彭大人？"

彭玉麟觉声音不对，看人也不像，喝道："你是何人，为何冒充钱文放！"

来人说："我是钱昌，是钱文放要我来送封书信给彭大人。"

"大胆钱昌，竟敢假冒钱文放欺骗巡阅使大人，知道这是什么罪吗？"

刘维桢这话并没令钱昌害怕，钱昌说："我并非冒充，是钱文放要我报他的名字，说只有报他的名字才能见到彭大人。我来到行辕大门，守卫问我有何事？我说我是钱文放……后面的还没说出，就被抓了进来。不过还好，没有挨打。"

"你是他什么人？"彭玉麟问。

"同一个钱家庄人。"

"他在什么地方要你传信？"

钱昌说在钱家庄。

"钱文放何时回的钱家庄？"

钱昌说："几天前。他已多年未回，那天突然回来了，庄里人知道他原在外面江湖上混，替人看相算命卜卦，不太看得起他，后听说他在谭祖纶手下谋事，混得不错，可谭祖纶为百姓所恨，庄里人认为他是为虎作伥，依然看不起他。故而他回来后，没有几个人去看他。他素来也不愿和庄里人交往，说庄里人是燕雀安知鸿鹄之志，只知脸朝黄土背朝天。他在庄里住一晚就走了。"

彭玉麟说："你既知他是如此之人，为何还要替他传信？"

钱昌说："他给了我五两银子。"

"他给你五两银子你就替他传信！"刘维桢说。

钱昌说："我们钱家庄人讲个'得人钱财替人消灾'。看他那样子像是落难，所以就替他传信。"

刘维桢说："你难道不知彭大人正要缉拿他？"

钱昌说："这个不知，我们钱家庄山野之地，只知日出而作日落而息。呵，知道了，难怪我一说'钱文放'三字，就被抓了进来。难怪钱文放要我报他的名字，说只有报他的名字才能见到彭大人。原来他是要被捉拿之人。早知道我就不替他送信了。"

彭玉麟说："钱文放从你们庄里走后去了什么地方？"

钱昌说："他上京城去了，说是去投奔一个叫李鸿章的李大人。"

"他认识李鸿章大人吗？"刘维桢问道，心里寻思，这个钱文放若认识李鸿章，那就真有通天本事。

钱昌说："不知道他认不认识。但他说要我送交彭大人的这封信，就是李鸿章大人写的。"

"什么，他要你送交的是李鸿章大人的信？"李宗羲和刘维桢几乎同时说。

钱昌说:"他是这么说的,我没看,也认不了几个字。"

"信在何处?"李宗羲问。

钱昌说:"在身上。他说要我亲手交给彭大人,还说,还说……"

"还说什么?"刘维桢立即追问。

钱昌说:"别催我,我在想呢!"

"是说谭祖纶吧。"彭玉麟说。

"对,是说谭祖纶已落在了彭大人手里,但只要彭大人看了这封信,立马就会放了姓谭的。"

彭玉麟说:"呵,李鸿章的信对彭玉麟有这么大的威力!将信拿出来吧。"

钱昌说:"你这位大人是彭大人吗?钱文放说必须交给彭大人。"

"他就是彭大人!"刘维桢想,难道真有李鸿章为谭祖纶讲情的信?

"啊呀,你是彭大人,这信,我就亲手交给你了。"钱昌取出信,交给彭玉麟,"彭大人,我可是亲手交到你手上了啊!到时候钱文放被你们抓住,万一问起此事,你可得给我作证,钱昌已将信亲手交与你。我们钱家庄人讲的就是信用二字,收了人家的钱,就一定得把事办妥。要不,给打个收条?"

"放肆!"刘维桢喝道。

"行了,你亲手交给我了。你回去吧。"彭玉麟口气平和。

"我们钱家庄人说,官越大的越和气。所以我才敢来。彭大人是个大官果然和气。"钱昌指着刘维桢说,"你这个官不太和气,可能是个小官。"

刘维桢气得要发作,李宗羲拉他一把。

"告辞告辞。"钱昌说,"我今天开了眼界,见到了大官、小官,还有中官。真是不见不知道,见了才知道。"

钱昌由亲兵领着出去后,刘维桢说:"彭大人,快看看那信写的什么?"话一出口,觉得不妥,忙又说,"彭大人,那是给你的信,你慢慢看，我和李大人到外面走走。"

彭玉麟说："二位大人请坐。一个钱昌竟弄得我们三人站了半天。有趣，有趣。这信嘛，我们传阅。"

彭玉麟看信时，李宗羲对刘维桢说：

"刘大人，你看那钱昌究竟是干什么的？若说他是山民，他见了我们丝毫不慌，话语还有戏弄之意；若说他是个儒生，他讲乡村俚语头头是道。但又好像有点不正常。"

"我看他就是个神经病！"刘维桢说。钱昌说他不太和气、是个小官的话令他极不舒服。

"刘大人说他是个神经病，此话也不无道理。"李宗羲说，"彭大人的湖南老乡有句话：'神不隆通'，我看钱昌当属此类。"

彭玉麟看完信，说："是李鸿章为谭祖纶说情的信。李大人，刘大人，你们谁先看？"

刘维桢一听果然是李鸿章为谭祖纶说情的信，极想先看，但嘴上说："李大人先看，李大人先看。"

李宗羲说："那我就先看。"看完，给刘维桢。

刘维桢看完后，想，李鸿章真为谭祖纶说情，钱文放能有这么硬的关系？绝不可能。

彭玉麟说："二位大人看了此信，有何想法？"

李宗羲说："这个……从此信的口气来看，确似李鸿章大人所写。从字迹上来看吗，也像。"

刘维桢说："此信是假的！"

彭玉麟说："呵，刘大人认为此信是假的？"

刘维桢说："是假的。没有李鸿章大人的印信。"

李宗羲说："彭大人，李鸿章大人给你的信，也有不用印的吗？"

彭玉麟说："有无用印倒不要紧，二位大人想想，钱文放是在钱家庄将信交与钱昌，他能这么快就得到李鸿章的信？去找李鸿章就算'六百里加急'也不可能。"

"彭大人这么一说，此信就确是假的了。可他为什么要来这么一封假信？"李宗羲说。

"为了让彭大人放过谭祖纶嘛。但他不会不知这么一封假信一眼就能被看穿。意欲何为，倒是费猜。"刘维桢说。

"钱文放是个人才啊！"彭玉麟说。

"呵，彭大人还称他是个人才。"

"李大人，刘大人，我说几件钱文放的事给你们听听。是否愿听？"

"彭大人请说。"

"请说。"

彭玉麟说："我微服进忠义营，给了谭祖纶一个措手不及，钱文放即刻能变被动为主动，未要谭祖纶授意，便率官员'仪仗队'出迎，其应变能力之强，可见一斑；力阻谭祖纶上巡阅使船，若站在彼方，其预见性不可谓不强；尔后调派曹康，以万安去拉拢金满，令金满设伏，却又要万安趁机行刺，着着都是狠棋，继而放出'被抓的谭祖纶是假，真者早已逃脱'之谣言，张贴帖子，制造混乱，今又伪造李鸿章之信，满脑子都是计谋啊！万安之徒称他军师一点也不为过。可惜不走正路。"

李宗羲说："彭大人这么一说，钱文放确是诡计多端，但有一点，权用'智者千虑必有一失'之言，他难道就没有想到伪造李鸿章大人之信的后果？！"

刘维桢说："他这是不计后果。"

李宗羲说："钱昌说他离开钱家庄便上京城投奔李鸿章大人去了，他能不计这个后果？"

刘维桢说："屑狎之徒，到时矢口否认便是；赌棍之辈，焉有后果可计。"

彭玉麟说："刘大人这话不错。"

刘维桢说："可他这封假信欲达到的目的，却是难以明白。"

"是啊，他明知假信不可能达到救谭祖纶的目的，为何还要花费五两银子让钱昌送到？"

"就算是李鸿章的真信也休想达到他的目的！"彭玉麟厉声说

道，"他这封假信是对我彭玉麟下的战书！"

"对你下的战书？！"李宗羲、刘维桢皆觉得有点不可思议。

彭玉麟说："钱文放屡施计谋，屡被我挫败，他是和我扛上了，不击败我决不罢休。此信所达之意，乃是他要借李鸿章之力，和我相斗到底。"

钱文放这信确是战书，自他的计谋屡屡被彭玉麟识破乃至被将计就计，他愈发坚定了和彭玉麟斗到底的决心，若说彭玉麟碰上的真正对手，他算得上一个，他也是屡败屡战，后来竟至于以彭玉麟的独生子为对象，且甘当汉奸、间谍。他的目的就是一个，击败彭玉麟，哪怕是只赢一次，死也心甘。

三　总督一句话，令巡阅使陷入窘境

谭祖纶在被关押的室内思索着该如何应对。

谭祖纶在想，他娘的彭玉麟要审人命案，他难道已经知道王浩忠……咱得冷静冷静，好好回想回想，看有什么破绽没有……

他以要王浩忠去江宁打探行情为由，将王浩忠派去江宁后，和万安到王浩忠家里，尔后将娟儿带到将军府……这去王浩忠家是孙福出的主意。

当时他问孙福，王浩忠家那个娟儿真有你说的那么漂亮吗？孙福说可问万安。万安说若论长相，确有沉鱼落雁之貌。这就令他非要去看看不可了。去的由头也是孙福想出来的，孙福要他和万安装作从她家路过，只说顺便进去看看王浩忠，她必然要留他和万安坐一坐，然后说听闻她炒得一手好菜，想尝尝她的手艺，吃个新鲜。他当时哈哈大笑，说，对，对，吃个"新鲜"。

娟儿勾到手数日后，王浩忠回营复命。孙福对他说王浩忠这一回来，岂不有碍将军的好事。他问孙福有什么好主意没有。孙福说只有再派王浩忠出远差"公干"。他说哪有那么多的远差。孙福要他干脆找个岔子，说王浩忠去江宁是私自去做鸦片生意，以军律处斩。他说你这个主意能行得通吗？你就不怕王浩忠叫喊是本将军派他去的吗？难道处斩还能来个秘密处决？孙福就说小的明白了，小的今晚就和万安去他家，只说是将军在将军府设夜宴，特要小的和万安来请他赴宴，将他诳到个偏僻处，或将他灌醉，然后……总之小的有办法，将军只管放心。他叮嘱须做到神不知鬼不觉。孙福说定做得干干净净。

谭祖纶觉得这些都没有破绽，他也没有直接说要孙福下手。问题是当晚他走进睡房，娟儿给他更衣时，问他怎么有点不舒心。他叹口气说，唉，王浩忠回来了。其实这不舒心的样子和叹气都是故意装的，是想逗一逗娟儿。娟儿便着急地说，王浩忠回来了？！我怎么办？怎么办？他说，是啊，你不知怎么办，我也不知怎么办啊！娟儿说，他若知道我和你的事，会把我打死！他说，当今之计，只有让他永远见不到你。娟儿说，你是说……那不行，不行不行，不能那样。他说，已经有人让他再也不会来打扰你了，你就安安心心在我这里享福吧。

那晚上不该逗那个尤物，但那也不能怪自己，人一有了快活，便更想逗逗乐子，尤其是逗逗美女，这一逗乐子，忘乎所以了。

除了孙福、万安，只有娟儿王胡氏知道王浩忠已死，但她也只是知道，并未见到什么。孙福应该靠得住，不会说；万安呢，原以为他是个最靠得住的，可昨天看他那样子，也是个白眼狼，拿了老子那么多饷银、赏银。说吧，说出来老子也不怕，老子并未亲手杀王浩忠，是孙福和万安杀的，一说出来，凶手是他俩。何况，尸首休想找到，未见尸首，便无死据。

谭祖纶站起，开始踱步，那个刘维桢、刘提督，到底是想替老子说话还是在给老子下石，有点捉摸不定，揭不揭他收老子银子的事呢？收了老子送去的王胡氏，这事没必要提，省得沾惹。收老子那么多银子，不为老子说一句话，老子能容？！还是再等等，等到最后再说。反正老子好不了他也别想好！

谭祖纶正这么想着，又被提审。

这次审谭祖纶，彭玉麟未穿戎装，而是官服。前帐外面有一些百姓围观、"旁听"，其中有玉虹。

前帐同样高挂宝剑，张有"清吏治，严军政，端士习，苏民困"十二个赫然夺目大字以及"为官视民若鱼肉而吾为刀俎者，皆可杀！"

彭玉麟说："谭祖纶，今日有人状告你谋杀。"

谭祖纶说："告我谋杀，谁告我？又是你手下的人？"

彭玉麟喊："原告王旺何在？"

谭祖纶一见王旺，他娘的，把这个人给忘了，早把他一刀杀掉就省了事。

王旺说："小民王旺，状告谭祖纶谋杀我家主人王浩忠、主母王胡氏。"

彭玉麟要他仔细说来。

王旺说："我家主人王浩忠，原是谭祖纶部下，两人且是朋友，半月前一个晚上，谭府家人孙福和万安喊我家主人去将军府吃酒，一去便再也未回。在我家主人失踪前几天，谭祖纶和万安来我家吃了饭后，我家主母王胡氏随他俩出去，一去便无踪影……"

"你家主人主母不见了，跟我有什么关系，"谭祖纶说，"我还正在追查王浩忠擅离职守之罪呢！"

彭玉麟命人将孙福和万安带来。

"孙福、万安，你二人是否到王浩忠家，将他喊出，说什么去将军府吃酒？"

万安说："我是和孙福到王浩忠家，将他喊出。"

孙福想，将王浩忠喊出喝酒招了无妨，便说，"万安所说属实，确是我二人将王浩忠喊出。"

"要你说什么属实不属实，你只回答你自己的！"

孙福说："是，小的是和万安到王浩忠家，将他喊出。"

"万安，你和孙福将王浩忠喊出后，又干了什么？"

万安说："我和孙福喊王浩忠去将军府喝酒实为骗局，将他骗出家后，乘其不备，将其打昏，然后沉入长江。"

"万安你不要胡乱咬我！彭大人，小的可没干这杀人勾当，小的和万安将王浩忠喊出家后，谭皖来找小的，说有急事，小的就和谭皖走了，可传谭皖作证。至于王浩忠是否被万安打昏，是否沉入长江，小的就不知道了。"

谭祖纶心里说道：孙福这话回得好，谭皖已经逃走，无可对证。

赵武对彭玉麟说："大人，孙福如此狡辩，应当动刑！"

彭玉麟说："本巡阅使审案不用动刑。万安，设骗局将王浩忠骗出是何人指使？"

万安说："是孙福！当日下午，我正在侍候老母，孙福来到门外，偷偷地对我招手，我走出去问，是不是谭将军找我有事？孙福轻声说，谭将军倒没有什么事找你，是我找你为谭将军办点事。我一听是为谭将军办事，就要他在外稍等，进屋对母亲说要出去一下。老母说，我知道你出去一下就不是一时半刻，你的那些朋友都不是什么好人，儿啊，我管不了你，我只能对你唠叨些现话，你可别跟着你那些朋友去干坏事啊！你若不听娘的唠叨，终有一天要遭报应。到那时，你再想孝顺娘也不可能了啊！"

万安停了停，似乎是为自己没听老母的话懊悔，接着说："我要母亲放心，说就是为了孝顺母亲才出去一下。当时我想，没有谭将军给我月饷赏银，我拿什么来孝顺？我还得让母亲住上套好房子呢！为谭将军办点事怎能不去？于是便跟孙福走出，离家稍远后，我问孙福，究竟去办点什么事？孙福轻声说，你和王浩忠是朋友，得和你一起去才能将他哄出……就这样，我和孙福去了王浩忠家。"

"孙福，此事你还有何话可以狡辩？你喊上万安去哄骗王浩忠，是何人指使？"彭玉麟问。

孙福偷觑谭祖纶，谭祖纶正凶狠地盯着他，便说："这个，这个无人指使，是小的想为谭将军效力，好讨点赏钱。"

彭玉麟说："把王浩忠骗出去是为了逗乐、好玩，没有什么目的吗？"

孙福说："目的，目的原是想谋害他，可后来谭皖把我喊走，我没对他下手，全是万安干的啊！"

万安说:"孙福既如此无赖,我也不想多说了,我自知作恶多端,应了老母的话,今但求一死,唯一牵挂的是我老母再也无人服侍。"

"彭大人,王浩忠被杀也好,失踪也好,都与我无关了吧。"谭祖纶说。

"都与你无关了?王胡氏的事难道也与你无关?"

"王胡氏,王胡氏更与我无关。王胡氏现在怎么样啦?我也为她的失踪挂心呢。"

"王胡氏已经死了,只有我知道她是怎么死的,此时拿她来说事,唉,彭打铁也有失算的时候。"刘维桢在心里说。

谭祖纶瞧了瞧刘维桢,想,幸亏还没揭刘维桢,王胡氏在他那儿,无妨无妨。

彭玉麟说:"李超,将王胡氏的绝命书拿出来。"

谭祖纶、刘维桢皆惊。

王胡氏死了?!有绝命书在他们手里,这怎么可能?谭祖纶寻思。

王胡氏因车祸而死,怎么会有什么绝命书,难道是在送她去总督府之前,她就写好了,不会是写被我逼死的吧?她那绝命书又怎么会到了彭玉麟手上?刘维桢还没想清楚,李超已拿出王胡氏绝命书展开,大声念道:奴家王胡氏为谭祖纶诱污,夫王浩忠为他所害,今又要杀奴家,奴家死不瞑目。

刘维桢听罢,长嘘了一口气,没扯上我。

"谭祖纶,你要不要仔细看看?"

"什么诱污,什么要杀她,一派胡言。谁知道是不是她写的,谁知道是不是捏造?"谭祖纶说。他还以为王胡氏在刘维桢那里,只要刘维桢不将她交出,便无对证。

彭玉麟说:"万安,你是如何欲取王胡氏性命的?如实招来!"

万安说:"我是奉谭祖纶之命,去将军府带出王胡氏,带到偏僻山野,正准备杀她时,孙福赶到,说是谭祖纶又改了主意,不杀她了,要送往提督府。"

刘维桢一听，糟了，还是把我给扯上了。旋即又想，这也没什么了不得，小节而已，况且人已死于车祸，她也开不了口。

"孙福，你说！"

孙福说："万安正要对王胡氏下手，是我及时赶到，她那条命是我救下的。救下她后，我就将她送到提督府刘大人那里去了。"

"刘大人，这可牵涉到你了，你得说一说才行了。"

刘维桢说："孙福确是将王胡氏送到了我那里，我不知他为何要将一个女人送来，但看着王胡氏可怜，便收留了她几天，且予以好好招待。对王胡氏之招待，提督府上下皆知，杜贵就在外面，亦可证明本提督招待之周。"说完喊道，"杜贵，你对彭大人说说，本提督是如何招待王胡氏的。"

杜贵说："禀彭大人，王胡氏在提督府几天，刘大人对她照顾无微不至，根本没将她当民妇看待。"

"刘大人，王胡氏现还在你处吗？"

刘维桢说："王胡氏在提督府住了几天后，说仍然怕谭祖纶派人杀她，提出要去更安全的地方。"

"呵，在提督府还怕谭祖纶派人杀他，这天下还有她觉得安全的地方吗？"

刘维桢说："当时谭祖纶已被彭大人拘押，我将此告诉于她，要她不必害怕，亦要她来彭大人处状告谭祖纶，可她一听石落塔就浑身发抖，说不行不行。"

彭玉麟说："呵，她一听石落塔就浑身发抖，也就是同样怕我。"

刘维桢说："她不肯来彭大人处告状，说是官官相护。弄得我无法，最后问她，你自己觉得去哪里为好？"

"她说去哪里为好？"

"她说总督府为好。我就派人将她送往总督府。"

一直没吭声的李宗羲顿时大怒："你什么时候送了个什么王胡氏给我？"

刘维桢说："李大人息怒，息怒，后面的事得由杜贵来说，杜贵，你这个混账东西，快说！"

"是，我混账，确实混账。"杜贵说，"我奉提督大人之命，护送王胡氏去总督府避难，特意为王胡氏备了一辆高级马车，选了一位老马夫，我则骑马在后。谁知到了一处险要路段，唉，马车竟翻下悬崖，王胡氏、车夫全都没了。都怪我，没有提前要马夫小心路段。"

彭玉麟说："就这样，都死了？"

杜贵说："就这样，意外车祸，都死了。"

这下好了，死无对证，刘维桢你比我干得漂亮，享用了几天，来场车祸。谭祖纶悬着的心放下。

彭玉麟说："谭祖纶，你对此有何看法？"

谭祖纶说："人已死了，只能是死者为大，王胡氏对刘提督诬陷我的话，不知是何人伪造绝命书栽赃于我的事，我就都不追究了。"

彭玉麟哈哈大笑："你们一个个都是大戏台上的戏子，演戏演得不错啊！什么不知为何要将一个女人送来，什么招待王胡氏周到、王胡氏一听石落塔就浑身发抖，不敢来本巡阅使处，什么她说去总督府为好，便派人送她去总督府。"

彭玉麟停住，对李宗羲说："李大人，这可就差点把你给卷进去了。"

不待李宗羲回答，彭玉麟说："可惜啊可惜，你们忘了一点，戏要精彩，得有一个好戏本，你们没有选好戏本啊！以为人已死，死无对证，随便胡编，尤其是谭祖纶，心里高兴啊，在王胡氏这个案子里，彭玉麟是只能草草收场了。"

彭玉麟又停住。刘维桢、杜贵、谭祖纶面面相觑，不知彭玉麟怎么会说出这么一番话。

稍顷，刘维桢说："彭大人，你把话说明白点行不行，本提督是个直人，喜欢直来直去，不喜欢转弯抹角、旁敲侧击。什么演戏，什么戏要精彩。"

"刘大人，不用窝着心里的火，其实你把火发出来更舒畅，在这件事上，你毕竟只有那么大的责任嘛，充其量，生活小节、道德品质而已，何苦因谭祖纶而令自己憋屈不已。"彭玉麟说完，朝外喊道：

"王胡氏，你可以出来了。"

玉虹扶娟儿进来。刘维桢、谭祖纶、杜贵顿时大惊。

"你，你不是跳崖自尽了吗？怎么又活了？"杜贵惊慌地说。

"什么，她是跳崖自尽？你谎称她是出了车祸！"刘维桢几乎要跳起来扇杜贵的耳光。

"唉，唉，这女人、祸水……"谭祖纶叹道。

娟儿逐一指着谭祖纶、万安、孙福、刘维桢、杜贵："你，你们个个都太歹毒啊！"

娟儿说完，几欲晕倒。玉虹忙扶住。

李超说："没想到吧，各位。"

在去总督府路段上，载着娟儿的马车在前，杜贵骑马在后。

后面，出现了尾随而来的李超。玉虹在当"主审官"时，彭玉麟对李超耳语，就是要他速去盯住提督府，以防娟儿不测。

马车突然停下。

李超见马车突然停下，心中念道："杜贵想在此杀人灭口？！"

李超欲催马往前，又停住："不对，那杜贵在马上若无其事，像在和马车里的王胡氏说着什么。"

娟儿从马车走下，车夫赶紧跳下，走到一边，背对马车。杜贵亦策马离开，在马车前面稍远处停住。

李超想，他们这是要干什么？

山路寂静，娟儿面对悬崖悲戚。

"不好，她要出事！"李超往悬崖下一看，见下面有一由层层叠叠突出的岩石绕成的很长的半圆平台，及开凿出的浅浅石阶，迅即下马，跃下平台，沿平台往前飞奔。

猛然传来娟儿的喊声：我还有什么活路，我没有活路了啊！我只有变成厉鬼去杀谭祖纶，去缠住刘维桢……

娟儿猛地跑往悬崖边，双眼紧闭，往下一跳。

李超伸手接住，夹着娟儿往回跑。

上面传来车夫的惊喊："不好，她跳崖了！"

被李超夹着的娟儿睁开眼，惊恐地问：“你，你是谁？我难道没死？”

李超放下娟儿，说：“我是彭大人派来救你的，别吭声。听他们说些什么。”

传来杜贵和车夫断断续续的对话。

车夫说：“出人命了，我得赶快走，千万别连累我。”杜贵说："走什么走，下去找找看……"车夫说："这，这我不敢下去。"杜贵说："我去找根绳子拴住你，慢慢放你下去……"

李超对娟儿轻声说："你现在能走吗？"娟儿点头。

李超伸出一只手："抓住，跟我走，小心脚下。"

李超抓着娟儿沿平台石阶爬了上去。

李超伏身回头看，娟儿也回头看。

——车夫正抓住"平台"边缘，探身往下，杜贵将绳子一丢，车夫摔了下去。

娟儿的尖叫正要出口，李超忙捂住她的嘴。

——杜贵将马车往悬崖边赶。

——马儿在悬崖边，扬起前腿，"咴——咴"，不肯往前。

——杜贵猛抽马儿，马儿反转身。

——马车一边轮子陷空。

李超将娟儿扶上马，自己跃上马。

李超勒转马头，背后传来马车掉下悬崖的轰隆巨响，巨响中夹杂着马儿绝望的惨叫。

彭玉麟喝道："杜贵害死车夫，制造车祸，蒙蔽提督大人，押下去，听候处决！"又对刘维桢说，"刘大人，杜贵连你都敢欺骗，你看这样处置可妥？"

刘维桢无奈，只得点头："彭大人处置得当。"心里却想：打狗都要看主人，你连问都没问我一声便做了处置，反来问我可妥？彭打铁，算你厉害。

"刘大人说我处置得当，我就安心了。王胡氏，你再说说你的冤情。"

娟儿边哭边说："大人，我是王浩忠之妻，谭祖纶将我诱污，藏于忠义营，因巡阅使大人到来，恐被发觉，转拘我于他的将军府，后又欲杀人灭口，要万安将我带出，于荒野僻处正要杀我时，孙福又传他的口令，将我送与提督……"

"娟儿姐，别哭别哭。你这么哭着说，彭大人听不清。"玉虹忙说。

"王胡氏，你那些伤心的事儿可免说，免得又哭。你就直接对本巡阅使提出你的要求，该怎么惩办凶手！"

刘维桢想：彭打铁在这个时候又帮我省了些麻烦，不让这个女人说及我的事。不过她就是说及我也无妨，无非就是和她云雨了一番，那也是她自愿的。

"娟儿姐，你快说呀！"玉虹见她只是哭泣，心里着急。

娟儿抹一把眼泪，说："大人，我的夫君王浩忠已被谭祖纶杀害，求大人将谭祖纶斩首，为王浩忠报仇。"

谭祖纶凶狠地骂道："贱人，你说我杀了王浩忠，你难道亲眼看见？王浩忠的尸首又在哪里？呸，贱人！"

"谭祖纶住口！你再敢咆哮公堂，大刑伺候。王胡氏，你只管说。"

"娟儿姐，彭大人要你只管说，你就只管大胆地说。"

"万安、孙福都是谭祖纶的帮凶，求大人将他们一并斩首。"

"还有别的人要处置吗？"

不会说要将我怎么怎么吧？刘维桢心里不无紧张。

"大人，我因贪图荣华，才为谭祖纶诱惑，请大人治我不遵妇道之罪，只要杀了谭祖纶，娟儿情愿领死。"

王旺猛地跪下："求大人杀了谭祖纶，为我家主人报仇。"

"你们且退下，本巡阅使自会为你们主持公道。"彭玉麟指着高挂的"清吏治，严军政，端士习，苏民困"说，"本巡阅使此次奉圣命巡阅，这十二字乃是宗旨。"

"谭祖纶，你还记得我在忠义营当着你和众将官说过的话吗？

'为官视民若鱼肉而吾为刀俎者,皆可杀!'你再抬头看看,这句话就挂在上面。"

谭祖纶不由地抬头看了看。

"谭祖纶,你倒卖战马,坐吃空饷,以乡民临时顶替兵丁,败我军营战力,私造将军府,强抢民女以供淫乐,藏匿巨额赃银,私自调动兵船,图谋不轨,与钱文放密谋反叛,诱奸王胡氏又欲杀人灭口,转送提督府意图嫁祸于人,谋杀王浩忠,沉尸江底,件件桩桩,罪行累累,该当何罪!"

满堂肃静,都等着听彭玉麟的最后宣判。

彭玉麟看着李宗羲和刘维桢:"李大人,刘大人,请你俩先说说,谭祖纶当作何处置?"

彭玉麟自己为什么不直接宣判呢,身边坐着的,一个是总督,一个是提督,他能不征求总督和提督的意见吗?即使是走走过场,这个过场也是不能不走的。其实过场对于这个有"彭打铁""彭阎王"之称的彭玉麟而言,完全可以忽略,他要的是那二人的看法。

"请李大人先说。"

众人都注视着李宗羲。

"好,我就说说。"

众人凝神静听。外面的娟儿和玉虹探头谛听。

刘维桢没想到,他认为已和彭玉麟是一条线了的李宗羲,说出来的,却是令谭祖纶庆幸不已的话。

李宗羲说:"谭祖纶身为总兵,倒卖战马、纵容军营吃空饷、军纪败坏、私造将军府、藏赃银数目巨大,应交部从严议处。至于和王胡氏嘛,诱奸无死罪。那王浩忠未见尸首,谋杀无据。"

李宗羲话一落音,众人大哗。

窃喜不已,或者说惊喜不已的当然只有谭祖纶,没想到,没想到,他压根儿就没想到,之前一直和彭玉麟几乎一个鼻孔出气的李宗羲,最后为他说话定论,只要交部议处,就可找老关系帮忙了。这一帮忙,用今儿个的话说,"死刑变无期,无期改有期,有期保外就医,最后变无罪"。

李宗羲说完那几句，便对彭玉麟说："彭大人，我得回去了，长江防务吃紧啊，还盼彭大人早日前来，为我筹划为要。"

谭祖纶忙朝李宗羲跪拜："谢总督大人公断，谢总督大人公断。"

刘维桢说："总督大人所言，本提督无异议。告辞，告辞。"

彭玉麟没想到李宗羲突然会如此"公断"，只得说："将谭祖纶押下去！赵武、李超，送二位大人。"

李宗羲、刘维桢往外走，被押着的谭祖纶又赶紧说："谢提督大人，谢提督大人。"

谭祖纶一被押走，禹盛、隆里、肖贵等说："彭大人，我等也该回去了。"

彭玉麟说："你等也要走？坐下！"

禹盛等只得坐下，却不能不交头接耳议论了：

"谭祖纶若不被处死，我等又该倒霉了。"

"是啊，那交部议处，谁知道会是什么结果？"

"谭祖纶在京城有那么多关系，最后大不了来个调离，异地为官。"

"若是异地为官还好呵，如若他杀个回马枪，那时，巡阅使大人又已走了，唉！"

…………

外面突然传来玉虹的惊喊："不好了，娟儿姐、王胡氏，她又自尽了！"

四 出巡侦将领不法着军法处置

当李宗羲在"判决"时，紧张谛听的娟儿，心已跳到嗓子眼上。

一听到"诱奸无死罪……谋杀无据"，娟儿几乎要晕厥："什么，他说什么，谋杀无据？"

玉虹说："那个鸟总督是这么说的。"

"谭祖纶派人杀我，无死罪？王浩忠被他指使孙福、万安所害，万安已经招了，还是谋杀无据？天啊！"

玉虹说："先别急，先别急，彭大人还没说话呢，再看看。彭大人怎么还不说话呢？彭大人，可不能让那个姓李的走啊，得要他改'判'！"

…………

就在彭玉麟要赵武等送李宗羲、刘维桢走时，娟儿彻底失望了："天啊，彭大人让他们走了，没有希望了。"

娟儿说完便往外跑，玉虹愣了一下，赶紧去追。

娟儿嘴里不住地念着"天啊"，跌跌撞撞跑，见一石墩，一头撞去。倒在地上，头部血流如注。

"娟儿姐，娟儿姐！"玉虹伏到娟儿身边，掏出手帕，塞住娟儿伤口，手帕立时被血染红。她又刷地撕下一条衣襟，将娟儿伤口扎住，对周围人说："你们帮我看着她，别动。"

玉虹往回跑去，边跑边喊："不好了，娟儿姐、王胡氏，她又自尽了！"

"什么，王胡氏又自尽了！"彭玉麟惊道。

"娟儿姐说她没希望了，一头撞在石墩上……"玉虹脸已失色。

"李超，你快去看看，尽力抢救。"

玉虹领着李超便跑。

"她说没希望了，没希望了……"这句没希望了的话，令彭玉麟毅然决断，他猛然喝道："赵武，你去布置刑场，所选地须能容纳万人以上。"

"是！须能容纳万人以上。"

"陈峰！"

"陈峰在！"

"明日上午，忠义营除值勤的外，你将他们都带来，倾营来观。"

"是！倾营来观。"

"林道元，张召！你二人负责做好警戒！"

"是！做好警戒。"

"大人，怎不吩咐我？难道因我不可信赖？"金满刚说出，已听得令下：

"金满听令！你去万安家照顾他老母亲，须好生侍候，不得有丝毫慢待。待你表妹腾出手后，由她来替换你。"

"大人，怎么派我去干这个事啊！"

彭玉麟说："此事非你莫能。万安原是你的好朋友，你去服侍，老太太方不起疑心。记住，不能让她知道万安的事，老人家受不了这种打击，明日不能让她出门，她若问起万安，就说他出外干差去了。此事关系重大，你不可出一点纰漏。能做得到吗？"

金满只得应道："是！金满定好生侍候。"

彭玉麟又喊："肖贵！"

肖贵忙站起："肖贵在。"

"你即刻回县衙，派人张贴明日宣判谭祖纶的告示，让百姓前来。"

"肖贵这就去办。"

禹盛和隆里亦忙站起："大人，我等也去喻示本府州的百姓。"

"州府距此较远，免了。"

禹盛、隆里坐下思忖，明日，明日难道……

第二天天刚亮，就有百姓往刑场方向走，边走边议论：

"彭大人要宣判谭祖纶了，应当是处斩吧？"

"也不一定呵，听说那个李总督说谭祖纶罪不该死，谋杀无据。"

"彭大人官大些还是李总督官大些呢？"

"彭大人是钦差，有尚方宝剑，先斩后奏！"

"你说的是戏台上吧，本朝没听说过有尚方宝剑。"

"快走快走，到那里看看就知道了。"

....

刑场如同万人大会场。

没有搭台子的"主席台",禹盛、隆里、肖贵等已入座,一些将领、亲兵站立两旁,赵武手捧曾挂于帐中上方的那柄彭玉麟的宝剑立于左侧将领、亲兵之首。正中摆有案台、彭玉麟所坐位置还空着。

林道元、张召率军士背靠背分里外两层形成一个圆圈,里层军士面朝"会场"内,外层军士面对"会场"外。圆圈外来观看的百姓越来越多,山坡上全站满,还有人爬在树上,有人带了凳子,站于凳上。

响起百姓的一片喧哗:

"忠义营来了!"

陈峰率忠义营纵队进场,一进场迅速变成横列,横列迅速展开呈环形,状如游龙。

隆里对禹盛轻语:"大人,这个阵势可是从未见过。"

禹盛说:"是啊——"

"大人,这是要斩谭祖纶的架势啊!"

肖贵说:"李总督不是说了要交部议处、谋杀无据么?难道彭大人全不给李总督一点面子。"

隆里说:"八成是立斩。"

"等着看,看看就知道了。"禹盛说,"时辰快到了,彭大人怎么还没来呢?"

彭玉麟还在行辕内踱步。

李超说:"大人,时辰已快到,该去了。"

彭玉麟立住,问李超:"你说,是否该将孙福、杜贵、万安、曹康等和谭祖纶一并宣判。"

李超说:"当然得一并宣判,当众处斩。"

彭玉麟说:"我是在想万安老母啊,若将万安当众处斩,他老母定然得知。尽管已派金满在侍候,并嘱金满不能让老母出门,然观刑之人回去,焉能不传入她耳里。我怕老母亲受不了啊!"

李超说:"大人,万安罪行昭彰,但他老母就这一个独子,就独生子孝顺他老母这点来说,却又……"

"是啊,就是这一点,让我颇费踌躇。"

"是否可以他对老母孝顺这一点,对他网开一面?"

"不行!法不容情。"

李超说:"那就……留下万安,日后处斩,只带孙福、杜贵等去'陪'谭祖纶。"

彭玉麟说:"那又似乎对孙福、杜贵等有所不公。"

"大人,你一向决事果断,这下怎么犹豫了?"

"是万安老母在让我犹豫啊。"彭玉麟又想了想,说,"今日只斩谭祖纶一人,走!"

再一次"活过来"的娟儿要去刑场,挣扎下床,刚一下床,头晕目眩,只得又躺下。

照护她的玉虹劝她别去了。娟儿说:"我只是头晕,两脚能走。"

"头晕还能走?你下床都下不了还能走?你走两步给我看看。"

"扶我起来,扶我起来。"娟儿不停地说。

王旺也劝她还是在家养着,说:"有我代你去看就行了。"娟儿说:"不行!我一定要亲眼去看。"

玉虹说:"你硬是要去,那就只有坐车。王旺,你去雇辆马车来。"

娟儿一听"马车","啊"地尖叫一声,用被子蒙住脸,猛地又掀开被子,两眼大睁,状如疯子。

她的眼前浮现出她坐的那辆马车——路旁是悬崖,马儿拼命转身,一边车轮悬空,马车掉下悬崖,耳边响着"轰隆隆"巨响、马的惨叫声……

娟儿双手乱舞:"不要,不要,我不要马车!"

"她这是怎么了?"王旺问。

玉虹说:"怎么了,连这都不知道?她被马车吓疯了。"

王旺说:"雇马车是你说的,你把她吓疯了,这可怎么办?"

玉虹掐住娟儿的人中,娟儿才平息下来。一平息下来又喊:"我要去,一定要去,求求你们。"

玉虹说:"现在只有一个办法了,王旺,你背她去。"王旺说:"她是主母,我怎么好背?"

"这话你就说对了,正因为她是你主母,你就该背。你不背难道要我背?我这么一个小女子背着你主母,你在边上看着,不羞愧?"

"好,好,我背。"王旺背着娟儿往刑场方向走,玉虹紧跟。

到了刑场外,看着挤满的人,玉虹在前面"开道",从人群中往前挤,不停地喊"让一下,让一下"。

有围观者说:"你这小女子,看杀人也挤着往前去,你就不怕?"

玉虹说:"不是我要看,是被背着的人要看,就是为她申冤报仇的。"

"嗬,是为她申冤报仇,那就快过去,过去。"围观者为玉虹、王旺让出一条"道"。

王旺放下娟儿,娟儿靠着玉虹,两眼扫视刑场,说:"谭祖纶呢,怎么不见?还没押来?!不会是被那个姓李的总督接走了吧?"

玉虹说:"别急,别急。"

突然响起一片喊声:

"快看快看,彭大人来了!"

喊声中,身着戎装的彭玉麟大步走入。李超等随后。

彭玉麟于案前端坐,喝道:"将谭祖纶押上来!"

"将谭祖纶押上来!"赵武传话,声震全场。

全场顿时安静。

谭祖纶被查敏等从刑场后面押出。谭祖纶样儿仍是桀骜不驯,昂然站立。

查敏与一亲兵将他强行按跪。

彭玉麟说:"李超,宣布谭祖纶罪状!"

李超展开罪状,高声念道:"一等轻车都尉、太子少保、钦命长江巡阅使彭经查，忠义营原总兵谭祖纶，在职期间，目无国法、军法，横行府州，肆虐乡里，强抢民女以供淫乐，诱奸友人妻，谋杀该友；倒卖战马，坐吃空饷，以乡民临时顶替兵丁，毁我军营战力；私造将军府，藏匿巨额赃银……"

李超还未念完，谭祖纶猛然站起，喊道："昨日已经这样说了，今日何必剩饭重炒，总督大人已有定论：在职之事，交部议处，诱奸无死罪、谋杀无据！"

观者一片哗然，议论声蜂起：

"嚆呀，他胆敢不跪。"

"他说什么，谋杀无据？"

"总督大人为他说话。"

…………

娟儿惊恐得紧紧抱住玉虹。

查敏和一亲兵又欲按谭祖纶跪下，彭玉麟挥手："不必，让他再站片刻。"

谭祖纶说："我是堂堂二品，又有总督大人定论，你能奈我何？！"

彭玉麟说："别人也许奈你不何，彭玉麟却要你就地伏法！"

"你，你敢斩我？！总督大人的话你置若罔闻？我要上诉朝廷，上诉朝廷……"谭祖纶声嘶力竭地喊。

彭玉麟展开令他巡阅长江的圣旨，念道：

"钦命，一等轻车都尉、太子少保、前署兵部侍郎、漕运总督彭玉麟起复巡阅长江水师，着前往江皖一带，将沿江水师周密察看，妥筹整顿，出巡侦官吏不法着劾惩，将领不法着军法处置！"

念毕，收起圣旨，对谭祖纶说："今日本巡阅使以军法将你处置。"随即扔下令箭："赵武听令，以彭玉麟阵上之剑，立斩罪犯！"

赵武抽出宝剑，查敏和亲兵按下谭祖纶……

或许有读者说，彭玉麟未上报朝廷，没得到圣旨，就能将一个总兵处决？须知，在命他巡阅长江时，圣旨就赋予了他"出巡侦官吏不法着劾惩，将领不法着军法处置"的权力，并有"临事自决而后奏闻"之权，彭玉麟正是以军法处置谭祖纶。不但在清人著述中有彭玉麟避开总督斩杀谭祖纶，"令忠义营倾营观之"的记载，《彭玉麟年谱》中亦有记述。故绝非作者杜撰。

五　人不可为名利所驱，尤不可为势所驱

金满奉命哄着万安老母待在家里，以免她受不了打击，可老母怎么也待不住了，说："金满啊，今日外面来来往往的人怎么这么多啊，是不是有什么好热闹看啊？你陪我出去看看。"

金满说："万妈妈，还是我俩在家里讲白话为好。外面有什么热闹可看。"

万安老母说："昨晚你陪我讲了大半夜白话，今日也该出去走走。"

金满说："你老人家身体刚好，出去别又受风寒。"

外面传来路人的交谈：

"杀了，杀了，已经把谭祖纶杀了。"

"是彭大人杀的吧？"

"不是彭大人还能是谁，谭祖纶临死时还好猖狂。"

"谭祖纶是二品大官，立马就被斩了，啧啧。"

…………

万安老母尖起耳朵听，问："金满，你听清了吗？是不是说谭祖纶被斩了？"

金满说："好像是的吧？"

"幸亏万安离开他了。我得出去问一问，究竟是不是真的。"万安老母说着就往外走。

金满以为万安已同谭祖纶一道被斩，赶忙阻拦："去不得，去

不得。"

万安老母说："你放心，我自己能走了呢！"

金满说："你老人家出去了，等下玉虹要来了，到哪里找你？"

万安老母说："我又不走远，就在这外面找个人问问。"

金满急得手足无措：这可怎么办，怎么办？

万安老母刚走到外屋，玉虹快步走进："万妈妈，万妈妈，万安给你捎钱来了。"

"玉虹啊，你来看我了啊！你说什么，万安给我捎钱来了？"

"是的是的，万安给你老人家捎钱来了。"

"昨日金满带来点心，说是万安托他带来的，今日又捎钱来了，他哪里来的钱？怎么来得这么快？"

"万安已在彭大人手下干差，是发的饷金。"金满一边说一边对玉虹使眼色，"他昨日出去公干，走得急，没领饷，所以今日由玉虹送来。"

玉虹忙说："对，对，是他的饷金。"

万安老母说："他才在彭大人手下干了几天就有饷发啊？！"

玉虹说："他虽然才干了几天，可正碰上发饷，所以就有饷发。"

"好，好，我这儿子一到彭大人手下，就有出息了。"

万安老母进里屋收藏万安的"饷金"，金满悄悄问玉虹："你那钱是哪里来的？"

玉虹轻声说："彭大人给的，交与李超，李超要我送给万安母亲。"

行辕中帐，禹盛、隆里、肖贵站立于右侧，赵武、李超等站立于左侧。

杜贵、孙福、万安、曹康被押上。

四人都已知道谭祖纶被斩，除万安外，都提心吊胆，显得格外老实，低头垂首。万安则面无表情。

彭玉麟喝道："杜贵！"

杜贵立即自行跪下。

"杜贵谋害马车夫致其坠崖而亡,判斩!"彭玉麟刚一说完,杜贵瘫倒在地。

"孙福,你与万安谋害王浩忠,沉尸江底,还要狡辩吗?"

孙福只是喃喃:"那都是谭祖纶指使的,谭祖纶指使的……"

"万安,你还有什么要说的吗?"

"我早就说了,万安与孙福谋害王浩忠,罪不可恕,愿被斩。"

"就没有别的话了吗?"

"万安死而无怨,唯一牵挂的是我老母无人赡养。"

彭玉麟说:"念你一片孝心,你老母由本巡阅使赡养,每月例银,从本巡阅使的俸禄中给奉。"

万安立即跪下叩头:"万安若早知今日,何必当初,谢大人赡养我老母。"

"万安与孙福共同谋害王浩忠,处斩!"彭玉麟说毕,喝道,"曹康!"

曹康忙跪下:"曹康该死,该死,请大人发落。"

"忠义营原参将衔曹康助纣为虐,本应处斩,然老实交代,配合审查,着革职永不叙用!"

曹康长嘘了一口气:"谢大人恩典,谢大人恩典。"

"禹盛、隆里、肖贵!"

禹盛、隆里、肖贵知不妙,忙跪下。

彭玉麟说:"你等身为地方官,知道地方官当以哪'四者'为最要吗?"

禹盛等三人齐说:"我等不知,请大人明示。"

彭玉麟说:"一者习劳苦以尽职,二者崇俭约而养廉,三者勤学问以广才,四者戒傲惰以正俗。有此四德,可以膺重任。"

禹盛、隆里、肖贵忙说:"我等谨记在心。"

"你们做到过其中之一吗?身为知府、知州、知县,不思为民办事尽本职之责,专一逢迎,行贿送礼,或为保全本职,或为得到提拔,整日里揣摩上司心思,敷衍塞责,似你等庸官,要之何用?着将禹盛、隆里、肖贵，即行罢免。在新任未到之前，各暂行本职，不得敷衍！再送你们一句话：人不可为名所驱，为利所驱，尤不可为势所驱，终须为正义作前驱。去罢。"

"被谭祖纶所掳的十二个女子，即行发放盘缠，让她们回家。此事由张召速办。"

彭玉麟说完正要退帐，外面传来喊声：

"彭大人，我们有冤啊！"

彭玉麟听到喊冤声，说："把喊冤的请进来。"

"大人，你该歇息一下了，是否要他们明日再来？"李超说。

"快去！人家喊冤的内心焦急，度日如年，我可以安心歇息，他们能安心歇息吗？"

李超应"是"，出外将喊冤的带进。

两个喊冤的面对彭玉麟跪下。彭玉麟忙扶起："起来说，起来说。你们有何冤屈，要状告何人？"

"大人，我们状告安庆水师副将胡开泰。"

"胡开泰？！我当年的部下，他做了什么违法之事？"

第十三章 处决副将

一　春满楼和圣仙寺

曾跟随彭玉麟立下赫赫战功，从炮手一步一步升为安庆水师副将、从二品的胡开泰，出事是因为路过一座青楼。

那天晚上，大红灯笼高挂的安庆春满楼门口，楼内的众多姑娘或倚门，或在门外、街边、巷口候客，一见有男人走过便上去拉客。

"进来啊，进来嘛！"

"来啊，来啊！"

一个叫秀娥的拉住一路人，像老熟识一样地喊："哎哟，小甜心，你可来了，快跟我进去！"路人狠狠甩脱她的手，横一眼，快步走了。

秀娥哼一声，扭着腰肢，往另一人走去。

在街边的姑娘都像秀娥那样，站在最显眼处，不时朝路人抛媚眼，以手指相勾："来啰，来啰。"或直接去拉。

只有一个姑娘懒洋洋地倚在栏杆上，看着那些拉客的姐妹，如看热闹。她长相漂亮，不愁没客上门，而是愁客人太多。

老鸨急急跑出，喊："满娇满娇你在哪里？"

老鸨问秀娥："看见满娇了吗？"秀娥指一指栏杆："在那里呢！"

老鸨忙跑向栏杆，秀娥哼一声："哼，只晓得满娇满娇，她是金子打的？"

"哎呀，苟老爷来了，你还在这里看热闹。"老鸨拉满娇。

"他什么时候来的？我怎么没看到。"

"在你房里等着呢，快去快去！"

"着什么急，让他等着，讨厌！"

老鸨催满娇时，一个武官在马上看着，满娇回过头来，武官正好看清她的脸，不由地呆了。

老鸨说："满娇，好女儿，别让苟老爷太等久了，人家可是花了大价钱。"

满娇说："好，好，我就去就去，天天来缠，烦人！"

"好女儿，我先去告诉苟老爷，你可得快点来啦！"

老鸨进去，满娇伸了个长长的懒腰，露出纤细的腰肢。那位武官看得愈发发呆，直到满娇走进春满园，才策马离开。

这个武官，就是胡开泰。

胡开泰策马回到自己家，进门就喊："快，给老子更衣，老子还有事去！"

其妻胡郦氏说："才进屋又要出去啊？"一边说一边忙替他更衣。

胡开泰说："啰唆什么，没见我公务繁忙，每天搞不完吗？"

胡郦氏说："知道你每天搞不完，是担心你的身体呢！"

"要你担心什么，今晚上可能不回来了。"

"又要去哪里啊？要去一晚上。"

胡开泰说："便服侦探，捉拿要犯。"

胡郦氏说："你可得小心点啦！"

"放心，老子身经百战。"换上便服的胡开泰急匆匆往外走，胡郦氏送出家门后叹口气："唉，他这个官当得太不消停，连和我说几句话的时间都没有。"

胡开泰"便服侦探"进了春满楼，"捉拿要犯"是要"捉"满娇。

胡开泰大步刚走进春满楼，立时有几个妓女拉他，他略一使劲，将拉他的妓女全推得跟跟跄跄。

"嗬哟，这么大的劲呀！"

"爷，留着劲等会再使呀！"

"哎唷，我的手都被你掐痛了。"

胡开泰喊道："把你们老鸨喊来！"

老鸨笑脸迎上："客官，你看中了哪一位？这些都不中意啊，还有还有。"

胡开泰说:"老子要那个什么叫满娇的,快要她来服侍老子。"

"哟,客官好眼力,原来是看中了满娇啊!"

胡开泰得意地说:"是好眼力吧,快把她喊来。"

老鸨说:"客官,今晚上对不起啊,满娇被苟老爷包了。"

"什么狗老爷猪老爷,要他滚!"

"哟,客官好大的口气啊,也不掂量掂量自己。"

胡开泰说:"你真的不知道老子是谁吗?"

老鸨说:"我只知道苟老爷的银子,可还没见着你这位老爷的银子。"

胡开泰一掌拍到桌子上:"老子是长江水师副将胡开泰!老子立马要人来将你这铲平,信不信?"

老鸨摇头:"客官你有这么大的能耐啊,老娘的能耐比你大得多,你信不信?要不要试一试……"话还没完,一个妓院保镖走来,把老鸨拉到一边,说:"他确实是胡将军,我见过他。你可别惹毛他,他喊兵士来动手,我也没办法。"

老鸨说:"真的是个将军啊,那怎么办?"

"没办法,只有要苟老爷走。"

"让苟老爷走,怎么让他走?"

保镖说:"你忘了,苟老爷的老岳父原是个官,苟老爷发迹全靠他老岳父,苟老爷最怕谁,最怕他家那个河东狮子。只要说他家的河东狮子来了,他准保跑得飞快。"

老鸨说:"你快去把他吓走,我应付这个军痞。"

"好咧。"保镖往楼上走,老鸨扭到胡开泰身旁。

"胡将军,我没长眼睛,不知道大爷你就是胡将军。你稍等稍等,待满娇收拾收拾就请你上去。先让这几个给你消消火。"旋即对几个妓女挥手,"姑娘们,你们先给胡将军开开'干铺'。"

几个姑娘围上胡开泰,捶背的捶背,捏肩的捏肩,揉腿的揉腿,嗲声不断。

保镖走到楼上满娇房门外，喊："苟老爷，苟老爷！"

苟老爷在房里不耐烦地问："什么事？来烦扰老爷。"

保镖轻声说："苟老爷，你家那位狮子来了。"

房内的苟老爷立时吓得颤抖："她怎么来了？她怎么知道？这我可怎么办？怎么办？"

满娇说："苟老爷你快从后门走啊！"

苟老爷慌张地问："后门，后门在哪里？"

满娇指了指柜子。

保镖对着房门憋着嗓子喊："只能从后面走，我到后面接你，快点啊，不然来不及了。"

苟老爷忙乱披上衣服，推开柜子，慌忙从后门跑出。

满娇"扑哧"一笑，总算可以轻松了，对门外说："老柯，真的是他家狮子来了啊？"

老柯说："母狮子没来，来了头公狮子。"

说完下楼，对老鸨说："苟老爷一听母狮子来了，吓得从后门溜出，我还得去接他一下，'保护'他去个茶楼躲一躲，他如果直接回家，会穿包。"

老鸨笑得弯腰："你快去快去。"说完，走到胡开泰面前："胡将军，苟老爷一听说将军你来了，吓得赶快跑了。"

"他算识相，老子来了他不跑，看他有几个脑袋！"

"那就请胡将军再待一会儿，我去要满娇好生打扮，以迎将军。"

胡开泰说："你开始不是说要她收拾收拾就请我上去，怎么还要打扮打扮？"

老鸨说："胡将军不知，收拾收拾和打扮是两回事，开始是苟老爷在她房里，苟老爷走了，能不收拾收拾？打扮是专为你胡将军。"

"那行，你要她好好打扮。"胡开泰说，"也别说我是将军，免得吓到了她。"

老鸨刚上楼，大门外来了一乘一乘华丽的大轿，大轿停下，钻出一个一个富商、官员。有的官员还身着官服，毫不避讳。

富商、官员们一走进，姑娘们欢呼不已，各自上去拉住自己的相好。调笑声纷起。

胡开泰问还在为他拿捏的一个姑娘："你怎么不去？"

"我怎么舍得丢下你嘛！"

"嘿，你倒是还有点情义，叫什么名字？"

"我叫秀娥。"话未落音，媚眼已飞到胡开泰脸上。

"喔，秀娥，我记住了。我且问你，你们是不是都有相好？"

秀娥说："当然都有啦！也就是熟客啦！"

胡开泰说："既然都有相好，为何早些时候还在外面拉客？"

"胡将军你难道是第一次来我们这里啊，这个都不懂，熟客没来时，趁着空闲挣些外快。"

胡开泰还真是第一次来，忙说："别喊将军，别喊将军。"

秀娥说："那喊什么？"

胡开泰说："喊大人。我看你们这里来的大人不少嘛。"

"是的哩！像你这样的将军大人也不少呢！不过，他们……"

"他们什么？"

秀娥笑得浑身直颤："他们不像你这样自报家门，而是用的假名。"

胡开泰说："哦，老子没有他们那么狡猾。老子以后也得学着点。我再问你，要是喊你到外面陪酒助兴，有你们行内的什么规矩没有？"

"胡大人啊，别看你开始那么凶，你其实是个老实人，连这个都不知道，那叫'出局'。你要我'出局'得先来张'局票'，在'局票'上写明我的名字、喝酒的地点，还得落上你的名字。但'出局'只能陪你喝酒唱歌，别的事就不行啦！"

胡开泰听她说自己是个老实人，心里高兴："老子知道了，老子下次就点名要你'出局'"。

"胡大人，你可真是个好人，要记得嗬，别忘了。"

老鸨说要满娇好生打扮，其实是到满娇房里劝满娇接胡开泰这个客人。

老鸨说："满娇啊，苟老爷是被我用计吓跑的，一是我知道你烦他，肥头大耳不招你喜欢，二是楼下来了个武官，点名要你，别人都没被他看在眼里……"

老鸨的话还没说完，就被满娇打断："武官有什么了不得，文官我都见过不知多少，不接！"

老鸨说："这可不是一般的武官，是个副将！"

满娇说："连个正将都不是，还是个副将，副将能是个多大的官啊？"

"听老柯说，是个蛮大的官呢！从二品。那不就是二品大员。老柯说他手里有的是兵，多得不得了。"

老鸨这么一说，满娇在心里想，二品武将，手里有的是兵，我有个堂姐，被圣仙寺的和尚欺负得做不了声，那些和尚无人去管，我要这个带兵的帮她出口气。便说："既是妈妈一定要我接，你就喊他上来啰。他叫什么名字啊？"

老鸨说："胡开泰。有劲啊！随手这么一推，就推倒你好几个姐妹。"

满娇"扑哧"一笑："好喽好喽，带兵的还能没劲！"

老鸨便走下楼，笑眯眯地对胡开泰说："胡大人，你可以上去了，满娇在等着你。你可得温柔点，满娇是我们的头牌，全院人都靠着她吃饭呢！"

秀娥哼一声："哼！谁靠着她吃饭。"

胡开泰往楼上走，秀娥又喊："胡大人，你可别忘了答应我的事！"

老鸨低声恶狠狠地说："他答应你什么事？敢背着我做交易。"

秀娥说："他答应喊我'出局'呢，妈妈，你别太多心。"

老鸨说："谅你也不敢背着我，小心打断你的腿！"

"哎哟，妈妈，那我就出不了局啦！你也没银子收了。"

胡开泰和满娇完事后，搂着满娇，满娇捋着他的胡须。

满娇说："胡大人，要我讲个真故事给你听么？"

胡开泰说:"讲,讲,我就喜欢听你讲。"

满娇"扑哧"一笑:"胡大人,好像无论我怎样,你都说喜欢。"

胡开泰说:"我就喜欢你这扑哧一笑。你一'扑哧',格外那个,那个什么惹人疼爱。"

满娇又是"扑哧"一笑:"胡大人,别看你人粗,嘴巴子却蜜甜。"

"这是在你面前,在他人面前,老子嘴巴就算抹了蜜,也吐不出甜语。"胡开泰说,"你讲故事,讲真故事。"

满娇说:"胡大人,你知道圣仙寺吗?"

胡开泰说:"圣仙寺怎么不知道?远近闻名,都说那里灵得很。"

满娇说:"最灵的是什么?你可能不知道。"

胡开泰说:"老子对寺啊庙啊不怎么感兴趣,还真不知道最灵的是什么。"

满娇说:"最灵的啊,凡是怀不上孩子的女人,只要到那寺里去一趟,烧炷香,在寺里住一夜,包管能怀上孩子。"

胡开泰说:"有这么灵验?!"

满娇说:"确实有妇人去后就怀上了孩子的。"

胡开泰说:"我老婆到现在也没挺起过肚子,要她去一趟。"

满娇说:"你先听我说!"

"对,对,先听你说。"

满娇说:"我有个远房堂姐,一直没怀上孩子,听人家说那里灵验,去了一趟、住了一夜,结果……"

胡开泰说:"真的怀上了。"

满娇以手指点一下胡开泰脑袋:"怀上你个头!"

"不灵了啊?!"

满娇说:"我堂姐回来后只是哭,堂姐夫问她为什么哭,她又不肯说。那时我还没进这春满楼,喂,我告诉你,我来这里的时间可不久啊!人家原来也是良家女子。"

胡开泰说："是良家女子，不久不久。"

满娇说："终于有一天，我堂姐把那原委偷偷地告诉了我。"

"是什么原委？"

满娇将嘴对着胡开泰耳朵，轻语……

胡开泰听毕，一把松开满娇，猛地站起："他娘的，竟有这等事，老子带人去把那寺庙烧了！"

满娇说："英雄！胡大人果然是英雄。这不但是为我堂姐出了那口恶气，更是为民除害！"

胡开泰一听喊他英雄，愈发来了劲，说："老子这就去！"

满娇拉胡开泰坐下，依偎到他怀里，说："这事不可造次，须拿到真凭实据。"

"也对，须拿到真凭实据。可怎么去拿到真凭实据？"

满娇又将嘴对着胡开泰耳朵，轻语……

胡开泰以拳砸手心："妙计！没想到你还有如此妙计。可要谁去呢？你去？"

满娇说："你舍得让我去？愿让淫徒玷污我？只要你舍得，我就去呢！我这也是舍身救众人。"

胡开泰说："舍不得，舍不得，不能让你去。可要谁去呢？"

满娇说："从我们的姐妹们中选一个嘛。"

胡开泰猛地一拍巴掌："有了，要那个秀娥去。"

"怎么，你早就认识秀娥！"满娇不知是故意或是无意，话里带了醋意。

"嘿嘿，才认识的。"胡开泰说，"你开始不是还要收拾收拾打扮打扮嘛，老鸨怕我等得急，便要她伺候伺候我嘛，所以知道她叫秀娥。"

"这还差不多。"满娇说，"秀娥那人灵泛，要她去定能拿到真凭实据。"

二　胭脂花与光头

满娇所说的圣仙寺其实不是寺也不是庙，或者叫非正规寺庙、冒牌、假货、山寨。但每天就是有一乘一乘的轿子在山脚停下，从轿子里钻出的全是来求子的少妇。

少妇们一个一个虔诚地沿石阶往上。

装扮成求子女眷的秀娥身轻脚快，走在前面。

寺前大门处，双手合十的和尚们迎接着到来的妇人。

"阿弥陀佛，施主请进"的声音不断。

秀娥由一个身材魁梧的和尚引进，到了前殿，魁梧和尚说："女施主，这是前殿，请施主上香。"

秀娥想，这和尚还蛮有礼数嘛，人也长得好。

魁梧和尚将三炷香递给秀娥，说："请施主对菩萨许愿。"秀娥便学着别的妇人虔诚上香，嘴里胡乱默念一番。念完，魁梧和尚说："请女施主随小僧来。"

魁梧和尚引秀娥到中殿，秀娥上香、许愿后，魁梧和尚说："女施主累了吧，请随小僧到偏房用茶。"

偏房不是一间，而是有很多间，魁梧和尚领秀娥进去的那间肃静清雅，还有一盆兰草添幽。

秀娥喝着魁梧和尚为她斟的茶，说："大师傅，你这茶好香啊！"

魁梧和尚说："我们这寺里的茶，都是明前茶，明前茶倒也不奇，奇的是炒茶手法，全是我等亲手所制，可谓秘制，秘制之法，外人不得而知；秘制倒也不奇，奇的是泡茶之法，此茶乃小僧亲手所泡，专候小娘子。"

嘿，他喊我小娘子了。秀娥心里寻思，我且挑逗他一句，看他后面怎样行事。便说："你喊我小娘子，那我就不喊你大师傅了，喊你小和尚如何？"

"小娘子喊我小和尚，好，好！"魁梧和尚忙不迭地说。

"我看你年纪也不大嘛，怎地当了和尚？"秀娥问。

魁梧和尚说："小和尚确实年纪尚轻，当和尚嘛，那是爹妈将我送到这里来的。小娘子，你怎么独自一人来此，没要丫环陪同。"

秀娥说："我好独自出行，嫌多个人碍事。到了这里，不是有你小和尚陪同吗？"

"好，好，小和尚就专伺候小娘子。"

魁梧和尚这话一出，秀娥想，这秃驴，要露出本相了，我却要煞他一煞。便说："不用不用，大师傅你去伺候别的女施主。我喜欢一个人待着。"

魁梧和尚偷觑秀娥，说："也好，你有事请唤我。女施主是来求子的吧。"

秀娥说："当然是为了求子才来。我和夫君都两年了，这肚子一点动静也没有。"

"这你就来对了。"魁梧和尚说，"来本寺求子的妇人，百求百中，女施主已上香许愿，求了菩萨，今夜在此歇宿，明日回去自会有喜，十月后生下贵子，须记得前来还愿。"

秀娥说："你不会骗我吧，若真能如此，我就在这间房里歇宿。"

魁梧和尚说："如此甚好。女施主请歇息，小僧先告辞。"

魁梧和尚出去，将门带关，心里乐滋滋地想，今晚可享受这嫩货。

门被带关后，秀娥便在房内东敲敲，西摸摸，看是不是有如同春满园里面的"后门"，或者有什么暗道机关，却什么也没发现，不由地自语，这房内也没有什么机关啊！

到了晚上，秀娥点燃蜡烛，躺在床上大睁着眼睛，看着蜡烛火光，想，房间门我已闩好，房子又只有这么大，那秃驴若逞淫威，难道是撬门而入？

她环视房间，起身下床走到门边，侧耳细听，没有什么异常声音。又贴墙侧耳细听，也没有什么异常。

蜡烛火光跳跃了几下后，快熄灭了。秀娥接上一根蜡烛，回到床上，睁眼看着天花板……终于，睡意来袭，睡眼蒙眬。

蒙眬中，传来"咯吱"一声。

秀娥惊醒，往床边地下一看：

一块地板被顶开，露出一个光头。

魁梧和尚爬了出来。

魁梧和尚直扑床上："小娘子，我小和尚来了。"

…………

魁梧和尚发泄完，躺到秀娥身边，秀娥则不停地以手摩挲光头，魁梧和尚觉得惬意至极。

秀娥摩挲光头的手心里是一束胭脂花，胭脂花长在河边，红红的小小的一朵朵艳丽至极，可代替胭脂，搽得脸蛋红彤彤，并可用作口红。

被摩挲的光头越来越红。

魁梧和尚舒服地哼哼着，接着鼾声大作。

在魁梧和尚的鼾声大作里，圣仙寺迎来了清晨。

在这个清晨里，胡开泰已率兵将寺包围。

胡开泰命令属下："都给我守严了，不许一个跑出！"他亲率一队士兵冲进寺院。

几个打扫寺院的和尚丢下扫帚想跑，被士兵抓住。

胡开泰对士兵说："押着他们，把所有的人都喊出来，一个都不许留在房内。敢擅自留在屋内不出来的，一律严惩！"

被抓住的和尚领着士兵边走边喊："军爷有令，所有人都出来听军爷训话，不出来者，一律严惩！"

和尚们陆续出来。留宿的妇女们也陆续出来。

秀娥和魁梧和尚分别走出来。魁梧和尚头顶一片红。

胡开泰挥手说："寺内的人站这边！寺外的人站那边！都给我分开站好了。"

于是和尚站成一横队，妇人站成一横队。

和尚们心里有鬼，皆垂头俯首，似乎垂头俯首就不会被认出。遭凌辱的妇人们眼里含泪，但不知要发生什么事，都不敢说，亦低头。

胡开泰一眼看见那个红顶光头，命令一士兵："将他抓出来！"

红顶光头的魁梧和尚被抓出，战战兢兢，心里打鼓。

胡开泰喝道："你这个禽兽，奸淫进寺上香求子妇人，跪下！"

魁梧和尚被士兵一脚踢跪。

胡开泰对其余和尚说："凡奸淫妇人者，统统出来给老子跪下，或许饶你们不死。凡由妇人检举者，着一个杀一个！"

此话一出，被奸淫的妇人哭声一片，哭声中夹杂着指控："他，他是一个！"

和尚队列中出来十几个，跪成一排。

胡开泰说："你们这些秃驴，败坏佛门，以求子必灵之名骗妇人进寺，行奸淫之实。想知道老子是怎么识破你们这些畜生的吗？老子这双眼睛，一看一个准。"

胡开泰一脚将魁梧和尚踢翻："你昨夜奸淫的是独自上山的一个少妇，就是她！"

"你起来，好好看看，看老子指错没有？"胡开泰指着秀娥说。

魁梧和尚一看，连忙磕头："大人饶命饶命！"

"是不是她？"

魁梧和尚不住地磕头："是她，是她。"

胡开泰指着还站着的和尚，说："你们要我一个一个地点吗？点出一个，立斩一个。"

站着的和尚中又走出几个跪下。

"老子不光一看一个准，还知道有被你们这些秃驴关着的妇人。"胡开泰说完，命令士兵："进去搜查！"又对和尚们说："有自愿带路去搜查的，酌情免罪。"

立时有几个跪着的和尚应声：

"贫僧愿意带路。"

"老衲知道所藏地点。"

魁梧和尚也赶忙说："小僧也知道，小僧愿意带路。"

胡开泰喝道："还有脸自称贫僧、老衲、小僧，什么贫僧、小僧、老衲，全是些淫棍！"说毕，一脚又将魁梧和尚踢翻，"别人可以去，唯你不能去。"

几个老和尚、小和尚带路，几个士兵跟在后面。

很快，五个长期被关在寺里密室的妇人走了出来，对胡开泰哭拜：

"谢大人救命之恩啊！"

"大人，民妇自三月前进寺就被他们囚禁，可怜家里人不知音信，以为民妇早就死了啊！"

"求大人为我们做主啊！"

"大人，可不能饶了他们，得为民除害啊！"

妇人齐喊："不能饶了他们，不能饶了他们！"

胡开泰说："你们都各自回家去。本将军自然是要为民除害。"说毕，命令士兵：

"将这些秃驴们全给我绑了，先牵街游行，再审问，该斩的定斩，决不轻饶！将这淫寺一把火烧了，免得再害妇人！"

三 召娼杀妻

傍晚，胡开泰回到家，兴奋不已，对胡郦氏说："老子今天为民除了害，快炒几个好菜，来陪我好好喝几杯！"

胡郦氏也高兴，开起玩笑来："夫君这回做了件大好事，为民除害，也是为你自己除了害，不然，贱妾也可能会去求子。"

胡开泰笑着说："你若去，老子先斩淫僧，再杀了你。家里还有好酒吗？"

"有好酒，有好酒。奴家定然好生服侍为民除害之人，陪你喝个痛快。"胡郦氏赶忙进厨房炒菜。

胡开泰看着胡郦氏进厨房后，想，老婆陪酒毕竟无趣，得喊有趣之人来方有趣。遂喊道："来人！"

胡开泰对走来的仆人说："你拿我的帖子，去春满楼将满娇、秀娥接来，要她们来陪我喝酒。"他突然记起秀娥的话，补一句："也就是要她们'出局'。哈哈，'出局'！"

"出局"的二位来到胡开泰家，酒桌已摆在院子里。胡开泰要满娇和秀娥坐在左边，自己坐中，右边位置空着，显然是为胡郦氏而留。

胡郦氏从厨房端菜出来，一看来了两位"不速之客"，心里明白是什么人，顿时拉下脸来，嘴上冷冷地说："她们是干什么的？"

满娇、秀娥忙起身对胡郦氏道万福。

胡开泰说："这是我从春满楼喊来陪酒的。"

胡郦氏气极，将菜往桌上狠狠一放，丢下两个字："娼妓！"转身走进厨房，气得摔盆、砸锅铲。

摔盆、砸锅铲的声音传到外面。满娇对秀娥说："夫人生气了，我俩还是走吧。"

"谁敢走！老子不客气！"胡开泰说，"不管她，我们喝。"

胡开泰将自己面前那杯酒一饮而尽，以空酒杯对着满娇、秀娥："喝，你们喝！"

满娇、秀娥只得端起酒杯，各自浅尝辄止。

"不行不行，必须全喝了！"胡开泰喊。

满娇、秀娥只得各自喝完。

胡开泰哈哈大笑："给老子斟酒。"

秀娥给胡开泰倒满酒。

"你们自己，自己的酒杯，难道要老子给你们斟酒？"

满娇赶紧给自己和秀娥倒满酒。

胡开泰又是一饮而尽，指着满娇说："你是老子除掉淫寺的军师，说说你是怎么给老子出的妙计。"

满娇对厨房努嘴："此时还是不说为好。"

胡开泰又指着秀娥："那你就说说那秃驴是怎么进到你房中的？"

秀娥低声说："大人，别说那事了。"

"扫兴，扫兴！"胡开泰指指厨房，说，"我知道，都是因那贱人。"

胡开泰抓起酒壶，咕噜咕噜猛喝，然后摇摇酒壶，没酒了。放下酒壶，抹一把嘴巴："老子去把她喊出来，要她也来行酒，这酒才能喝出个气氛来。"

胡开泰走到厨房门口，喊："你给我出来！"

胡郦氏说："娼妓不走，我就不出来！"

"嘿，贱人，你敢不听老子的话！"胡开泰冲进去，将胡郦氏一把抓住，拖到厨房门口，"去，和她俩一起行酒！"

胡郦氏说："要我和娼妓一同行酒，呸！"

"你……你……敢丢老子的面子！"胡开泰抽出随身佩带的尖刀，以刀尖抵着胡郦氏腹部，"你去不去？不去老子杀了你！"

"不去不去，就是不去！"

胡开泰酒助凶性，抵着胡郦氏的刀尖狠狠一戳往下一拖，胡郦氏腹部被破开，惨叫倒地。

"啊！——"满娇、秀娥吓得尖叫。

"出人命啦！"边喊边往外跑。

胡开泰手里的尖刀掉落地上，"当"的一响。

四　正好除去心头之患

"大人，安庆副将胡开泰召娼杀妻。"黄翼升一亲信部下走进水师提督府，禀报黄翼升。

黄翼升说："什么召娼杀妻，讲明白点。"

"是！大人，据小的得知，是胡开泰召娼妓到他家里喝酒，和他老婆产生口角，他大概是喝多了酒，一怒之下，竟把老婆杀了。"

周国兴说："什么喝多了酒，召娼就是召娼，杀了老婆就是杀了老婆。"

"此事可属实？"黄翼升问。

"禀报大人，确确实实。"

"你是怎么得知的？"

"这事，安庆城都传遍了，死者家属告到了安庆府。"

"安庆府受理了吗？"

"安庆府感到为难。"

"为难什么？"

"一是忌讳胡开泰的将官之职，二是他乃我们水师的人……"

黄翼升说："你速去告诉安庆知府，在地方上发生的事，就得由地方处理。由他们处理，啊，咱们不干涉地方上的事，该怎么处理就怎么处理，啊，咱水师绝不袒护。"

这个亲信部下一走，周国兴忙对黄翼升说："干爹，胡开泰是彭玉麟的老部下，此人素来骄横，仗着曾立过战功，不把我等看在眼里。而且，而且，连干爹也……"

"连我也没放在他的眼里吧。"

"干爹，他确是狂妄至极。"

黄翼升说："他曾战功卓越，狂妄点可以理解嘛。所以我就任由他嘛，他想干什么干什么，这不，干出了召娼杀妻。"

"干爹，正好趁他犯下召娼杀妻之罪，除掉他啊！至少也得将他从那个位置上拉下，换上对水师忠诚之人。"周国兴想着这正是除掉异己的一个好机会。

黄翼升说："我不是让安庆知府该怎么处理就怎么处理了吗？"

周国兴说："安庆知府怎么敢处理呢？"

"你也知道安庆知府不敢处理呵，"黄翼升捻须而道，"那就只能留给一个人来处理喽。"

"干爹是说留给彭玉麟来处理？"

"胡开泰是他的老部下，我能不给他点面子，能对他这个屡立战功的老部下'落井下石'？彭大人可能就不一样喽。"黄翼升说完，微闭双眼，心里说，彭大人啊，我把这个烫手的山芋留给你，看你怎么办吧，处置他，正好替我除去一心头之患；不处置他，你那彭青天、彭打铁的名声怎么保？你这个老部下可是帮了我的大忙啊！

"彭玉麟如果对他网开一面，我们岂不错失了一个好机会？"周国兴担心地说。

"不得再妄议彭大人老部下之事。"黄翼升陡然严厉地说，过了一会儿，又放缓口气，"我得和我的将官们好好见次面了。"

身着戎装的各统领、营官陆续往提督府而来。

二营副营官封锡对营官周凯说："听说胡开泰召娼杀妻。"周凯点了点头："听说了。"

"提督大人召见我等是为了胡开泰的事吧？"邬柄说。

"肯定会对我等来一番训诫。但不会训诫别的事吧。"封锡说。

"应该就是为了胡开泰此事，别的嘛……"

没等周凯说完，邬柄便说："只要自己屁股干净，有什么可怕的，等着听训诫吧。"

这个排在第三的副营官是在暗讽周凯。上次请周国兴吃饭，邬柄说这是在他的地盘上，已经得罪了周国兴，怎么还没被撤掉呢？因周国兴忙虎口滩的事去了，暂时忘了。这个邬柄当然不知，故仍然想让自己"进步"，并已经抓了周凯的一些把柄。然而，他如果向周国兴告密，他就会提前倒霉，一是正好让周国兴想起暂时忘了的事，二是周国兴痛恨告密的人，你今天向本将军告别人的密，明天焉知不会向黄翼升告我老周！所以邬柄还是应该别急着"进步"。

进入提督府的将官依序排列两旁。仍有人小声议论胡开泰。

"提督大人到！"

所有人立即肃立。

众将官等着听黄翼升训诫，黄翼升却只是打量着排列左右的将官。

黄翼升的眼光扫向谁，谁就有点提心吊胆。

黄翼升的眼光停留在周凯脸上。

周凯心里立即有点发怵，不会是知道了我用亲戚之名开酒店的事吧？

黄翼升眼光离开，周凯暗地长嘘了一口气。

黄翼升的眼光盯住了封锡，封锡心里不由地打鼓，我嫖娼的事难道被人告发了？

黄翼升终于收回眼光，停止了扫视。

那些老面孔全没了，都是我的人了，看着舒服。黄翼升这么想着，仍不开口。众将官惶惶。

突然有人迸发："请提督大人训诫。"

其他人立即跟着喊："请提督大人训诫！"

黄翼升毫无表情地说："好，好。"却无下文。冷场。

有人将眼光偷偷地投向周国兴，要他催提督大人快点"训诫"，再这样下去受不了。

周国兴会意，心里却说，我也搞不清啊。

又响起了"请提督大人训诫！"

黄翼升说："好，好。"过了一会儿，指着一将说："你是什么时候进入我水师的啊？"

这个被问的部将根本没想到会问这么一句，仓促回答："我，我，我是……"

还未答出个具体日期，黄翼升已问周凯："你呢，你是什么时候？"

周凯说："末将已进水师三年。"

黄翼升又指着邬柄："你呢？"

"禀大人，末将尚未及三年。"

"好啊，好啊！"黄翼升说完"好啊"，还是没有下文。

众皆不知道他说好啊好啊是什么意思，都做着问到自己的准备。

封锡想，他怎么问的都是什么时候进水师的？接着又会问什么呢？不如趁着他还没问及别的，自己先说进入水师的日期，他定转问别人，自己就可过关了。转而又寻思，万一他已知晓我嫖娼的事，我一开口，岂不是送肉上砧板。

封锡还没寻思完，黄翼升已指着他："你呢？"

封锡吓一跳："禀，禀大人……"

"你肯定也未及三年。"黄翼升说完大笑。笑得众将莫名其妙。

黄翼升笑完，说："好啊，好啊，今天把你们喊来，是要和你们交流交流。看看，看看，不到三年，最低的都是个副营官了嘛。"

众将如释重负。

周凯、封锡、邬柄等齐声喊："全仗大人提拔。"

众将立即齐声喊："全仗大人提拔。"

黄翼升说："你们跟着我，长进都很快嘛。"

下面喊声一致："我等忠心报效大人。"

黄翼升说："报效国家，报效朝廷，怎么说报效我呢？这句话大错特错，以后一定得改啊！咱们这是交流，有错就得指出来。前些天我布置了自检，要大家找问题、提意见，除了周副将下去当面听取意见，还收到了不少书面意见，这些意见都很好啊！周副将，对吧？"

周国兴忙说："对，对。"心里想，他还收到了书面意见，我怎么全然不知，他竟然不告诉我。难道……

黄翼升看着周国兴，心里也在想，彭玉麟若来，手下这些人都可放心。唯独这个干儿子……

他从亲信部下看到的那些针对周国兴的意见书里，得知周国兴瞒着他干了的那么多事，令他不能不对周国兴警惕，越是身边的人越要小心。黄翼升想，他知道得太多了，将我拉进去的事也太多了，我得敲打敲打他，看他是否识趣。

听黄翼升说到意见书，一些将官亦在寻思。

"他难道将我的检举告诉了周国兴？可又不像。"

"只要紧跟老大，怕周国兴个鸟！"

…………

黄翼升说："周副将，你可以说一说大家所提意见的事。"

周国兴说："小的……末将听大人的，听大人的。"

"周副将没准备好，啊，没准备好。那就还是我说。本提督今天要当面征求你们的意见。你们只管畅所欲言。"黄翼升指着一个统领，"你所管的几个营，这些年出过什么纰漏没有？"

统领忙说："在提督大人的英明指挥、决策、统率下，我等尽职尽责，没有出现过任何纰漏。"

黄翼升说："本提督可是会亲自去查的啦。"

"恭请提督大人巡查。"

众将官齐声说："恭请提督大人巡查！"

黄翼升说："我会亲自下到各营，连哨官都要去问一问的。"

"提督大人明察秋毫。"又是齐声。

提督府"交流会议"一散，各将官匆忙往回赶，去做迎接提督大人亲自巡查的准备。

黄翼升在周国兴等陪同下来到水师二营。

周凯、封锡、邬柄率领诸哨官、什长迎接。

周国兴对黄翼升说："大人，二营的哨官都来了。大人说要亲自问一问哨官，是统统问呢还是挑几个问？"

黄翼升说："哨官都来了，你怎么知道？"

"我是从二营出去的。所以……"

"嗬，二营是你的根基、大本营。"

周国兴被呛得一怔，心想，他怎么……我究竟哪里出了纰漏，他这是明摆着敲打我啊！可得格外留神。

周国兴用眼色暗示周凯：快，快说好听的。

周凯说："二营营官、哨官、什长代表全营军士恭迎提督大人！"

"请提督大人询问。"众哨官等异口同声。

黄翼升说："这些形式免了，今儿个也不问你们什么了。"

营官、哨官一听，皆惊讶。

"好不容易做好准备，不但哨官，就连什长的嘴都'封'好了，他又不问了。"周凯心里嘀咕。

周国兴对黄翼升附耳轻声："干爹……"话还没说出，黄翼升"呔——"一声，周国兴赶忙说："大人，大人，那下一步……"

"你早就叮嘱他们该如何应答吧？"黄翼升对营官、哨官说："你们都是做好准备统一口径而来的，我还能问得出个什么？还有什么必要问？"

营官、哨官惊恐不已。

周国兴想，我的个干爹黄大人，原来他一点都不糊涂啊，早先的一些糊涂是装出来的啊！立即跪下："大人，确实是小的叮嘱了他们如何应答，请大人治罪。"

周凯、封锡、邬柄也赶紧跪下："请大人治罪。"

哨官们接着跪下，但未出声。

什长们相互看，不知该不该下跪。

黄翼升严厉地说："治你们的罪，治什么罪？"

周国兴说："妄图蒙蔽大人，蒙蔽之罪。"

"是，是妄图蒙蔽大人，蒙蔽之罪。"周凯、封锡、邬柄忙跟着说。

黄翼升抬头望天，似乎没看见他们下跪，也没听见他们的话。

"请大人治我等蒙蔽之罪。"周国兴、营官们大声喊，声音惶恐不安。

过一阵后，黄翼升才收回眼光，盯着他们，仍不吭声。

周国兴、营官们以头叩地，再喊："请大人治我等蒙蔽之罪。"

黄翼升这才又恢复平缓、甚至有点要死不落气的口吻："嗬，知道是蒙蔽。知道就算了，起来。"

周凯、封锡、邬柄不敢起身，偷偷看周国兴，见周国兴仍以头伏地，便都以头伏地。

"要你们起来就起来嘛，"黄翼升说，"今儿个不问话了，来水营嘛，该看的是操演，今儿个要看你们水上操演。"

这话一落，周国兴、周凯等如弹簧般弹起，这可是什么准备都没做啊！

周国兴急促地对周凯轻声说："快，快去将'特号'船恢复原样。"

黄翼升来到水师二营训练基地，坐在岸上要看二营水上操演。周国兴站在黄翼升座椅离水面稍近处，心里焦急地喊着"快点，快点"。

终于，水面上有了动静，周国兴指着水面："大人，他们的指挥船来了。"

仓促恢复原状的"特号"指挥船驶来。

站在船头的周凯大声说："禀提督大人，水师二营所辖四哨三十二队全部集合完毕，请大人下令。"

黄翼升说："你是怎么安排指挥人员的啊？"

周凯不由地一脸懵，想，这操演历来就是上司下令开始便开始，要问也只问操演安排，怎么问出个安排指挥人员？就是由我统一指挥啊！

周国兴说："快点回答大人的话，怎么安排指挥人员？"

周凯说："这安排指挥……由下官指挥。"

"另外两个副营官呢？他们干吗？"

周凯松了一口气，原来是问这个啊，便说："禀大人，另外两个副营官分别率领两哨。"

黄翼升说："不是有哨官吗？"

周凯答："是，是有哨官，这是为了……"

"是为了加强指挥。"周凯还没说完，被黄翼升打断。

"是！大人英明。"

"那么，还有两哨没有加强指挥啊？"

"这个，这个……"周凯又有点慌。

黄翼升说："你也可以亲率一哨嘛。"

"是！由下官亲率一哨。"

黄翼升说："四哨已加强了三哨，还有一哨没有加强啊。"

周国兴心里忐忑，预感到会点他的名。

果然，黄翼升说："周将军，你去亲自指挥一哨如何？"

周国兴迟疑不敢应答，心里不安：我已生疏多年，这是要出我的丑啊。

黄翼升说："你是二营出来的嘛，对二营最熟悉，去指挥一哨，全营四哨的指挥不就都得到了全面加强。"

周国兴只得连声应是，心里寻思，他绕来绕去绕出了这个点子，难道是要把我下放到水营当个营官，还是只为了降低我的威信，重新树立他的权威？若是后者则罢，若是真将我下放水营，哼，他有那么多把柄抓在我手里！他若真不念我这干儿子的情分，别怪我也不认他这个干爹。

黄翼升站起："这只是个操演嘛，本提督也亲自参加。"

周国兴、周凯赶紧说："提督大人亲自参演，乃二营之福。"

黄翼升说："水师二营操演总指挥由本提督担任。"

"恭请提督大人下令！"

这操演，看着就要正式开始，黄翼升大步往前，准备登"特号"指挥船，突然似站立不稳。周凯一看，欲从船头跳上岸来扶，纵身一跃，只听得"扑通"一声，掉入了水中。

五　夜探虎口滩

为迎接提督的亲自巡查，一营率先纠正问题，将突袭"特号"船抓"走私犯"的巡逻兵们全开除了。

新兵阿发说："唉，没想到，真是没想到，没想到将我们全都开了。那天在查获'走私犯'时，那个周大人还亲口说了不得追究我们的任何责任。"

"什么周大人，我呸！"老哨说，"老子早就知道他不会放过我们。"

"要说这一营的营官也忒毒，你要将我们开掉就早点开，他故意挨到开饷前，把我们好几个月的饷银全给扣了，白为他们当差近半年。被扣的饷银，全进了营官腰包。"

老哨说:"是我连累了兄弟们。"

老哨这么一说,原巡逻士兵们反安慰他:

"老哨你这话就不像兄弟说的话,当时是我们自愿去的,你还为我们挨了二十军棍。"

"老哨你哪天又当上了队长,我们还是跟你干。"

……

老哨说:"惭愧惭愧,咱们就此告别。"

阿发问老哨是回老家还是去哪里?

老哨说:"老子先要去办件大事。"

是夜,一个黑影朝虎口滩关卡蹑行。

虎口滩江水冲击着"虎口",发出一声接一声巨响。

关卡上,几个兵丁在闲扯。

"这下我们可舒服了,无论白天黑夜,都可以睡大觉。"

"他娘的,就是那江水响得躁人。"

这人一说江水,那江水似乎就更响,"哗——哗——"一浪接着一浪。在江水的冲击声中,那条黑影靠近了关卡。

一个叫焦明的兵丁说:"也是他娘的奇怪,咱这专门拦截商船替官爷们收钱的关卡,一下变成了招待站,过了滩的船,咱还得请他们喝茶。马远,你说这是为什么?"

靠近关卡的是老哨,他尖着耳朵偷听。

被喊作马远的说:"是他娘的奇怪,官爷们怎么突然发起善心来了。"

"许是哪路菩萨点化了他们。"

"不是点化,是菩萨警告了他们:再不收手,把你们打入十八层地狱,下油锅,炸!炸成一根根油条。"

兵丁们笑起来。

焦明对马远说:"你这话可别让哨官听见了。听见了会先让你下油锅。"

"他不在,他如果在这里,我会说么?吃饭时就没见着他,他到哪里去了?"

"早回家睡老婆去了,这里没有创收任务了,他也收手了。"

"收手之前,他也做得太缺德了。"

马远说的"太缺德",是那商船队被扣后的一天,周国兴的外甥哨官突然要焦明去告诉船夫,他们可以走了。

焦明就对着船队喊:"撑船的听着,你们可以走了。"

船老大说:"我们可以走了?我们怎么走?"

焦明说:"该怎么走就怎么走,这还要我告诉你们吗?回家去啊!"

船老大说:"回家去总得给艘船吧,这么远的路,要我们走路回去啊?"

焦明说:"走路不走路,那我就管不着了。"

周国兴的外甥哨官说:"船是不能给你们的,但可以发给你们工钱,有了钱,你们爱怎么走怎么走。"说完便对身边的老板喝道,"快点给他们发工钱!"

"这……这……"老板没明白过来,让船夫们都走了,他这船队怎么办?

"怎么?不发工钱!船夫们辛辛苦苦为你卖命这么多天,你连几个工钱都不发?快点,发!"外甥哨官接着说,"船夫们听着,我们是保护你们的,啊,不会让你们吃亏。至于这船嘛,上面有货物,我们得仔细检查,所以不能给你们船。货物嘛,你们也可以放心,其实也不用你们操心,货物又不是你们的,是老板的,对不对,不关你们什么事。老板呢,我们得将他留下,还要好好'款待'他。"

老板将钱给船老大时,船老大说:"这工钱我就不要了,老板你落难,我怎么还能收你的工钱。"

老板说:"拿着吧,拿着吧,我反正已经到了这步田地。你们赶快走,再耽搁,万一他们变卦,你们也吉凶未卜。我只能听天由命,听天由命。"

船夫们上岸,各奔东西。

外甥哨官对老板说:"老板你是姓秦吧。"

"早就告诉你了，姓秦。"

"秦老板，那就请吧。"

"要将我带到哪里去？"

外甥哨官说："款待你啊！"随即命令焦明、马远："送秦老板去！"

这个"款待"就是将秦老板关进了黑屋子。

外甥哨官看着老板被关进黑屋后，自语道："我那二舅也真是，多出好多事来，什么要客客气气地放船夫走，货物得由自己的士兵搬。让船夫们搬货物多省事！可他是周大将军啊，不听他的不行。这下，只好要我手下这些兵丁代劳了。但我也得体恤自己的部下，那么多货物，会搬死他们。我得要二舅再派些人来。"

周国兴调派了兵丁来，于是一队一队的兵丁从商船上搬货物，货物上岸后由一辆一辆的马车运走。

船上的货物搬空后，燃起了大火。

大火渐渐熄灭，江面上漂流着残骸。

秦老板被哨官带到江边。

外甥哨官指着漂流的残骸："秦老板，这就是你不肯纳贡得到的'好处'，还要说什么彭大人颁令不准私设关卡，这下看见了吧，什么都没了，这关卡也没了，变成招待站了，走走走，招待你'喝茶'去。"

秦老板又被关进黑屋子……

在黑暗中偷听的老哨想，货物没了，船烧了，证据都被毁了，关卡变成招待站，这可怎么办？只有去救出那个老板！

老哨便在黑暗中往黑屋子潜行而去。

"哗——哗——"江水冲击虎口滩的响声在黑夜中愈发震耳。

老哨在江水冲击声中一脚将黑屋子门踢开。

秦老板正惊恐欲叫，老哨低沉地说："别出声，我是来救你的。"

"你，你是谁？"秦老板不敢相信

"先别问，快跟我走。"

老哨拉着秦老板走出黑屋，隐入黑夜中。

秦老板从虎口滩关卡逃走，并没有对焦明他们造成多大的不安，当天夜里，他们照样鼾声如雷，之所以如此，乃在于哨官不在。他们不可能想到是有人救了秦老板，更不可能想到是那个被开除了的老哨。

一觉醒来，可就到了白天，大白日里，不见了秦老板，跑得不见了，不就这事议一议是不行的了。

"秦老板跑了，怎么向哨官交代？"

"哨官临走时又没有特别交代要严加看管，又没建一个牢房，若是从牢房里逃跑，我等还有些责任。"

"招待站怎么能建牢房呢？若是建了个牢房，谁还敢要我们招待，招待他进牢房啊。"

"别扯卵淡了，如果不能想出个法子，哨官一来，我们都脱不了干系。"

"哨官怎么还没来呢，都这个时候了。"

"搂着老婆舍不得松手呗。"

"你们还盼着他早点来是不是，幸亏他还没来，我们才得以商讨个法子。"焦明对马远说，"对了，你是第一个发现他跑了的，你如不想个法子出来，就会让哨官怀疑你，怀疑是你放跑的，至少和你有关联。"

马远说："关我鸟事呢，你们连看都不去看，还是我去看了看，我去看了后才知道他跑了。我如果不去看，到现在还不知道他跑了没有。所以论理，我是最负责的一个。"

"你还是最负责的啊？行，只要你想出个法子来，我们就说你是最负责的。"

马远说："要我想个法子嘛，这个法子其实好想，只要我们异口同声便是。"

"异口同声什么？"

"说他夜里逃跑，掉到江里淹死了。"

"对啊，掉到江里淹死了。"

"那么黑的夜，他能不掉到江里吗？"

"我们想舍命去抓，可不见了。"

"正好掉入虎口滩，谁能抓得到。"

"掉入虎口滩，准被巨浪冲到东海龙王那里去了。"

"行，就这么定了，可得异口同声啊，"焦明说，"谁他娘的漏嘴饶不了他！"

"放心，秦老板的货物都被他们掳去了，我们这班弟兄没得到一点，漏嘴能有什么好处，最低处罚都是扣饷银，谁他娘的那么傻，几个饷银还让哨官给扣掉。"

老哨和秦老板已经到了远离虎口滩的长江岸边。

秦老板站住，疲惫地往地上一坐："好人、恩人，我实在走不动了。"

老哨看了看四周，说："没事了，歇息歇息。"他自己也坐到地上。

"好人、恩人，现在你该告诉我名字了。"秦老板说。

"我的名字倒无所谓，你就叫我老哨。"

秦老板忙站起弯腰鞠躬："秦某谢老哨救命之恩。"

老哨说："坐下坐下，用不着跟我客气，我是去打探关卡勒索财物之事，听他们说起你被关在黑屋子里，顺便搭救而已。如今你的货物没了，船也被烧了……"

话未完，秦老板已伤心泪泣。

"别哭别哭，"老哨说，"我最见不得人哭。你现在只有一条路：申冤报仇。"

"申冤报仇？！"

老哨说："你赶快到彭大人彭玉麟处告状。彭大人定能为你申冤报仇。"

"哎呀，恩人说得对，我只有去找彭大人。"秦老板说，"冒昧问一句恩人，能和我一起去吗？我俩搭一顺风船，所有盘缠都归我出。讨回公道后，倾囊报谢。"

老哨说："怎么，你还怕啊？只管大胆前去。但我不能陪你去，彭大人是我的老帅，我是他的老下属，我这个下属无脸见他；我得留在这里，时刻侦探那些不法之徒，到时候好向老帅禀报。"

秦老板说："恩人，日后我怎么才能找到你呢？救命之恩，不能不报。"

"不要说这些，你快走吧。"

秦老板正要走，老哨又说："还有一事，安庆副将胡开泰召娼杀妻，连水师兵丁都知道，可提督黄翼升未做任何处置，这其中必有什么名堂。抢劫你的货物、烧毁货船的关卡，是他所设。你见着彭大人后，把这些一并诉说。"

六　若都以刑律处置，就没有几个官了

前面说到，有两人到彭玉麟行辕状告胡开泰，这二人是胡郦氏的娘家叔伯，胡郦氏的叔叔对彭玉麟说了胡开泰召娼妓饮酒，还要妻子胡郦氏行酒，胡郦氏不从，他就拿刀子破开她的腹，致胡郦氏惨死后，说："我们去找胡开泰为胡郦氏讨要公道，他反说胡郦氏是自己寻死，不干他事。胡郦氏死得冤枉啊！"

彭玉麟忍住愤怒，说："你们没去安庆府衙告状吗？"

胡郦氏的伯伯说："我们去了，知府大人起初也很愤怒，答应立即处置凶手，可慑于胡开泰是军营副将，根本不敢去缉拿，一直拖着。"

彭玉麟说："难道是水师主将阻挠？"

"这个小民不知。胡开泰行凶则安庆街巷均知，大人只需派人去趟安庆，便知胡开泰这个恶人将官的恶行。"

彭玉麟自语道："恶人将官、街巷均知……"他想起来了，和赵

武在静冈要道处见一些外地路过的百姓在看告示，其中有两人交谈，一个说安庆有个恶人，还是个将官；一个说合肥有个恶少，仗着显赫的家世无恶不作。那两人一个说自己是安庆人，一个说是合肥人。他要赵武去问，那两人都不敢说出将官、恶少的姓名……

彭玉麟想，那个安庆恶人将官，看来就是安庆水师副将胡开泰了。

胡郦氏的叔伯同时喊："彭大人，胡郦氏死得冤啊！惨啊！我们没有办法了，只有靠大人为我们做主了啊！"

彭玉麟说："数日之内，定为你们讨还公道。"

胡郦氏的叔伯走后，彭玉麟正要进入内帐休息，李超匆匆走进。

李超说："大人，外面又来了一个喊冤的，口口声声要见大人。是否由我去接待？"

"嚙，这回你怎么没劝我歇息，没说是否让喊冤的明日再来？"

李超说："大人说过，喊冤的内心焦急，度日如年……"

彭玉麟说："这就对喽，你快要他进来。"

李超说："大人还是稍作歇息，由我去做好冤情笔录，再向大人禀报。"

彭玉麟说："你说他口口声声要见我，如果你去接待，他必然有所失望。你将他带到这里来。"

带进来的这个喊冤者是秦老板。

秦老板"噗"地跪下，未开口，悲泣不已。

彭玉麟说："快起来，起来慢慢说。"秦老板不起。李超说："巡阅使大人请你起来说。"秦老板仍然跪着，哭泣着说："大人，将爷……"

秦老板将事情经过一一道来：自己的商船队侥幸闯过虎口滩，被关卡兵丁扣留，他说这是私自设卡。哨官说是奉了大将军之命。他问是哪个大将军？哨官说这可不能告诉你。他说巡阅使彭大人已颁令，不准私设关卡。哨官说什么颁令，令兵丁将他关进黑屋子里……货物如何如何被一队一队的兵丁搬走，由一辆一辆的马车运走。船上的货物被搬空后，燃起了大火。

"我的几船货物啊,我的船只啊,全没了,全被烧了啊!他们还要杀我。幸亏一个壮士在黑夜救出了我。"

李超说:"一个壮士救出了你,他叫什么名字?"

秦老板说:"他只要我叫他老哨,说他原本是彭大人的老下属,彭大人是他的老帅。就是他要我来找彭大人的,说彭大人定能为我申冤。"

彭玉麟说:"你快快起来,起来回话。救你的人只要你叫他老哨?"

秦老板站起,这才敢仔细看了一下彭玉麟,这一看,觉得怎么地有点面熟,像是在什么地方见过一样,但一时想不起来。嘴里只是嘟囔着:"你……你……你这位大人……"

秦老板这么一嘟囔,彭玉麟也仔细看了看他,立即说道:

"你不是当年那个尹老板尹福吗?"

秦老板一听,不禁喜出望外,喊道:

"大人,你难道真是原来那个王老板?!"

"不错,不错,我就是原来那个王老板。"

这一下,把个李超搞得莫名其妙,秦老板怎么突然成了尹老板尹福,雪帅怎么说他就是原来那个王老板?

李超自然不知道,这个秦老板,就是彭玉麟在去南昌路上碰到的那个尹福;而当时彭玉麟说他姓王,被尹福喊作王老板。

彭玉麟忙请当年的尹老板坐下,要李超上茶,通知伙房加菜,他要陪尹老板吃饭,又问尹福怎么改了名字。尹福说他自从和"王老板"彭大人分别后,照旧在长毛占领区和官军地盘跑生意,可跑得太多了后,引起双方的怀疑,长毛怀疑他通官军,官军怀疑他通长毛,他就改了个名字……

"还是大人记性好!一眼就认出了我。"秦老板见彭玉麟不忘当年,自己又在他假扮王老板时帮过他,使得他被长毛流动暗哨盘问时得以脱身……话就说得"大"了起来,在叙说了自己如何又搞起了一个商队等等的事后,说:"可是大人,我不但要告安庆水师私自设卡抢劫我的货物、烧毁我的船只,我还要告你令行不止,你早已下了不得私自设卡之令，我的商船船队货物却依然被私设关卡的水师抢劫一空，所有船只都被烧毁……"

秦老板的话还未完，李超喝道："大胆！敢告我们雪帅！"

彭玉麟却说："秦老板，你说得对，是该告我令行不止，可你还得将有关事项更详细地告诉我，你开始说是一个叫老哨的要你来找我，说我定能为你申冤。那个老哨必定是原来的一个老哨勇，他还对你说了什么？"

秦老板说："老哨还要我告诉大人，安庆副将胡开泰召娼杀妻，连水师兵丁都知道，可提督黄翼升未做任何处置，这其中必有什么名堂。还说抢劫我的货物、烧毁货船的关卡，是他所设。"

彭玉麟沉吟："关卡是黄翼升所设，抢劫货物、烧毁船只，他竟敢如此明目张胆？胡开泰是我的老部下，他对胡开泰未做任何处置……"

"大人，我又记起一句话，那个哨官还对我说，说我的货物没了，船只没了，关卡也没了，变成招待站了。"

"变成招待站了。"彭玉麟不由地思索……

当晚，彭玉麟立即奋笔疾书《剔除长江水师弊病通饬示谕一百条》。

李超端茶走进："大人，夜已深，请早点歇息。"

"长江水师近于腐烂，不抓紧整治不行啊！"彭玉麟说，"仅以安庆副将胡开泰召娼杀妻、水师提督私设关卡、抢劫货物烧毁商船而言，便可见一斑。我已答应胡郦氏叔伯在数日之内为他们惩办凶犯，为秦老板讨回公道，待完成此《饬示谕》和参劾刘维桢的奏本后，即行前往安庆。"

"此地距安庆尚远，大人还有这么多事要办……"

"你是说数日之内怎能为喊冤者讨还公道，应多讲些时日吧？"彭玉麟说，"放心，我自有办法，明日你听吩咐便是。"

李超正欲退出，彭玉麟又说："李宗羲要我代为筹划长江防务之事，得一并进行啊！"

赵武闻言走进："大人，李宗羲在紧要时刻竟为谭祖纶说话，说什么诱奸无死罪、谋杀无据，置大人于被动。还为他忙乎什么！"

"别打扰大人了，我俩出去罢。"李超拉了拉赵武。

彭玉麟说："无妨，和你俩说说话也是歇息嘛。赵武啊，防务非个人之事，乃系国家安危，岂能顾个人恩怨。再说，李宗羲坦言不懂军事，其自知之明，就胜于他人。若是不懂装懂，以外行而强行插手内行之事，则大事危矣！"

赵武说："我也知道这个理，只是想到他的话便有气。但大人既要抓紧整治长江水师，又要去安庆处置胡开泰，调查虎口滩，还要为李宗羲筹划长江防务，如何忙得过来？"

彭玉麟指着长江水域图，说："长江上自荆湖，下迄海噬，以南北论之，则天堑之险也；以东西计之，又建瓴之势也。而水师一军，扼其要害，实可左顾右盼，雄视四方。及今若不力图自强，大修军政，则舐糠及米，后患何可胜言！故，整治水师乃第一要紧！为李总督筹划长江防务，得先对长江重新进行一番考察，去安庆，一路便是考察，处理胡开泰、虎口滩事件亦是整治长江水师，这三者都是连在一起的。"

李超说："大人，我得另问一句，刘维桢实罪非轻，和谭祖纶沆瀣一气不说，仅以王胡氏被逼跳崖自尽而言，难道不是为他所逼吗？谭祖纶将军府人证实，刘维桢是将军府的常客，府内所拘女子，就是专供刘维桢等人享用，曹康还揭发谭祖纶数次送刘维桢银两，数目不小。这等人还只能参劾他对谭祖纶不察之罪吗？"

彭玉麟叹口气："唉，若是都以刑律处置，我朝就没有几个官员了。"说完，右手朝外轻轻一挥，"你们去吧。"

七　清晨如同约会一样又准时来到

这个晚上，彭玉麟为写《剔除长江水师弊病通饬示谕一百条》，只略躺了一会儿，天就亮了，他起来打开房门，李超已站在门外。

彭玉麟说："昨夜你值勤到丑时，能起这么早！"

"大人昨夜说了，要我今日听吩咐，我哪能不早起？我去睡时，大人书房仍然亮着灯，大人你睡得更少啊！"

彭玉麟说："我巡阅完后，便回乡里，有的是时间睡。你们可还要几十年才有我这个福气呵！"

"大人，巡阅完后，你难道又要辞职？"

彭玉麟说："我这人只能干干临时的。不说这些了，你速去一趟安庆，要胡开泰来港湾见我。我把这里的事情处理完，乘船而来，估计我到港湾，你带胡开泰也可到，这样争取了时间。对胡开泰早做处置，早给安庆百姓一个交代。"

"胡开泰骄悍，会随我来见大人吗？"李超担心地说

"你说是我召见，他定然会来。"

李超应"是"，正要走，彭玉麟又说："对了，你带上玉虹一道去。"

李超说："带上玉虹，岂不是多个累赘？"

彭玉麟说："你只说她会不会骑马？"

"这个，这个得问她自己。"

"那你就去把她喊来。"

稍倾，李超带着玉虹进来。玉虹说："大人要我来有什么要事？"

彭玉麟说："你会不会骑马？我问李超，他说得问你自己。"

"原来是这个事啊！"玉虹指着李超，"我会不会骑马，难道你不知道？"

"还是你自己说，你自己说。"

"哼，我骑马只会比你强，敢不敢和我比试比试。"

彭玉麟笑着说："不用和他比试了。李超你过来。"

李超近前。彭玉麟对他耳语："带上她前去，胡开泰不会起疑。"

"是！那就遵大人令。"

玉虹说："李超你遵大人令，那我也得遵啊。大人，快给我

下令。"

"他自会告诉你。你俩去吧。"

李超和玉虹快步走出后，彭玉麟不禁叹道："这一对正好般配，得给他们些条件，不要像我当年和梅姑，遗憾终身啊！"

梅姑是彭玉麟心头永远抹不去的痛，要说他俩青梅竹马，多少人都经历过；要说青春炽恋，他俩早早地就分了手，天各一方，而当终于又见面时，很快，梅花一谢不复开，梅姑已殁。彭玉麟脑海里经常闪现的，是和梅姑在一起的画面，这些画面的闪现，从他少年到青年，从青年到中年，从中年到老年，从贫寒子弟到一介书生，从寒士到高官，从没间断过。

看着李超和玉虹的背影，他又不由自主地吟起自己在二十八岁时所写的《感怀》：

皖水分襟十二年，潇湘重聚晚春天。
徒留四载刀环约，未遂三生镜匣缘。
惜别惺惺情缱绻，关怀事事意缠绵。
抚今思昔增悲梗，无限伤心听杜鹃。

吟毕，长叹一声，"唉，十二年后方重聚潇湘，已是身不由己，只能'无限伤心听杜鹃'了。李超、玉虹，不能重蹈我的覆辙呵！"

李超、玉虹两骑并行在前往安庆的路上。玉虹已是男子打扮。

"李超你说，彭大人怎么会派我这么一个好差？"玉虹兴奋地说。

"这是什么好差，"李超说，"路途辛苦，你可别此时兴奋，到时候哭着求我下马歇息。"

玉虹说："我才不会求你呢，你什么时候见过我哭？"

李超说："在双钩山下那独门独院里，不知是谁可怜兮兮。"

"不许提那事！人家是饿晕了嘛。"

"好，好，不提那事。"李超说，"只讲此次去安庆，若不能让胡开泰去港湾见彭大人，我俩可就有辱使命。"

"彭大人召见他，他敢不从！再说，还有我呢！"玉虹说，"彭大人之所以派我和你一同去，就是对你不放心。"

"对我不放心？！彭大人吩咐我这差事，我已经领命而走，是他突然加一句，要我带上你一道去。你才有此差事。"

玉虹说："彭大人是有意安排的。"

李超说："不得议论大人。"

玉虹说："是！不议论，不议论。只是，只是……"

"只是什么？"

"只是以后，我俩得怎么感谢彭大人嘀！"

"到时候再说，看你能不能追上我。"李超双腿一磕马肚，疾奔。

"还到时候再说呢，看我超过你，要你来追我！"玉虹策马紧追。

夜幕开始降临。李超和玉虹两马并行，降低速度。

李超说："得找个店子住下。"

玉虹说："干脆趁夜赶路。"

"你还能走，马可不能走了。"

玉虹笑："怎么样，我没求你下马歇息吧。"

"还行，算我服你。到前面看看，有店便进。"

前行不久，现一客店。

二人下马，伙计迎上。

李超说："要两间房子，将马喂些好料。"

"客官，喂马不须吩咐，房却只有一间了。"

"这……"李超对玉虹说，"你看……"

玉虹想，我倒要趁此试一试他。便说："一间就一间，无妨。"

"好呢！客官请进。"

李超、玉虹进店。伙计牵马去后面。又一伙计迎上："客官需要酒菜饭食吗？"

玉虹说:"来饭菜,肚子饿了。"

"有好酒来一壶。"李超补一句。

"他不会是想把我灌醉吧。"玉虹心里这么想,不由自主地说出了声。

"你说什么?"李超立即问。

"我说了什么?我说肚子饿了得先吃饭。"

二人坐下,酒菜米饭很快上桌。李超为玉虹筛满一盅酒:"你喝一盅吗?路途辛苦,可解疲乏。"说完,为自己筛满。

"没问我喝不喝就已经筛满,这不是非要我喝吗?"玉虹说。

"若先问你喝不喝,你又会说,明知我应当喝点酒,还问我喝不喝,就是不想让我喝!"李超说完,将自己那盅酒一口喝光。

"你不想让我喝,我就偏要喝!"玉虹也端起自己的酒盅一口喝光。

李超忙说:"慢点慢点,你不能喝那么急。"

"我已经喝了你才来关心啊!假关心。"

"得,得,玉虹小生总是有理。"

玉虹抿嘴偷笑。

楼上客房里只有一张床、一床被子。

玉虹一看:"这,这怎么睡?"

李超说:"只有这么一间房可是你自己说的无妨啊!"

"那就归你睡,我到外面去。"玉虹说罢赌气往外走,李超忙一把拖住:"开句玩笑还真生气啊!你睡床上,我睡地上。"

"地上冷,又没有被子。你被冻坏可就去不了安庆。"

"我去要床被子。"李超喊店里伙计,伙计跑来,问:"客官,有何吩咐?"

"给我们加床被子。"

"哎呀,实在对不起,今日客多,被子已没了。只有烦二位挤一床被子了。好在天凉,挤挤还热火。"

玉虹听得心跳面臊。

伙计带上房门，下楼去了。

李超说："这就真没办法了。我只有和衣睡地上罢。"

玉虹想，他这是定要和我睡一床啊！我虽有意于他，却不愿他强行无礼，他若强行无礼，我再也不理他。便说："睡地上是不行的，你就睡床上吧，睡我脚头。"

"末将遵令。"李超和衣倒头便睡。玉虹小心翼翼地睡到另一头。

李超迅即睡着，响起鼾声。玉虹却睡不着："他这不是假装睡着了吧？"

玉虹大睁着眼，旋又爬起："我倒要看看他是真睡着还是假睡着。"

玉虹悄悄爬到李超那头，用手在李超眼前晃，李超无动于衷。她又推一推李超，依然无动于衷。

"真的睡死了啊！"玉虹爬回自己那头，躺下，轻声自语，"他竟然能睡着？！倒是个真大丈夫！世上真有柳下惠坐怀不乱！"旋又想，他怎么能睡着？为什么要睡着？为什么不待我睡着后再睡？为什么不到我这头来……他心里难道根本没有我？难道是我吸引不了他……

玉虹终于在胡思乱想中睡着。

清晨如同约会一样又准时来到，李超翻身下床，玉虹尚在侧身酣睡。

李超压低声音喊："快起来，快起来，该赶路了。"

玉虹翻身仰躺，嫩脸娇艳如花。

不知是不是为美艳所惊，李超不由地后退一步："昨晚，昨晚，我竟躺在她身边……"

后退一步见玉虹还没醒，李超镇定了，喊："玉虹小生，该起床了！"

玉虹哼哼，侧身而已。

李超就着被子将玉虹猛推，玉虹醒来，伸个懒腰："我还要睡。"这话语可就是娇娇的了。

李超说："再不起来，会耽误行程了。"

玉虹忙爬起："你快走开，我要穿衣。"

"你根本就没脱衣，还要穿什么衣？"

玉虹见李超那不在乎的样儿，突然嘤嘤："你，你欺负我！"

"我哪里欺负你了，怎么欺负你了？"李超的话有点慌。

"你就是欺负我，就是欺负我！"

这话又带有撒娇，李超知道她没生气："喔，我明白了，你要起床，不管是不是要穿衣，我都得走开。"

玉虹就势"下马"："这还差不多。"

"我先去结账牵马，你下来涮洗后，店门外相会。"李超打开客房门，走出，然后轻轻关上。

玉虹看着李超走出后，捶一下自己脑袋："嘿，他在我面前这么好的性子，我还胡闹什么！可别真的把他给惹恼了。"

两人到了安庆，直奔胡开泰军营。

因老婆没了，春满楼去得几次后，觉得也就是那么回事，也有点腻了，又没有多少事可做，胡开泰就想着还是打仗好，打仗还是痛快。这天他正在军帐中发呆，一士兵来报："外面有两人求见，一人名李超，说是奉彭玉麟大人派遣前来。"

"嘀，是雪帅派来的人，快要他们进来。"胡开泰一听，兴奋起来。

玉虹跟在李超后面走进。李超一见胡开泰："胡将军，还记得在下吗？我可觉得你还是当年的样子。"

胡开泰哈哈大笑："李超！我是雪帅的老部下，能不认识你？快说，雪帅现在哪里？"

李超说："雪帅不日要来安庆，因思念旧部心切，特派我等前来，邀胡将军去港湾相见。"

"雪帅如此念着我啊！我一定去港湾拜见。我也日夜念着老帅啊！哎，这位小将是谁？我怎么没见过。"胡开泰指着玉虹。

"他（她）嘛，我一时还真不好明言，"李超看看胡开泰身边的人，"说出来恐惹嗤笑。"

胡开泰见玉虹长得清秀，以为是娈童，又哈哈大笑："李将军好这一口啊！"

玉虹见胡开泰看她的眼神，心里气得不行："这蛮子，将我看成了什么人。"

李超说："嘿嘿，一点隐私，但不能瞒胡将军，待私下相聚或品茶饮酒时再告知。"

"对，对，我得请你喝酒。走，去酒楼。我老胡替你接风。"

李超说："胡将军还是那么豪爽！"

胡开泰说："我这人嘛，就是好个冲冲杀杀，大碗喝酒，大口吃肉。不能闲，闲着就要出事。"

李超想，他可能真是闲出的罪过。唉！

胡开泰说走就走，带着李超、玉虹来到一酒楼隔间，三人坐下，胡开泰居中，李超、玉虹分坐左右。

胡开泰对玉虹说："这位小兄弟眉清目秀，不知能喝酒吗？"

李超说："不瞒胡将军，'他'是我的相好。"

玉虹的脚在酒桌下狠狠踢了一下李超。

"我早就看出来了，哈哈。"

李超说："胡将军真看出来了？未必。"

"怎么，我老胡没看准？"

李超说："她是个女的。"

"女的？！真是个女的？"胡开泰有点吃惊。

玉虹一把取下帽子，将脑后发辫解散。

"嚆呀，是个小美人，李老弟好福气。"

李超说："在路上为免麻烦，故要她女扮男装。"

"你带个小美人出来，雪帅允许？雪帅自己可是从不近女色。"胡开泰说。

"雪帅如今对老部下宽松了很多，不经过雪帅同意，我敢带她出来？"

玉虹说:"我也就是想跟着出来玩玩。"

胡开泰说:"好,好!"心里想,这下我就彻底放心了,雪帅能让他带个相好出来,邀我去相见,那就不会有别的事。

"小美人,能陪我们喝酒吗?如不胜酒力,我再喊个美女来陪。"

"别喊别喊,"李超说,"我也只是不瞒胡将军而已,这种事,知道的人多了,毕竟不好。待会她还得变成小生。"

玉虹在桌下对李超又是一脚,心里说,待会看我怎么收拾你!

胡开泰大笑:"小美人,你这位相好不让我喊啊,看来你只能多喝几杯了。来人,上酒上菜!"

酒菜上桌。胡开泰举杯:"来,先饮了这杯。吃好喝好,明天我就随你们去拜见雪帅。"

李超、玉虹出发后不久,巡阅使船队便往安庆进发。

彭玉麟戎装披挂,站在船头,不时以伸缩望远镜观看两岸地形地势,对赵武讲述拒敌之要。只要一出现险隘,则令其他船只在江中缓行,自己这艘船往岸边靠拢,放下小艇,带赵武等上岸爬上险隘,亲自勘查,叮嘱赵武,此处当设炮台,应设几尊,要如何才能发挥最大火力……

从险隘下来,上艇,登船,快速追赶船队。

江风猎猎,白浪哗哗,日薄西山,船队靠岸,疲惫的彭玉麟在舱中记下险隘之处。

饭后略歇,彭玉麟又在舱内书写《剔除长江水师弊病通饬示谕一百条》。

是夜,彭玉麟走出船舱,凝望夜色中的长江,问赵武,距港湾还有多远?赵武答,后日可到。

彭玉麟说:"李超带着胡开泰也应该能在后日到达。胡开泰,在战场上可是一员猛将啊!"

彭玉麟的内心,此时其实非常复杂,胡开泰是他当年的爱将,冲锋陷阵,身中多处枪伤,连眉头都不皱一下……可就在后日,他要亲手处置……他真有点担心自己到时候能不能掷出那支令箭。

彭玉麟船队沿水路往港湾赶，胡开泰则带着几个军士和李超、男装玉虹策马从陆路由安庆往港湾而行。

船队到达港湾不久，胡开泰、李超等也到了。

李超指着港湾，说："嘿，彭大人的船已经到了。胡将军，我先去禀报吧。"

"不用，"胡开泰说，"雪帅要见我，我径直进去拜见就是。自打雪帅将长江水师交出，回衡州老家后，我就一直没见过他。雪帅想我，我更想他啊！"

"就按胡将军的话办，给彭大人一个惊喜。"李超想，这胡开泰对老帅感情还是不薄啊！

"快走！"胡开泰说毕催马，一骑当先。

李超心里叹道："唉，这人若一直在战场该多好，战死沙场，才是他最好的归宿啊！"想毕，催马紧赶。

八　这回得真的在他面前做儿子

黄翼升"检阅"水师二营"操演"后，回到提督府。

刚坐下，站在黄翼升侧旁的一卫士想忍住笑，但还是没忍住。

黄翼升说："你笑什么？"

"禀报大人，小的没，没笑什么。"

黄翼升说："笑什么不要紧嘛，说出来让我听听。"

卫士说："大人，我是想起二营营官，所以没忍住笑。"

这个卫士笑的是，当黄翼升在水师二营训练基地，说他亲自担任二营操演总指挥，正大步欲登"特号"指挥船，突然似站立不稳时，营官周凯欲从船头跳上岸来扶，纵身一跃，结果"扑通"一声，落入水中。当时这卫士手疾眼快，也是纵身一跃，不但自己稳稳落地，而且稳稳扶住了黄翼升。掉入水中的周凯则在不断扑腾。

当时黄翼升一把推开这个卫士："我没事。去把那个废物拉上来。扫兴。"

这个卫士说："我想起他掉落水里那样儿就好笑。一个水师营官，连那么几步都跳不过，还在水里扑腾，还烦大人要我去拉。我看他就是鸟人一个！"

黄翼升说："你去当那个营官怎么样？"

"这个，我的职责是守护大人。"

"如若有人对本提督行刺，你怎么对付？"

卫士说："我用身体挡住大人，再拔剑迎敌。"

黄翼升赞赏点头："你还是说说你能当得了那个营官吗？"

卫士说："至少比那个鸟营官强。"

黄翼升"嗯，嗯"着说："可他是周国兴提拔的，我还得问问周副将。"

周国兴周副将正在二营营地骂营官。

"你他娘的在提督面前丢丑，连我也跟着你丢丑。船头离岸就那么几步，你竟然掉进水里！"周国兴指着周凯鼻子骂。他嘴上骂着，心里却在想，我的个干爹，他是装作站立不稳，他可越来越会演戏了，我得格外当心。

周国兴骂完了，周凯说："我是去扶提督大人心切，在船头，被……被绊了一下。"

"船头有什么能绊你，光溜溜的什么都没有！"

"那，那就是太滑溜。"

"还嘴硬，还狡辩，我看你这个营官是不想当了。"周国兴喝道，"自己掌嘴！"

周凯只得扇自己的嘴巴。周凯扇自己的嘴巴时，周国兴看着封锡。

封锡这个副营官顿时心里打鼓，寻思：我又没掉到水里去，老盯着我干什么。我若不为老大说两句,他扇自个儿的嘴巴停不下,日后定会怪罪我全无同僚情谊,好歹也是一同进营房,一同扛起枪,一同当营官,一同嫖过娼。那最后"一同",他的嘴巴也关得铁紧,可别因这扇嘴巴扇漏了风。

邬柄则在心里说,立马将他撤了就好,我好把这个"副"字去掉,可前面还有个老二,得瞅个机会将他嫖娼的事告发,老大就只能归我了。

封锡说话了:"周将军,要说操演失误,责任也不全在他身上。提督大人先是说来询问哨官,和哨官交流,突然变成要看操演,弄得我们措手不及;突然又要亲自担任总指挥,忽然间又站立不稳,他也是为了去扶提督大人才掉进水里的,出发点还是好的。吃饭防噎,走路防跌,也有防不住的时候,一下就噎着、跌倒了,良马也失蹄……"

周国兴想,他说到了黄翼升,这话中听。却当即喝道:"大胆,照你这么说,黄大人也有责任。"

这话,听似吓人,实则说封锡讲得好。

"算了,别扇了。"周国兴又指着周凯。

"谢周将军,谢周将军。"周凯停止扇自己的嘴巴,但还得说,"请周将军继续训斥,继续训斥。"

这时邬柄想,看样子周凯过关了,不会将他怎么样了,封锡也没事了,他真想挺身而出,将这一把手、二把手嫖娼的事当面揭发,但还是忍住了,觉得还是只能秘密告发为好。几天后,他终于再也忍不住了,瞅个机会,向周国兴来了个秘密告发,这一告发,可就真的让周国兴想起来了,这不就是那个请老子吃饭,说是在他的地盘上的人吗?周国兴不动声色,果断处理,并且是"公事公办",立即命人喊来周凯、封锡,说:"邬柄告发你二人嫖娼,有这么回事吗?"周凯、封锡异口同声,说绝没有这么回事,这是邬柄有意污蔑、造谣,想搞乱二营,制造不稳定……周国兴当即"判"道:"邬柄造谣生事,恶毒攻击上司,图谋上位,趁二营整顿之机,破坏军营稳定,以达到不可告人的目的,着将其副营官革职,杖四十军棍,赶出营去。"邬柄被打得要死，赶出去后，周凯、封锡又团结一心，指使人在外面只要一遇见邬柄，遇见一回打一回。邬柄后来就不知逃到哪里去了。这是后话，不表。

周国兴正要继续训斥，虎口滩关卡他的外甥哨官赶到。

外甥哨官示意有要事。

"你给我好好反省！"周国兴对周凯脑袋敲了一"栗壳子"，又对封锡、邬柄说，"你们也一样，好好反省。你们都别忘了是怎么当上这营官的，别再给我丢丑。"

说完，要外甥哨官跟他走。

走到营地外较僻静处，周国兴问外甥哨官："什么要紧事？"

外甥哨官说："二舅，这事要说紧又不紧，不紧可又觉得紧。"

"到底什么事？难道是有关'招待站'的事？"

外甥哨官说："招待站能有什么事呢，轻松了那班兵丁。"

"难道是你家里的事？"

"家里没什么事。"

"没什么事你来干什么？没见我正忙。"

外甥哨官说："是这样的，那个商船的秦老板跑了。"

"什么，秦老板跑了？！这还不是要紧事？这是要命的事。"周国兴抬手就要打。

"别打别打，"外甥哨官说，"二舅，他跑了，但淹死了。"

"跑了，又淹死了？！"

"开始是跑了，跑到江边一脚踏空，掉下去了。"

"确确实实掉进了江中？"

"确确实实。"

"你亲眼看到？"

外甥哨官说："亲眼倒是没看到，那天晚上我没在招待站。"

"你没在那里，到哪里去了？"

"回家去了。你姐要我去办事。"

"混账！"周国兴骂完又觉得不妥，这有点像骂自己的姐姐，便问："谁看到他掉到江里的？"

外甥哨官说："那晚当值的所有兵丁都看到，都是异口同声说他掉到江里淹死了。"

"说详细点。"

外甥哨官说："那天晚上，秦老板从关他的屋子里偷偷跑出，立即被当值的兵丁发现，兵丁们立即去追，边追边喊，秦老板被吓得乱跑，天又黑，就掉到江里去了。"

"他是个商船老板，常在江上跑，能不识水性？能掉到江里便被淹死？"

"他掉进了虎口，还能活命？能不淹死？就是'浪里白条'进虎口，也得死。"

"什么虎口？"

"就是虎口滩啦，虎口滩。在那里待久了，顺口就喊虎口，如同老虎口。"

"找到尸体了吗？"

外甥哨官说："掉进虎口滩还能找到尸体？早被冲到东海龙王那里去了。"

周国兴说："没找到尸体不能让人放心。我问你，为什么不早点将他处置了？"

外甥哨官说："二舅你又没要我将他杀掉，你只要我将他关起，将货物搬完将船烧了后，要我带他去看现场，要我对他说，这就是你拒不纳贡还要搬出什么巡阅使彭大人已经颁布了禁止私设关卡的'禁关令'的好处。我可是一一照办了。"说完嘀咕，"又没有牢房，将他关在那么个破棚子里，他能不跑出？天黑不要命地跑，能不掉进老虎口？掉进老虎口了有什么担心。"

周国兴自语道："原本是想报复秦老板拿彭玉麟的'禁关令'来吓老子，让他看着证据全毁后，老子再亲自去羞辱他一番再杀，可被黄翼升搅得一忙，忘了。"

这自语便不太清楚，外甥哨官说："二舅你在说什么，哎呀二舅，秦老板淹死了，什么事也不会有了，你就放心吧。这事我原本还不打算急着告诉你的，可你是我二舅啊，不能不告诉啊。没想到反而让你担心。"

周国兴依然自语："忘了忘了，黄翼升一向尽耍把戏，把我都给耍晕了。"

外甥哨官见周国兴不答他的话，有点不快："二舅！我已经告诉你了啊，你没别的吩咐我就回招待站去坚守岗位了。"

周国兴似乎被喊醒，说："我再问你，那些船夫可是拿了工钱走的？"

外甥哨官说："二舅，我早就告诉你了，完完全全按你的吩咐办，我亲自守着秦老板给他们一个个发工钱，他们都拿了工钱，欢天喜地走了。船夫不会有任何问题，他们帮老板撑船，为的就是工钱，只要工钱到手，其他的关他鸟事。我还补了两句，我说秦老板因夹带走私货物，犯了法，所以扣下。和你们无关，你们带着工钱回去安生过日子。"

"嗯，补的两句还算补得不错。"周国兴说，"你先别回招待站，回家去，有事我好就近找你。"

"好嘞，我听二舅将军的！"外甥哨官说完便走，边走边想，不用当值，回家守着老婆多好，那招待站虽说没什么事，全是些光棍，若能配置几个娘们，我也就懒得回家，愿意夜夜坚守在虎口。

外甥哨官走后，周国兴思量：没找着秦老板的尸体，终究有可能出意外。万一他没死，万一他还活着，万一他跑到彭玉麟那里告状去了……这事不能不告诉黄翼升，不能瞒他，也瞒他不过，他怎么突然贼精明了，还得向他讨个主意，只是这一告诉他，一向他讨主意，会被他骂猪一样地骂。

周国兴不由地出声："黄翼升呃，我的个干爹，这回我得真的在你面前做儿子了。"

周国兴到水师提督府内室，黄翼升正在看书。

周国兴一走进，便跪伏在黄翼升脚下。

黄翼升说："国兴，你这是怎么了？快起来，起来。"

周国兴跪着不动："干爹……"几欲垂泪，心里却想，此时他的口气怎么如此平和？莫不是又有令我难测的举动……

"还在为二营操演之事自责啊？"黄翼升说，"教训那些营官们一顿便算了。"

周国兴说："孩儿确是愧疚万分，对不起干爹啊！教训二营营官，孩儿倒是已经办了，他们也表示从今后一定加强自身训练。而是，而是一桩……"

黄翼升说："难道是比那个水师营官掉进水里还要丢丑的事？不管什么事，站起来说。"

周国兴跪着不动，说："干爹，那个商船秦老板掉进江里淹死了。"

黄翼升说："商船秦老板掉进江里淹死了，淹死了有什么办法呢，又不是你杀了他。"

周国兴听出最后那话的含义，忙说："没有，没有，孩儿没有杀他，是他自己掉进虎口滩。"

"嗬，失足落水。"

周国兴说："但没找到尸体。孩儿担心的是……"

"担心他没死，跑了。"

"孩儿是担心他跑到彭玉麟那里告状去了。"

黄翼升说："他跑到彭玉麟那里有什么状可告啊！"

周国兴心里说：又装得这么像，那货物你占多半。你这是想一抹干干净净，我偏要点出你这一点，便说："可是，干爹，那关卡、那货物、烧掉的船……"

黄翼升正要接话，哨探来报："禀大人，巡阅使船队往安庆进发，但停泊在港湾后，便一直未动。"

黄翼升说："知道了，再去打探。"

哨探退出后，周国兴说："他来了，来得这么快。不会真是那个秦老板没死，到他那里告了状？"

黄翼升说："他来得快毫不奇怪，只是怎么停泊在港湾不动呢？"

九　一语成谶

港湾。赵武走进巡阅使船舱，报彭玉麟："大人，胡开泰到了。"

彭玉麟说："很准时啊！"

外面传来胡开泰大喊的声音："雪帅，雪帅，我胡开泰来了，胡开泰想念雪帅啊！"

赵武说："大人，是否要他立即上船？"

彭玉麟说："你下去，和李超陪他好好吃餐饭，不怕破费。我这里尚有一小坛好酒，拿给他喝。"

赵武领命下船，一上岸，胡开泰见着他便喊："赵武！咱们也好久没见了啊！"

赵武说："胡将军，彭大人要我和李超先陪你吃饭。彭大人还特意将他保存的一坛好酒给你，要让你尽兴。"说完，将手中酒坛朝胡开泰晃了晃。

胡开泰说："雪帅要你们先陪我吃饭，哎呀，让我拜见后再吃饭嘛。"

赵武说："走吧走吧，咱们找个好一点的饭店，彭大人说了，请胡将军吃饭，不怕破费。"

胡开泰立即对巡阅使船跪下："雪帅，胡开泰谢雪帅了！"

胡开泰一站起，玉虹就说："胡将军，我就告辞回去了，谢你在安庆的款待。"

"哎，回去干吗，一起吃嘛！"胡开泰说。

玉虹说："彭大人只说要他俩陪你，可没说要我陪。"

胡开泰大笑："我了解雪帅，雪帅是从没有要女人陪吃饭的，对下属也同样要求，无人敢违。只是你和李超得分开一阵了。"

李超对玉虹说："你要回去，回哪里去？独自回登丰？"

随赵武而来的亲兵说："放心放心，彭大人已为她安排好了。还有胡将军带来的人，都另有安排。你们请随我来。"

玉虹狠狠瞪一眼李超："你还知道问我回哪里呀！"说完，和军士一道随亲兵而去。

胡开泰朝李超肩膀搡一拳："你真有好福气，雪帅什么时候这样关心过下属女眷。"

李超说："胡将军休得取笑，不是我的女眷。"

"现在不是，以后就是了嘛。"胡开泰说，"不要喊我什么将军将军，喊老胡，喊老胡不生分。我也直呼你俩的名字。"

李超、赵武便说："老胡，走，吃饭去。"

"走，走。"

三人走进一家饭馆，选了一靠窗饭桌，胡开泰居中，李超、赵武分坐两边。

赵武点了四个菜，中间一大碗肉。

"嚙呀，有四个菜，雪帅真是为我破费了。"胡开泰说，"以前我陪雪帅吃饭，就两个素菜，一碟辣酱。"

赵武开开小酒坛子，将酒倒进一个大碗，再为李超和自己各倒了一小碗。

赵武将大碗放到胡开泰面前："老胡，我知道你喜欢大碗喝酒，大块吃肉，你请。"

胡开泰说："雪帅也知道我这个嗜好，只是我若喝多了，待会儿去见雪帅，恐失态。"

赵武说："彭大人说要让你尽兴，你只管喝。"

"好，那我来个尽兴。"胡开泰说完，端起碗，"赵武、李超，我老胡先干了。"

胡开泰端碗喝时，赵武心里想，人倒还是那么豪爽啊！唉！怎么要去干那些事。

胡开泰喝完，将空碗朝赵武、李超一亮。

赵武、李超端起小碗，也各自喝干。

李超捧起小酒坛："这回该我给老胡倒酒。"

胡开泰说："你们将我老胡真当雪帅的贵客啊！"

李超给胡开泰的大碗倒满，再为赵武和自己的小碗倒满。

李超端起自己的小碗:"老胡,这回我们同干!"

赵武也端起自己的小碗:"老胡,同干!"

胡开泰端起大碗:"同干,同干!痛快,痛快!哈哈……"

酒足饭饱后,赵武、李超带着胡开泰进入巡阅使船舱。

胡开泰一见彭玉麟,满心欢喜,立即跪下:"雪帅在上,末将胡开泰叩见雪帅。"

"胡开泰,你这一跪下,可曾想过再也起不来了吗?"彭玉麟话语冷峻。

"雪帅,我怎么会起不来了呢?我又没喝醉。"

胡开泰刚说完,彭玉麟厉声喝道:"你知道你的罪行吗?"

胡开泰大惊,跌坐在地。

"你召娼杀妻,该当何罪?!"

"我,我召娼是一时糊涂,杀妻并非故意,而是醉后失手。"本来就没醉而只有几分酒意的胡开泰,那几分酒意也全被惊跑了,忙为自己争辩。

彭玉麟说:"按《大清律》,凡文武官吏宿娼者,杖六十,挟妓饮酒坐罪亦同。杀人偿命。你杀发妻,破其腹,手段残忍。你还有何话可说?"

胡开泰说:"雪帅,就在这之前,我铲除了专以骗奸妇人为事的淫窟圣仙寺,解救了无数妇人,为民除害,也可以功折罪吧?"

彭玉麟说:"以你之罪行,本当先杖六十,再行斩首,现免去六十军棍。活罪已免,死罪难逃!"

胡开泰叹道:"唉!我若不去春满楼,不去管圣仙寺之事,也无后来的家中之事。"他不由地想到,当他铲除了淫窟圣仙寺后,回到家里,兴奋不已,对胡郦氏说:"老子今天为民除了害,快炒几个好菜,来陪我好好喝几杯!"胡郦氏笑着说:"夫君这回做了件大好事,为民除害,也是为你自己除了害,不然,贱妾也可能会去淫寺求子。"他当即说:"你若去,老子先斩淫僧,再杀了你。"

"谁知我这句话是一语成谶!"胡开泰又叹一口气。

"我那是酒助凶性啊!酒,不是好物,女人,也是沾惹不得的啊！"

彭玉麟说："你杀妻之行径，令人发指，你知道安庆百姓称你什么吗？恶人将官。身为水师将领，却被冠以恶人之称，我长江水师的名声都被你等这班人败坏殆尽！"

胡开泰说："我后悔。"

"你后悔什么？"

胡开泰说："后悔没有一直跟随雪帅，后悔去当那个什么副将。"

"此话怎讲？"

胡开泰说："我若一直跟在雪帅身边，像李超等人一样，有雪帅严管，怎会落到今日下场。想当年，我跟随雪帅驰骋战场，犯过什么错没有？只有战功而无他过。雪帅辞官回乡，我当了这个副将，无人约束，久闲而生骄逸……"

彭玉麟打断他的话："李超等人能跟随我一辈子吗？有谁能跟随我一辈子！我死了后，难道你们也要跟随去死？你当年确有战功，正因战功，擢升副将，是朝廷的恩典。既为朝廷将官，难道连遵律守法，老百姓都知道的这基本一点，你竟然都不懂？"

胡开泰垂头无言。

李超说："大人，我有一句话，不知当说不当说。"

"我知道你要说什么，但得让你说出来，说！"

"胡开泰是一员猛将，能否让他日后死于抵御外侮的战场上？"

赵武接着说："求大人看在他曾跟随大人多年的情分上，记下死罪，暂不执行，日后让他与外敌厮杀时，当敢死队员效命疆场。"

彭玉麟怒道："你们求情也饶不得！我今日饶他，明日你犯律法，就得饶你，这长江水师还如何治理？军不治，何以卫国？法不容情。李超、赵武！"

李超、赵武忙应道："在！"

"将胡开泰拉到岸上，由李超当众宣判：安庆副将胡开泰召娼妓饮酒使其妻子行酒，其妻不可，遂抽刀破其腹。胡开泰召妓，违犯军规，杀害发妻，按律当斩。长江巡阅使彭着将其，立斩！"

彭玉麟下这道令时,身子往左倾斜,眼睛看着舱壁,他的内心,其实不无挣扎。

"遵令。"李超、赵武将胡开泰架起。

彭玉麟也不由地站起,背对着胡开泰,说:"胡开泰,你还有什么要对雪帅讲的,可说!"

胡开泰说的是:"胡开泰只有一句话,谢雪帅让我当了个饱死鬼。"

第十四章 参劾总办

一 换个地方，你官儿照当

很快，胡开泰被处斩的消息就由黄翼升的亲兵哨探禀报到了提督府。

黄翼升听后并不惊讶，仍是"温水"一般地说："胡开泰被彭玉麟杀了？"

"禀大人，确确实实。胡开泰被杀了。"

"什么罪名？"

亲兵哨探说："宣判的是：召妓，违犯军规，杀害发妻，按律当斩。长江巡阅使彭着将其，立斩！"

"那个事，不是已交安庆府处置吗？"黄翼升故意提及。

亲兵哨探说："是巡阅使大人将胡开泰召至港湾船上，宣告罪状后……"

原来他将船停泊在港湾是为了将胡开泰引去。黄翼升想，本以为顶多将胡开泰杖罚革职，没想到他真的斩杀。

"干爹，干爹！"周国兴急匆匆来了。

黄翼升对亲兵哨探说："我知道了。你去吧。"

亲兵一退出，黄翼升就对周国兴说："我说你这个人啊，大小也是个副将了，怎么总是这么毛毛躁躁，当着兵丁的面还是乱喊乱叫，什么时候才能改得了这个毛病。"

周国兴心里寻思，他已这样责怪过我，可我还得"乱喊乱叫"，方能让他认为我……旋即又喊："干爹干爹！"

"好了好了，别叫了，是因为胡开泰被杀，你有点心慌吧？"黄翼升想，这小子，经我一番敲打，好像变老实一点了。

周国兴说："干爹，那胡开泰是彭玉麟的老部下，当年为彭玉麟出生入死，可彭玉麟……"

黄翼升说："他杀他的老部下，干你什么事。"

周国兴说："彭玉麟那人毫不讲情面，我是担心……"

"担心他像对胡开泰那样对你吧？"黄翼升说，"你又不是他的老部下。"

"孩儿，孩儿……"周国兴故意吞吞吐吐。

黄翼升说："他不就是一个巡阅使吗，巡阅巡阅，走走看看，逮着一两个不顺眼的，杀几只鸡给猴子看看，重新树立一下威权而已，也好对朝廷交差。"

周国兴说："孩儿是怕……"

黄翼升说："他这个人，我了解他，只要别跟他对着干就行。得以柔克刚。"

"胡开泰都被他杀了，孩儿确实害怕……"周国兴做出害怕不已的样子。

黄翼升说："是害怕虎口滩吧。"

水师提督府这里黄翼升点拨周国兴，而港湾巡阅使船上，彭玉麟要李超着便装，速去虎口滩，查看秦老板说关卡已成招待站是否属实。在船队到达安庆之前来禀报。

于是，长江岸边小道，李超身着便装策马往虎口滩急赶。

江面，巡阅使船队往安庆缓缓进发。

很快又有亲兵哨探禀报黄翼升：巡阅使船队已离开港湾，正向安庆进发。

黄翼升说："这个要你禀报什么，他还能不往安庆来？我正等着迎接他。什么时候能到啊？"

亲兵哨探说："船队行进缓慢。"

"喔，行进缓慢，他难道在观赏两岸风景？"黄翼升略作思索后，说，"对了，他定是派人从陆路去虎口滩，船队行进缓慢是在等虎口滩的真实情况。"

亲兵哨探说："大人，小的是否赶往虎口滩侦探？"

"不用不用。"

亲兵正欲退出，黄翼升又说："你还是立即去一趟虎口滩，说周副将有令，兵丁们不但要热情接待过往船商，而且要热情接待过往行人，尤其是单身行人。"

"是！"亲兵哨探大声应道，"周副将有令，不但要热情接待过往船商，而且要热情接待过往行人，尤其是单身行人。"

亲兵退出后，黄翼升捻须微笑："彭玉麟只能夸赞虎口滩喽。"

落日余晖映照虎口滩，江水汹涌，气势磅礴。

李超下马，看着险滩，想，商船要闯过此滩，难啊！好不容易闯过，便是收费纳贡的关卡，他们真是昧良心想得出来。

李超正想着，关卡兵丁焦明对他喊："喂，你这位客官，快请到这上面来歇息歇息。"

李超说："是喊我吗？"

"喊的就是你。上来上来。我们哨官请你喝茶。"

周国兴的外甥哨官迎来："欢迎欢迎，欢迎你来做客。"

李超说："我可不是来做客的，我是路过，这里原来不是个关卡吗？"

"哪里有什么关卡，是我们周将军特意为过往客商设立的招待站。只要从这里经过的，不管水路旱路，来的都是客。"

外甥哨官陪李超走进"招待站"："客官坐下坐下，我们边喝茶边聊天。"

李超说："你们这样客气啊，我只是略坐一会儿就要走的。"

"难得来个客人，怎么能只坐一会儿，我们这里还有饭招待，不要钱的，你吃了饭再走。"

"我们周大将军特意叮嘱，不但要热情接待过往船商，而且要热情接待过往行人，尤其是单身行人。"

李超想，要热情接待过往行人，尤其是单身行人……难道，他们已知道我要来？

"客官贵姓啊？"外甥哨官说。

"小姓胡。"

李超一说他姓胡，焦明就说："你也姓胡啊，有个姓胡的将官胡开泰被杀了，是不是你的亲戚啊？"

兵丁们大笑。

"胡开泰是谁？他是哪里人？我的亲戚可没有当将官的。可别扯上我。"李超说。

"那就是家门，你的家门。"

兵丁们又笑。

马远说："别拿人家开玩笑了。"又对李超说，"客官你别介意，他们是在这里闲得无聊，说笑话解闷。"

"当然，当然，军爷都爱说笑话。"李超想，此人和那些兵丁不同，得想法和他单独谈谈。

外甥哨官说："我告诉你吧，胡开泰是安庆水师一个副将，副将的官职有多大，你知道吗？大得吓人。可他不遵军纪，胡作非为，败坏我们水师名声，我们水师的周将军就将他正法了。这下你该知道我们水师治军有多严了吧，也知道为什么要在这里设招待站了吧？治军要严，对老百姓要好。"

"对对对，我们就是对老百姓好。"焦明忙说，"待会你吃了不要钱的饭，离开后，得帮我们到处说一说，传播传播我们，当然，最主要是传播周将军。如果不是周将军下令，喝茶不要钱，吃饭还是得收点钱。"

李超说："帮你们传播倒好说，我走到哪里传播到哪里。只是……"

"只是什么？"

李超说："传播出去后，吃饭不要钱，来的人太多，你们招待得起？"

"这个你就不要管了，我们这儿，招待吃饭的钱还是有的。不怕人多，来得越多越好。"

"你们好好招待胡客官，再有过路的照样好好招待。"外甥哨官说，"我得去向周将军禀报招待站的情况，一日一禀报。焦明，这儿，由你负责。"

外甥哨官说完便走，焦明忙跟在后面，喊："老大，我送送你。"

外甥哨官说："我要你送什么？回去。"

焦明嘿嘿笑着说："老大，你要我负责，得给我封个官衔，封个什长就行。"

外甥哨官说："就这么十来个人，你当了什长，我不就没人可管了。这样啰，只要你对我忠心，等过了这阵风，招待站撤了，回军营后我跟我二舅说一说，给你个什长。"

李超在虎口滩关卡受到"热情接待"的同时，黄翼升在水师提督府内室不停地走动琢磨：虎口滩不会有什么问题，即使出了纰漏，可全推给周国兴。那个主意本也是他出的。关卡是他所设，兵丁是他所派……但即使全推给他，我也有个不察，刘维桢就是被彭玉麟参劾不察之罪。纰漏应该没有，但若是周国兴被彭玉麟拿获，他是会全招出来的，那就不止是虎口滩，而是……对周国兴，必须想个妥善处理之法。

黄翼升坐下，又思索：彭玉麟来后，必定要检阅水师，他从来不看花架子，说不定会跳入战阵。要讲这个战斗力嘛，久疏战阵，哪里还能像当年。他可去看看其他的督标嘛。我呢，即使无功也是无过，这年月，有几人能做到无过。

黄翼升突然站起，兴奋：噫，我刚才想到了个什么，督标！他可去看看其他的督标。有了，可妥善处置周国兴了。

黄翼升在想着如何处置周国兴，周国兴住所里则来了一个常客——他的外甥哨官。

周国兴一见外甥哨官进来就说："你来又有什么要告诉我的吗？"

外甥哨官说："二舅，你这道命令下得好。"

周国兴说："哪道命令？还用你来说好？"

外甥哨官说："你给我们下的命令啊！你命令我们不但要热情接待过往船商，而且要热情接待过往行人。"

周国兴说："我什么时候下过这样的命令？"

外甥哨官说："二舅，这道命令不是你下的？竟然有人敢假传你的命令！"

周国兴说："这道命令不是我下的，我没下过这样的命令。但这道命令下得不错。"

"二舅，这就把我搞糊涂了，不是你下的命令，你又说这道命令下得不错。"

周国兴要他把传令人的话原原本本复述一遍。

外甥哨官想了想，说："传令人的原话是：周副将有令，兵丁们不但要热情接待过往船商，而且要热情接待过往行人，尤其是单身行人。"

周国兴沉吟："周副将有令……尤其是单身行人。"

外甥哨官说："二舅，不管这道命令下得不错还是错，你得立即追究假传你命令的人。"

周国兴说："你懂得什么，去吧，不准再提起什么假传我的命令。"

"那……这假命令还执不执行？我回关卡去废了它。"

"混账！认认真真去执行，加大力度去执行。"

"好，好，认认真真去执行，加大力度去执行。"外甥哨官走出去就嘀咕，我为他说话，他反而骂我。唉，没办法，娘亲舅爷大，挨骂也无法。趁机回家去也。

李超真在虎口滩关卡吃上了招待餐，桌上摆的菜也甚为丰盛。

李超说："你们太客气了，这么多好菜。"

"这是招待餐啦！能不多搞几个好菜？"焦明说，"我们是沾你的光，记账支钱记到你身上，招待你这位客人的招待费，吃呢，我们都有份。若来个可陪客人喝酒的命令，那就两全其美。"

"对，对，那就两全其美，有肉有酒，大块吃肉，大碗喝酒。"

"周大将军，你快下这个命令吧。"有人做出拜乞的样子。

兵丁们大笑。

李超轻声问坐在身旁的马远："你们哪有这么多军饷啊？"他是故意问，好和马远攀谈。

马远说："别多问，问多了对你没好处。吃完快赶你的路去吧。"

"看来即使能找机会和他攀谈，他也不会说。"李超遂几口扒完碗里的饭，起身，"多谢军爷们款待，我得赶路了。"

焦明说："天要黑了你走什么，就在这里睡，明早照样管吃。"

"你在这里睡，明天早上我们就还可以吃好的。"

"你不是急着赶回去睡老婆吧，我们这里什么都好，就是没有女人。"

"天黑走不得，万一马失前蹄，你掉到江里就完了。我们得为客官性命负责。"

"早先我们这里就有个客商不听劝阻，硬要赶夜路……"

"结果掉进虎口滩，连尸体都没找到。"

"我们若让你冒着危险赶夜路，周大将军会怪我们招待不周。"

李超想，这都是些什么兵，为了再吃顿好的，编些吓人的玩意。又想，今夜不妨睡到这里，看看能否有所收获。明日去向雪帅禀报还来得及。

外甥哨官走后，周国兴不安地思量：那道说是我下的令，明明就是黄翼升所下，他为什么要用我的名义呢？什么"周副将有令，兵丁们不但要热情接待过往船商，而且要热情接待过往行人，尤其是单身行人"。他这是要将虎口滩的事全推到我身上，有关关卡、招待站的所有指令，都是我下的。这道指令对招待站来说，下得确实不错，可为什么又有句"尤其是单身行人"？难道，难道他已经知道彭玉麟派人去打探？忘了问那猪脑壳外甥，有没有单身行人到他那里。算了算了，还能少了单身行人？彭玉麟如果真派人去打探，那是求之不得，看到的正是热情招待的招待站。问题是，他知道为什么又不告诉我。

他这是……万一出事，要拿我做替罪羊。呸，黄翼升我的个干爹，真要将我逼急了，老子全他娘的说出去，彭玉麟饶不了我也不会放过你！

周国兴转而思量：别急别急，明日我先去他那里探探口风。

第二天清晨，周国兴就走进提督府内室，一走进便跪拜于黄翼升脚下，喊："干爹！"

黄翼升说："这么早就来请安了啊！快起来，起来。"

周国兴跪拜不起。

"你这是怎么了？要你起来就起来嘛。"

周国兴说："求干爹给孩儿指明一条求生之路。"

黄翼升故作惊讶："你这是什么话，谁还敢不给你活路？"

"干爹，彭玉麟不日就要到达，他不但杀了总兵谭祖纶，处决了老部下胡开泰，就连陆路提督刘维桢也被他参劾，孩儿实在害怕。"周国兴想，我将刘维桢被参劾的事点明，看他如何回答。

黄翼升说："你有什么可害怕的，你又没有把柄被他抓住。"

"这……这，干爹，彭玉麟那人实在太厉害，他若是查出了……孩儿可实在无法可想。"

"你先起来，起来。法子嘛，我倒是已经替你想好。"

周国兴爬起，低头垂首："干爹快将法子告诉孩儿。"心里却说：我倒要好好听听你那法子，若是全推到我身上，哼！

"其实要说会有什么事嘛，不会有。但凡事只怕万一。你认为呢？"黄翼升说。

"孩儿也就是怕那个万一。"

"好，国兴长进了，也知道就怕万一了。"黄翼升说，"告诉你吧，我已派人和李雨李大帅讲好，你去他那里干事，官儿照当。"

周国兴急忙跪下叩头："谢干爹，谢干爹！"

黄翼升说："你成了李雨李大帅部下，彭玉麟鞭长莫及。"

周国兴想，我一到李雨那里，归督标，不归长江管辖。我的个干爹啊，我服你了，太高明了。你即使将所有事全推到我身上，彭玉麟也奈何不得了。你也落了个干净。

"怎么样啊？"黄翼升拉长着嗓音说。

周国兴忙又叩头，这回是真的叩："谢干爹再造之恩，孩儿来世还要做你的儿子。"

黄翼升说："你即刻便走，东西全不要拿，自会有人给你送去。"

周国兴走后，黄翼升说："彭玉麟，我的雪帅，老弟在这里等着你呵。"

二　鞭长莫及，感到了自己的无能为力

距安庆不远处，李超和巡阅使船队会合，李超一上船，彭玉麟就问："虎口滩关卡已成招待站？"

李超说："禀大人，关卡已无，确已成招待站，只是那招待得太过热情。"

"唔，还招待得太过热情？"

"我从那些兵丁口中听到，说周副将有令，兵丁们不但要热情接待过往船商，而且要热情接待过往行人，尤其是单身行人。"

彭玉麟说："周副将的命令中特意点明了'尤其是单身行人'？有意思。你不就是单身行人吗？所以你被招待得不但很周到，而且令你觉得太过热情。"

李超说："那些兵丁完全不似我水师原来的兵勇，像些乌合之众，散漫至极，却总是说到周将军，周大将军……"

"他们说的就是周国兴，黄翼升的干儿子、中军副将。"彭玉麟说，"此人面善心恶，狡诈百出，曾被参革，却又为黄翼升重用。"

李超说："大人，我此去虎口滩无甚所获啊。"

"确定那里已变成招待站便行了。"彭玉麟说，"通知船队，全速开往安庆。"

正要起航，一亲兵来报："大人，有一人非要上船，说是大人的老下属。"

"我的老下属！"彭玉麟说，"快请他上来。"

来人是老哨。

老哨一见彭玉麟就跪下，喊："雪帅，我可见到你了。"

老哨将他的遭遇、所见所闻，虎口滩的情况等等尽数向老帅倾诉。

老哨使彭玉麟得知了水师及黄翼升、周国兴等的详情，他应该是胜券在握了，然而，并非如此，看似昏庸爱说"好好好"的黄翼升，让彭玉麟感到了自己的无能为力或者说无可奈何。

当黄翼升得知巡阅使船队快到了的消息后，幕僚说："大人，该去迎接了吧。"

黄翼升说："不用。"

"这，这不太好吧。"

黄翼升说："知彭玉麟者，莫若我也。"

直到亲兵报"巡阅使船队已到码头"，黄翼升才说："准备迎接。"

幕僚说："大人，这还来得及吗？"

黄翼升说："连码头都不用去，彭大人自己会走来的，就到门外等候便是了。"

幕僚心里嘀咕：就到门外等候，还"便是了"，如此轻慢，巡阅使大人能不责怪？到时候可别怪我没提醒。

黄翼升又挨了些时间，估摸着彭玉麟快到提督府了，才率人走到门外。

彭玉麟大步而来，身后跟着李超等几人。

黄翼升上前施礼："知雪帅不喜迎送，故只在门外迎候。"

彭玉麟说："一别三年，你还没忘了我的老习惯。"

黄翼升说："没忘没忘，怎么能忘了呢！"

彭玉麟说："没忘就好。"

黄翼升说:"雪帅一来,便要亲自检阅水师,不喜花架子,检阅的是战斗力。故我没有通知各水师营,请雪帅随意抽检。雪帅要去哪一营,我即陪同前往。"

"水营情况我已尽知,不用去了。"

彭玉麟这话使得黄翼升一惊,他怎么会尽知?诈我?但立即说:"那就请雪帅歇息,我已安排好了。"

彭玉麟说:"到你这提督府里去坐坐。"

"好,好,雪帅请。"黄翼升领路往内室走,"雪帅,请走这边。"

彭玉麟径直往大堂走。

黄翼升说:"雪帅,还是去内室坐坐喝茶为好。"

彭玉麟说:"我是来公干,公干还是大堂为好。"

"好,好,雪帅不辞辛劳……"

"我连水营都懒得去,已经辞了辛劳。"

黄翼升又被这话呛了一下,想,我已令水营战船悉数开往江浦,留下的只是空营,他竟然不去,难道真已得知?

进了提督府大堂,彭玉麟、黄翼升坐定,其他人员分站两旁。

彭玉麟说:"黄提督可知当前形势?"

"知道知道,边境不宁,西北隐患尚在,台海形势紧张,日酉还扬言要沿水路内犯。"黄翼升说,"我记着雪帅当年的话,当励精图治,所以我连自己的生日庆宴都免了,不许身边人声张,严禁送礼,以为将士倡节俭之风。"

彭玉麟说:"在提督府外,你仍可按当年称呼,喊我雪帅;进了这提督府,我便不是当年的雪帅,乃是钦命巡阅使。"说完,抱拳朝上往北致敬朝廷恩威。

站在黄翼升旁边的幕僚心里说:彭玉麟名不虚传,果真厉害啊!

黄翼升说:"是,是,请巡阅使大人问话。"

彭玉麟说:"将各标统领、各营官姓名报来!"

黄翼升对幕僚说:"快将各标统领、各营官姓名禀报巡阅使大人。"

"且慢。"彭玉麟对幕僚说，"本巡阅使要黄提督禀报。"

"这，这一标统领黄平，二标统领周胜，三标统领张……张化，一营营官姓廖……廖治、二营营官周凯，三营……三营营官徐勒……"黄翼升完全没想到彭玉麟会问这些。

"再将二营的哨官姓名报几个来！"

"二营的哨官……哨官……"二营的哨官他确实不知。

"你们有谁能拿来名册薄？"彭玉麟对黄翼升的人说。

幕僚忙答："我这就去拿，就去拿来。"

幕僚拿来名册薄，呈与黄翼升。黄翼升说："呈给彭大人。"

彭玉麟接过名册薄，翻看后说："哨官的名字不能全知尚可原谅，连标统都没说全，这不还有个四标吗，营官的名字竟然还说错，三营营官是徐勒吗？徐烈，烈性子的烈，不是勒索的勒。"

黄翼升说："读音没读准而已。"心里骂道，他娘的周国兴老是说徐勒徐勒。

"五营营官呢，你说是王霸，这上面写的是黄纯。难道也是读音不准？"

黄翼升不语。

"你没想到我会要你报将官的名字吧，你以为胡乱报些名字就能瞒过本巡阅使？身为长江水师提督，连标统都说不全，连营官的姓名都不知，你这几年的提督就当得安逸啦，边境不宁，日寇正欲沿长江侵犯我江宁，若令你这个长江水师提督率兵抗敌，帅不识将，将不识兵，如何与敌交战！你再回答，我长江水师久经战阵之老哨勇为何在你手里已荡然无存？"

黄翼升说："新老更替嘛，有什么奇怪。"

"将水营指挥船改成游船，也是新老更替？！"

黄翼升说："这个，我没听说。"

"你最宠信的周副将和二营三个营官曾被作为走私犯缉拿，你也不知？"

黄翼升说："不知。"心里又骂，周国兴那混账，竟然出过这等丑，却瞒住了我。

"一个水师营官站在船头，离岸边仅仅几步，从船头跳到岸上来扶你，结果掉进水中。这个你也说不知？"

黄翼升不语。

"虎口滩私设关卡，你不知？秦老板货物全被你的兵丁劫走，四艘货船全被烧毁以毁证据，你不知？关卡随后变成招待站，以掩人耳目，你不知？"

彭玉麟一个接一个的"你不知？"可说是每一个问题都直戳黄翼升要害处。彭玉麟喝道："如实回答！"

黄翼升说："巡阅使大人所提数问，除一个水师营官掉进水中，为我亲眼所见外，其余确实不知。该营官平时训练不力，已严厉训斥，责令其加强训练。"

黄翼升的话不温不火。

"那么多乌七八糟、违法乱纪之事，都是从天而降？"

"那都是周国兴所为，全是他瞒着我干的，我被他蒙蔽了，蒙蔽。"黄翼升将重音落在"蒙蔽"上。

"老哨勇全都被革被裁，不是你所为？周国兴能有此权？虎口滩私设关卡，没有你的允可，能设？虎口滩的兵丁，没有你的允可，能派去？四艘商船货物被兵丁搬上岸，马车载走，商船全部烧毁，不是你授意，周国兴有那么大的贼胆？你怕本巡阅使查出真相，将关卡变成招待站，你的亲兵去传令，传的却是周副将有令……那能是周国兴的令吗？！"

传令的事怎么也被他知道？黄翼升想，疏忽了，不应派亲兵去传。

"黄提督啊黄提督，我看你这个提督是当到头了。"

黄翼升仍然不温不火地说："所传'周副将有令'，是我下的令，我的命令是：兵丁们不但要热情接待过往船商，而且要热情接待过往行人，尤其是单身行人。这是因周国兴说在虎口滩设立招待站，是为商船着想，故而同意，既然设了招待站，就应热情待客，故而下达了不但要热情接待过往船商，而且要热情接待过往行人之令，对单身行人理当格外照顾。这有什么错吗？错就错在性急，周国兴不在，招待站又是他所设，便以他的名义下令。"

"黄提督，你是不是需要打听一下商船秦老板的下落？他是不是淹死了？"

"什么秦老板？他是哪里的？"黄翼升装作不知。

"你私设关卡强行勒索，秦老板不愿交纳所索巨大款项，关卡便抢走所有货物，烧毁货船，将秦老板关押在板壁小屋，欲杀害以灭人证，秦老板于黑夜脱逃，并未掉入虎口滩，此人现在我处。你要不要见他？！"

黄翼升猛然站起："周国兴，你胆大包天，竟然背着我干出如此违法勾当！"吼出这一句，一屁股坐下，"巡阅使大人，你所说各项，都是周国兴所为，我竟被他欺瞒蒙蔽，唉，唉——"

"周国兴是你的干儿子，你想把所有的违法勾当都推给他？！"

"正因为他是我的干儿子，我才会被他欺瞒蒙蔽啊！"

"将周国兴传来，看你还能抵赖到几时。"

"这个，这个……"黄翼升做出无可奈何状，"我已无法将他传来。"

"你此时还是提督，一个提督传唤不了一个中军副将？你再拖延，本巡阅使下令缉拿。"

"周国兴已被李雨大帅调去，他已属督标管辖，我如何能传得他来？只能请巡阅使大人亲自传唤。至于他私设关卡，强行勒索秦老板，抢走货物，烧毁船只之恶行，待我查清后，将他的房产田产变卖，作为给秦老板的补偿。其他，我就无能为力了。"

黄翼升说"周国兴已属督标管辖，我如何能传得他来……"这话，是他亮出的王牌，正因为准备了这张王牌，他才能"不温不火"，彭玉麟能拿他怎么样呢？彭玉麟能令周国兴来吗？他彭玉麟只能管长江以及有关地方，对于督标，他是鞭长莫及。

回到巡阅使船舱的彭玉麟陷入沉思。

李超轻声地说："大人，若不能缉拿周国兴来与黄翼升对质……"

"我小看了黄翼升啊，没防到他准备了那么一手，周国兴已归督标，不归长江管辖，无法将他捉拿对质，黄翼升伪为君子，实真小人，深堪痛恨。他将长江水师败坏至此，若不另选一德才兼备之人，如何能抵御外侮！我只能立即上书参劾他！"

　　彭玉麟说完叹口气："唉，谁说我彭玉麟办案从没输过，这回我就输了。明知周国兴恶行，却不能缉捕归案，明知恶行为黄翼升指使，却只能参劾他治军无能且不作为。长江形势日益紧张，不宜在此耽搁啊！你速去黄翼升那里一趟，催他补偿秦老板的款项，他卖干儿子的房产田产是不会心疼的。不足者，从我积攒的俸禄中补偿。"

　　彭玉麟走后，黄翼升自思，关卡那事彭玉麟只能去找周国兴，这事我算让他卡了壳。可他一定会上折子参劾我。他参劾了一个刘维桢、陆路提督，又要参劾我一个水师提督，狠是够狠的，这个我也只能卡壳，无法。找关系走门路也难走通。随他去罢，反正一打起仗来，这个水师提督也不好当。谁愿来当谁就来当，我换个位置图个清闲。可若是被罢免，被一撸到底呢，也无所谓，反正钱是有得花的，我得先将钱转移……且慢且慢，我还得再仔细想想，看还有别的什么纰漏没有……

　　黄翼升正在想着，亲兵报："巡阅使大人派人来了。"

　　"他还派人来，还不嫌烦躁？"黄翼升不耐烦地说，"去去去。"

　　亲兵以为是要他出去，正要走，黄翼升说："去问问来人有什么事。"

　　"他已说了，是来问大人补偿秦老板的款项办得怎么样了。"

　　"还上门来讨债了。得，甩掉这个麻烦，你告诉他，很快办妥，会有人给他送去。我讲话是算数的。"

　　亲兵走后，黄翼升说："周国兴我的干儿子，你的命我是给你保住了，你的房产田产可就保不住了。不过你小子在那边照样会捞。论捞钱，你是一把好手呵！"

　　周国兴到了督标那后，仍然当官，中军副将当然是没了，人家早就安排了自己的人，但他当的那官儿能捞钱，周国兴也算是"人尽其才"了。黄翼升被彭玉麟参劾后，朝廷以"老瞆"免了他水师提督之职。后来彭玉麟一提到黄翼升就骂"伪为君子，实真小人"，提到周国兴就骂"奸诈之徒"，还写信给有关朋友，要朋友防范周国兴这奸诈之徒。他怕周国兴又跑到朋友那儿去了。

三　有此良缘不能错过，以免留下遗憾

彭玉麟连夜写完参劾黄翼升的折子，次日清晨，船队准备起航时，亲兵来报，说上次来的那个老哨又要见大人。

"快请他进来。"

老哨一进来又在彭玉麟面前跪下，说："小的有一事求雪帅，雪帅若不答应，我不起来。"

"好，好，你说。"

"请雪帅收留我这个老兵。"

彭玉麟说："论资历你是老兵，论年龄你可不能说'老'。你起来，我告诉你，黄翼升定会罢免，我已举荐了新提督，他不日会来上任，水师正需要你这样的人啊！你留在这里，到时定能为水师立功。"

老哨站起："是，遵雪帅令。雪帅，让我送你一程。"

彭玉麟说："应当由我送你。"

彭玉麟和老哨走到船头，船已离岸。

彭玉麟喊："停船！"老哨说："不用。"纵身一跃，到了岸上。

"好，不愧是老哨勇！"彭玉麟在船头对老哨作揖。

船队到港湾停泊后，彭玉麟对李超说："你待会喊上玉虹，一起来陪我吃饭。"

"喊上玉虹？！要我和她一同陪大人吃饭？"李超有点惊讶。

李超、玉虹陪着彭玉麟进入巡阅使船餐间后，亲兵厨师端上两碗蔬菜、一个荤菜、一碟辣椒酱。

玉虹说："彭大人，你这也太节俭了吧。"

李超说："荤菜是大人特意为你和我添加的呢！"

彭玉麟说："吃饭吃饭，吃完饭我有话跟你们二人说。"

李超赶紧扒饭，玉虹吃几口放下筷子。

"怎么，嫌大人的菜不好吃啊？"

"你怎么尽拿歪话来说我。"玉虹横李超一眼，"我不跟你说，我只跟大人说。大人，你还是先把要跟我们说的话说了吧，你不说出来，我没有心思吃。"

彭玉麟说："吃饭时我一般不说话，吃饭也得专心。"

"嘀，那我就跟大人学着点，专心专心，专心吃饭。"玉虹飞快往嘴里扒饭。

"专心吃饭不是要你囫囵图快。"李超说完，自己吃得更快。

"彭大人，我给你夹菜。"玉虹一边给彭玉麟夹荤菜，一边对李超说："全不懂礼数。"

彭玉麟忍不住笑出声来："玉虹啊，有你在场，气氛就是不一样。"

"彭大人，别说话，小心噎着。"玉虹说完，跑到彭玉麟身后，为他轻轻捶背。

彭玉麟说："你去吃你的饭，我也快点吃，好早点说事。你呀，对于我要说的那件事，是等不得了。"

玉虹想，彭大人到底要说什么呢？怎么讲我"对于他要说的那件事，是等不得了"。我有什么等不得了？

彭玉麟吃完饭，喝一口茶，放下茶盅。

玉虹说："大人快讲快讲，我有什么等不得了的事。"

彭玉麟说："玉虹，你可要听仔细了。"

玉虹说："我竖起耳朵在仔细听哩！"

彭玉麟说："听仔细了就得以一句话如实回答，不得多说。"

玉虹顿时心里擂鼓，我有什么事瞒着他呢？我没有啊！

彭玉麟说："我且问你，你对李超，属意吗？"

玉虹大出意外，做梦也没想到大人会过问她的私事："这，这，哎呀大人，怎么问起这个来？"

彭玉麟说："我已有言在先，只能如实回答属意还是不属意？"

"这，这，得先问他呀！"

"他嘛，我自然会问。但他的回答我已知，故必须先问你。"

"我……全凭大人做主。"玉虹脸颊立时飞上红云。

彭玉麟说："好！李超，你呢，属意玉虹吗？"

李超说："全凭大人做主。"

"好！你两人都说由我做主，我就替你们做主了。李超、玉虹，我请你两人吃饭，这就如同乡里订婚了，我以茶为酒，贺喜你们。"彭玉麟端起茶碗。

李超、玉虹忙对彭玉麟跪下：

"大人如父，为我俩定下终身。我俩不知该如何报答大人。"

玉虹眼泪簌簌流下："玉虹自小没有父母，和表兄金满一起长大，没想到玉虹如此有福，遇上大人，大人两次救我于危急，今又为我择婿，大人，你就是我的父亲啊！"

彭玉麟说："两次救你，那都是李超，你二人有缘，不必谢我。只是金满留在石落塔，因他是当地人，故要他协助陈峰，未能在此。他若得知，定为你高兴。你二人之事，先定下来，待此次巡阅完毕，再行婚礼。李超为军伍之人，当随时听候命令，赴疆场效命，故有此良缘，不能错过，以免留下遗憾。"

彭玉麟对李超玉虹说"以免留下遗憾"，是因自己和梅姑已成为终身遗憾，"徒留四载刀环约，未遂三生镜匣缘"，是他的锥心之痛，自己错过了，不能再让有缘的年轻人错过。

四　清国的事情，不能用常理去理解

巡阅使船队往江宁进发。

非常开阔的江面，江两岸出现炮台，隐约可见安置的火炮。

赵武进船舱禀报："大人，江两岸发现炮台。"

"炮台？在这个地方筑什么炮台！"彭玉麟急急走出，接过赵武递过来的伸缩望远镜。

望远镜里，炮台清晰可见，有些老式铁炮亦可见。

彭玉麟将望远镜交给赵武，怒道："这是哪个混账设立的炮台，此处江面宽阔，炮台有什么作用，那些老式铁炮能击中江中的敌舰吗？"

赵武说："大人，我是否上岸去看看？"

"不用！在此处设立炮台，纯粹浪费国家军费。往江宁加速，我要当面去问李宗羲，是何人如此昏庸无知？"彭玉麟又说："这不会是李宗羲吧？作为两江总督，他难道连这么一点军事常识都不懂？必须立即更改！"

彭玉麟直接喊："船队加速！加速！"

巡阅使船队刚靠岸停泊，李超就禀报彭玉麟："两江总督李宗羲派人送来急件。"

彭玉麟于灯下展开急件，信上写着"……日军进犯江宁风声日紧，为防日军内犯，长江水师四镇战船已齐集瓜洲……"

彭玉麟还未看完，便愤怒地将信一掷："擅调长江水师四镇战船齐集瓜洲，李宗羲这是疯了！倘若日军包围瓜洲，四镇战船岂不全军覆灭。"

李超着急地说："大人，这……如何是好？"

彭玉麟来回踱步："李宗羲不懂军事，此举必是听信他人所言。出此策者，不是糊涂便是别有用心，欲置我长江水师于绝境。"

"我得要李宗羲速回江宁相见。"他回到案旁，略一思索，"不行，光要他赶回江宁已来不及，必须立即将齐集瓜洲的战船遣至他处隐蔽待命。刻不容缓，我这就写信。"

"李超，你选一快骑，做好准备，连夜将信送去。"彭玉麟坐下，执笔写信，刚写几字，停住笔，"他是总督，我这信的口气太硬还是不行，他既然将此事急件告我，便是要听取我的意见。还是得跟他说明为什么战船不能齐集瓜洲，方能让他听从。"

彭玉麟撕下已写几字的信函，重新挥笔。

与此同时，在江宁的日本间谍组长西乡也得到了情报：两江总督李宗羲将长江水师四镇战船全部调往瓜洲。李宗羲亲自在瓜洲调度。

这个西乡是西乡从道的弟弟，西乡从道就是提出"要征服台湾，必先征服生番"的侵台总指挥，时为日本陆军中将，"清国若不将台湾给予我国，我国将发兵沿长江直取江宁！"也是这位中将所言。西乡便自告奋勇当打前站的间谍。

西乡听了情报员的报告后大笑："哈哈哈哈，清廷怎么让这么一个傻瓜当总督，不可思议，不可思议。用中国话来说，简直是儿戏。"

情报员说："是啊，开始我们根本就不相信会有如此糊涂之举，认为是中国老百姓故意蒙骗我们。待潜至瓜洲亲眼所见，才知确实如此。李宗羲将战船齐集瓜洲，我军只要歼灭长江水师这四镇，江宁便是囊中之物。"

西乡说："中国的许多事情，不能用常理去理解，这是连我们日本小孩玩战斗游戏都明白的道理，战船齐集瓜洲，难道是知道我们要主攻瓜洲，要在瓜洲与我军决战……"

西乡还没说完，又有情报员来报，李宗羲将炮台筑在长江最宽水道两旁的山上，形同虚设。炮台的火炮根本就打不到江心。

西乡又哈哈大笑："我说中国的许多事情，不能用常理去理解，就是不能用常理去理解。他们建些这样的炮台是什么意思呢？我明白了，建炮台不是为了打我兵船，而是好从中得回扣，中饱私囊。这样的国家，这样的官吏，唉——我都为之悲哀。"

"可是，还有一个情况。"另一情报员说。

"还有什么情况？"

"我们在江上发现长江巡阅使彭玉麟的船队已往这里开来。"

"彭玉麟来了？！"西乡沉吟，"彭玉麟是个水军内行，他此行是例行公事还是专为江宁而来呢？"

西乡想了想，说："彭玉麟这次只是个巡阅使，长江防务大权在两江总督李宗羲手里，以彭玉麟的军事才干，肯定能看出问题，但李宗羲会听他的吗？会将防务大权交给他吗？"

李宗羲一接到彭玉麟的信便从瓜洲赶回，一回到总督府便听到大声禀报："巡阅使彭大人到！"

彭玉麟快步走进，李宗羲迎上，还未开口，彭玉麟就怒气冲冲地说："江宁段两岸炮台是谁修建的？此人该斩！"

李宗羲说："彭大人先请坐下，听我慢慢说。"

"我还有心思听你慢慢说吗，炮台建于宽阔江面两岸，那是要御敌还是玩小孩把戏！"

李宗羲忙说："炮台是江南军需局赵继元督造。"

彭玉麟一听："又是赵继元？！"

李宗羲说："彭大人知道他？"

"早在静冈就听说他在爽心楼建炮台，原以为他只是借修炮台向静冈府州勒索些钱财，没想到总督大人真的将如此重要之军事工程交给他。"

"什么？他在爽心楼建炮台！"李宗羲惊愕。

"那是百姓的嘲讽，他在爽心楼寻欢作乐。你只回答我，是你要他修筑的吗？"

"唉，他是李鸿章大人的妻兄啊！"

"李鸿章的妻兄就可以修筑炮台吗？到底是你不懂还是他不懂？"

李宗羲说："我是确实不懂，可他是军需局的，按理该懂。"

"赵继元所筑炮台全为废物，所安铁炮也全是废物，应立即重建炮台，重安大炮！"

李宗羲说:"我看了你的信,觉得你说的有理,重修炮台,重安大炮,全由彭大人做主。"

"我再问你,瓜洲战船,是否已经下令撤回原地?"

"我看了你的信,也觉得你说的有理。已经下令,下令撤回原地待命。"

彭玉麟的火气稍消,自己坐下。

彭玉麟一坐下,李宗羲就喊:"给彭大人上茶。"

彭玉麟说:"李总督,你别怪我发火,我还得问你一句,将长江水师四镇战船全部调集于瓜洲,是谁给你出的主意?"

"这个,这个,是我恐日军即刻内犯,觉得应集中战船应战,所以……但我确实拿不准,故急件请彭大人定夺。"

"李总督啊,送急件这件事你总算做对了,若四镇战船全集中于瓜洲候战,则危矣!如今当务之急,是立即择险要之地,筑炮台、安装最新大炮,地段我已替你选好。"彭玉麟拿出自己绘制的地图,"李大人请看,此处江面狭隘,两岸危耸,且为日军沿水路内犯必经之处,在此筑炮台、置大炮,敌船能通过吗,能不尽为江中之釜薪?敌若弃船登陆夺我炮台,能攻上来吗?敌若见此处险要而退,我长江水师四镇战船断其退路,岂不是瓮中捉鳖?此次日军若真胆敢沿水路内犯,此地便是他葬身之地!"

李宗羲听得心悦诚服:"彭大人,雪帅,幸亏你来啊!我早跟你说过,李某不懂军事,我现将长江防务、水陆军队,全交由彭大人你全权指挥,望彭大人不要推辞。"

"李大人,为国家计,彭玉麟就暂代此职。"

李宗羲说:"彭大人,那就请你移驻总督府。"

"移驻总督府不必,我在船上住惯了,反觉方便。"彭玉麟站起,"李大人,告辞,明日就开始修筑新炮台,当日以继夜。"

李宗羲说:"彭大人日夜辛劳,至此难道连一顿饭都不容李某请?"

彭玉麟说:"还是那句话,在船上住惯,当然也就吃惯了,赴宴席反而不自在。心领心领。"

第二天，彭玉麟就以代行长江防务之职，安排布置重建炮台，重安大炮。炮台工事所在的山下、江边，士兵严密把守，江中战船来回巡逻……

五　身似碑帖，人则临写

新选炮台工事竣工后，彭玉麟走进两江总督府，正好碰上李宗羲送赵继元出来。

李宗羲忙介绍说："彭大人，这位是军需总局赵总办。"

赵继元没想到会碰上彭玉麟，只得施礼："赵继元见过巡阅使大人。"

彭玉麟一见赵继元心里就有火："免礼。我知道你是李鸿章李大人的妻兄。李鸿章大人最近可好啊，在忙些什么啊？"说完径直往里走。

赵继元心里不快，对李宗羲轻声说："他这是怎么了？"

"他就是这么个人，你别计较。他既然来了，你不能不陪他一会儿。"李宗羲说完，快步跟上彭玉麟。赵继元故意落在后面。

"彭大人请坐。"李宗羲还没说完，彭玉麟已坐下，说："我已落座。还有个人呢？"

李宗羲说："就来了，就来了。"

赵继元一走近，彭玉麟就说："原长江炮台是你赵总办修的吧？"

赵继元说："我会修炮台吗？那是兵丁和民工修的，我只是督造而已。"

彭玉麟一掌拍到桌子上："若不是在这个总督府，光凭你这一句话，我就要扇你赵继元一个大嘴巴！"

"有话好说，有话好说。"李宗羲忙当和事佬。

"好，我就当着总督大人的面，好好说一说这个连廉耻都不知的什么总办。"

彭玉麟霍地站起，怒指赵继元："我问你，你将炮台修建在长江江面宽阔处的岸上，而江面狭窄、地势险峻处，则未修炮台。你是何用意？"

赵继元不屑地一耸肩。

"日军兵船不日将沿长江西上攻打江宁，李总督委以你江防重任，你却如此督造炮台，你是要拱手放日军进入江宁，让李总督成为日军的阶下之囚吧？"

"说话可得有依据，别拉扯上李总督。"赵继元哼一声。

彭玉麟说："你将炮台修在江面宽阔处的岸上，日寇兵船若从江中心穿过，大炮能不能打中敌船？"

赵继元不语。

"你知道你所架设的火炮最远射程是多远吗？"

赵继元依然不语。

"长江两岸炮台上的火炮不能击中日寇兵船，你这是不是拱手放日军进入江宁？说！"

赵继元看着李宗羲。

"你不回答也行，我再问你，你身为军需总局总办，防务该采办些什么军需物资总该懂吧？你不采购子药、喷筒、火箭等物，将购买军需的银两花到哪里去了？是花在十里秦淮，花天酒地吧！是如同在静冈爽心楼那样享受去了吧！"

彭玉麟一说到静冈爽心楼，赵继元开始着慌，他怎么连我在静冈爽心楼的事都知道？炮台筑的位置不对，只能说我不懂军事，外行而已，况且也是经过李宗羲同意的，可在静冈，要那隆里知州、肖贵知县"捐款"，朝廷已拨有修筑炮台的专款……尤其是那密间之事，那可就是嫖……

"李大人，他这……这是子虚乌有。"

彭玉麟逼近赵继元一步："你督造的炮台毫无用处，朝廷数百万雪花银子在你手里打了水漂，购买军需的银两被你挪作私用据为己有，不知自己犯下的罪行，竟然还说督造炮台不是修造炮台，不知廉耻到了何等地步！你不知廉耻我暂且不管，我给你记下三大罪行：其一，督造之炮台全为废物，浪费朝廷数百万两银子；其二，将购买军需银两挪作他用、据为己有；其三，在爽心楼以修造炮台为名，向静冈府州县勒索银两，并在爽心楼嫖娼。至于是不是意图通敌，你自己心里清楚。"

"李大人，你得替我说说，不能由他这样给我强加罪名。强加罪名我虽然不怕，可由朝廷核实，仅以督造炮台而言，那可是你交给我去办的。"赵继元要拉李宗羲"下水"。

李宗羲说："彭大人，我早就对你说过，我不懂军事，所以请你代为筹划。这赵总办也是不懂军事，不明地理，故造成炮台失误。如今在彭大人你亲自督造、筹划下，已重新构建三道防线，将新调运过来的几十尊大炮安装在最险要位置上，长江防务已固若金汤，我们该庆贺才是，就别说赵总办的其他事了。"

"李总督说我不懂军事，不明地理，我确是不懂军事，不明地理。"赵继元说，"所以李总督就没再要我督造了嘛，长江防务我也交出来了嘛。"

彭玉麟说："就算你以不懂军事，不明地理来搪塞浪费朝廷数百万两银子只是失误，采办军需物资总不会不懂吧？采办军费用到哪里去了？勒索地方、爽心楼嫖娼你又如何解释？"

赵继元说："爽心楼之事纯粹是造谣。"

彭玉麟说："静冈知府禹盛及知州隆里、知县肖贵虽已被我撤职，但仍在原位，他们到了这个地步，是不会不站出来作证的。"

赵继元说："朝廷自会替我主持公道。"

李宗羲说："彭大人，还是由朝廷来定断吧。"

彭玉麟说："李大人，我知道，你是李鸿章大人的同年，自然得替李鸿章大人的妻兄说几句话，这个可以理解。赵继元，你说的那个自会替你主持公道的朝廷，也就是指李鸿章而已。你去问问你那位大舅子，当年我彭玉麟给他脑袋那一拳，他可还记得？！他若不是躲得快，如今可能是个偏脑袋。"

彭玉麟确实给过李鸿章一拳,那是多年前,李鸿章和彭玉麟等诸多将领在军营大帐议事,李鸿章和彭玉麟隔着长桌发生激烈争吵。开始都是只动嘴巴,双方都坐着。李鸿章突然站起,指着彭玉麟:"你个湘人蛮子,也是出生在我们皖地,怎么全不为我们皖人说话!"李鸿章身边的将领拉扯他的衣服,李鸿章坐下,与该将领说话。彭玉麟突然越过桌子,对准李鸿章脑袋就是一拳。李鸿章正好低头,躲过一拳,大骇:"你,你竟敢打我?!"彭玉麟说:"打了你又怎么样,可惜没打着。"

当下彭玉麟又说:"赵继元,看在你大舅子面子上,我不打你也不抓你,但我定参劾你!你大舅子如今权高位重,却也知道孰轻孰重,绝不会为你这意图通敌、贪污勒索、腐化堕落、无德无能的妻兄说话。你就等着朝廷下旨吧。"

彭玉麟话刚落音,外面传来:"圣旨到!"

赵继元心里顿时打鼓,难道他早就参劾了我,圣旨来缉拿我了?!

"李宗羲接旨!"

宣读圣旨的是部员何宗。何宗宣道:长江巡阅使彭玉麟请将失察之提督刘维桢交部议处。着如所请行。彭玉麟尚在长江途中,着两江总督李宗羲奉旨如所请行。钦此。

"李宗羲领旨。"

赵继元嘘了一口气,彭玉麟立即对他说:"忠义营总兵谭祖纶已被我斩了,你该早知道吧,我参劾提督刘维桢对谭祖纶有不察之罪,应交部议处。圣旨已下,你也该听清楚了吧。"

李宗羲心里一震,他参劾刘维桢对谭祖纶有不察之责,圣旨已准,刘维桢就要被押解进京。他参劾赵继元,定也会参我不察之罪。赵继元累及我了。我本也知赵继元不能胜任,可碍着李鸿章的面子啊!唉,这关系实难处理。不得罪那头便得罪这头……

何宗说:"李大人,你在发什么愣啊?"

李宗羲忙说:"呵,何大人,你快请坐,请坐。"

何宗又说:"彭大人,你已经到了这里,你的行动可真快啊!"

彭玉麟说："何大人，形势紧张之际，行动不快不行啊！"

何宗、李宗羲、彭玉麟坐下。

赵继元知道已无自己的位置，说："三位大人有事要议，下官就告辞了。"

李宗羲说："你去吧。"

赵继元悻悻而走，心里说道：这个彭玉麟太厉害啊，我得立即告知李鸿章，不能让他参劾。

何宗问李宗羲："刚才那位是谁啊？"

李宗羲还没回答，彭玉麟已说："李鸿章李中堂的妻兄。我们李大人碍着李鸿章的面子，让这个不懂军事、不明地理的赵继元主持长江防务督造长江炮台，结果造的炮台全是废物。"

李宗羲忙说："何大人，我发现赵继元不堪重任后，即请彭大人代为筹划，彭大人现已重建防线、炮台，新增火力强大的大炮，长江防务已固若金汤。这都是搭帮彭大人啊！"

何宗说："难怪啊难怪！"

李宗羲说："何大人难怪什么？"

何宗说："难怪日军又突然提出和谈了。我还纳闷呢，先前那么猖狂，说要沿水路进犯江宁，怎么却又说不进攻了。彭大人，原来是你在替李大人办理防务，故日军不敢进犯转而议和，你怎么没向朝廷禀报，以至于我等还不知道。"

彭玉麟说："若向朝廷禀报，等到朝廷批复下来，何大人，你可能就来不了江宁了。"

"彭大人敢作敢当，令人敬佩。李大人能请彭大人办理防务，亦属不凡。"何宗说，"我回京后，定禀报朝廷，颁令嘉奖二位。"

李宗羲一听，欣喜："何大人，这都是彭大人之功，彭大人之功。我只是觉得非彭大人不能退敌而已，故特请他，请他。"

何宗高兴地说："总之，都是二位之功，免了一场兵战。"

李宗羲说："日本这一主动议和，我可就卸了千斤重担，何大人不知道，我每天是如履薄冰啊！不怕取笑，外面放个炮仗，我都以为是炮声，赶紧跑出去看一看。"

彭玉麟说："何大人，李大人，日本与我和谈之事不可欣喜，纵归和局，不过目前苟安，未可为恃。和事可百年不背，而兵事不可一日不防。万万不可幸和而松江海之防啊！"

何宗、李宗羲忙说："是的，是的，万万不可幸和而松江海之防。"

彭玉麟说："烦何大人向朝廷禀报时，报上彭玉麟此句原话。我还当向朝廷奏本，重申此话。"

何宗说："好，好。一定禀报。"

"何大人何时返京？"

"明日便准备返京。彭大人有要托带的书信？"

彭玉麟说："赵继元督造无用炮台误国，浪费朝廷巨额经费，将购买军需银两挪作他用、据为己有，以修造炮台为名，行勒索之实。我要向朝廷参劾他，今晚便写奏章。何大人可否为我转呈？"

何宗想，赵继元是李鸿章的妻兄，我怎好为他转呈参劾之本。便说："不是我推脱，彭大人还是自己上本为好，以免给朝廷朋党之嫌。李大人，你说呢？"

"是的，是的。"李宗羲应道。

彭玉麟大笑："何大人，我只是故意试问一下而已。看来满朝文武都怕了李鸿章啊！然独有一人不怕，那就是彭玉麟！"

是夜，明月当空。

彭玉麟正在船舱内伏案写参劾赵继元的奏章，亲兵报彭玉麟：何宗来访。

"他来了，快请快请。"彭玉麟放下笔，走出舱。与何宗见礼。

彭玉麟说："何大人，今夜气温尚可，皓月当空，你我就到船头而坐，饮茶赏月，如何？"

何宗说："彭大人有如此兴致，我怎能推辞。"

两人到船头坐下。

"何大人，你来我这船上，我邀你饮茶赏月，你不会有这心思，定是有事而来。请说请说。"

何宗说:"白日里我当着李宗羲的面,拒绝了彭大人托我转呈参劾赵继元奏章之事,总觉得不妥,故前来致歉。"

彭玉麟说:"你那话其实有理,托你转呈,确会有朋党之嫌。何必致歉。你当着李宗羲的面拒绝,正是拒绝得好。李宗羲是李鸿章的同年、嫡系,他能不向李鸿章禀报?若被李鸿章抓住这个把柄,赵继元还真参劾不了。"

何宗说:"赵继元的种种劣迹,确应参劾。可赵继元是李鸿章的妻兄,教训他一顿也就算了,还是手下留情为好,以免与李鸿章结下梁子。或者,由他人参劾,不必由彭大人亲自出面。彭大人,我这可是肺腑之言,不是受人所托来为赵继元求情的呵!"

彭玉麟说:"皓月当空,光明洁净。何大人,我实话相告,不但要参劾赵继元,还少不了给李宗羲一笔,他身为两江总督,不懂军事,不懂防务,赵继元所修的炮台,他难道连看都没去看过?他如果去看过,如果是没看出来这些炮台全是废物,他还配在两江总督这个位置上?诚然,他有自知之明,对我说过他不懂军事不懂防务,请我为他代为筹划,以致日军放弃进犯,但此次日本放弃进犯,下次若又背约兴师呢,故两江总督若不换人,长江难保不为外寇践踏。必须推荐一得力之人担任两江总督。"

何宗说:"彭大人此言不差。李宗羲的确难以胜任两江总督。可你既参劾李鸿章妻兄,又参劾李鸿章的同年、嫡系,你和李鸿章的梁子就结得更深了啊!"

彭玉麟说:"我并不想参劾李宗羲,我在处治谭祖纶时,他为谭祖纶说话,我并未计较,全力为他办理长江防务。彭某绝不让个人恩怨妨碍国家大事。但他不宜再任两江总督此点,必须指出。何大人,将才宜慎选,积习宜力除,军政宜实讲啊!"

何宗说:"彭大人之刚直,满朝皆知。只是有时也须……"

彭玉麟说:"我知道何大人的意思,李宗羲嘛,最好要他主动辞职。而且最好就由何大人告诉他,为何须主动辞职。"

何宗说:"这个我可以去试试。就将彭大人所说他不宜担任两江总督之话,转为我的话告诉他。他若听从,则于国有利,于他自己也有利。"

彭玉麟说："那就有烦何大人。如他不听，我就专本参劾。"

何宗说："彭大人，你说必须推荐一得力之人担任两江总督。你想推荐何人，不知能否先说与我知。"

彭玉麟说："左宗棠！非他莫属。"

何宗说："左宗棠确是最佳人选之一，可若是朝廷要彭大人担任两江总督呢！此非何宗笑言，而是很有可能。"

彭玉麟说："彭某怎堪担此重任。且彭某素来不愿任职高官，此次巡阅完毕，便回退省庵去养病。"

何宗说："若是别人说不愿任职两江总督，何宗不信；彭大人这样说，何宗相信。只是朝廷不会同意。此次如果不是你任巡阅使，长江岂能安稳。"

"说到安稳，若要长江安稳、全国安稳，得从根本上保证啊！"彭玉麟说，"以此前日本背约兴师犯我台湾之事而言，我当时就说，此次不可示弱，若将就了事，后患不可胜言。而不可示弱不是口头强硬便行，需上下同心，尤其是秉政者要尽心竭力、励精图治以谋自强。自强才能抵御外侮。彭某整饬官场，亦有言：必以身作则，身似碑帖，人则临写也。"

何宗抬头看看天上那轮明月，说："皓月之下，听彭大人一番言语，令何宗肃然起敬。无怪乎彭玉麟整肃纲纪，不怕得罪人，盖身似碑帖也！尽管亦有小人散布谗言，但如蚍蜉撼树。何宗知彭大人定在写参劾赵继元的奏章，不打扰了，告辞。"

彭玉麟送何宗下船后，问赵武，你知道我还有一件什么要紧的事没做么？

第十五章 『剑』指中堂

一　不信普天下没有一个清官

熙熙攘攘的合肥县城大街上，忽地有人喊："李少爷来了！"

街上行人立即纷纷往两旁躲，摆摊的赶紧收摊，店铺赶紧关门。

一个十六岁的姑娘不明就里，问一收摊的老人："我要买你的东西，你怎么就要收摊？"

收摊的老人说："李少爷来了，姑娘，你赶紧躲一躲吧。"

"我才进城，要躲什么？"姑娘傻傻地看着忙着收摊的摊主。

街那头，数匹马奔驰而来。跑在前头的马忽地被勒住，马儿嘶鸣。

坐在马上的李少爷名叫李栋才，看着傻傻站立在街旁的姑娘，忽地哈哈大笑。

姑娘惊惶，不知所措。

收摊的摊主石老驴刚将摊子收进店铺，正准备关店门，一见李栋才盯着那姑娘大笑，情知不妙，于心不忍，忙跑出。

石老驴故意对姑娘说："你这疯丫头，只知道在外面玩，还不快点进去帮我做事。"边说边拉姑娘进店。

"慢着，石老驴，本少爷得问你几句话。"李栋才跳下马，"石老驴，你什么时候收了这么一个丫头？你收丫头向本少爷禀报过吗？"

石老驴说："这是我侄女，从乡里来我这里混口饭吃。"

"真是你侄女？"

"是我侄女，是我侄女，我还能收得起丫头？小女子刚成年，喊丫头喊惯了。"

李栋才大笑。

李栋才一笑，石老驴愈发紧张，这小女子要遭殃了，怎么办，怎么办？

"石老驴，恭喜你了，你这侄女被我看上了，你说她刚成年，哎呀，我就喜欢刚成年的。刚成年的乡下女子，水灵啊！"李栋才又是哈哈大笑。

石老驴心里说，完了完了，这小女子完了，他只要大笑三次，谁也跑不脱。

李栋才对后面的几个家丁一挥手，家丁一拥而上。

家丁于八正要将姑娘抓上马，李栋才说："慢着，这么水灵灵的女子，你那脏手会玷污她，得我亲自来。"

李栋才一把抱起姑娘。

姑娘惊喊："救命啊！救命啊！老伯，快救我啊！"

石老驴不敢动，只得赶紧问："姑娘，你叫什么名字？家住哪里？我好给你家里报个信。"

"好啊，石老驴，上次我就说你是头傻不溜秋的倔驴，爱管闲事，教训了你一次，你不长记性，这次又管闲事，竟敢骗我，说她是你的侄女。"

李栋才这么说时，姑娘对着李栋才的手猛咬了一口，李栋才"哎哟"一声，手一松，姑娘跑到石老驴面前跪下："老伯，救我啊！我叫菜花，是陆家村的……"

"你还咬我！到时候看我怎么'咬你'。"李栋才命令家丁，"将她带回府去！"

说完，跳上马，磕马而走，于八将菜花抓上马，跟着磕马而去。

李栋才对石老驴说的那句"……教训了你一次，你不长记性……"，使得石老驴呆了，李栋才的"教训"是他走了后，要家丁于黑夜来砸店铺，店铺被砸了还无法去告官，说是混混砸的，与他无关。

"老板，你不该去管闲事啊！"杂货铺伙计丁二对一脸木然的石老驴说。

这句不该去管闲事的话使得石老驴似乎恍然惊醒："那小女子，

说她叫菜花，陆家村的，陆菜花。得让她家里知道啊！得想个法子救她啊！过了今晚，那可就……"

石老驴赶紧对丁二说："这店里你别管了，赶快去一趟陆家村，找到陆菜花的父母，告诉他们，说他们的女儿被李少爷抢走了。"

丁二说："这个，这个，我不敢去，若被李少爷知道，会被打断两条腿。"

石老驴叹口气："唉，你不敢去我也不能强要你去，弄不好是会被打断腿。可救那姑娘要紧，我自己去，自己去，我反正是一条老命不值钱了。"

石老驴正要走，丁二又说："那这店铺，店铺怎么办？如果他们晚上来砸……"

"顾不得那么多了，他们要来砸，我在这里也没办法，救人要紧，要紧。"

看着石老驴的背影，丁二不住地嘀咕："那么大年纪了，何苦多管闲事，你这一去，这个铺子只怕也会没了。"

丁二猛然愤愤地朝天骂："他娘哟！"

李栋才的家府大门门匾显赫。

李栋才策马到自家家府，不从大门进，绕到后门下马，且对跟着的家丁说："小声点，别惊动了前院。"

菜花猛地喊："救命啊救命！"于八忙捂住菜花嘴巴。

李栋才一把将于八的手打开："捂嘴巴也得由我先捂，你滚开！"

于八说："我是怕她咬了少爷你的手。"

"拿块干净布来，塞住她的嘴。"李栋才刚说完，菜花又叫："救命啊……"

"嘿，这小女子有股倔劲，我更喜欢。"李栋才对于八说，"她好像是说她叫菜花吧？"

于八说："是说她叫菜花，陆家村的。"

"将她关好、看管好，还得服侍好，老这么塞住她的嘴巴也不行,到时候我还得听她的莺声呢!但不能让她叫,老子天不怕地不怕,只怕了前院老不死的爸。不能让前院知道,都听清楚了吗?"

"听清楚了。"

"少爷放心放心。"于八说,"哎,少爷,你怎么对这个乡里女子格外疼爱啊,是不是因她是个黄花女?"

"什么黄花女不黄花女,老子向来怜香惜玉。老子得去好好睡一觉了,养足了精神再来'调教'。"

李栋才走进他的房间。菜花被捆住双手关进一间黑屋子。

不知过了多久,被关在李栋才家府后院黑屋子里的菜花,听得门"吱嘎"一响,进来一个仆妇,这个仆妇被仆人称为二嫂。

二嫂替菜花解开绳索,扯出塞在嘴里的布,说:"姑娘,你就别倔了,谁叫你被他看见了呢,进了这里,唉,你只能顺着他,活着出去后再说。"

菜花嘤嘤地哭。

"唉,要是能让前院的老爷知道就好了,老爷是个善人,可谁敢去告知老爷呢!"二嫂自言自语。

菜花一听这话,立即跪着拉住仆妇的裤脚:"大婶大婶,请你去告诉他老爷放我回去吧,我父母都五十多了,就我这么一个独生女啊!"

二嫂惊慌地说:"你快松开,松开,你得留我一条命。"

"我给你磕头、磕头。"菜花不停地磕头。

"你容我想想,想想,想个法子。"二嫂又长叹一口气,"唉——"

仆妇二嫂要菜花容她想想后,赶紧离开,便到厨房里忙碌,一边忙一边想,怎么才能有个法子。

中年仆人李大走了进来。

"二嫂,在做什么好吃的啊?"

二嫂一看只有李大一个人进来,忙放下手里活计,将李大拉到一边。

李大说:"二嫂你干吗,拉拉扯扯的,可别把我的心拉动了啊!"

"你张臭嘴。"二嫂轻声说,"哎,你知道少爷又干了什么缺德事吗?"

李大说:"寻常事,又带回一个小妞。"

二嫂说:"少爷那个人也真是,自己长得一表人才,家府又这么厚实,为什么不去考个功名呢?"

李大说:"他考得起功名?二嫂你到门外看看。"

二嫂以为李大要她看看外面有人没有,以免被人听见,忙走到门外,看了看。

二嫂走回,说:"没有,没有。"

"没有什么?"

"没有人。"

李大说:"我是要你看看太阳从西边出来没有。他要是能考得功名,太阳就从西边出来了。"

"你这个李大,捉弄老娘。"二嫂伸手拧李大的嘴巴。

李大说:"哎哟,好舒服。二嫂,再拧重些。"

二嫂松开手:"跟你说正经的,你说,他考取不了功名,捐个功名总行吧,去当官,省得在家里这么胡闹。"

李大说:"他去当官,更多百姓会被他害死。"

"轻点说,轻点说,被他听见了不得了。"

李大说:"你们都怕他,我才不怕他,我服侍老爷那么多年,老爷最信任的是我。"

二嫂说:"他专去做些那号缺德事,要遭报应的呢!"

"遭报应是迟早的事,"李大说,"不说老天惩罚,光说这仇家是越结越多,哪天碰上个强人仇家,不会被打死也会被废了。"

二嫂又跑到门口,往两边仔细看了看,跑回。

李大说:"你又去看太阳从西边出来没有啊?"

二嫂说:"还是得看看有人没有。我要跟你说句绝不能让人听到，你也绝不能外传的话。"

李大说："说吧说吧，跟我还有什么不能说的。"

二嫂说："你说，老爷对我们好不好？"

"那还用说，好！"

"老爷是不准他干坏事的吧？"

"绝对不准。"

"他这么胡闹，总有一天会连累老爷吧？"

"不错。别的连累倒不会有，要是哪天被强人报仇给打死或废了，老爷会气死。"

"所以为老爷考虑，也得将这事告诉老爷。"二嫂说。

李大问："哪件事？"

二嫂说："就是他今天抢来的这个姑娘，她父母都五十多了，就这么一个独生女，人家父母靠着她养老送终的，你得告诉老爷，老爷一知道，肯定会放了她，这是老爷做了善事，你也做了善事。"

李大说："那姑娘是你什么人？"

二嫂说："会是我什么人吗？若是我的什么人，我不会自己去求老爷啊，还用得着求你！你到底去不去，不去以后就别再喊我二嫂。"

"呵，拿捏起我来了。"李大说，"行，我瞅个机会告诉老爷。"

"别忘了啊！越早告诉老爷越好，他今晚上只怕不会放过那可怜的姑娘。晚了姑娘就被糟蹋了。"二嫂说，"待会我给你专门做道好吃的，给你留着。"

再说石老驴，慌慌忙忙地来到陆家村，问一中年村民："请问陆菜花家住在哪？"

中年村民看看他："嘿，你不是城东杂货铺的石老驴石老板吗？"

"正是正是。你怎么知道我？"

中年村民说："我到你铺子里买过东西啊！我姓陆，你也喊过我老陆，到你铺子里买东西的太多，你当然就不记得我了。"

石老驴忙说："老陆，老陆，快告诉我，你们这里是不是有个叫菜花的小女子。"

"菜花？！可是个长得清秀、个子高挑的小女子？"

"就是长得清秀，个子高挑，出事了。"

"出事了？出什么事了？"

"她被李家那个恶少抢走了！"

老陆一听："哎呀，李家恶少，是朝中那个宰相李鸿章大人的外侄李少爷？"

石老驴说："不是他还会是谁？你快说菜花家在哪里！"

"我带你去，我带你去。"老陆带石老驴走进菜花家，进门就对菜花老父说："你家菜花是不是去了城里？"

"是去了城里，怎么到现在还没回？"菜花老父说。

老陆说："她出事了，被人抢走了。"

"你说什么，说什么？是说我家菜花？！"

石老驴赶忙近前："你家菜花被李家恶少抢走了，抢到他府里去了。"

菜花老父问："你是……"

老陆说："他是城里东街杂货铺的石老板，特意来给你报信的。"

菜花老母说："石老板，你刚才说，说我女儿菜花被人抢走了？！"

老陆说："是被朝中那个宰相李鸿章大人的外侄李少爷抢走了。"

菜花老母一听，"啊"的一声，往后便倒。

菜花老母"啊"的一声往后倒时，老陆和石老驴忙扶住，扶着菜花老母走进里屋。

菜花老母躺到床上，不住地念着："我的女儿，我的女儿……"

屋子外来了不少村民。菜花老父说："求你们给我想个办法，把我家菜花救回来吧！"

老陆说:"李家势力太大,没人敢去啊!"

"那我自己去,我自己去!"

"您老去没有用的,只有赶快到官府去报案。"

"官府都是李家的人,告状怕也没有用。"

石老驴说:"我看也只有去报案告状这个办法了,如果县衙不敢管,去府衙告,府衙不行去巡抚衙门告。说不定能碰上一个清官呢。"说完又赶紧说,"千万别让外人知道,若被人知道我来这里报信,还要你们去告状,那可不得了。"

老陆说:"我们这陆家村还会有人当奸细?不会的。"

石老驴说:"上次我在铺子里骂恶少,就是一个买货的听见,告诉了他。"

"有这等事?"老陆说,"那个买货的肯定是你们城里人,我们乡里人不会。"

老陆说乡里人不会当奸细。和菜花家还有点沾亲带故的村民蔡斯听着他们所说,却已经在想,那个李家少爷曾放言,谁若是背后说他的坏话,只要告诉他,赏银三两。他们说要告状,我如去禀告,五两赏银少不了。

这个蔡斯便悄悄抽身,准备去找李家少爷领赏银。

合肥县衙门前响起了喊冤声。

衙役赶快禀报知县:"大人,外面有人喊冤告状。"

这知县倒也有案便理,立即说:"传他们进来。"

菜花老父、石老驴、老陆一被带进,知县就说:"告状的是何人?难道你们三人都是?"

石老驴指着菜花老父说:"青天大老爷,告状的是这位老人,因他年迈,我等陪他前来。"

知县便问菜花老父:"你这位老人,状告何事?"

菜花老父说:"我女儿菜花,今日上午去城里买东西,被人抢走了……"

知县问:"你女儿多大?"

"刚满一十六岁。"

"光天化日之下，竟敢强抢民女，这还了得！"知县心里想，听说巡阅使彭玉麟要来合肥，我正好破此案以让他看看政绩。

"你可知抢你女儿的是何人，若知道，我即刻派人去将他缉拿归案，救出你女儿；若不知道是何人所抢，我派人去侦缉，也定将你女儿救出，将罪犯捉拿归案。"

"谢青天大老爷啊！"菜花老父忙说，"我女儿菜花是被李家恶少李栋才所抢，抢到他府里去了。这位老哥亲眼所见。"

石老驴说："是我亲眼所见，就在小民的铺子前抢走。"

知县一听，愣了，李栋才，李家恶少，那可是李鸿章大人的外侄，我怎么给揽上了这么一个"好事"。

知县略略思索，说："李栋才强抢民女，如果属实，本县绝不轻饶。但我大清朝有律令，告状得有状纸，你们带状纸来了吗？有状纸就快提交上来。"

石老驴说："大人，因事情紧急，救人心切，还没来得及写状纸……"

知县说："你只是陪同人，由原告回答。"

菜花老父不懂，石老驴忙对他说："该你回答，快回答。"

菜花老父说："哪里还来得及请人写状纸啊，我女儿已被他抓进他家府，今天晚上就恐遭凌辱，青天大老爷，你快派人去啊！"

"这个本县就没办法了，不能有违律令。"知县说，"你们先回去，写好状纸再来。"

离开县衙，石老驴对菜花老父说："陆家大伯啊，这个知县是在搪塞啊！他开始说立即派人去抓罪犯，可一听说是李府恶少，就说要状纸了，唉！"

老陆说："是啊，他也是不敢惹啊！"

"连知县大人都不敢惹，那我女儿还有什么活路！"

菜花老父刚说完，就听得有人喊"石老板，石老板"。

杂货铺伙计丁二急匆匆赶来。

石老驴说："你怎么来了，店铺谁看管？"

丁二说店铺被李家少爷封了，他被赶出来了。

石老驴的店铺被封，是因为李栋才知道了石老驴陪菜花老父告状。李栋才怎么能这么快就知道？并非知县派人去告知，而是和菜花家有点亲戚关系的村民蔡斯去报信。

蔡斯为得那几个赏钱，一听说要告状的事，便赶去向李栋才告密。李栋才一听石老驴要菜花老父告他，还说如果县衙不敢管，去府衙告，府衙不行去巡抚衙门告，当即吼道："石老驴石老驴，老子原本只想教训教训你，你竟敢跟老子扛上了！"命于八带几个人，把石老驴的杂货铺封了，再去县衙，看知县受理了没有，知县若敢受理，将他的县衙砸烂……蔡斯见李栋才全没有给赏的意思，以为他忘了，忙说，少爷，少爷，你还没给那个、那个……他打出要钱的手势。李栋才说，我还没给你什么？蔡斯说，少爷说过的，少爷说谁若是背后说你的坏话，只要告诉你，赏银三两。我这可是将他们要告状的事告诉你，还能不给赏？四两银子总得赏吧。李栋才心里正冒火，给他的赏是两个耳光加一脚。

蔡斯告密钱没得到，石老驴的铺子则被封了。

石老驴一听丁二说自己的店铺被封了，着急地说："什么什么，他把我的店铺封了？我得去要回我的店铺。"

丁二说："你不能回去啊！那班恶人，说见着你就要把你抓到他府里去。"

老陆说："菜花没救出来，石老板的店铺也没了，唉！"

"这，这怎么办？还连累到石老板了。"

石老驴想了想，说："没办法了，只有豁出去了，陆家大伯，我石老驴和你一起告状，到府衙去，一张状纸，我两人告，告他强抢民女、强占店铺。"

菜花老父说："可找谁写状纸呢，写状纸的也怕连累啊！"

石老驴说："我来写。我识得一些字，不信写不出。"说完又喊道，"李家恶少李栋才，你除非把我打死，我这头倔驴就和你倔到底了。我就不信，普天之下碰不到一个真正的青天大老爷！"

天色渐渐暗下来，李栋才要于八将那个菜花给他带来。

于八说："少爷，是不是该给她梳洗梳洗？"

"怎么，你没安排妇人为她梳洗？"

"少爷不是要我封石老驴的铺子去了吗，"于八说，"哪有空闲安排。"

李栋才说："什么有没有空闲，只要你对一个妇人说一声就行了，一句话的工夫你也没有？"

"是小的忘了，忘了。小的这就去安排妇人为她梳洗。"

"她吃饭了没有？"

于八说："这个，应该吃了吧。"

"应该吃了？你是要让一个又脏又饿的女子来陪老子，呸！"

"小的立即安排，把一切都安排好后，再让她来陪少爷。"

于八刚要离开，李栋才又问："知县那里怎么样了？"

于八说："小的派去的人问了知县，知县说没有立案。"

"这个知县还算懂事。行了，你去吧。快点。老子现在精神正好。"李栋才说完，躺到床上哼呀哼，哼起了小调。

李栋才的小调正哼得得劲，于八跑来："少爷，那个菜花不肯吃饭，不肯梳洗，要她吃饭的妇人被她咬了一口，要她梳洗的妇人也被她咬了。现在无人敢要她吃饭，也无人敢要她梳洗。"

李栋才大怒："把她抓来，老子亲自'调教'。"

菜花被于八如抓小鸡般抓来，往房里一放。

李栋才睡房门框旁挂有一根皮鞭，专用来驯服不从的女子，他一手取下皮鞭，朝菜花甩动，那意思自然是服不服从，不服从便用皮鞭抽。菜花却猛地一扑，抓着李栋才的那只手就是一口。

李栋才"哎哟"一声，手中皮鞭掉落在地，菜花正要往外跑，他一把揪住菜花的头发，狠狠一摔。

菜花的头撞到墙上，"砰"的一响，倒在地上。

李栋才对着菜花脑袋又是狠狠一脚。

倒在地上的菜花没了动静。

李栋才对于八说："将她拉起来！"

于八走到躺在地上的菜花身边,弯下身,以手试探菜花鼻息。这一试探,不禁有点惊慌:"少爷,她,她好像没了气息。"

"装死!把她拉起来!"

于八又试探:"少爷,真的死了。"

李栋才说:"真的死了?那么两下就真的死了?死了就死了,老子晦气。"

于八说:"少爷,怎么办?"

李栋才说:"拖出去!随你怎么处理。"

第二天早晨,老资格仆人李大带着仆妇二嫂交代的"任务",来到前院向李老爷请安。

"李大,怎么这一向都没见你啊,到哪里去了?"李老爷说。

李大说:"老爷,你将我派到后院服侍少爷去了,老爷忘了?"

"呵,呵,你看我这记性,老了,硬是老了。"

"不是老爷记性差了,是老爷日理万机,要记的大事太多,顾不上记住李大。"

"我哪有什么万机要理,哪有什么太多的大事要记,记性不行就是不行了,"李老爷说,"李大你会宽慰我。"

李大说:"老爷管着这么大一个李府,上上下下、里里外外,哪一件事不得老爷操心,治国的日理万机,治家的也一样要日理万机,国家国家,国和家同一个理。"

这话使得李老爷开心,李老爷笑着说:"李大你会说话,难怪这些日子我觉得乏味,原来是你不在我的身边,没人能像你这样让我开心。你还是回到我身边来算了。"

李大说:"我是时刻都想回到老爷身边来啊,可既然老爷已派我在后院服侍少爷这些个日子,我就得向老爷禀报一下才行,老爷你说呢?"

李老爷说:"李大,我虽然老了,可一听你这话我就知道,那个孽障又生出是非来了吧?"

李大说:"小的不敢替少爷隐瞒,昨日他又抢来一个十六岁村姑……"

李大还没说完，李老爷气得发抖："孽障孽障！原以为他在后院会静心思过，谁知又去干这些勾当。快将孽障喊来！"

李栋才带着于八走进前院。

李栋才一瞧老爷那副威严样，立即跪下。

李栋才说："爹，你喊孩儿来有何吩咐？"

"孽障，你还有脸来问。家法，拿家法来，"李老爷喊道，"快对这孽障动家法！"

两个家丁如捧重物一样捧来"家法"皮鞭，一人双手捧着皮鞭手柄，一人双手捧着鞭子。

一家丁将皮鞭抢在手里，随时听吩咐抽打。

李大想，老爷向来是雷声大、雨点小，甚至有雷声，无雨点。他是舍不得真打自己这个宝贝儿子的。我来做个顺水人情。便说："老爷，少爷在后院虽有所不检点，但少爷年轻，皆是听人唆使，如昨日一村姑被强行抢进后院，并非少爷自己所为，而是……"

"而是何人所为？李大快说。"李大的话正好让李老爷下台阶。

李大说："这得让少爷说，少爷最清楚。"

李栋才一听，立即指着于八："是他，是他将那个名叫菜花的村姑掠到马上，带进后院的。"

李老爷立即喝道："打！打这个恶奴五十皮鞭！看他以后还敢不敢强抢民女。"

于八顿时被按翻在地。

于八心里恨道：李大李大，你忒毒了，老子平素对你不敬，你借机来报复啊！少爷少爷，你怎么能全推到我身上呢！紧接着便是，"哎哟！哎哟！……"

皮鞭一下一下抽打在于八背上。

李大在边上暗自数着：一下，两下，三下，四下……

李大数到三十下，心里说：打得差不多了，我得为这恶奴求求情。遂对李老爷说："请老爷手下留情，饶他二十皮鞭。"

李老爷就指着于八说:"看在李大的面子上,暂且饶你二十皮鞭。下次再犯府规,把这二十皮鞭加上。"

李大对于八说:"还不快谢老爷开恩。"

被抽得皮开肉绽的于八已只能哼哼。

李大说:"老爷,他已经知道要悔改了,就要人将被他掠来的村姑放了吧。"

李老爷对抽打于八的家丁说:"你快去后院,把那个村姑放了。"

李栋才说:"爹,已经迟了。"

"怎么迟了?"

李栋才说:"人已经死了。"

"你说什么,什么?人已经死了,那个村姑死了!"李老爷吃了一惊。

李大也惊,心里说:"死了!我怎么全然不知。"

"是死了呢!"李栋才指着于八,"他将尸体扔到外面去了。"

"我李府的门风全被你们败光了啊!这出了人命,如何是好?!"李老爷说毕,气得往后一倒。

李老爷往后一倒,是坐着倒的,倒在太师椅靠背上。李大忙去按李老爷的人中,但他知道老爷有时会装。心里想,老爷这次是真的被气晕还是装晕呢,这人中得试着掐,不能太重。

李大一边轻轻地掐人中,一边大声喊:"老爷,老爷!"

跪在地上的李栋才爬起,走到他爹身边,看着他爹。

李栋才心里也在想,这老东西如果真死了就好,可他不会死的,老东西特会装。趁他装死还没醒来,老子先发通号令。

李栋才指着被打得皮开肉绽的于八,说:"把他抬到后院去,免得我爹醒来看着他又生气。"

两个家丁正要抬于八,李老爷哼了一声。

李大忙喊:"老爷醒了,老爷醒了。"

两个家丁立时住手,等着听老爷的吩咐。

"老东西还有这么大的权威？"李栋才寻思，我再试一试。旋对两家丁喝道："没听见本少爷的话吗？快将他抬出去！"

两个家丁正欲去抬，李老爷又是一声哼。

两个家丁忙往后退。

看来老东西不死，这李府就无人听我的，只有忍着等他死了再说。李栋才忙喊："爹，爹，你快醒醒。"

李老爷又如重新昏死一样，没了哼声。

李栋才装着急："这，这怎么办？快喊府医来，快喊府医来！"

无一人动。都看着李大。

李栋才说："你们都看着李大干什么？还不快去喊府医。"心里骂，他娘的李大，你一个仆人，风头盖过老子。等老东西死了，老子将你赶出去！

李大说："少爷不要惊慌，我摸了老爷的脉，老爷无大碍，只是被你气成这样。你若真孝顺老爷，还是原地跪下，向老爷认错，求老爷宽恕。"

李栋才不动。李老爷又哼了一声。

李栋才只得重新跪下："爹，我错了，从今天开始，我老老实实待在后院，再也不出去了……"

杂货铺伙计丁二又急急忙忙往陆家村跑。

丁二跑到老陆家门口，喊："老板，石老板！"

歇宿在老陆家的石老驴走出："什么事这么慌张？是不是又被那恶少欺负了？"

丁二说："我在离李府后院附近的林子里，看见一具女尸，像是菜花。"

"一具女尸，像是菜花？！你是怎么发现的，快说。"

丁二说："今天早晨我到了李府后院，但后院后门紧闭。"

"你到李府后院去干什么？"石老驴问。

丁二说："那个恶少派人封了你的铺子，将我赶出，害得我无家可归。我虽奈何不了李栋才，可我认得那个封铺子的恶奴于八，我到李府后院是想等于八出来，只要他独自一人出来，我就要砸他一石头……"

丁二说他身上藏了一块石头。因后门紧闭，他就在后门外转悠，边转悠边想，砸了于八后得赶快跑，得先找好跑的路。转来转去看见后院有片林子，就决定给于八一石头后就往那林子跑。要往林子里跑，得先去看看那林子。于是就向林子走去，刚走进去不远，他"啊"的一声，一具年轻女尸出现在他眼前。壮着胆子走近，仔细一看……

丁二还没说完，石老驴说："那极有可能是菜花！走，快去菜花家。"

到了菜花家，石老驴把菜花老父喊出，说："陆家大伯，我要对你说件事，你可不能哭，也先别让大婶知道。"

"你说你说。"

石老驴说："我这个店铺伙计发现一具女尸，就在李府后院不远的林子里，我陪你去看一看，也许不是菜花，总之得先确认一下。"

"但愿不是菜花，不是菜花。"菜花老父不住地念叨。

李老爷"醒"过来了。

"老爷，你可醒来了。老爷，你可不能为了少爷的事把自己气坏啊！"李大端起盖碗茶，送到李老爷嘴边。

李老爷喝一口，看一眼跪着的儿子和趴在地上的于八。

李大说："少爷，你快起来吧。"又指着于八："把他抬出去。"

李老爷扫视了一下四周，李大知他意思，立即对其他家丁、仆人说："你们都出去。"

家丁、仆人都出去后，李老爷指着儿子说："你这个孽障，如今出了人命，你得去偿命，你立即去官府自首。"

李栋才说："爹，你真的舍得让官府判孩儿死罪啊！你要是真的舍得，孩儿这就去自首。"

李栋才做出要走的样子。

李老爷这回是真的气得浑身直抖了，骂道："孽障，孽障！"

李大说："老爷，我们还是想想怎么办吧？"

李老爷对儿子说："孽障，你说怎么办？"

李栋才说："一个乡下村姑，死了不就死了，有什么了不得！"

李大说："少爷，现在不能这样讲话，你得替老爷着想，这事若是传出去，老爷的名声能不受影响？"

李栋才说："那你说怎么办？"

李大说："那村姑的尸首现在何处？"

李栋才说："那得问被鞭打的奴才，是他拖出去的。"

李老爷说："孽障，难道没有埋掉？！"

李大说："老爷，我去问于八一声。"

李老爷说："要孽障去问！"

李栋才毫不在乎地说："我去问就我去问。"

石老驴、丁二、菜花老父走进了林地。丁二说："就在那里。"领着石老驴、菜花老父走近。

菜花老父一看便号啕大哭："菜花，我的女儿啊！"

"陆家大伯，别哭别哭，现在不能哭，得赶紧把菜花转个地方埋葬，不能让人知道。万一李府来人毁尸，那就连申冤报仇都无证据了。"石老驴又对丁二说："来，来，我两人赶紧将她抬离此地。"

丁二说："你也这么大年纪了，只怕抬着更走不快。干脆我将她背上，先离开这里再说。你和老伯随后跟来。"

石老驴帮忙将菜花尸体放到丁二背上，丁二背起就走。

去问于八的李栋才很快就回到李老爷面前，对他爹说："那个死村姑被扔在后院外的林子里。"

"什么，就扔在那片林子里！孽障，你这是要让人知道是你干的啊！"

李栋才说："又不是我扔的。谁知道他扔到那林子里就不管了。"

"你……你……"李老爷又气得浑身颤抖。

李大说:"老爷,还是赶快派人去看看,现在毁掉还来得及。"

"那就快派人去。"

李大说:"老爷你如果支撑得住,容李大离开一下,李大带两个人去。"

李老爷说:"你去最好,你去最好。"

李大走出去,李老爷对儿子说:"孽障,你还不赶快跟着去。"

李栋才说:"我去有什么用,我也不知扔在林子哪棵树下。"

"要那个狗奴才带路!"

李栋才说:"他被你打成那个样子了,怎么带路?"

李老爷说:"没打断他的腿,怎么不能带路,他不能走就将他拖着去!"

于八没有被拖着去,而是由一个家人搀扶着去,搀扶于八的家人对走在前面的李大喊:"李大李大,老爷怕你难找,派个知道地点的人来了。"

李大等于八走近,说:"我替你省了二十皮鞭,你怎么感谢我?得请大伙吃顿酒吧。"

于八说:"李大,算你狠,从今后我喊你李大爷,该满足了吧?"

李大说:"老子当你的大爷还当不了吗?快给大爷带路,到底扔在哪里?如果没找到尸首,你那二十皮鞭还得加上。"

被搀扶着的于八便往林子里走,李大等跟在后面。

于八突然停住,心里着慌:"噫,我就将她扔在这里啊,怎么不见了?"

草地上,有一片倒伏的杂草,杂草上有血迹。

搀扶于八的家丁说:"地上有血迹,应该是这里,可怎么会不见了呢?"

李大说:"糟糕,已经被人拉走了。"

李栋才说:"拉走就拉走,一具死尸,有什么糟糕不糟糕。"

"少爷,少爷,你啊——唉,我什么也不说了,只有回去禀报老爷。"

李大转身就要走，于八情知事情更大了，对着李大跪下："大爷，李大爷，这回可拜请你在老爷面前帮我说上几句，你不帮我说，老爷会要了我的命。"

李栋才说："有我在，你怕什么？"

"有你在，你不说是我将她放在马上带进后院的，我也不会挨那五十皮鞭。"于八嘀咕。

"你说些什么，什么？"

于八说："我说小的认命了，这命就攥在老爷和少爷手里了。"

李府的于八说他认命了，杂货铺的石老驴则豁出去了，他坐在进合肥县城的路旁地上，见有人路过就跪着顶起状纸：李府少爷李栋才强抢民间少女，打死村姑菜花，霸占石老驴店铺……

石老驴说他只要不死，就要喊冤到底，他老驴不信普天下没有一个能治恶少的清官。

二　才参劾他的大舅子，又查他外侄

巡阅使船队正全速往合肥进发。

彭玉麟之所以要"兵发合肥"，是他没有忘记和赵武在静冈听见两个路人看告示所说之话，他在送何宗下船后，对赵武说："你知道我还有一件什么要紧的事没做么？"赵武说："大人整治长江水师已见成效，长江防务已经妥善，还有什么要紧的事呢？"彭玉麟说："你难道忘了，静冈那两个路人说的，安庆有一恶人将官、合肥有一恶少，恶人将官系胡开泰，已经除掉，可见所言不虚。那个恶少呢？能不去查访一番？其恶名之所以从合肥传到静冈，而路人又不敢言其姓名，唯恐累及，那恶少定然是有恃无恐。所恃者，有钱有势的大人物。"

正因为断定那恶少有恃无恐，他就定要去查看个究竟。

巡阅使船队抵达合肥码头后，彭玉麟又来了个微服私访，这回他装扮成风水先生，赵武装扮成他的徒弟。

合肥城内，李老爷则请来了合肥知府和知县，知府、知县都姓李，如若不是姓李，只怕也当不了知府、知县。

李老爷对李知府说："知府贤弟，你那栋才愚侄还望多多顾及。"

李知府说："那事嘛，知县大人已经处理过了。"

李知县说："曾有三人来到本县衙，但无状纸，没有状纸怎能告状，斥退了他们。后又有一人拿状纸来告，但证据不足，将他打发走了，自后便再未来。"

"据说告状的又到了府衙，可是真的？"李老爷问李知府。

李知府说："是有一人前来告状，本府按照律令，须先去县衙，县衙有了审定后，如不服方能上告到府衙，如若容忍越级上告，则会助长刁民气焰，不利于地方稳定，现县衙未审，本府自然不予接案。"

"这就好，这就好。"李老爷说，"我已要人严格看管我那不孝之子，二位放心，他再也不会惹出什么麻烦来。"

"是不能再惹麻烦了啊！"

"知府大人说得对，是不能再惹麻烦了。如果再惹出麻烦，我们也实在为难。"

知府、知县说完，便要告辞。

李老爷说："二位怎能就这么走，我已吩咐备好饭菜，二位再忙，也得吃了饭再走。"

李知府说："饭就不吃了，确有许多公务在身。"

李知县说："是啊，公务缠身，身不由己啊！"

"好，好，二位既然要忙于公务，我也就不强留了。"李老爷掏出两个礼封（红包），"这个，还请二位带上。"

李知府说："这是干什么，不行不行。"

李知县说："李老爷你自己留下，留下。"

李老爷说："已经到了吃饭时刻，二位不肯吃饭，只好任凭二位到外面随便吃点什么了。也就是一餐饭钱而已。"

李老爷这么一说，李知府就对李知县说："这么说也就是一个误餐费喽，这误餐费收下倒也无妨。"

李知县赶紧说："误餐费无妨无妨。"

李知府李知县便收下"误餐费"，和李老爷告别；李知府、李知县又相互告别。两人各钻进轿子。

李知县进了轿子后，摸出礼封，抽出银票看了看，心里说，这"误餐费"还算可以，李知府的肯定还要多。

李老爷在为儿子的事送"误餐费"，儿子则焦躁地在后院院子里走来走去。

李栋才猛地站住，指着在一旁看着的李大说："嘿，老子在这院子里实在憋得慌了，你就不能让我出去逛逛？"

李大说："出去逛可以，得先问了老爷。"

"要问他，我还用得着跟你说？"

"少爷，是老爷要我对你严加看管，我这是奉命办事，你可别怨我。"

李栋才说："李大，你就不怕得罪本少爷？！"

李大说："前院老爷我不敢得罪，后院少爷我当然也不敢得罪，你们都是主子，李大只是讨口饭吃。少爷你就别为难我。"

李栋才说："我知道，李大你是我们李府有功之臣，有老爷处处罩着你，所以你害得我那个家奴被皮鞭打得快死了我也没怎么样你。"

李大说："谢少爷不怪罪我。但你要出去逛，还是必须经过老爷同意。"

李栋才走到李大身边，突然轻声地说："李大我问你，我那老爹、你的老爷能活多少岁？能活一百岁不？永远不会死不？"

李大说："你怎么问这个？"

李栋才笑了："我那老爹、你的老爷总是要死的，他一死，这李府就是我的天下，一朝天子一朝臣，到时候你不怕我将你这前朝有功之臣废掉、干掉、杀掉？就算我学明君放你一马，那时你已老了，你到哪里去讨口饭吃，还不是得靠我！所以嘛，你现在对我好些，忠心于我，以后是会有好处的。"

李大说："我忠于李府，当然也忠于少爷，但老爷不让你出去是为了你好。"

李栋才说："你就不会在老爷面前说我没出去吗？得，我向你保证，只是出去逛逛，散散心，绝不惹是生非。"

李大说："那我陪你去。"

李栋才说："有你陪着我还不如不出去。"

李大想，我也别太得罪这个少爷，日后这李府还真是他的。他既然非要出去，我又何必死死阻拦。我只需暗地里跟着，他若胡闹，我去制止便是。便松了口："少爷既然说了绝不惹是生非，那就出去逛一逛也行。"

"这还差不多，算你一件功劳，日后给赏。"李栋才说完就要走。

李大指着晁五说："你陪着少爷，少爷若有差池，唯你是问！"

晁五忙应："是，是。"嘴上不得不应"是"，心里却不能不哀叹，老子又摊上件倒霉的事。他的眼前，不能不闪出于八被鞭打得奄奄一息的样子。

李栋才牵出一匹马，跨上。马蹄"得得"，出后门。晁五徒步跟着。

李大随后悄悄跟上。

此时，装扮成风水先生师徒模样的彭玉麟和赵武正走在去合肥县城的路上。

坐在路旁的石老驴只要一见有人路过，便顶起状纸口喊冤枉。

彭玉麟、赵武走到石老驴面前，石老驴立即跪着将状纸举高，口里喊："李府少爷李栋才强抢民间少女，打死村姑菜花，霸占石老驴店铺……"

彭玉麟说："请问，这李府是哪个李府？"

"先生是……"

"我们是从外地来的风水先生。"

石老驴说："难怪你们不知，这合肥除了这个李府，还有谁敢再称李府，就算是姓李有府，也得改称个别的府，不能称李府。"

赵武说："可你还是没告诉我们这是哪个李府啊！"

"唉，告诉你们也好，免得你们看风水看到他这个府，说风水不好，你们就难逃厄运。"石老驴说，"这是朝中宰相李鸿章亲戚的李府！"

"那么这少爷李栋才又是李鸿章的什么人呢？"

石老驴说："是他的外侄。"

"喔——是李鸿章的外侄李栋才强抢民间少女，打死村姑菜花，霸占石老驴店铺。这村姑菜花莫非是石老驴的女儿。"

石老驴说："菜花是陆家村陆家老伯的女儿，石老驴就是我。"

"如此说来，你原是店铺老板，是李栋才打死陆家村的陆菜花，霸占了你的店铺。你不但替陆家老伯告他打死老伯的女儿，而且要告他霸占你自己的店铺。"彭玉麟说。

"先生，是这样的，"石老驴说，"菜花姑娘年方一十六岁，那天到县城，在我摆在店铺前的摊子上要买点东西，李府恶少李栋才带着一班恶奴骑马走过，恶少一眼看中菜花姑娘，当即抢回李府……我本与陆家素不相识，但若不去告知，良心不安，遂去陆家村，寻到菜花家，将菜花被抢之事告诉陆家大伯，被恶少知道，便将我的店铺贴了封条，将我店铺伙计赶出，当天晚上，菜花姑娘在李府被打死，第二天上午，我那店铺伙计在李府后院近边林子里发现姑娘尸体……"

彭玉麟压住心头怒火："石老板，你和陆家大伯难道没去衙门告状？"

石老驴说："先生，我现在哪里还是老板，连个睡觉的地方都没了。我和陆家大伯去了县衙，知县一听是李府恶少，便说我们没写状纸，不予立案。因陆家大伯年事已高，女儿被杀使得他老两口卧床不起，我遂决定一人告状，写好状纸去后，知县说证据不足，将我赶了出来。我又到知府衙门，知府说先得由县衙审定，上诉才能去府衙。又将我踢回了县衙。我石老驴知道，全合肥的人都知道，知府、知县都是怕了李家，怕了朝中那个李鸿章。但我石老驴豁出去了，只要不死，就要喊冤到底。石老驴不信普天下没有一个能治恶少的清官。"

"故而你就天天守在这路边……"

石老驴说："不错，先生，我相信朝廷会派钦差大臣来，也非钦差大臣来不可，不然无人敢动李府恶少，无人能替菜花申冤，无人能替我石老驴讨回店铺。"

彭玉麟说："石老驴你请起。"

石老驴说："我是跪着请过往行人了解冤情，又不是专对先生你下跪，有什么请起不请起。"

彭玉麟说："石老驴你仗义助人，不畏权势，相信正义，使我敬佩，故特请你起来与我说话。"

石老驴说："先生会说话啊，说敬佩我这么一个连自家店铺都保不住的人，亲眼看着菜花姑娘被抢却无能为力，亲眼见着菜花尸体却还要她老父莫痛哭、以免被李府知道……"

"菜花姑娘的尸体现在何处？"彭玉麟问。

"这个，不能告诉你，除非来了钦差大人才能说。"

赵武说："石老驴，站在你面前的就是钦差大人！"

石老驴霍地站起，对彭玉麟说："你是钦差大人，不可能，不可能，你两个看风水的不要拿我开玩笑，我没这个心思。"

石老驴说完便走。

赵武欲追，彭玉麟止住："你说得太孟浪了，他怎么会相信。"

"那怎么办？"

彭玉麟说："放心，还会遇到他的。我先进县城，再调查落实一番。"

"石老驴说的肯定真实，我和大人在静冈，那个看告示之人说的合肥恶少，定然就是这个李鸿章的外侄李栋才。只是……"

"只是什么？"

赵武说:"只是大人才参劾了李鸿章的妻兄赵继元,这次又是他的外侄……"

彭玉麟说:"赵继元、李栋才,一个是李鸿章的妻兄,一个是李鸿章的外侄,确有点让人忌讳,可谁叫他李鸿章不管束好自己的亲属。谁叫他的亲属碰在了我彭玉麟手上!"

赵武说:"大人,那就干脆一点,直接将李栋才抓捕,一审便知。若不迅速出手,恐防有变。"

彭玉麟说:"嗬,我这徒弟有长进,你且说说'恐防有变'的'变'指的是什么?"

赵武说:"大人其实早已做了安排。"

"我早已做了什么安排?"

"大人说'放心,还会遇到他的。我先进县城,再调查落实一番'。可没说要和我一同进县城。"

"不错不错,我这徒弟不是有长进,而是大有长进。只是口口声声喊我大人,把师傅忘得干干净净了。"彭玉麟旋正色说,"赵武,你去暗地跟随石老驴,一是保护,以防李府知道他在路边喊冤而谋害;二是以便随时请他去递状纸。后日你直接去县衙。"

"大人,你一人进城……"

"一个小小的合肥县城,难道不是大清管辖?难道真是李鸿章家族的合肥?"

彭玉麟甩开长腿,往县城而去。

县城街上,李栋才正骑马乱奔,晃五跟在马后,跑得气喘吁吁。

李大远远地跟着,跟不上,干脆站住,想,算了,我也几十岁了,何必管那么多。自个儿找个地方逍遥去。

李栋才猛跑一阵,勒住马,哈哈大笑:"这几天可把老子憋死了,这一出来,我好比是出了笼子的虎,痛快,痛快!"

李栋才在马上左看右看,又想,这不寻点刺激也没趣。

李栋才突然盯住一个人,对晃五说:"嗨,那不是石老驴铺子里的小伙计吗?"

杂货铺伙计丁二站在一家面馆外。

"少爷，是那个小伙计。不过少爷，这几天你可别那个那个了。我怕挨老爷的皮鞭。"

"放心，我一不抓他，二不打他，只是吓一吓他，寻个乐子。"李栋才催马朝丁二走去。

李栋才对着丁二喊："小伙计，你原来在这里啊！"

丁二回头一看，吓得拔腿便跑。李栋才哈哈笑，边笑边慢慢追。

慌张的丁二跑到偏巷转弯处，和走来的彭玉麟撞个满怀。

彭玉麟没被撞得怎么地，只是闪了闪，丁二被撞得往后差点跌倒。

丁二一看撞了个老人，连声说："对不起，对不起，恶少在追我！"

丁二说完便要跑，彭玉麟将他抓住："你别慌别慌，可是李府那个恶少在追你？他追你干甚？"

"是他，是他，我那店铺老板得罪了他……他就要来了，你快放开我。"丁二挣扎要走，却挣不脱彭玉麟的手。

彭玉麟断定，此人就是石老驴说的那个店铺伙计。

彭玉麟说："不要怕，我帮你对付，你只需看我怎么对付便是。"

"哎呀，你是个外来的，不知道他的厉害，求求你，快让我走。"

彭玉麟不松手，反拉着丁二走出拐弯。一走出拐弯，李栋才赶来了。

彭玉麟拦住李栋才的马，李栋才说："你这个老头是哪里来的，竟然敢拦着老子？"

彭玉麟松开丁二，对李栋才打个拱手。

彭玉麟的手一松开，丁二不要命地跑了。

李栋才说："你这老头快让开，不然我的马就对你不客气了。"

彭玉麟不动。李栋才催马便冲。

彭玉麟左手一把拉住马缰，右手将李栋才拉下马来。

李栋才大怒:"你,你敢将本少爷拉下马来!"

彭玉麟说:"这位少主,不是我要将你拉下马来,而是见你印堂发青,定有不利之事,抑或冲撞凶煞,故想为你解一解。"

李栋才说:"你是干什么的?"

彭玉麟说:"看相算命,无一不准,堪舆风水,无一不灵。"

"少爷,少爷,他那样子是像个算命先生呢!"晁五想到于八挨的鞭子就有点害怕,唯恐李栋才又生事,忙附和"算命先生"。

"岂止算命,更善风水,少主,你不用开言,我先说几句,如说得不准,任凭少主惩罚。"

李栋才想,老子这一向是不利,一个村姑被老子踢死,本是小事一桩,可害得老子被关在后院出不来。且听他说说。

"行,你先说几句,看准不准,如果不准,得当马镫,让本少爷踩着你的背上马。"

"算命的你快说快说。"晁五喊。

彭玉麟说:"小跟班你喊错了,算命得要少主报出生庚时辰,我不用他的生庚时辰,只需一看便知,谓之看相,但看相只能看出其本人,看不出家宅风水……"

李栋才打断:"少啰唆,快说!"

彭玉麟说:"你家后院有一片林子。"

"对啊,是有一片林子。"晁五说。

"住嘴,要你回答什么?"李栋才对晁五喝道。

彭玉麟说:"林子里发生过不祥之事。"

"什么不祥之事?"

"如若不是横尸,便是被人移尸。"

"哎呀,他真说得准啊!"晁五心里说,但不敢吭声。

李栋才一听,暗自心惊,他怎么知道?便问:"那尸体是男尸还是女尸?"

彭玉麟说:"当为一惨死之弱女子。那片林子,对着你家后院,林梢如羽箭,林木如长剑,羽箭射后院,长剑指后院,箭剑相逼,以致后院主人难以出院,出院则……"

"后院主人出院则会怎样？"

"出院不是闯祸便是遭遇风险。"

他娘的，老爷子不准我出后院，是怕我再闯祸。李栋才想了想，说："你这前半句算准，后半句不准，老子出来会遭遇什么风险？"

彭玉麟转身便走，边走边说："克星已临头，犹自不悟，自取祸端，还说什么后半句不准。可笑，可笑。"

"少爷，他，他怎么走了？得要他破解啊！"

三　江神庙；小县衙

彭玉麟说李栋才"克星已临头……"转身便走，晁五说得要他破解，李栋才便对晁五说："快，快把他拉回来。"

晁五忙去拉住彭玉麟："这位先生，别走别走，我家少爷不是说你说得不准，你说得准极了。还请你为我家少爷破解破解那什么风险。我家少爷会有赏。"

"嘀，你家少爷会有赏！那我就再给他看看。"彭玉麟就势转回。

李栋才说："你这位先生脾气还不小啊！"

晁五说："这位先生是有真本事，有真本事的人都有不小的脾气。"

"你这话不差，我说这位先生脾气还不小，就是说他有真本事嘛。"

"我早就说了，看相算命，无一不准，堪舆风水，无一不灵。然不挑招子，不打牌子，不要人来问，只问有孽人。真人不露面，露面非真人。"彭玉麟说，"没有真本事，敢到贵地来？"

"你这话也不差，没有真本事的，是不敢到我这合肥来。"李栋才说，"哎，你叫什么名字？"

"本人姓宫名保。"

"嗬，叫宫保。宫保先生，你就说说老子出来会遭遇什么风险？又要如何才能破解？"

彭玉麟于是开说。李栋才和晁五认真听着，晁五听得不时咋舌。

跑到偏巷尽头的丁二见恶少没有追来，感到奇怪：那个老头说他帮我对付李府恶少，恶少果然就没追来了，那老头像个算命先生，算命先生能有那么大的本事？他还说只需看他怎么对付便是，待我转去看看，他若还没走，我请他帮石老板算一下，看能收回他的店铺不？若能收回，我还是有个吃饭的地方。

丁二遂悄悄返回，躲到拐弯处，见"算命先生"正在和李栋才、晁五不停地说着。

丁二尖起耳朵偷听。

彭玉麟说："若要破解日后风险，平安无事，这位少主，须在今夜子时，到江上游岸边之江神庙去。"

李栋才说："一定得去上游江神庙吗？"

"是啊，我们这有的是江神庙，难道非得去上游？"晁五说。

"上游江神乃此段主管。"彭玉麟说，"你们难道不知，长江到此转弯，前段江神管辖之段结束，由此段主管江神接管……"

"对，对，得找主管的江神。"

"多嘴！这个我还不知道？"李栋才说，"我去干吗呢，磕头？求他保佑？"

彭玉麟说："直接磕头求保佑乃无知之举，须对江神诉说心头之语。"

"心头之语？心头之语得说些什么啊？"

彭玉麟说："就是你最想讲的话，非讲出来不可的话。"

李栋才寻思，最想说的话，那就是希望我那老爹早点死，好让我早日掌管李府；非说出来不可的话嘛……

李栋才还没思索出非说不可的话是什么，彭玉麟说："那片对着贵府后院箭剑相逼的林子，有横尸且被移尸之凶……"

李栋才立即说："老子派人将那片林子砍了！这不就没事了？"

彭玉麟说："万万不可！那片林子乃贵府发祥之林，若毁掉，贵府日后不堪设想。"

"砍又不能砍，毁又不能毁，那怎么办？"

"须将那所横尸首报与江神，由江神收去凶煞，则可保贵府平安、愈发发达。少主也必定无事。"彭玉麟说，"但须切记，不能让外人听去。"

偷听的丁二想，这个算命先生怎么知道那林子里横尸，真是神了。他要恶少去江神庙到底是什么用意呢？要恶少将林子里菜花尸首报与江神，难道江神真能保恶少无事……搞不清，搞不清，还是找石老板去，请石老板判断。

丁二匆忙赶到县城外路旁，石老驴仍在那里顶着状纸。

丁二走到他身旁，说："老板，出了一桩怪事。"

石老驴说："合肥天天有怪事，我石老驴在这路旁顶状纸如同摆摊，在外人看来也是怪事。"

丁二说："不但是怪事，我还见到一个怪人，简直是神人。"

石老驴说："要有神人就好了，菜花的仇就能报了，我的店铺也能收回了。"

"真的是个神人呢！"丁二说，"他那样子像是算命先生，可又会看风水，他竟然知道李府后院林子里横尸的事。"

"你说什么？算命先生又会看风水，知道李府后院林子里横尸的事？"

石老驴立即想到和他交谈过的从外地来的风水先生，还有说风水先生就是钦差大人的那个徒弟。

"他难道真的是钦差大人？微服私访？"

石老驴正想着，赵武出现在他面前。

赵武笑着说："石老板，还记得我吗？"

"你，你是那个小风水先生。"

"实话告诉你吧，我不是小风水先生，我是钦差大人麾下的赵武。"赵武亮出腰牌给石老驴看。

"那，那位老风水先生……"

"他就是钦差大人长江巡阅使彭玉麟，彭大人！"

石老驴一听，忙朝赵武叩头。

"嗨，嗨，你朝我叩头干什么，不用，不用。"赵武忙拉石老驴。

石老驴不肯起，对丁二说："你也快跪下，给钦差大人、彭大人叩头。"

丁二赶紧跪下，两人一同对着赵武叩头。

赵武说："你们这，这……我不是钦差大人，我只是钦差大人的卫士。"

"我们给你叩头，就是给钦差大人叩头。"石老驴伏地而泣，"陆家大伯，你女儿菜花的仇能报了啊！钦差大人已经来了，他正在微服私访啊！"

"快起来说话，我有话要问这位小哥。这位小哥……"

石老驴说："他叫丁二，是我店铺请来的伙计，他受到我的连累，如今无家可归。"

赵武说："你们都是如同彭大人所说，是仗义助人、不畏权势、相信正义的让人敬佩之人。我们坐下说。"

三人席地而坐，赵武问丁二："你是在什么地方见着彭大人？把你所知道的全告诉我。"

丁二说："我因店铺被封，无钱吃饭，在一家面馆前闻面香，被李府恶少发现，他驱马追我，我赶紧跑……"

丁二如此这般将怎么撞见彭大人的事说了个详详细细。"彭大人去应付恶少，我趁机跑了。跑到巷子尽头，见恶少没追来，遂又悄悄返回，见彭大人正在为恶少看相，我便偷听，听得彭大人对恶少说，若要破解日后风险，平安无事，这位少主，须在今夜子时，到江上游岸边之江神庙去。"

"彭大人要李栋才在今夜子时去上游岸边的江神庙？！"

丁二说："彭大人还交代他，须对江神诉说心头之语。"

"多谢丁二。赵武知道该干什么了。"

"赵大人……"

"不要喊我大人,我不是大人。请直喊赵武。"

"好,好,赵武,我石老驴不信碰不上一个能治李府恶少的清官,清官果然来了。"

赵武说:"石老驴,你不是一般的老板啊!你如当官,定是个好官。"

"赵武你这是要折煞我老驴啊!接下来,我石老驴该怎么办呢,"石老驴说,"将状纸交与你,请你为我呈送钦差大人。"

赵武说:"你和丁二就待在这附近,不用在此顶状纸了,最好找个地方隐藏,我会来找你们。"

石老驴说:"那边有我的一个旧日朋友,我和丁二就到他家去等你。"

"如此甚好,就在他家等着,哪里也不要去。"

"知道,知道。"

"你们放心,为菜花姑娘报仇,为你们要回店铺,就在这两日。"

月黑风高,李栋才带着晁五来到了江神庙外。

晁五说:"少爷,那位宫先生说你对江神诉说心头之语,不能让外人知道。我是不是外人呢?"

李栋才说:"外人不外人,反正你不能听,到外面候着。"

"是,小的在外面候着。"

李栋才走进江神庙,对着江神跪下。

李栋才轻声说:"江神在上,我李栋才对你说心头之话,请江神听好。我那老爹,那把年纪了,死死抓住李府不放,不肯放权于我,使得我处处受制,连个家人李大都管着我,求江神早点收了他去。我李府后院那片林子,因我踢死一个村姑菜花,要家奴将她的尸首拖出去处理,那家奴竟然将死尸扔在林子里,坏了李府风水,那林子不能砍也不能毁,恐冲撞了江神,故求江神将林子里的凶煞除去。日后我当为你重塑金身,日日添香供油。"

李栋才说毕，叩头，刚将头叩下去，江神说话了。

江神说："知道了，你去罢，别忘了所许之愿就行。"

李栋才大惊："绝不会忘，绝不会忘。"说完赶紧跑出，对晁五说："江神显灵了，真的显灵了。"

二人回到李府，进入后院，李栋才对晁五说："你来我房里陪老子，我今晚只怕睡不着。"

晁五心里面一百个不愿意，陪他睡觉，谁知道他又会来些什么稀奇名堂，但没法，只得随李栋才进房，嘴上还得说："小的能陪少爷，是小人的荣幸。"

"那个宫先生真的是高人啊！要我去江神庙。幸亏听了他的话，那江神全答应我的请求了，说话了。"李栋才实在憋不住，不说一说不行了。

"少爷，江神真的说话了？"

"说了，说了，我将心头话说完，许诺日后为江神重塑金身，日日添香供油。江神说：知道了，你去罢，别忘了所许之愿就行。"

"这下就好了，江神答应替少爷除煞，少爷以后就不会有为难事了。"

李栋才想，只要老家伙一死，李府就是我的天下，当然不会再有为难事了。李大那个仗老家伙之势的东西，老子得好好折磨折磨他。便问晁五："李大呢，今天怎么没见到他？"

晁五说："肯定是趁少爷你带着我出去的机会，到他相好那里去了。他有个相好在东街。"

"那狗奴才，他也知道玩相好啊！"

"嘿嘿，嘿嘿。他当然也会玩啦！"

"你说，那个宫先生有如此神奇的本事，若把他请到府里来，老子养着他，要他专为老子算日子，不就更没有什么麻烦了。"

"少爷，请他成为府里的人倒没必要呢，反正凶煞已经除了，没事了。"

李栋才说："你可得替我记着，等我掌管了府上，得为江神重塑金身，日日添香供油。"

晁五忙说："小的替少爷记着，记着，绝不会忘记。"

"宫保先生还说，我明日须待在家里，后日上午去县衙。他这是知道我今晚睡不着，明日得好好补觉。可后日上午要我去县衙干什么呢？"

"肯定是好事。"晁五说，"我记得他好像说过一句，说少爷利在西方。县衙不正是在我们李府西方吗？"

"对啊，利在西方，县衙正在西方。"李栋才说，"你帮我猜猜，猜猜我去西方县衙后会有什么红利？"

"不会是李知县大人要请你去当个捕头什么的官吧？"

李栋才说："当什么官，我要当官还轮得到他一个李知县来提拔。"

晁五想了想，说："那就是——我记得，上次老爷请知府、知县来府上，老爷留他们吃饭，他们不吃，老爷就给他俩一人一个礼封，他俩接了，说是'误餐费'无妨。少爷你知道，老爷出手，那是一个大方，'误餐费'不知该是多少银子。可能是那李知县见给的太多了，要退些银子给你，那不就是红利吗？"

李栋才说："你什么时候见过当官的收了人家银子会退还一些的？还'见给的太多了'，只会嫌少，不会嫌多。"

晁五说："对了，我听说李知县有个姨妹，长得还不错，可能是李知县想把姨妹嫁给少爷，和我们李府攀亲。"

李栋才说："这个倒是有可能，哪个当官的不想和我李府攀亲，只要攀上，那就是一个飞黄腾达。只是……"

"少爷，只是什么？"

李栋才说："他那姨妹长得还可以，我见过一次。只是'姨姐姨妹儿，姐夫有一半'，谁知道她那姐夫李知县是不是已和她有一腿。我可是只要黄花姑娘的。"

晁五说："这个，这个就不知道了，只有李知县大人和她知道，她姐姐都不一定知道。旁人更不可能知道。除非……"

"除非什么？"

晁五说："除非少爷先试了她。少爷一试便知。"

李栋才说："废话，我一试还能不知？可是要怎么才能先试一下呢，毕竟是李知县的姨妹，不好来强的。"

晁五说："想个法子，将她引出来。"

"以后再说。我来了睡意，你可以走了。"李栋才说，"明天别喊我，反正不宜出去，老子要好好睡一觉。"

晁五一听说他可以走了，松了一口气："是，明天让少爷好好睡一觉。后日上午好去县衙。总之会有大好事在等着。"

李栋才尚在做好梦，彭玉麟已来到合肥县衙，对守门衙役说："烦请通报一声李知县，说巡阅使到了。"

"巡阅使？你这样子是巡阅使？！"守门衙役说，"巡阅使是个什么官，你知道吗？其实我也不知道，只知道是个大官。"

彭玉麟说："你只需告诉李知县就行。至于他让不让我进，那是他的事了。"

"是听说有个巡阅使要来，还听人说船队都已经到了，可巡阅使大人能是你这个样子？我看你像个算命的。"守门衙役说，"算命先生，可千万别冒充啊！若被查出来，你也有这么一把年纪了，挨板子受不了。"

"若挨板子，绝不怪你。"

"得，反正我已提醒你了。你在这候着，我去给你说一声。"

守门衙役走到县衙内室门外，喊："大人，大人，外面来了一个算命的老头，他说自己是巡阅使，要我告诉大人。"

"什么，一个算命的老头，说是巡阅使？"

"他要我只需告诉大人就行。至于大人让不让他进，那是大人的事了。大人，我已经告诉你了啊！"守门衙役转身要走，李知县喊住：

"慢点，那人长什么样子，多大年纪？"

守门衙役说："年纪倒是看得出，五十多岁。样子嘛，就是个算命先生。大人，我得赶快去守门了，不然大人又会怪我擅离岗位，罚款。上次已经被大人罚了一次，小的不长记性。"

"多嘴！"李知县说，"我还是去看看，凡事小心为上。你先去，我更衣后便来。"

守门衙役故意说："小的替大人更衣。"

"去去去！难道不知本县凡事都亲自动手？"

"是！小的赶快去守住大门，以免闲人进入。"

守门衙役走到大门口，一见彭玉麟就说："你这位先生大人，我已把你的话传到了。"

彭玉麟说："你怎么既喊我先生又喊大人？"

守门衙役说："你若是个假巡阅使，我喊先生没错，你若是个真的，我喊大人对头。喊先生大人，我怎么都不会错。"

彭玉麟说："若是来告状的呢？"

"请他自己去击鼓喊冤。"

"若是击鼓那县太爷不升堂呢？"

"我就捂住耳朵，让他使劲擂，反正将鼓擂破不要我赔。"

正说着，李知县来了，一见彭玉麟，不由地上下打量。

彭玉麟说："知县大人，你可还记得我？"

"哎呀，彭大人，当年你是水师统帅，到过合肥。"李知县忙下跪，"合肥知县叩迎巡阅使大人。"

"啊呀，是真的啊！幸亏我喊的是先生大人。"守门衙役也忙跪下，"小的叩迎巡阅使大人。望巡阅使大人不计小的不恭之过。"

彭玉麟说："起来，都起来。"

"彭大人，快请，请到里面去坐。"

彭玉麟说："我倒是想到你的大堂坐一坐。"

"好，好，就请到大堂坐。"

李知县请彭玉麟在大堂坐下："敢问大人，为何这样一身装扮？"

彭玉麟说："我自退出水师后，就喜欢如此。"

"大人来到合肥，怎不先告知下官，下官也好尽地方之谊。我也知大人素不喜欢接迎礼送，但下官以私人礼仪迎接大人，还是未尝不可的。"

彭玉麟说:"我今日来此也无别的什么要紧事,只是明日想借县衙大堂一用。"

李知县说:"好,好!大人乃钦差,坐于小县大堂上,实在是为小县增光添彩。下官多一句嘴,大人要在县衙大堂审理何事?"

"明日你自然得知。还要请你在旁协助。"

"下官自然,自然得奉陪。大人,你微服到来,知府可已知道?是否要下官去告知一声?"

彭玉麟说:"不用,他自己到时候便会来的。"

夜里,李知县将一家丁喊来,说:"本也不想这么晚了派你差事,因一直陪着巡阅使大人,抽不出身来。"

家丁说:"大人只管吩咐,小的即刻去办。"

李知县说:"巡阅使大人微服到访,知府大人还不知道,若不告诉知府大人,知府大人能不怪罪本县?故派你辛苦一趟,去府衙告知,说巡阅使彭大人微服到了我这里,请他明日上午来见巡阅使大人。"

家丁走后,李知县寻思,巡阅使大人说明日要用县衙大堂,究竟做什么用呢?要审案子吗?他初来乍到,又是微服,谁会向个算命先生一样的人告状?如若不是审案,他要坐县衙大堂干吗……他还说知府大人明日自己会来,难道早就和知府大人约好……

李知县转起圈子来,这上面来的人不好接待啊,难以揣摩他的心思。可不揣摩又不行,他的每一句话都得揣摩,若没揣摩准确,别说升迁无望,现有的官帽子说不定都会丢。这个彭大人更令人琢磨不透,光说这晚上吃饭吧,上面来的人当然得宴请,当然得有人作陪,可他不入席,进了馆子,自个儿点两个便宜菜,自个儿吃,还自个儿结账。害得一桌好菜无人敢吃。

"唉,难呵,当官不好当啊,我这芝麻官更不好当啊!"李知县叹一口气,突然浑身一颤,他明日如若真的审案,不会是抓住了我的什么把柄吧?不会是对着本县来的吧?早就听说他不但参劾地方官员毫不留情,有的还被他立斩……

但李知县很快又镇定，我当了这么多年的知县，不说功劳，苦劳是比人家要多的，也没干过什么违法乱纪见不得人的事，最近也就是收了个李府的"误餐费"而已，知府大人都说"误餐费"无妨，我有什么妨！睡觉去，明日还得陪他。

李知县这晚能不能睡着不得而知，住到友人家的石老驴和丁二却无法入睡。

石老驴对丁二说："老天有眼啊！丁二，终于可以替陆家大伯申冤报仇了，也可收回我们的店铺了。"

丁二说："是啊！就是觉得这时光太慢，得等到明天。"

"丁二，这次虽遭磨难，却也让我更知你为人，你是个好伙计啊！有你这样的伙计，我石老驴知足、知足。丁二，从今往后你不要再喊我老板，我认你做个干儿子如何？"

丁二立即跪下："干爹在上，请受丁二一拜。"

石老驴说："孩儿快起来，等店铺收回后，我摆一桌酒席，再行个正式之礼。"

"谢爹爹。店铺收回后，我要让它红红火火，生意比以往兴隆百倍。"

石老驴高兴得擦眼泪："儿啊，不知为什么，李府恶少逼得我走投无路，我没掉一滴眼泪，可得知彭大人、赵大人来了后，我就总爱掉泪。"

丁二说："爹，这是申冤在望，替陆家大伯报女儿被杀之仇就要实现，有句话叫作'喜极而泣'，你这就是喜极而泣。"

石老驴说："对了，儿啊，你应该赶快去一趟陆家村，把这消息告诉菜花父母，两位老人家一听，病情自然会好。但千万别让他人知道。"

丁二说："孩儿知道，现时还不能让别的人知道，万一走漏风声，被李府恶少得知，他即刻逃走，可就难得捉拿了。孩儿这就去。可赵武赵大人要我们在这里等着，哪里也不要去。"

"有我在这里等着。你骑这家的毛驴，快去快回。"

丁二便骑着毛驴，急急忙忙往陆家村赶。

骑着毛驴进村的丁二顿时引起村民蔡斯的注意。

蔡斯想，那个杂货铺小伙计骑着驴子急急忙忙赶来，又去陆老伯家，定是有关他家为女儿打官司的事，我去听听。

丁二走进陆菜花家，随手将门关上。蔡斯就躲在窗外偷听。

丁二的话说得很小，蔡斯听不清，但屋内传出陆家大伯喊"青天大老爷啊，你终于来了"的声音。

蔡斯寻思，他家打官司的事，难道真的碰上了青天大老爷？便愈发仔细听。

屋内隐约传出陆家大伯的声音："是彭大人？……""还有赵武赵大人？……"

丁二的声音："二老放心……""为菜花申冤报仇就在这几日……"

难道是来了个彭大人，还来了个赵武赵大人，这二人是来为他家菜花申冤报仇的？蔡斯正这么想着，屋内又传来丁二的声音："二老，那我就走了，我干爹在等着我，赵大人要来那里找我们。"

蔡斯赶紧走开，躲到屋后，偷偷地看着丁二走后，从屋后出来。

蔡斯边走边想，上次我告诉李府少爷，陆家和石老驴要告他的状，不但没得到赏银，还挨了两耳光。这次我探听到的，可比上次更值钱，来了彭大人、赵武赵大人，要为陆家菜花申冤报仇了，而且就在这几日。我若去告诉李府少爷，他会不会又是不给赏银要给耳光呢？可恨！这次这么值钱的消息，如果不得些赏银……老子得想个法子，老子要先拿到银子再告诉他，他如不先给钱，老子就不说。给了钱再说。先交钱，后交货。

蔡斯为自己想出的这个法子高兴起来，没看路，被石头绊一跤，额头磕到地上，出了血。

蔡斯爬起，摸摸额头，看着手上的血："娘的，见血生财，这次定能得赏。"

他走出村子，往李府而去。

第二天上午，李知县陪彭玉麟走进大堂。

彭玉麟坐于案前主位，李知县坐于一旁。

彭玉麟说："贵县平时审案的一班人员都到了吧？"

"都到了，到了。"李知县说，"只是平时审案，都得有告状的击鼓，衙役一干人员排列整齐，然后升堂。今日尚无击鼓告状的，大人就率下官升堂……"

"你是说既无原告，也无被告，对吧？原告待会就到，被告正在来的路上。至于击鼓嘛，免了，我俩已坐在堂上，就无须他击鼓了。"

李知县惶惑。

已换上戎装的赵武捧着斩杀过谭祖纶的彭玉麟的宝剑，带着石老驴、丁二赶到县衙大门口。

赵武对石老驴、丁二说："你俩跟着我只管大胆进去，彭大人在里面。"

"这位军爷，"守门衙役指着石老驴和丁二说，"他们二位是要见知县大人还是来告状？要见知县大人容我先去禀告，要告状请到那边击鼓。"

赵武亮出腰牌："我是巡阅使彭大人麾下的赵武，他们二人是彭大人请来的。"

"哎呀，那快请进，请进。"

石老驴一见彭玉麟，"扑通"跪下，高举状纸："大人，小民状告李府恶少李栋才！"

彭玉麟对李知县说："这不是告状的来了吗？"

李知县一听"状告李府恶少李栋才"，心里吃惊。

彭玉麟说："李知县，下面这位原告你应该认识。"

李知县仔细一看，跪着的是来过两次、状告李栋才的石老驴，心里喊声"不好"，不由地对石老驴说："你，你不是早就来告过状吗？"

石老驴说："小民第一次是和陆家大伯同来，大人本说要即刻派人捉拿凶手，可一听说凶手是李府少爷，便说小民没写状纸，不予立案；第二次是小民独自带了状纸来，大人又说证据不足……"

彭玉麟说："李知县，你看这……"

"这……这……"李知县只能支支吾吾。

彭玉麟说："无状纸不予立案也没错，证据不足可就得看要什么样的证据了，这些暂且不论。石老驴，你状告李栋才何事？"

"小民石老驴状告李府少爷李栋才强抢民间少女，打死村姑菜花，霸占石老驴店铺……"

李知县思忖，到了这个份上，我如若再不有所动作，彭玉麟不会饶我。便说："彭大人，下官这就派人去将李栋才抓来。"

彭玉麟说："不用，他快到了。"

"李府少爷怎么会自投罗网，送上门来呢？"李知县琢磨不透。

四　放我一马，给你十万两白银

李知县正在琢磨李府少爷怎么会自投罗网送上门来，李栋才带着晁五到了县衙门外。

守门衙役一见，说："李少爷，你来了，快请进，请进。"

李栋才说："你们的李知县在吗？"

"在，在，正在大堂。李少爷请跟我来，我给少爷带路。"

"大堂我还不知道吗，要你带什么路！"

"那少爷请便，请便。"

李栋才走到大堂，一见彭玉麟："噫，坐着的不是看相算命看风水的宫先生吗？"又对晁五说，"我没看错吧？"

"少爷，没错，是他！"

"宫先生，原来你和李知县是朋友啊！"李栋才喊。

李知县说："什么朋友，这是钦差大人长江巡阅使彭大人。"

李栋才说："李知县你开什么玩笑，什么钦差大人什么巡阅使，他明明就是给老子看过相的宫先生。"

李知县说："大胆！还不快跪下给彭大人请安。"

李栋才说："要我给个算命看风水的跪下，李知县你喝酒喝多了吧。"

李知县只能说："你……你……"

"你什么你，你说他是钦差，凭什么证明他是钦差？我说他就是个算命看风水的。"

彭玉麟说："李栋才，你可认识那位告状的？"

李栋才看看石老驴："这个怎么不认识，开杂货铺的石老驴。喂，石老驴，你来这里干什么，又是告本少爷的状吗？"

石老驴看一眼赵武，捧着宝剑的赵武正横眉冷对李栋才。

石老驴就高声说："小民石老驴状告李府少爷李栋才强抢民间少女，打死村姑菜花，霸占石老驴店铺……"

彭玉麟说："李栋才，你听清楚了吗？现在该跪下了吧。"

李栋才说："他告我又怎么样，老子不跪。"

彭玉麟喝道："无怪乎李知县只能搪塞，原来你是如此恶贼。跪下！"

赵武上前，一脚将李栋才踢跪。

此时，从合肥府衙往县衙的路上，坐在轿子里的李知府不断催促轿夫："快，快。"

轿子里的李知府不停地想，李知县昨夜派人来，说巡阅使彭大人微服到了他那里，彭大人怎么不先来府衙呢？他微服定是私访，访出了什么呢？这合肥近来只有李府少爷一事搞得百姓议论纷纷，难道他也已经得知？不过这事与我无多大关系，知县未审理，我怎好过问。然毕竟是人命案子啊！若真为此事，两头为难，既不能得罪李府，又得顺着巡阅使的意思来。

李知府又催促轿夫："快，快！"

在陆家村菜花家，陆家老母则从床上挣扎着要起来："我要去，我要去看审那恶少，我要去看恶人恶报。"

陆家老伯说:"你这样子怎么能去,我去就行了。"

老陆说:"老伯,你这样子也去不得呢。"

"你说我也去不得,我走给你看。"陆家老伯边说边往门外走,一个趔趄,差点摔倒。

老陆忙将他扶住。

陆家老伯说:"为我那可怜的女儿报仇的日子来了,天啊,你却为何不让我能走?"

老陆说:"老伯,我去借辆推车来,我推着你去。"

在边上看着的蔡斯想,昨日我去李府,想告诉那少爷,来了个彭大人、赵大人,要为陆家菜花申冤报仇了,而且就在这几日。可……

蔡斯昨天的确去了李府后院,只是大门紧闭。

蔡斯便敲门,无人应答。

他又使劲捶门,大门"吱——嘎"一下开了,开门的是晁五,一打开门就骂:

"你他娘的是什么人,敢如此放肆!"

蔡斯说:"快告诉你家少爷,我有重要消息相告。"

晁五打量蔡斯:"嗨,你不是上回来过一次、被赶走的那人吗,去去去,又来干什么?"

蔡斯说:"我这回是来送一个关系到少爷那个、那个最重要的事的消息,你不赶快要少爷见我,到时后悔可别怪我。但这回得先给赏,不先给赏我不说。"

"去你的!讹钱讹到李府来了,瞎了你的狗眼。"晁五说完,飞起一脚,将蔡斯踢倒在地。

"少爷在睡觉,你他娘的再捶门,打断你捶门的手!"

"吱嘎",大门关了。

蔡斯只得爬起,骂骂咧咧往回走。

此时,他心里又骂道,他娘的李府少爷、奴才,上次老子去报信,不给赏还打了老子,昨天老子去报信,又踢了老子,这下该后悔了。老子跟着看热闹去。

蔡斯就对陆家老伯说:"老伯,老陆借了推车来,我帮着推你去衙门。"

于是，中年村民老陆用手推车推着陆家老伯往县衙走，蔡斯在后面跟着，还不时说着："小心点，小心点。"又跑到推车旁边，对陆家老伯说："大伯，你没事吧，要不要停下来歇歇？"

再说县衙大堂上，彭玉麟喝道："李栋才，你是如何强抢民间少女？如何打死村姑菜花？如何霸占石老驴的店铺？如实招来！"

李栋才说："什么强抢民间少女，什么打死村姑菜花，什么霸占石老驴的店铺，你去问那个县官，本少爷一概不知。"

彭玉麟说："大堂之上，竟然还敢自称少爷，掌嘴！"

赵武上去对着李栋才就是两耳光，扇得李栋才歪倒在地。

彭玉麟说："赵武，我要你扇他的耳光吗？要他自己掌嘴。"

"自己掌嘴，免得我再动手。"赵武喝道。

李栋才偷看李知县，李知县赶紧将眼光移开。

李栋才只得轻轻地打自己嘴巴。

彭玉麟说："你还敢在大堂上自称少爷吗？"

李栋才说："不敢了。"

"说！你是如何强抢民间少女，如何打死村姑菜花，如何霸占石老驴店铺的？你再不招，本巡阅使可要证人指证了。证人一指证，你属拒不交代，大刑伺候！"

"李知县，李知县，你得为我说话。"李栋才往李知县面前爬。

"住嘴！"李知县正想着该如何训斥李栋才方妥当，守门衙役来报："知府大人到！"

李知府急急走进。李知县忙起身相迎。彭玉麟端坐不动。

李知府对彭玉麟说："彭大人，下官来迟，请彭大人恕罪。"

彭玉麟说："李知府，你来得正是时候。"

李知县说："快给知府大人上座。"

李知府坐到彭玉麟旁边，看一眼跪在下面的李栋才，果然是李府这个不肖之子被彭玉麟私访得知。便故意说："这不是李府的李栋才吗？原来巡阅使大人审的是你！"

"李知府认识他？"彭玉麟也明知故问。

李知府说："彭大人，李栋才在合肥几乎无人不知，皆因他有个在朝廷的堂叔。"

"喔，你说他之所以出名是因有个在朝廷的堂叔，本巡阅使知道他，却是因他恶名昭著，路人皆知。李知府难道不知道他的恶名恶事？"

"这个，这个……还是请彭大人继续审案。"

"好，我就继续审案，也好让李知府知道他的罪恶。李栋才，本巡阅使第三次问你，你是如何强抢民间少女，如何打死村姑菜花，如何霸占石老驴店铺的？"

李栋才偷看李知府，李知府双眼朝上。又偷看李知县，李知县又赶快把眼光移开。

李栋才偷看赵武，一看，胆战心惊，赵武盯视着他，如同怒目金刚，像是随时又要给他一脚两耳光。

"我，我是看中了村姑菜花，想娶她为小，并非强抢。村姑菜花是自己不小心摔死的。我也没霸占石老驴的店铺，只是，只是代知县贴了张封条而已。"李栋才想要李知县替他"分忧"。

到了这个时候，别说是李知县、李知府，就是李巡抚也急于撇清自己，还会为他"分忧"？况且这李知县根本就没去贴过封条。

李知县当即喝道："李栋才你胡说什么，本县什么时候要你封过石老驴的店铺！若是本县的封条，自有本县的大印。"旋即对一衙役说："你速去石老驴店铺，将那封条撕下来，送与彭大人查验。"说完，想，这厮怎么如此胡说八道，把我给扯进去了。

李栋才一听，心里说，你这个狗知县，连这一点忙都不肯帮我，老子日后非整死你不可！

"李知县，不用去撕那封条，这是李栋才想要你帮他洗掉霸占石老驴店铺之罪。你这么一说，他心里可就恨死了你。"彭玉麟说，"李栋才，你是不是想着日后定要报复李知县？"

李栋才说："报复他又怎地？！还以为我报复不成？"

彭玉麟说："李知县，你听清楚他说的话了吗？"

李知县说："听清楚了。"心里愤道，这厮也确实可恶。

"李知府，你也听清楚了吧。"

"他胡说，胡说。彭大人继续审问。"

彭玉麟说："李栋才，你说只是想娶菜花为小，并非强抢？"

李栋才说："我看上的人，用得着抢吗？"

石老驴气得浑身直颤："你……你！"

"证人丁二，你说。"

丁二说："那日菜花姑娘在我店铺前摊子上买东西，李栋才带领恶奴骑马路过，一见菜花，便要抢走，石老驴为菜花说情，他便说要教训石老驴，一恶奴随即将菜花抓上马，抢回李府去了。这个恶奴我认识，他叫于八。当天晚上，店铺便被他封了……所有这些，小民都在场，亲眼看见，街坊百姓均可作证。"

李栋才说："那是家奴抢的，与我何干。"

李知府想，这个蠢货，家奴抢的能与你无干？我不说一句不行了。遂对李知县说："李知县，这些事我怎么全不知道？"

李知县不敢驳斥，只在心里嘀咕，你怎么全不知道，你全都知道。

彭玉麟说："李知府，我来替李知县回答你到底是不知还是全知。石老驴告状到李知县这里，李知县本要立即捉拿凶手，但一听告的是李府少爷李栋才，便以种种理由不予立案。石老驴无奈告到李知府你那里，李知府你一听告的是李府少爷李栋才，亦以县衙未审岂能越级来府衙为由而将石老驴撵出。倘若告的不是李府少爷，知县知府皆会受理。实际无非两点，一是惧怕李府，再说白点，就是李知府所说，皆因他有个在朝廷的堂叔。第二嘛，那就是得了李府的好处！"

"彭大人，下官可没得李府的什么好处……"李知府说完心想，李府也就是给了一个"误餐费"而已。

守门衙役跑进来报："外面来了一辆手推车，车上坐着一个老人，说是陆菜花的老父。"

彭玉麟说："陆家大伯来了，快快请进。"

老陆、蔡斯左右搀扶着菜花老父走进。菜花老父一见端坐主位的彭玉麟，便竭力推开老陆、蔡斯，跪下磕头："青天大老爷、钦差大老爷，我女儿死得冤，死得惨啊！"

"快将老人扶起。"

老陆、蔡斯去扶菜花老父，菜花老父不肯起来，仍是磕头："钦差大老爷，我女儿只是到城里买点东西，便被李府少爷抢去，被李府少爷打死，抛尸于树林中……"

"老伯休要悲戚，今日就是为你女儿报仇之日。"彭玉麟对李栋才喝道，"李栋才，快将你是如何打死菜花姑娘之事如实招来！"

蔡斯一听，心里得意了，李少爷啊李少爷，你不给我赏银，倒霉了吧，碰上个真正的大人了。再偷观堂上堂下，看见赵武捧着的宝剑，脱口说道："哇，尚方宝剑，先斩后奏，怪不得怪不得。"又赶紧住口。

李栋才说："那菜花是自己跑到外面不小心摔死的，我派人赶紧去找，没找着，也许还没死呢，是跑到不知什么地方去了。"

李知府一听，心里说，这个蠢货啊蠢货，你也该说得圆滑一点啦，前后矛盾，又是摔死了，又是跑了，唉！

彭玉麟说："赵武，该你讲了。"

赵武指着晃五说："李栋才，前夜子时，你带着这个恶奴，是不是偷偷到了江神庙。"

"你，你怎么知道？"

赵武要晃五说，晃五瞧一眼赵武手里的剑，赶紧跪下："是，是和少爷到了江神庙。"

"李栋才，你要这个恶奴候在庙外，你独自走进庙，对着江神跪下，说了些什么，要我替你说一遍吗？"不待李栋才回答，赵武说，"行，我先替你说几句。"

赵武模仿李栋才的声音："江神在上，我李栋才对你说心头之话，请江神听好。我那老爹，那把年纪了，死死抓住李府不放，不肯放权于我，使得我处处受制，连个家人李大都管着我，求江神早点收了他去。"

李知县一听，心里说，可怕可怕，竟然求神将他老爹收了去。李知府一听，心里说，李老爷怎么生了个这样的儿子，盼着他早死。李老爷若知道，会活活气死。

"还要我继续说吗？行，我再继续说几句。"赵武又模仿李栋才的声音，"我李府后院那片林子，因我踢死一个村姑菜花，要家奴将她的尸首拖出去处理，那家奴竟然将死尸扔在林子里，坏了李府风水，那林子不能砍也不能毁，恐冲撞了江神，故求江神将林子里的凶煞除去。日后我当为你重塑金身，日日添香供油。"

"李栋才，你不会忘了江神的话吧？"赵武用当时江神语气说，"知道了，你去罢，别忘了所许之愿就行。"说完，又问李栋才，"江神是这么说的吧？"

"你，你就是江神，江神是你装扮的！"

赵武哈哈大笑："江神不是我装扮的，话是我说的，我藏在江神后面。"

彭玉麟对李知府、李知县说："二位现在知道了吧，李府少爷求神，第一件事是求他那老爹早死，可惜李府老爷没在，他若在，不知有何感受？"

李知府说："不孝之子。"

李知县说："忤逆！"

"李栋才，你还想狡辩吗？"

"可，可尸首不见，你们也没找到尸首，我只是那么说了几句。"

这个蠢货，这句话却又不蠢。李知府心中如此一想，便对彭玉麟说："大人，那菜花姑娘的尸体是得找到才行。"

李栋才心里说：他娘的李知府，这时才帮我说话。

彭玉麟说："李知府，你这话说得不错，我这就带你和李知县去找菜花姑娘的尸体。"

丁二、石老驴便带路，赵武押着李栋才、晁五随后，几个拿着锄、铲的衙役跟随。

老陆以手推车推着陆家大伯，蔡斯也在旁边跟着。

到了一块和李府后院之林有点相似的林地，丁二说："彭大人，就在前面。"

彭玉麟加快脚步，将李知府、李知县等甩在后面。拿锄、铲的衙役忙跑步紧跟。

晁五不禁自言自语："这怎么像我们李府那片林子？难道……"

"就是你们这班奴才坏事。"李栋才一开口，赵武就喝道："住嘴！"

李栋才看看四周，对赵武说："这位江神，你放我李栋才一马，我给你十万两白银。"

五 八成是个噩耗

在相好那里享受够了的李大走进后院，问仆妇二嫂："少爷哪去了？"

二嫂说："我怎么知道他去哪里了，他是由你看管的。"

"我怎么能看管得住他呵！"李大看看四周，见无人，说"二嫂，我跟你说啰，你可别告诉他人。"

二嫂说："哟，你还有悄悄话跟我说呀！在你相好那里还没说完啊！"

"什么相好，在朋友那里喝酒。"

"不是相好，那就是窑姐。瞧你那副被吸干的软塌相。"

"说正经的。我要你别告诉他人的话是为了你好。"李大说，"少爷盼着老爷快点死，说老爷死后李府天下就是他的，他一掌管李府，对我们这些忠于老爷的'前朝功臣'，开刀！"

李大做了个抹脖子的动作："所以我现在对他睁只眼闭只眼，不能太多管了。你也学着点。"

二嫂说："我以为是什么要紧的话，这个谁不知道，我一个仆妇，到时候老了，无非是被他赶出去。但既然在这里，还是盼着他少做些孽为好。我如今一想起那个菜花姑娘，就难受。不过我尽到力了，你也尽到力了。"

"是的是的。"李大说，"谁能料到他当天晚上就把人踢死了呢。不说了，我得找他去。"

二嫂说："他出去了，你找得到鬼。"

"他往哪个方向去的？"

"听他好像说了一句县衙。"

"他去县衙干什么呢？难道是知县喊他去有事？我得去问问老爷，是不是知县派人来喊过他，知县派人来，肯定得先见老爷。"李大说完，往前院走去。

李大一见李老爷，说少爷到县衙去了，李知县是不是派人来见过老爷。李老爷说没有什么人来啊，想了一下，说那个孽障跑到县衙去干什么，不会出什么事吧。李大就说他去看看。李老爷说去县衙还是得他亲自去，便上轿前往县衙。李老爷在轿子里不知怎么地突然感到焦急不安，不停地催轿夫快点。跟随的李大也赶紧帮着催轿夫：快点，快点，走这边，去县衙近些。

随着轿子的快行颠簸，李老爷愈发显得焦急不安。这种不安，用现在的话说就是心灵感应，老爹感应到儿子要出事（这种感应有点不可理喻，儿子盼老爹早死怎么地又没有感应）。

到了县衙大门口，李府大轿停下，李老爷一钻出，守门衙役就说："哟，李老爷，您老人家来了，您老人家有事？"

李老爷不睬，径直走进。

李大随后，边走边喊："李知县，我家老爷来了！"

无人应答。县衙内空无一人，只有李大的喊声回荡。

李大继续喊："李知县，我家老爷来了！"

应答的只有回声："老——爷——来了——"

李老爷说："怎么没人？"

李大说："是啊，人都到哪里去了？待我去问问那个守门的。"

李大返回大门处，问守门衙役："里面怎么无人？"

守门衙役说："我问李老爷来此有事吗，可李老爷不搭理，你也不搭理，我本要告诉里面无人，可你们已经进去了，我也就没来得及说了。我可不敢不让李老爷进去，也不敢不让你进去。"

李大说："好，好，是我们进去得太急。现在我问你，人都到哪里去了？"

守门衙役说："都出去了。"

"李知县呢？"李老爷问。

"知县大人也出去了。还有知府大人，也一同出去了。"

"知府大人来了？"

"来了，又走了，和知县大人一同走的。"

"李知府来此有何事？"

"大人们在里面的事，我怎能知道，我只守着这大门。若不守好大门，知县大人罚我的钱。"

李大说："我家少爷到了这里吗？"

守门衙役说："少爷嘛，来了，还带了一个家人。"

"他到哪里去了？"

"和知府大人、知县大人一道走了。"

李老爷说："他和知府、知县一道走了，去干什么呢？"

守门衙役说："这个，这个我不太清楚。"

李老爷说："没问你。我问李大。"

守门衙役本想透露一点，听李老爷那么一说，便答道："是，李老爷没问我。"

李大说："老爷，少爷既然是和知府、知县一道走的，就不会有什么事。"

"嗯，可他来这里到底是干什么呢？"李老爷说，"怎么连知府也来了？怎么又和知府、知县一道走了？还是蹊跷。"

李大说："老爷，还是先回府吧，待李知县回来，我再来问一问便知道了。小的不该惊动老爷，小的也是担心……"

李老爷打断他的话："你的担心没错。这样吧，你暂留在这里，等李知县回来，你问清后速来告我。"

李大见李老爷走远后，想，李知县看来一时半刻不会回来，我守在这里无趣，先去溜达溜达。

李大一走，守门衙役说："李府李府，你们也有今日！等县太爷回来，八成是个噩耗。"

走进林地的丁二指着一个矮小的新坟堆："彭大人，就是这里。"

"确定吗？"

石老驴说："彭大人，不会错。"

"挖开！"

跟上来的李知府、李知县紧张地看着。

老陆和蔡斯扶着陆家大伯从手推车下来，菜花老父已是老泪纵横。

蔡斯在边上看着，想，菜花姑娘的尸体难道真在这里？那个彭大人难道真是神算！他不会算出我曾向李府传递消息吧？

菜花的坟很快被挖开，菜花尸体被抬出。

蔡斯见果然挖出了菜花尸体，心里想，我得走了，再待下去，被彭大人算出我的行径可就不得了。趁无人注意，溜了。

彭玉麟怒喝："将李栋才押过来！"

被押着过来的李栋才一瘸一拐，晁五捂着肿胀的半边脸。

李栋才怎么突然变得一瘸一拐了呢？怪只怪他那张嘴，他对赵武说："这位江神，你放我李栋才一马，我给你十万两白银。"晁五的半边脸之所以突然肿胀，也只怪他那张嘴，李栋才一说送十万两白银，他就说："江神江神，我家少爷说话算数，说给十万两就是十万两。"这就把赵武惹毛了，喝道："恶少恶奴，竟敢如此羞辱我赵武！"话刚落音，一脚将李栋才踢翻在地，旋即给晁五一巴掌。

晁五的半边脸立时肿胀。赵武压低声音对李栋才说："给老子起来！"李栋才爬不起。赵武一把抓起，手一松，李栋才又摔倒。赵武没想到他那一脚踢得那么狠，他娘的，这么不经打。便不准李栋才叫喊，"敢喊一声，踢断你另一条腿。"

但听得一声"跪下！"赵武将李栋才一按，李栋才跪倒在菜花坟前。

"按大清律法，李栋才当斩。"

李栋才这个少爷仍然认为彭玉麟不敢杀他，说道："你，你敢杀我？我叔叔是当朝宰相李鸿章！"

彭玉麟说："李鸿章管教家人不严，才出了你这样的恶棍，我作为他的同僚，正应该替他端正门风。"

"彭大人，李栋才按律确实当斩，但大人能否暂缓一下？"李知府说，"他老爹只有他这一个儿子，若老年失子，定痛苦不堪。"

"他的儿子被正法定痛苦不堪，你可知道陆家大伯唯一的女儿被他儿子打死，又是如何痛苦不堪？"彭玉麟说毕，问李栋才："你最后还有何话要说？"

李栋才说："我叔叔李鸿章定不会饶你！"

第十六章 逆水桨橹

一　二位大人亲自撒尿

李栋才对彭玉麟说他叔叔李鸿章定不会饶你的话音一落，彭玉麟说：

"你最后一句话既已说完，就地斩决！"

赵武抽出所捧彭玉麟宝剑。

寒光一闪。

斩了李栋才后，彭玉麟返回巡阅使船，李知府、李知县胆战心惊跟着上船，进入巡阅使舱。

彭玉麟说："给你二人交办几件事。第一件，贴出告示，告知百姓，李栋才已被本巡阅使正法。"

二人忙说，这个不须吩咐，立即张贴告示。

"第二件，立即将石老驴店铺发还，石老驴店铺被李栋才所砸、所封造成的损失，概由李府赔偿。"

李知县说："概由李府赔偿，由李府赔偿。"心里却说：我可不敢要李府赔偿，只有从他给我的"误餐费"里支出，这样我也没收李府什么钱了，落个干净。

"第三件，菜花老父老母，应给予抚恤，你二人各承担一半。"

李知府、李知县齐说："遵办，遵办。"

李知县一答完，心里又想，那"误餐费"可就真的全没了。

"你二人再听着，从今日开始，所辖境内，不准再出现李栋才此类恶人恶事，如有出现，必须立即处理，严惩不贷！"彭玉麟说，"此次知你们畏惧李府势力，暂不追究，下次若有类似情形，本巡阅使对你们严惩不贷。"

李知府说："谨遵训示。"

李知县说："绝不再让恶人逍遥法外。"

李知县说完后，李知府又说："彭大人，下官有一句话，不知当讲不当讲？"

"什么当讲不当讲，有话就讲！"

"李鸿章大人那里，不知该不该告诉一声。"

彭玉麟说："李知府你肯定是要告诉他的，你和他一笔写不出两个李字嘛，可你非常犯难，不告诉他呢，你怕他责问，为何不能阻止老彭？告诉他呢，你怕彭玉麟！所以你先问一声，若彭玉麟说你可以告诉他，你则会立即写信，说都是彭玉麟蓄意为之。若彭玉麟说不能由你告知，你就得思索如何敷衍，两头都不得罪。"

李知府忙说："彭大人，我绝不会如此。"

"说彭玉麟蓄意为之，没错嘛，本巡阅使就是专为除恶而来。不过这次我会为你们二位解难，我会亲自写信告诉李鸿章的。这信，稍后便写。"

"稍后便写信告知？"李知县话里带有疑惑。

彭玉麟说："不错，稍后便写信告知。他收到我的信后，定会怒喊：老彭老彭，你专和我过不去啊！我老彭是专和他过不去吗？"

李知府赶紧说："不是，不是。"

彭玉麟说："我老彭是为菜花姑娘、菜花老父、石老驴、丁二等讨还公道，为黎民百姓讨还公道！"

"是，是。"

"是的，是的。"

彭玉麟说："倘若菜花姑娘是你二位的亲戚，倘若二位有亲朋好友被李栋才活活打死，二位会怎么样？"

李知府说："这个……若真的发生，确是难办。"

李知县说："下官恐怕也只能像石老驴那样告状，希望能碰上彭大人。"

"不要以为这种事不会发生。"彭玉麟说，"仗着朝廷有人、目无王法之人，什么事都干得出来。待这种事轮到你们身上时，你们才会后悔。后悔什么？二位谁给说说。"

李知县说:"会后悔当初不该纵容不法之徒。"

"对,对,不该纵容。"

彭玉麟说:"李鸿章发怒说老彭专和他过不去后,二位猜猜,他会怎样?"

李知府说:"这个,确实猜不出。"

李知县说:"猜不出,猜不出。"

"你俩虽说猜不出,心里想的恐怕是他会立即采取措施报复我吧?错了,李鸿章大人从不来硬碰硬的。"彭玉麟说,"我老彭倒是只喜欢硬碰硬,所以有人称我彭打铁。"

"请彭大人说说他到底会怎样?下官也的确有点为大人担心。"李知府说。

"他会亲笔回我一信,感谢我替他清除恶少,以正李府门风。"彭玉麟说,"二位若不相信,日后可来找我索看他的回信。但若以为他是真心感谢,那就大错特错,他定暗地找我老彭差错,时机一到,置老彭于死地。然彭玉麟无惧!彭玉麟早就有言:人不可为名所驱,为利所驱,尤不可为势所驱,终须为正义作前驱。"

李知府、李知县下船,走上码头后,李知县就说:"知府大人,我们随巡阅使一路皆是行走,轿舆不敢跟随,请大人在此歇息,我去喊轿舆来接大人。"

"不用了,我俩慢慢走一走吧。"

李知县知道李知府有话要和他说,遂不再说喊轿:"好,好,下官陪大人走一走,散散心,今天这事,唉,惊出我一身冷汗,尤其是刚上船时,真有不知凶吉之感。"

李知府说:"我在这里和你说句真心话,彭玉麟还真是个刚直之人,我在官场这么多年,还从没见过这么一位敢作敢为的大人。"

李知县听李知府说出了这样的话,便也敢放心地说了:"知府大人,下官以为,彭大人除掉李栋才,其实对我们也是件好事,从此以后,合肥少了许多令下官头疼的麻烦。只是……"

"在这里你别自称下官,我也不喊本府,咱俩不说官话,如同常人一样唠叨唠叨。"李知府说,"彭玉麟除掉李栋才,岂止只是让合肥少了许多麻烦,那恶少,连我等都根本没放在眼里。谁能奈何他?依我说,还真得感谢彭打铁。但你说的那个'只是','只是'什么,不妨说来听听。"

李知县从未见过上司能这样和他说话,要他不讲官话,有点感动,立即说:"知府大人说咱俩不说官话,如同常人一样唠叨唠叨,下官真是有幸。"

李知府说:"瞧,瞧,又喊知府大人,又自称下官,又说官话了。"

李知县说:"嘿嘿,说官话说惯了,要改也难。"

李知府说:"你就说那'只是'什么。"

李知县说:"恶少被除掉,合肥自是人心大快,只是李府老爷肯定会来找我的麻烦,不知该如何应付。"

李知府说:"岂止是只来找你的麻烦,我的麻烦更大。可如今还怕什么,人是彭大人杀的,要他找彭大人去。他要敢去找彭大人,彭大人会训得他像个孙子。"

李知县说:"对,如今还怕他什么,他找到县衙来,正好要他交石老驴店铺的损失费。"

李知府说:"菜花老父母的抚恤费也得归他出。"

李知县说:"对,对,菜花是他儿子打死的,他不出谁出?"

李知府说:"咱们也得硬一回。"

李知县说:"对,咱们也得硬一回,不能老是软塌塌的硬不起来。"

李知府说:"李府那老爷若是明事理,知道他儿子是罪有应得,又是被钦差巡阅使大人正法的,只能自吞恶果,不会来找我俩的麻烦。"

李知县说:"他如果不来找麻烦,我就将石老驴店铺的损失费和菜花老父母的抚恤费,都替他交了算了。等于他上次没给'误餐费'。"

李知府说:"对,也不怕他说咱俩收了他的'误餐费','误餐费'都替他交损失费和抚恤费了。"

李知县大笑:"哈哈,说这些说得痛快,痛快。"

李知府也笑:"以后咱俩常这么说一说,也就像个人了。"

觉得痛快痛快的李知县痛快得要撒尿了,李知府说,就在这路边撒,我也要撒了。李知县说就在这路边撒还是不太好吧。李知府说,是个人就得撒尿,这路上又没有什么人,撒,撒!两人就撩起袍服,各掏出鸟儿撒,痛痛快快地刚撒完,还未来得及收起,来了个认识知府、知县的人,喊:"嗨,二位李大人亲自撒尿。"

李知府说:"今儿个咱不但亲自撒尿,还在亲自走路。"

李知县说:"对对,今儿个咱亲自走路了所以亲自撒尿,你没见我们亲自走路?"

李知府说:"亲自走路好,亲自走一走比坐他娘的轿子舒服。"

李知县对喊的人说:"你不是天天都在亲自走路吗?这路还是得自己亲自走。"

"哟,二位大人,今儿个怎么热乎起走路来了?"

李知府说:"来来来,你来和咱俩一起走一走。"

李知县说:"来啊!来和咱俩一起唠叨唠叨。这叫什么,这叫与民亲和。"

"不敢打扰,不敢打扰。"喊的人赶紧走了。

李大慌慌张张跑进前院:"老爷,老爷,不得了啦,不得了啦!"

李老爷说:"什么事这样惊慌?"

李大说:"少爷被正法了!"

李老爷一时还没明白过来:"正法?什么正法?"

"少爷被巡阅使彭大人杀了!"

李老爷"啊——"的一声往后便倒,这回是真的倒了。

李大一手托住,另一手忙掐人中,这回是真掐,使劲掐。

围上几个家人,手足无措,不知该如何是好。

李老爷还是醒来了,醒来的第一句话是:"去,去县衙,我要去找姓李的知县。"

李大说:"老爷,不是李知县杀的,是不知什么时候来的钦差大人杀的。"

李老爷说:"我不管是谁,我只找知县、知府。"

李大说:"老爷,你的身体……"

李老爷说:"我没事。尽管早知那孽障会出事,但总得去问个究竟啊!"

"好,好,去找知县、知府。快,快备轿。"

后院的恶奴们慌成一团。

"少爷被斩了,我们如何是好?!"

"少爷被斩,会不会来捉拿我们!"

"我帮少爷抢过人家老婆,少爷不会已经将我供出来了吧?"

于八更是惊慌,那个菜花的尸体是我拖出去的,我得赶快跑。

于八跑出后院。其他的恶奴跟着跑。

仆妇二嫂看着恶奴们惊慌跑走后,两眼望天:"报应,报应。我说过报应会来的,可没想到来得这么快,唉!"

李老爷的轿子刚出李府不远,炸响的鞭炮声如同开锅,硝烟不断扑来。

李老爷掀开轿帘,问:"这是怎么回事?又没过年过节。"

隐约传来欢呼声:

"李府恶少被处决了!"

"李栋才见阎王去了,我们再也不用怕他了!"

李大忙替李老爷放下轿帘。

轿子继续前行不远,走不过去了。街上全是庆贺的人。

轿子停下。李老爷又掀开轿帘:"为什么停下?"

李大说:"老爷,无法过去,路都被堵了。"

李老爷说:"他们为什么堵路?没有王法了!"

李大说:"老爷,还是回去吧,满街都是庆贺少爷被杀的人。"

李老爷长叹一声:"唉——"自己放下轿帘。

二　老彭老彭，你好多把戏

李知府、李知县一走，彭玉麟便给李鸿章写信。

信的原文是这样的：

"……令侄坏公家声，想亦公所憾也，吾已为公处置讫矣。公当不会见责……"

把这段话翻译成白话："你的侄子败坏李家家声，想来你也是同样的痛恨，故，我已替你代劳，予以应得的惩罚，你该不会见责吧。"

信到了李鸿章手里。

李鸿章展开一看，气得将信狠狠地掷于桌上，指着南方："老彭老彭，你好多把戏，专和我过不去！"

前不久，赵继元来到府邸，对李鸿章说："彭玉麟已上折子参我，你得给我想个法子。"

李鸿章说："我知道了。"

"光知道有什么用，你得快点想法子啊！"这妻兄讲话的口气就是不一样。

李鸿章说："要我快点想法子？你连个炮台该筑在什么地方都不知道，我怎么给你想法子。"

赵继元说："那是李宗羲让我去筑的，他也没说我选的地址不对。"

"我该怎么说你们呢，一个是总督，一个是军需局的，竟然连炮台该建在哪里、火炮的射程有多远都不知道，这不是明摆着将把柄给彭玉麟攥着吗？"李鸿章说，"你以为彭玉麟光参劾你，两江总督李宗羲，也被他逼得提交辞呈。"

"那，那两江地盘不都是彭玉麟的了？"赵继元说，"连你也没有办法？！"

这回，又得思忖对付彭玉麟的办法。李鸿章在屋里快步走圈。

李鸿章走到桌前，又拿起彭玉麟的信：

"……强抢民女，打死村姑菜花，霸占石老驴店铺……"

李鸿章叹一口气："唉，如此劣迹，落在彭玉麟手里，焉能不被正法。只是老彭啊老彭，你处置便处置了，却要来这么一手，说我应该不会见责。行，我不但不见责你，我还得给你回一封信，感谢你为我正了家声。"

李鸿章便坐下写回信。写罢，站起，慢慢踱步。

"大人，钱文放来了。"又有家人来报。

李鸿章只"喔"了一声。

"大人，让不让钱文放进来？"

李鸿章似乎才听到："是钱文放来了吗？要他进来吧。"

钱文放一走进就叩头："钱文放叩见大人。"

李鸿章说："钱文放，你来我府中也有些日子了吧？"

"承蒙大人收留，小的感恩不尽。"

钱文放是怎么来到李鸿章府邸的呢？

钱文放从钱家庄溜出后，便决定北上投奔李鸿章。路上，听到的尽是百姓议论：

"谭祖纶被巡阅使大人斩了。"

"彭大人斩谭祖纶，围观的人山人海。"

"彭大人还斩了一个叫万安的杀手，不过杀了万安后，万安的老母由彭大人赡养。一个那么大的官，将杀手处决后，还赡养他的老母，天下未见。"

"替谭祖纶干坏事的人都被抓了，只跑了一个姓钱的。"

…………

钱文放便化装绕道而走，确也吃了不少苦，终于到了天津。一到天津，便打听李鸿章府邸。李鸿章那么大的官，府邸倒也不难找到，没有什么保密不保密。

钱文放来到李鸿章府邸，府邸也不是警卫森严，也就是有守门人而已。但他还是走后门；来到后门，钱文放凭着他的口才，与守门人交谈几句，守门人就引他进去。

进入府邸内堂，钱文放见到李鸿章，匍匐在地："李大人，谭祖纶被彭玉麟杀了。"

李鸿章问："你是他什么人？"

"小的是谭祖纶将军的幕僚。"

李鸿章说："你来我这里，就是为了告诉我这个消息？"

钱文放说："谭祖纶不听小的劝告，才入了彭玉麟的圈套。"

李鸿章说："你以为他不入彭玉麟的圈套，彭玉麟就斩不了他吗？"

钱文放说："至少能让彭玉麟花费更多心思，增加许多周折。"

"嗬，能让彭玉麟花费更多心思，增加许多周折。"李鸿章说完这句，便严厉地说，"谭祖纶私造将军府，强抢民女，窝藏赃银，诱奸人妻，杀人灭口，难道不应当杀吗？快说，你来我这里究竟想干什么？"

钱文放说："小的为谭祖纶收为幕僚，既成门客，当报主恩，故不计自身安危，屡施计策，陷彭玉麟于被动，然功亏一篑，防不胜防，终败于彭玉麟之手。小的不服，誓与他一较高低，不扳倒彭玉麟，决不罢休。"

李鸿章说："你要与彭玉麟一较高低，太不自量力！"

钱文放说："小的自知人微力单，故特来投靠。"

"什么，你来本府，就是为的和彭玉麟较量？本中堂和巡阅使彭大人同朝为官，情同兄弟，你这个小人，竟视彭大人为仇敌！"李鸿章喝道，"来人，将他绑了，送与巡阅使彭大人。"

两个家丁应声而进，将钱文放抓起，反扣双手。

钱文放说："毛遂尚能自荐，大人为何不允？"

李鸿章说："带下去，暂且关押。探明巡阅使彭大人现在何处后，将他押送前去。"

被押着的钱文放边走边喊："彭玉麟此时定在江宁，何须去探。"

李鸿章一听这话，对家丁说："将他带回。"

钱文放被带回到李鸿章面前，李鸿章问："你怎么断定彭玉麟此时定在江宁？"

钱文放说："大人将我押往江宁交与他便是，何必还问怎么断定。若他不在江宁，请大人命押送之人将我扔进长江。"

这小子的脑袋瓜会运转啊！李鸿章心里想道，说："再问你一句，你怎么断定彭玉麟此时定在江宁？"

钱文放说："彭玉麟审谭祖纶时，两江总督李宗羲在场。李总督绝不是为审谭祖纶而去，而是要请彭玉麟帮他主持长江防务。若是别的事，彭玉麟不会去，但长江防务之事，他肯定答应。故他此时定在江宁。"

"你怎么知道李宗羲要请彭玉麟帮他主持长江防务？"

钱文放说："恕小的讲话不尊，李总督不谙军事。"

李鸿章说："你知道的事情不少嘛。"

钱文放说："作为谭将军幕僚，若连其上司情形都不知，怎配称幕僚。"

李鸿章想，此人是个人才啊，留下他或许能派上用场。便对家丁说："放了他，你们去吧。"

钱文放忙叩头："多谢大人，钱文放当为大人效犬马之劳。"

钱文放就这么被李府收留了。此时见钱文放来了，李鸿章就说："彭玉麟给我来了一封信，你可以看看。"

钱文放看罢信，故作大惊，说："中堂大人，彭玉麟竟敢杀了令侄，这，是可忍孰不可忍！"

李鸿章说："你再看看我的回信。"

钱文放看了李鸿章给彭玉麟的回信后，说："中堂大人如此气度，本朝再无第二人。只是，彭玉麟太过分了。"

李鸿章说："老彭虽说做得太过分，但确是难得的人才，我大清只有这么一个啊！他之行事，往往是特立独行。他出生于合肥，至少可算是我的半个老乡吧，可他随父一回湖南老家，就以一个地地道道的湘人自居，似乎合肥于他毫不相干。若念一点合肥之情，参劾赵继元也好，处置李栋才也好，先跟我打个招呼不行吗？我李鸿章也是会让你参劾，会让你处置的嘛。"

钱文放说："人说'宰相肚里能撑船'，大人肚量再大，也不能总是任他由着性子来。"

李鸿章不睬，到桌前坐下，眼睛盯着写好的回信。

李鸿章看着自己的回信，想到彭玉麟参劾赵继元的奏章，奏章里说"道员江南军需局赵继元仗势揽权、妄自尊大"。

李鸿章想：他参劾赵继元的主要理由是"仗势揽权、妄自尊大"，这"仗势"之"势"指的就是我。但他并未以赵继元构筑炮台失误以致长江防线如同虚设之"误国"罪参劾，可见他对赵继元还是网开一面，这实则是对我的"客气"。老彭啊老彭，人称你彭打铁，其实你心思缜密。你忒了解我，我也忒了解你啊！

李鸿章又盯着桌上的回信："罢，就这么回他的信，感谢。"

李鸿章这才似乎感觉到还有个钱文放在身边，对钱文放说："你去吧，没你什么事。"

钱文放走出府邸后，心里琢磨，李鸿章要我看彭玉麟的来信，又让我看他给彭玉麟的回信，当着我的面说了彭玉麟那么多好话，最后却又说没我什么事了，他这是什么意思？

"难以揣摩啊难以揣摩，中堂大人，你这给我出的是一个什么哑谜呢？"

钱文放边走边想，猛地想出了个道道，彭玉麟杀李鸿章他侄儿，彭玉麟有个儿子名叫彭永钊！如果我替他报了杀侄之仇，立下大功一件，不愁他不重用我。

想到这里，钱文放不禁以拳击掌："彭玉麟，我要你饱尝老年丧子之痛。"

三　独生子遭人追杀

　　钱文放准备下手的彭永钊，是彭玉麟的独生子，三十二岁，正和与他年龄相仿的家人彭根各骑一匹马缓缓并行。

　　彭根说："少爷，你这次进京参加朝考得中，又承吏部带领引见，圣旨封你刑部主事，老爷得知，不知会有多高兴。"

　　彭永钊说："彭根，不要喊我少爷，我两人是从小一道长大的，你还是喊我永钊为好。"

　　彭根说："对，对，喊少爷是不行了，但喊永钊更不行，你现在是官了，我得喊你大人，彭大人。"

　　彭永钊说："喊什么大人，你忘了我父亲曾对你我说过的话吗？父亲说，你二人从小一道长大，形同兄弟，以后不管怎样，还是兄弟，不得生分。"

　　彭根说："这话你还记得啊！"

　　彭永钊说："父亲还特意对我说，如果你凭本事当上了什么，切不可妄自尊大。父亲的话，我不敢违背。"

　　彭根说："那我在外人面前喊你彭主事，如何？"

　　彭永钊说："我虽被封刑部主事，却已外放，还没去'主事'呢，这次请假回老家，是因父亲巡江事竣，必回老家，我要聆听父亲的教诲，以便日后当好那个主事。"

　　彭根说："那我们快点走，好早日回到老家。"

　　"快点走！"彭永钊双腿一磕，马儿往前疾走，彭根催马跟上。

　　钱文放带着杀手毛豹在后面跟踪。

　　彭永钊、彭根毫无察觉。

　　前方出现一片黑松林。

　　彭根对彭永钊说："过了这片黑松林，找家店子歇息。"

　　彭永钊说："好！"策马抢先进入黑松林。

　　钱文放、毛豹随后赶到。

　　钱文放对毛豹说："此处是下手的好地方，无人看见。"

毛豹说:"地方是好地方,可惜我们没在前面设伏。"

钱文放说:"彭永钊一介书生,跟着他的那个人不过是家人而已,凭你的功夫,片刻之间便取他二人性命。完事后,你便可得赏金了。"

毛豹说:"你这话说的也是。只是那家人好像带有兵器。"

钱文放说:"那是书生宝剑,做做样子的。书生仗剑好吟诗。你只管赶上去,包管你立马斩杀二人,赏金到手。"

"你知道什么,"毛豹说,"你也不过是个师爷而已,干我们这行的,不出手便罢,出手就得成功。保证成功的前提,就是做好充分准备。我从后追近,马蹄声能不惊动那二人?就算像你说的彭永钊是一介书生,那个家人能不拔剑与我相拼?相拼之际,彭永钊能不趁机逃离?"

钱文放说:"你追近时,佯装问路,他二人必不防备,你一刀先将那家人了结,彭永钊还不束手就戮?为保险起见,我在你后面又大声问路,他们必然不疑。"

毛豹说:"这样还差不多。"催马进入黑松林。

钱文放在心里想,只等你杀了彭永钊,我就请你喝酒……要让你如同万安的小兄弟在钱家庄前独木桥一样,还想要赏金,呸!

钱文放所指的那个小兄弟,是他为彭玉麟通缉,逃往钱家庄时护送他的人,快到钱家庄时,小兄弟往路旁地上一坐,说,老钱,你要万安带着我们跟你干那桩子"买卖"(指行刺)时,许诺每人二十两银子,你要我护送你回钱家庄,又答应给我三十两银子,总共是五十两。你已经给了我五两,还欠四十五两。现在你该把这钱给我了吧。钱文放说,到了钱家庄就全数给你。小兄弟说,不行,得在这里给。待会一进你的老家,那是你的地盘,你若不给了,我也没办法,你们人多势众,我好汉不吃眼前亏,只得乖乖走。在这里,不怕你不给。钱文放就说,那边有个酒店,我俩先进去吃点酒、肉,吃饱了喝足了,我也不要你送了,你带银子回你家,下次有事再合作,你看怎样?小兄弟便跟他进了酒店。在大碗喝酒、大口吃肉时,他偷偷地在小兄弟酒里做了手脚,出酒店时,两人都喝多了,相互搀扶着走出店。但钱文放是装的，小兄弟是完全晕乎。两人踉踉跄跄地走到山涧边。山涧不宽，几根杉木架于上面为桥，流水湍急。钱文放从小兄弟身上摸出所给的五两银子，放入自己兜里，然后扶着小兄弟上桥，口里不住地说着，走好了，小心点。说着说着手一松，小兄弟栽下山涧，旋被湍急的水流冲得不见了。钱文放摸出银子掂了掂，说这是物归原主。

这次，他又要用这老办法来应付答应给毛豹的银子。

黑松林内只有一条小径，可容单骑。

彭永钊在前，彭根在后。毛豹追去，马蹄声惊动彭根。

彭根往后看，毛豹喊："前面二位，请问去衡州可是走此路？"

彭永钊听见喊声，回头对彭根说："嗨，难道来了衡州老乡？只是他说的不是我们老家话，乡音已改。"

彭根想，若是老乡，怎地走了那么久未听他招呼，若问路，该在外面问，一进此处，就来了老乡，来了问路的？！我得提防一点，不怕一万，就怕万一。便暗暗拔剑在手，带转马头。

彭永钊对"老乡"说："你是衡州人吗？衡州何地？我们正是要回老家。若是老乡，正好一路同行。"

毛豹不答，瞬间冲到彭根面前，举刀便砍。

已有准备的彭根以剑隔开。

刀剑相撞，迸出火光。

彭根喊："永钊快走！待我收拾这恶贼，随后赶来。"

毛豹、彭根一顿厮杀，未见高低，相持不下。刀剑格斗声震动松林。

后面的钱文放见状，寻思，没想到彭家家人也如此厉害，我又帮不上毛豹。这二虎相斗，必有一伤，若是毛豹伤了，我难走脱，我还是先退出这黑松林，再寻他策。

彭永钊跑到黑松林出口外，担心彭根，这可怎么办？竟然来了追杀我的人。我帮不了彭根啊！唉，从小若习武就好了，此时方知"百无一用是书生"。

彭永钊不愿丢下彭根而走，却又无能为力，只得任凭马儿兜圈。

钱文放和彭永钊，一个退出了黑松林，一个在黑松林出口外；松林内，毛豹、彭根剑来刀往，难分胜负。

　　毛豹寻思：这人剑法了得，我难赢他，却又无法脱身。

　　彭根寻思：得速去保护永钊，无奈打退不了这恶贼。

　　两人都萌生暂罢的念头，但谁也不肯说出第一声。

　　突然间，天空黑云笼罩，电闪雷鸣，大雨倾盆。

　　黑松林入口外，倾盆大雨令钱文放顾不得毛豹了，策马去找避雨的地方。

　　黑松林出口外，于电闪雷鸣、倾盆大雨中，彭永钊想，彭根说过了这片黑松林，找家店子歇息。我在这里无济于事，只有到旅店去等他。

　　黑松林内，倾盆大雨使得毛豹、彭根也无法继续相斗。

　　毛豹以刀架住剑："你这位好汉，待雨停后再斗如何？"

　　彭根抽回剑："你为何无故追杀，待雨停后再找你问个究竟。"

　　毛豹说："我二人各自后退一马，不得偷袭。"

　　彭根说："你先退，我绝不出剑。"

　　毛豹说："说话算数！"

　　彭根说："谁会像你这等小人。"

　　毛豹后退一马。彭根也后退一马。

　　毛豹掉转马头。彭根也掉转马头。

　　毛豹策马到黑松林入口处，不见钱文放。

　　毛豹骂道："他娘的姓钱的，说什么一介书生，一个家人，片刻之间便可取他二人性命。这下他自己躲得不见了。老子往回走，若在路上碰见，先问他要赏金再说，这单生意，全是他不听老子的话才黄了。老子早就说了要设伏才行。"

　　黑松林出口外，彭根不见彭永钊。

　　彭根想，永钊定是到前面找旅店去了。我得速速赶去，以防不测。

　　骤然而来的暴雨骤然而停。

躲在供过往客商避风雨不收费的茶亭内的钱文放见暴雨停了，走出茶亭。

一身湿透的钱文放自认晦气，光想着毛豹是否能干掉那个家人，这一身湿透的衣服都忘记换了。

钱文放又走进茶亭，脱掉外衣。

钱文放一脱掉外衣，才想起："糟糕，包袱由毛豹背着，忘记要回来了。"

在往黑松林的路上，钱文放内急，喊住毛豹："毛豹，我要大解，你等一下。"

毛豹说："今日你已跑几次，是拉肚子吧？"

钱文放从马上跳下，背上的包袱却被路边树枝挂着，将他挂得不了地，忙喊："毛豹、毛豹。"

毛豹看着他那样子，觉得好笑。

"快点将包袱解下，快点。我忍不住了。"被挂得弹上弹下的钱文放急得直喊。

毛豹上前替他解下包袱。钱文放捂着肚子钻进树丛中。

毛豹顺手将包袱系在自己身上。

…………

钱文放顿足，衣服在那包袱中倒不打紧，还有银两。若找不到他，可就麻烦了。

钱文放思量，毛豹若是返回，必从茶亭经过，我可在这里等他。他若打赢那彭家家人，必会追杀彭永钊，杀了彭永钊，也会返回。只是看那厮杀，难以打赢。此次失算，失算，不应贸然下手。

钱文放猛地打了一个大喷嚏。

"若再穿这湿透的衣服，必受风寒不可，先将衣服晾干再说。"钱文放将脱下的外衣拧干，放茶亭栏杆上晾着；又褪下裤子，拧干，晾着。

钱文放搂抱着双手走来走去，等毛豹。

与彭根拼杀得筋疲力尽的毛豹坐在马上摇摇晃晃。他心里还在骂，这次没想到碰上了一个对手，全怪那狗娘养的钱文放。

全身湿透的毛豹想换衣服，蓦地兴奋，嘿，钱文放的包袱在老子身上。

毛豹忙下马，打开钱文放的包袱。

湿透的包袱里露出白花花的银子。

毛豹惊喜不已，这场暴雨倒是帮了老子的大忙，银子归老子了，权当赏金。老子得走另一条路，免得碰上姓钱的。

毛豹上马，得了银子，精神便好，磕马朝另一方向而去。

毛豹想，就算碰上姓钱的，他若向老子讨还银子，老子一刀劈了他！

彭根赶到五里牌路边旅店，忙问店小二是否来了个长相如此如此姓彭名永钊的人，店小二说来了个这么样的人，引他到彭永钊所开房间门外。

彭根进房，看见的却是躺在床上呻吟的彭永钊。身子本就羸弱的彭永钊被暴雨一浇，病了。

"永钊，永钊！"彭根一探彭永钊额头，"啊呀，怎么烧得这样厉害？！"

彭永钊的高烧令彭根惊喊，彭永钊已在抽搐，讲胡话，不停地喊着刺客、刺客。

彭根按住彭永钊："永钊，永钊，是我，我彭根在这里。"

"黑松林，黑，太黑……彭根，彭根，你冲出黑松林了吗？快，冲出去！"

彭根说："我冲出来了，冲出来了，我就在你身边。你不用担心。"

彭永钊稍平息，胡话声音渐小："雷雨、雷雨……"

彭根走出房间，喊店小二。店小二说："客官，有何吩咐？"

彭根说："我家主人病得厉害，烦请你替我喊位郎中来。"

店小二说："哎呀客官，我这店里忙得很，抽不出身啊！"

彭根摸出一些钱，塞到店小二手里。店小二立即说："好，好，我这就替客官去喊郎中。"

将衣服裤子晾在路边茶亭栏杆上，光着身子搂抱着双手走来走去的钱文放也冷得抽搐，一个劲地念叨，毛豹怎么还不见来？怎么还不见来，难道……难道他被那彭家家人杀了？

钱文放站住，心里说："我得去那黑松林看看，他如若被杀，定有尸首，即便尸首被埋，也会有血迹。"

钱文放穿上晾得半干的衣裤，骑马朝黑松林而去。到了黑松林入口，他勒住马，屏息静气，竖起耳朵倾听，直到确信林内没有任何动静，才催马进入，察看毛豹与彭根拼杀的现场。

钱文放觉得奇怪，现场既无尸首，也无血迹。那两虎相斗，总有一个倒下的啊！难道，难道他二人言和，各自走了？不可能，不可能！

钱文放似猛地醒悟，哎呀，我糊涂了，那么大一场暴雨，哪里还能留下血迹，毛豹定是杀了那彭家家人，直追彭永钊去了。

钱文放刚一兴奋，又觉得不对，若是毛豹杀了彭家家人，他会掩埋尸体？或将尸体拖至别处？绝对不会！倒是他若被彭家家人杀了，彭家家人有可能将他的尸体拖至别处。哎呀，八成是毛豹被杀了！他被杀倒也无所谓，可我那包袱呢，我得找找，也许那包袱还在他尸体上。

钱文放下马钻入小径旁树丛，四处寻找。

钱文放压根儿不会想到，毛豹正骑在马上，在往安定县城的路上优哉游哉地走着。

这趟生意没蚀本，姓钱的肯定正在找老子，管他娘的，老子到安定县城逍遥去！毛豹捏着包袱内的银子，惬意地哼起小曲。

在树丛里寻找的钱文放一无所获，从树丛中钻出后，不免懊丧，这次难道真是我失算到底？杀彭永钊没杀成，毛豹不见了，银子也没了，赔了银子又折兵。

他看着黑松林出口那头："走！先出去看看再说。"

五里牌路边旅店店小二找来了郎中，郎中姓胡，但不是胡来的郎中，也不是乱开虎狼药的郎中，而是一个实实在在的郎中，连出诊费都没说要，那店小二就趁此又问彭根要了几个钱，说是胡郎中要的。

胡郎中一进入彭永钊住的房间，就给彭永钊把脉，没像其他郎中那样，先得喝碗盖碗茶，抽烟的得先抽袋水烟。他若要喝盖碗茶、要抽水烟筒，彭根又得去求店小二，又得给钱不说，到得找来盖碗、茶叶，找来水烟筒、烟丝，沏茶得先烧开水，沏好茶后得等茶不烫嘴，郎中得慢慢地喝慢慢地品，终于喝完茶，还得抽烟，抽水烟筒得用纸媒点烟，纸媒得先点着火，点火得到厨房去，厨房里还不知道有没有火，若没有火，还得用火镰敲打……所以凡请来郎中到家里看病，来后一般得要半个时辰才能正式号脉，这也相当于行规。而胡郎中全没有这些名堂，一来就号脉。

胡郎中在给彭永钊把脉时，彭根在旁紧张地看着。

胡郎中号脉号了很久，号了左手号右手，这号脉号得久的郎中是认真负责，认真负责的胡郎中终于松开手，对彭根说："少主人是风寒浸骨，风寒之所以浸骨，乃日前劳累思虑过度，未能休养，又长途奔波，且遇惊吓、暴雨淋头，淤积突发，以致染成重症。"

彭根思索：这郎中说的不差，永钊确是朝考劳累、日夜思虑，得中后即往老家赶，碰上那恶贼刺杀，偏又天降暴雨、雷电闪鸣……

彭根赶紧说："先生，烦请你开方。"

胡郎中说："方子自是要开的，不过少主这病，没有两三个月是难好的啊！而且只能在此调养，不宜继续赶路，我是怕你……"

彭根说："先生只管开方，我就陪我家主人在此调养，待他病好后再走。先生放心，那诊疗费不会少你。"

胡郎中说："我是为病人着想，可不是要你们非留在此。"

"是的，是的。请先生快开方子。"彭根掏出些钱，"先生，这是预付。"

胡郎中收了钱，开写方子。写好方子后，将方子递与彭根，说："你随我前去，我告诉你一家药店。吃完这几剂，我再来看。"

这开方子得用墨笔写，得有墨，磨墨得用砚，当然也只有墨笔、墨、砚，传统国宝，那什么西洋佬用的鹅毛笔，没有。就是有也不得用不能用。至于钢笔、自来水笔、圆珠笔、铅笔，乃至现在的一次性什么笔，那都是后话了。好在胡郎中统统自带，不但带有墨笔、墨盒，还自带药方纸，所以很快就开好了方子。只是那去镇上的药店抓药，抓回药后生柴火煎药，就很要时间了，幸亏彭永钊得的尚是风寒浸骨，要不然，抓得药回，煎得药好，只怕就已经没命了。

彭根连忙谢胡郎中，然后对彭永钊说："永钊，我去抓药，很快便回。"

彭根和胡郎中走出房间后，胡郎中问彭根："那位既是你的少主，你怎么又喊他名字？"

彭根说："我和他从小一道长大，情同兄弟，他只准我喊他名字。"

胡郎中说："难得，难得！你二人真是情同兄弟。"

这当儿钱文放到了这家旅店门外，他刚下马，彭根和胡郎中走出，与他擦身而过。

店小二迎出，问钱文放："客官可要住店？"

钱文放说："住店住店。你这茅厕在哪？我得先去一下。"

"在那边！"店小二虽给他指了个茅厕，口气却极不客气，还附加一句，"没长眼睛，什么住店，是来上茅厕的，不过也可得些肥料。"

钱文放走进茅厕，解裤蹲下，想，这个小二是势利人，若没有银子给他，打听不出什么，可银子都在包袱里，包袱没了，这可怎么办？

钱文放猛然惊喜："嘿，有了，我他娘的怎么全给忘了，这内裤里塞有一支金钗，是和合楼翠云的。"

钱文放在京城和合楼与妓女翠云狎戏，翠云去梳妆，钱文放发现床上枕头旁落有一支长长的金钗。只穿着条大筒内裤的钱文放伸手抓起，将金钗塞进大筒内裤裤头系带子的"空道"。翠云走到床边："噫，我头上的金钗哪去了？"看看钱文放，见他只穿一条内裤，毫不怀疑……

蹲坑的钱文放忙站起，拉起内裤，从裤头系带子的"空道"掏金钗,因怕突然有人来上茅厕发现,有点慌乱。

"他娘的,我掏自己的东西怎么像做贼。"钱文放立即宽慰自己,"但也得小心,千万别掉进茅坑。"

钱文放掏出金钗,赶紧放进上身衣内藏好,又褪下内裤,蹲下。

"这前面必有街镇,我去换成银子,或找个当铺当了,不就有钱使了么。"

身上有了钱,心里就不慌,蹲完茅厕的钱文放就大摇大摆地往旅店店堂走去。

店小二一个人坐在条春凳上无聊地张望外面,见钱文放进来,认为他是路过只上茅厕的,不搭理。

钱文放说:"小二哥,让我也坐坐。"

店小二说:"你上完茅厕还不走啊?"

钱文放说:"我暂到你这里坐坐,和你聊聊天。小二哥,请坐过去一点。"

店小二横他一眼,不情愿地移坐到春凳一端。

"小二哥,你这里可有新进的客人?"

店小二说:"我们这里天天有新进的客人。"

钱文放笑一笑,摸出金钗,对店小二晃一晃:"不久前可有浑身淋得湿透的客人进店?"

店小二眼睛盯着钱文放手里的金钗,忙答:"有一个三十二三岁书生模样的,进了店,但住进客房就病了。"

"病了,有没有人照看?"

"有一个壮汉,后赶来的,进店就去照看,说是他的少主。"

"可也是淋得湿透?"

"淋得湿透。"

"可是骑马佩剑?"

"骑马佩剑,像是保镖。"

"那壮汉可还在照看病人?"

"和胡郎中刚才出去抓药去了。那胡郎中还是我喊来的。"

听到店小二这一句,钱文放立刻想到自己下马时,有个郎中和一个壮汉从他身边过去。

"巧了,与我擦身而过。"钱文放想,不如趁那壮汉不在,自己潜进彭永钊住的房间,将他结果了。旋又想,不行,若是自己去他房间亲自动手,这个未得银子的店小二会跟着,若等这个店小二离开,那个壮汉又可能回来了,况且,若自己亲自动手,那彭永钊一死,客店定会报案,那小二又已认识自己……还是得借郎中之手,最为妥当。便问,"那胡郎中住在哪里,你可知道?"

店小二说:"我喊来的我怎么不知道?"

"烦你告诉我,那胡郎中的住址。"

店小二看着他手里的金钗,不吭声。心里说:"瞧他那样子,大概也病了,不给银子,我才不说。"

钱文放将金钗收起,又笑一笑:"待会儿你要告诉我的。"说完便走出,上马。

"他娘的,逗我。"店小二骂道。

钱文放骑马赶到街镇。街镇不大,但店铺林立。他牵马走进,睃看两边店铺。

他特别留意挂着药铺招牌的,然后走进了一家当铺。

得先把金钗换成钱,有了现金,方好行事;没有钱,这个夜晚得露宿街头荒野。无钱不但难倒英雄汉,他这满腹经纶的也没办法。

钱文放返回那家旅店。

店小二说:"你又要来上茅厕啊?对不起,不住店的在我们这里上茅厕是要收钱的!"

钱文放掏出一点银子,笑一笑:"这个,给你。还记得我刚才问你什么吗?"

店小二接过银子,立时一副笑脸:"客官,你刚才问胡郎中住在哪里,你也要看病啊?胡郎中可是本地神医,你找他算找对了。他在自家坐诊,不在街上,你不问我可就无人知道。"

店小二站起,走到门外,为钱文放指明胡郎中的住址。

"天助我也。"钱文放想,只要买通胡郎中,彭永钊的病就休想好！

"谢小二哥，我这就去找胡郎中看看病。"

店小二说："你不来住店了？"

钱文放说："给了你银子，我什么时候想来就来。"

店小二掂着手里的银子，他娘的，敢情是店钱，不是给我的，老子先收下再说，他若来住店，对不起，另交。

钱文放骑马往胡郎中住址而去，彭根则提着扎好的一大包中药走进旅店。

一进房间，彭根便说："永钊，我给你抓了药，你的病很快就会好。你就在这里安心调养，病好后再回衡州。"

彭永钊说："彭根，这次若没有你，我在黑松林就没命了，可究竟是谁对我这么大的仇恨呢？我又没得罪过人。"

彭根说："别去想那些，有我彭根在你身边，你只管安心养病。我这就给你煎药去。"

钱文放走进胡郎中家，抱拳作揖，喊道："胡先生。"

胡郎中说："你这位先生不像本地人，怎么知道我？"

钱文放说："我是从京城来的，早闻先生神医大名……"

"哪里有什么神医，"胡郎中打断他的话，"扁鹊、华佗尚不自称神医，是后人给加上去的。你来此可是要看病？"

钱文放点头。

"既是看病，就请坐下。"胡郎中为他把脉。把完脉，胡郎中说："你并没有什么要紧的病，略受了些风寒而已，我给你开几剂药吧，其实不开也无妨，用不着从京城来此。"

钱文放说："我是路过，闻先生大名，故来就诊。"

"你既然来了，我就给你开个方子，回京城后再去抓药也不迟。"胡郎中开了一个简单方子，递与钱文放。

"多谢先生，多谢先生。"钱文放拿出一点碎银，"胡先生，这是给你的药方费。"

胡郎中说："区区一个小方子，不用给银，几文即可。"

钱文放说:"先生若听我一言,事成后奉上一锭。"

"什么事?你先说与我听听。"

钱文放便俯身对胡郎中轻语。

胡郎中一听,怒道:"行医之人,只是治病救人,医德第一,岂有任其病情发展之理,你这人心术不正。"

钱文放说:"只是要你将他病情拖着而已嘛,有什么关系,又不会死人。"

"你赶快出去,再如此,我就要告官!"

钱文放说:"你告我什么,我又没要你下毒。"

胡郎中怒极,喊:"快来人,将这无耻之徒赶出去!"

"好,好,我走,白给你银子不要,日后有你好看的,你知道我是什么人吗?"

钱文放边说边走出去。

胡郎中"砰"的一声将大门关了:"京城竟然有如此卑鄙小人!"

钱文放牵着马边走边想,原想着许诺这姓胡的郎中一锭白银,只要他开些不痛不痒的药,让那彭永钊耗着,我好去找来毛豹,趁彭家家人外出时,行刺便易如反掌,谁知这郎中要讲什么医德第一,待我找到毛豹,除了彭永钊,再给他一点颜色瞧瞧。

钱文放牵转马头:他娘的毛豹到底去哪里了呢?在茶亭没等着,那旅店没有,这一路也不见。莫非受了伤,还躲在那黑松林里?

钱文放欲上马,突然想到:有了,胡郎中不肯换方子,我直接去找彭家家人抓药的药铺,药铺伙计容易买通,要他在药里下点毒药,不就大功告成么?还能造成彭永钊之死是彭家家人下毒所致的假象!

四 坚辞两江总督，举荐左宗棠

钱文放追杀彭永钊之际，彭玉麟正调集苏、浙、皖三省操演兵轮于吴淞会操，演练水师陆战。

奏陈长江水师宜练陆战的奏本，他已多次上陈，此次又上陈的奏本之所以获准，是因他自巡阅长江，斩二品总兵谭祖纶、从二品副将胡开泰，参劾罢免提督刘维桢、黄翼升，将《剔除长江水师弊病通饬示谕一百条》刊发长江五省提镇各标汛……一年内就将庸劣不称职或疏忽职守的总兵、副将以下116名不合格的将官去职后，长江水师已日渐振兴。朝廷高兴，就给批了，"允准"。

奏本一获批准，巡阅使船队即往江阴进发，到达江阴后，彭玉麟换乘轮船由江阴出海。

"恬吉"号轮船船身上的"恬吉"两个大字异常醒目。"恬吉"号轮船是江南机器制造总局所造的第一艘机器动力兵轮，他曾和曾国藩同乘试行至太平府采石矶。

戎装披挂的彭玉麟遥望海面，目光严峻，但掩饰不住兴奋。

彭玉麟突然看看身旁的李超，又看看赵武，说："此次调集苏、浙、皖三省操演兵轮于吴淞会操，乃壮我水师声威之大盛事，但还有一点，你们可知？"

赵武说："检验我水师战力，让外寇不敢小觑我水师，若犯我疆域，必自取灭亡！"

李超说："不知我说得对不对，我觉得大人所问的还有一点，不光是检验我水师战力，还应是为开水师登陆作战之先河……"

赵武立即说："组建水师陆战队！"

"对！组建水师陆战队。若能训练出真正强大的水师并水师陆战队，"彭玉麟指着海面，"外寇敢来犯乎？"

到达吴淞，登陆演练可就令苏、浙、皖三省水师总兵、地方官员见识了彭玉麟的治军之严，当陪同官员请他在检阅台就座时，他说："若是实战，我这个总指挥能躺到椅子上指挥吗？"当操演兵勇水战、登陆战刚结束，他即令登陆将士不得歇息，迅速奔赴吴淞大校场；一赶到大校场，他即命令进行洋枪实弹射击。有人说兵勇刚经过水战、登陆战，又奔跑到此，已然疲惫，即刻操演洋枪，恐会影响绩效，会有损此次操演名声，还是让他们歇息后再行射击。彭玉麟怒道："若战事正酣，能容将士歇息吗？你想歇息，敌军可不会让你歇息。此虽为操演，但必须如同实战，登陆再加奔跑紧急赶到，正是检验他们枪法是否准确之机。"

苏、浙、皖三省水师操演完毕，彭玉麟登上"恬吉"号轮船，三镇总兵及地方官员齐集码头，为彭玉麟送行。

轮船上，累得咯血并显得非常疲惫、坐在椅上的彭玉麟对赵武说："要三镇总兵上来，余者请他们回去。"

三镇总兵上船后，彭玉麟说："我旧病复发，就不起身相迎了。"

"雪帅怎能说相迎我等？"

"你们肩负着江防、海防重任，彭玉麟应该相迎。"

"我等知雪帅有话吩咐，请雪帅明示。"

彭玉麟说："此次三省水师齐聚吴淞操演，无论哪一科目，我都是甚为满意的，却严厉训斥过你们……"

"雪帅是为了水师战力训斥，我等谨记在心，自当发奋。"

彭玉麟说："要你们来，是我有几句话相送，这几句话皆是我早就说过的，但你们未必全都听过。其一，作为将官，统率兵勇，严肃军纪，须以身作则，'身似碑帖，人则临写也'。其二，'将才宜慎选，积习宜力除，军政宜实讲'，亦适用于你等提镇。其三，'和事可百年不背，而兵事不可一日不防'，你们万万不可幸和而松江海之防啊！切记切记。"

"是！万万不可幸和而松江海之防！"

彭玉麟要赵武拿出三张银票："这是我历任所积养廉银，今报捐充饷，给三镇水师下部优叙，望你们对部下论功发放，以期进一步提升军力，以报效国家。你们去吧。我素来不喜迎来送往。"

"是！雪帅保重，一路顺风。"

彭玉麟说:"我巡阅长江,管它顺风逆风,顺风扬帆,逆风顶撞而上!"

"恬吉"号加大马力,往江阴开去。

一到达江阴,岸上,无数官员迎接;无数百姓欲一睹彭玉麟风采。

彭玉麟走下轮船,他得在此重上巡阅使船。刚一下船,率队迎接的官员便上前说:"请巡阅使大人去官署歇息。"

彭玉麟说:"你们辛苦了。"

众官员一愣,怎么反说我们辛苦呢?旋即众口齐声:"巡阅使大人辛苦。"

率队迎接的官员说:"彭大人,下官得知吴淞操演大获成功,此壮我国威、振我军声之举,乃大人巡阅长江、整顿水师、整饬官吏所取得的功绩。大人奔波于五千里长江,劳累辛苦,以至于旧症复发,咯血不止,仍坚持操演指挥,众百姓感动,我等官员感动,故百姓自发前来,官员亦自发前来……"

彭玉麟未待他讲完,便说:"彭玉麟感谢诸位官员,感谢各位百姓,彭玉麟何德何能,竟有劳大家迎候。吴淞操演,辛苦的是将士,我只不过观看而已,有何辛苦;操演功绩乃苏、浙、皖三镇总兵、全体将士们的功绩,我有何功绩。彭玉麟素不喜迎来送往,你们都回去吧。彭玉麟得上自己的船了。"

说完,朝巡阅使船队走去,径直上船。

迎接的官员皆面面相觑,他就这么上他自己的船去了,连餐饭都不吃,水也不喝一口,我们精心准备的欢迎宴、欢送宴,不都白准备了?当然,咱自个儿可以吃,但就咱这些人,吃不完啊,得,得,各自把自己的下属喊来吃,下属吃不完让他们打包,带给他们家人去吃,不吃完可不就浪费了,浪费可是犯罪啊……也有人在心里说,他忒娘就是个怪人。

巡阅使船队到达湖北荆河口,刚停泊,一地方官急急走上巡阅使船。

"彭大人,圣旨很快就到,做好接旨准备。"

彭玉麟忙下船，部员何宗快步赶到："彭玉麟接旨。"

"……彭玉麟'威望素著，向来办事，任劳任怨，具见体国公忠'，着署理两江总督并兼南洋通商大臣事务。"

何宗宣读圣旨毕，并未听见"彭玉麟接旨"。

何宗喊："彭玉麟速速接旨！"

伏在地上的彭玉麟仍未吭声。

"彭玉麟，你要抗旨吗？"

彭玉麟抬起头："彭玉麟无能担当两江总督重任，不敢接此旨。"

何宗说："哎呀彭大人，你怎么如此倔犟，先接了旨再说嘛，不然我怎么回去复旨。"

彭玉麟这才接过圣旨。

何宗说："彭大人请起。"

彭玉麟站起，对何宗说："何大人，请到船上一叙。"

何宗说："好，好，我也正想跟彭大人好好叙一叙。"

彭玉麟与何宗走进巡阅使船舱内，彭玉麟说："何大人请坐。"

何宗说："这坐嘛我自然会坐。"

彭玉麟说："何大人，我虽接圣旨，却是要请求辞掉的。"

何宗说："我就真的搞你不懂了，两江总督这位置，该是何等重要，非德才兼备并熟谙军事之人不可，彭大人你是最佳人选，所以朝廷选中了你，圣旨说你'威望素著，向来办事，任劳任怨，具见体国公忠'，那可不光是皇上的意思，而是太后对你的评价，你又要请辞，难道就不怕得罪太后吗？"

彭玉麟说："我本一介寒儒，从戎之初，即自誓不求保举，不受官职，然而屡被破格提拔，不受官职而蒙非分之荣誉，几跻极品，每当想到我'以寒士始，以寒士终'的初心，便惭愧不已，汗流浃背。我自知府而擢至巡抚，由巡抚而改补兵部侍郎、漕运总督，并未一日居其位。且从前每被提拔一次，即上奏恳辞开缺。历任应领养廉俸禄，自己从未用过丝毫，皆报捐以充军饷，或为公益事业。我不能违背'以寒士始,以寒士终'的初衷啊!望何大人体谅。"

何宗说:"我体谅有什么用,得太后和皇上体谅你的初衷才行。"

彭玉麟说:"何大人可为我说说情,通融通融嘛。"

何宗说:"只有想升官的要通融,没听说过不愿当官的要通融。"

彭玉麟说:"何大人就破一次例。"

"行了行了,彭大人,我算服了你。我回京复旨,说你彭玉麟已经接旨,我的任务便完成了。至于你要辞去两江总督,你自己写奏本吧。再则,你不就任,两江总督由何人去担任?你这不是给朝廷出难题吗?"

彭玉麟说:"何大人,我曾对你说过,左宗棠堪当此任。我会向朝廷举荐他的。"

何宗说:"彭大人,那我就告辞了。"

彭玉麟说:"何大人,你和我曾一同品茶赏月,今天在我这里吃餐饭如何?"

"彭大人要请我的客啊,也行,我听说彭大人招待客人会有三菜一汤,另有辣椒酱一碟,那三菜中定然加有一个肉,湖南名菜辣椒炒肉。我就尝尝彭大人家乡的辣椒炒肉。"

"何大人,那就请去就餐。"

何宗说:"呵,真到吃饭的时候了,我就不客气了。"

何宗吃了彭玉麟请吃的辣椒炒肉,味道如何,反正没听何宗说"好吃好吃"。

送走何宗后,彭玉麟连夜伏案写奏本:请辞署两江总督并请开缺每年巡江事务。

奏本中写道:

……臣自行检束,性子偏急,见识迂恩,伤病缠身,断难胜此任命,如若非以不能胜任为胜任,恰如要无力者去举重，令瘸子急行。何况人之才力聪明，用久则竭；若不善藏其短，必致转失其长。古来臣子往往初年颇有建树，而晚节末路，失职败绩而遭人讥笑，固然有才尽之因，亦其精力不支也。

……故，伏乞皇上天恩，另行简员署理两江总督事务，实为至幸。并乞准回衡州老家静养病躯，得以医治，如果调治复原，则报国之日正长，断不敢永图安逸。……

这是彭玉麟请辞奏本原文中的一小段，原文很长，他开始便说，"臣本寒儒，傭书养母"，在母亲去世后，才"墨绖从戎"，第一次被召见，就"自誓不求保举，不受官职""以寒士始，以寒士终"，后来虽被屡屡破格提拔，他并没有接受，但"不受官职而蒙非分之荣者，几跻极品"，这完全违背了他的初心，一想起来就惭愧得汗流浃背。他历数了自己由知府而被提拔到巡抚，由巡抚而改补兵部侍郎……每次都是请辞不受，没有一天在这些位置上，也始终不敢以实缺人员自居，这些官职应领的养廉俸银也从未自用丝毫。他又较详细地诉说了自己力辞漕运总督的事，说他只能料理长江水师善后应办之事。也就是要他巡阅长江他就去，其他的高官都不当。

笔者摘录的这一小段读者大概都能看懂并理解，他自我检讨，认为自己性子偏急，见识迂愚，伤病缠身，所以断难胜此任命，又打比方，如果一定要不能胜任者去担任这一重要职务，就好比要没有力气的人去举重，要瘸子疾步快行，何况一个人的才力智慧，用久了也会枯竭，如果不善于藏避自己的短处，那么必然连自己的长处都会失去。

他更是说出了一个古来臣子的"规律"，那就是在"初年"大都很有建树，而到上了年纪，又大都因失职败绩而遭人讥笑，这固然有才尽的原因，更主要的是因为精力不行了。这等于提出了一个用人年轻化的问题。

彭玉麟写完自己请辞的奏本后，又写另一奏本：举荐左宗棠署理两江总督事务。

第二天，李超、赵武等悄悄议论。

赵武说："大人定要辞去两江总督，唉！"

李超说："大人因劳累而致旧症复发，不能不回老家调养啊！"

张召说："大人在两江总督署上也照样可以调养嘛。"

林道元说："大人每遇提擢就请辞，他是真的不愿身居高位呵！"

查敏说："大人请辞，还得朝廷准允，我看朝廷是不会允准的。"

…………

彭玉麟走出。

议论的立即噤声。

彭玉麟对李超说："李超，我想在辞职之后，先给你和玉虹把婚事办了，再回衡州，你意如何？"

李超无论如何也没想到，要辞去两江总督的彭玉麟，竟记挂着他和玉虹的婚事，"大人，大人……你……"他只能不住地嗫嚅。

五　人生情缘犹如机遇，当当机立断

彭玉麟上奏请辞署两江总督并请开每年巡江事务后，朝廷未予允准，半个月后，他又上奏再请辞署两江总督并开巡江差事。一个月后，清廷同意他辞去署两江总督，回衡州养病，但仍着巡阅长江。同时谕命左宗棠补授两江总督兼充办理南洋通商大臣。

左宗棠上任两江总督，和彭玉麟这个老朋友一相见——

左宗棠喊："彭大人。"

彭玉麟喊："左大人。"

左宗棠喊："雪琴！"

彭玉麟喊："季高！"

左宗棠喊："老彭！"

彭玉麟喊："老左！"

两人哈哈大笑。

左宗棠说："这个总督，是你老彭让给我的。"

彭玉麟说："老左当这个总督，老彭才可放心回衡州乡下。"

左宗棠说："老左料定，老彭回乡不会超过三个月又会出来，朝廷是不会放过你的。"

彭玉麟说："这可不是你老左料事如神，而是朝廷仍让我巡江。巡江我愿意，也只能干个巡江专使。"

左宗棠说："什么只能干个巡江专使，你干这两江总督定比我强。"

彭玉麟说："确是才力不济，体力不支。"

"你说自己才力不济，那是在打我老左的脸，普天下谁不知彭宫保是个奇才。"左宗棠说，"你身有伤病，痼疾时发，可你在这总督府不比整天在长江上遭风吹浪打更利于调养吗？"

"不说那些了。总督大人一来，彭玉麟便有一事相求。"

左宗棠说："不是要我老左给你开后门吧？你要办的事应该在我到来之前便办了啊，你彭总督办自己的事，还用得着来求我？"

彭玉麟说："我在接旨之日便上奏请辞，哪里当过一天总督，你这位新总督没来，我敢擅自行事？"

"好好好，有什么事？老左照办。"

彭玉麟说："借贵府偏房一间暂用三日。"

左宗棠说："老彭你要什么把戏啊，你要用总督府便用，说什么借偏房一间暂用三日。你的意思是我要赶你走，你没地方住了？"

彭玉麟说："哪里哪里，我是要借偏房一间以为洞房。"

左宗棠大笑："老彭你要当新郎了？！怎不提前告知，我得备一份厚礼。"

彭玉麟说："现在告知难道就晚了？"

左宗棠说："不晚不晚，我这就派人去备礼。"

"此话当真？"

"我老左什么时候说话不算数。"

彭玉麟便喊:"李超、玉虹,快来拜见总督大人,他已答应送你俩一份厚礼。"

李超、玉虹走出,刚说"拜见左大人",彭玉麟就对左宗棠说:"这就是要入洞房的一对新人。"

左宗棠说:"呵,我知道了,老彭你是他俩的媒公。"

玉虹说:"彭大人是我的恩公。"

左宗棠说:"是恩公兼媒公。"

彭玉麟说:"他俩的婚礼,就请左大人主持,如何?"

"行!你老彭是媒人,我老左是主持人,还已经答应了一份厚礼,这婚礼搞他个热热闹闹,我老左也沾些喜气。"

彭玉麟对李超、玉虹说:"还不快谢主持人。"

李超、玉虹忙下跪:"谢彭大人,谢左大人。"

"呵呵,快快起来。"左宗棠说,"我既已答允做你俩婚礼主持人,为何不先谢我,仍是先谢媒人啊!"

玉虹说:"若无媒人,哪有婚礼可主持!"

"哟,小小年龄,伶牙俐齿。我看这新郎官日后必然惧内。"

左宗棠这话,引得众人皆笑。

由左宗棠主持的李超、玉虹婚礼正式举行。

新人亲戚坐席全为李超战友:赵武、查敏、张召、林道元……

彭玉麟坐新人亲戚首席。

总督府下属官员纷纷议论:

"今日这婚礼了得,左总督亲自主持。"

"彭大人是媒人,牵线的'红娘'。"

"怪不得,怪不得。"

"一个总督做媒,一个总督主持,两位总督……"

"应该说是巡阅使大人做媒,左总督主持。"

"说两位总督没错,彭大人是坚辞不当总督,在上谕没准允他辞职前,不就是总督吗?"

"那新郎是……"

"彭大人的部下。新娘是一村姑。彭大人在处置忠义营谭祖纶期间，救了这村姑……"

"新娘漂亮，新郎英俊，彭大人这媒做得好。"

"彭大人自己怎么不娶一位佳丽？"

"这个你都不知？彭大人素无声色之好、家室之乐，只爱梅花，据说是因一位梅姑之故。"

"奇人奇事。难得难得。今日这婚礼亦为一奇，两位总督大人的面子，竟不要我等送礼。彭大人有言：'凡自愿参加婚礼者，一概不得送礼；凡要送礼者，免来。'这是开本朝第一先例。"

"是啊，是啊，这先例倒也开得好，省事。"

…………

左宗棠请彭玉麟讲话。

左宗棠说："彭大人，你是新娘的恩公媒人，新郎是你的随从，你得说几句。"

彭玉麟说："左大人你早年在湘阴老家，便留意农事，遍读群书，钻研舆地、兵法，就连这婚嫁迎娶之礼仪礼俗，也是熟知，还是得归你讲。"

左宗棠说："彭大人，正因为我熟知礼仪礼俗，此时便正需你讲。你若不讲，那就是有背礼仪礼俗。"

宾客们都笑了起来。

彭玉麟也笑："行，我不能有背礼仪礼俗，祝福的话自然得讲，但若光讲祝福的话，礼俗对了，俗套难免。故我一是得对礼俗，祝李超、玉虹恩爱，白头偕老；二是要免点俗套，借此祝语后生：人生情缘犹如机遇，情缘来时，勿为旧习所缚，当当机立断，切莫空留遗憾。"

彭玉麟"借此祝语后生……切莫空留遗憾"的话，令赵武等人使劲鼓掌。但没人想到这是他联想到自己和梅姑而发。

左宗棠说："彭大人这话有点意思，啊，有点意思，可惜我已是老夫，非后生喽！你们后生记着彭大人的话，勿为旧习所缚，旧习不当者，该变则变，譬如土炮变洋炮，战船变兵轮，不变能行吗？我老左又说到打仗去了。"

众人又鼓掌。

左宗棠说："行下面的仪式，别让新郎新娘等得焦躁。"

这话又引得众笑。

司仪喊："新郎新娘，一拜天地。"李超、玉虹便拜天地。

"二拜高堂。"李超、玉虹对彭玉麟拜。

彭玉麟说："怎能拜我！"

李超、玉虹同声说："我俩幼年父母皆故，得有今日，为大人再造。"

彭玉麟想，怎地没将金满调来？我派人去接玉虹时，说了要接金满。难道是去的人忘了？

李超、玉虹的婚礼完毕后，彭玉麟要与左宗棠"再见"了。

彭玉麟说："左大人，你主办的这婚礼办得好。"

左宗棠说："什么我主办得好，是你彭大人一手操办。"

彭玉麟说："我在这大约还停留三日，明日请你来我船上，饱餐一顿辣椒炒肉，如何？还有我保存的湖南剁辣椒。"

左宗棠说："好，好，难以吃到家乡菜。只是，你又要住到船上去？"接着便话中有话，"嫌这总督府不太干净？"

"左大人来了，这总督府必然干净。"彭玉麟亦话中有话。

左宗棠说："对了嘛，那你就在这住下。"

彭玉麟说："我是在船上习惯了。再说，还得借巡阅使船回衡州，也得收拾一下行装。"

彭玉麟刚说完，一亲兵来报："大人，金满来了，有急事禀报。"

彭玉麟说："嘀，他不是为玉虹婚礼而来，是有急事禀报，快引他进来。"

金满一见彭玉麟便跪伏在地，哽咽："大人，令公子永钊病故了。"

彭玉麟大惊："啊！你说什么，彭永钊病故？！"

金满说："陈峰总兵派我去湖南办差，嘱我顺道去大人老家看看，我到衡州大人老家，适逢永钊……他，他不行了。"

六　一只老鸹在他头顶盘旋

彭玉麟在为李超和玉虹操办婚事之时，彭根在旅店伙房里为彭永钊熬药。

店小二走进伙房，说："我说你这个姓彭的住客，你和你少主在店里住了这么些日子，你天天用店里的火给他煎药，柴火钱你可得另出。"

彭根说："难道没给你房钱吗？"

店小二说："房钱是给了，可柴火钱没给。"

彭根说："柴火钱待我们走时，一并给。"

店小二说："那可不行，一码是一码，现在就得给。现在不给，不准再在伙房煎药！"

彭根抓起一根做柴火的杂木，双手一折，杂木断为两截。

彭根将折断的一截杂木往店小二的方向一扔，杂木从店小二头顶掠过，店小二头上的帽子被扫掠在地。

"你，你这么大的力气，这么准的手法……"店小二吓得往后退。

"若不是看在我家少主的面子上……"彭根上前一步，将店小二提起，往外一摔，"以后对我们客气些，先给你一个警告。"

店小二从地上爬起，赶快跑出，又跑进："我的帽子，帽子。"

彭根端着熬好的药走进彭永钊的房间。

彭永钊从床上坐起，说："彭根，我的病好了很多，我们早点动身回衡州吧，免得看店小二的脸色。"

彭根说："刚才我给了他一个警告，谅他也不敢了。"

"我的病已无妨，还是早点走吧，"彭永钊说，"路上多歇息歇息便是。"

彭根说："也好，你再调养两天，吃完这几服药就走。"

门外，店小二在偷听。

店小二将偷听到的"情报"立即告诉住在镇上的钱文放："姓彭的那二人，还住两天就要走了。"

钱文放说："这两天你就下手，一办成我就给你五两银子。"

店小二说："他身边那个保镖，太厉害了。"

钱文放说："你去买些药，偷偷下到他的药罐里……"

店小二说："要我去买毒药？！你自己怎么不去？"

钱文放其实已去买过，他走进街镇药铺，见只有一个伙计，便对伙计轻语。伙计一听，说，不行不行，那种药不能卖，得有郎中开的方子。钱文放说，我多给钱。伙计说，多给钱也不行，那种药是不能随便卖的，出了人命不得了！钱文放只得走出，想，这地方的人怎么尽是死心眼？胡郎中不干，药铺伙计也不干。只有那个店小二……

"我再给你加五两银子，十两。"钱文放对店小二说。心里想的却是，我哪有十两银子给你，到时候你一个铜钱都休想得。

店小二说："十两银子？！说话算数。"

钱文放说要给店小二十两银子后的第二天，来到旅店外角落处，店小二在那等着。

钱文放问店小二："我给你十两银子要你去办的那事怎么样了？"

店小二说："你只是答应给还没给吧。"

钱文放说："你只要将那事办了，我自然会给。"

店小二说："那种事风险太大，还是得先给银子再办。"

钱文放说："就算是做生意，也得先让我看到'货'再付款吧。"

店小二说："这种生意得先付款再看'货'。"

钱文放说："你……怎能如此！"

店小二说："我怎么啦？你要我去下毒害人性命，只凭你一句给十两银子的空话，我就去给你办啊？你以为我是二百五。"

钱文放想，这个店小二，怎么突然变得不见银子不动手了？定是受人唆使。可我哪里还有十两银子呢？原想着哄骗他，只要他下了毒，我便溜之大吉，要他一个铜钱都休想得。可看他那架势，不先得银子是绝不会动手。

店小二说："你到底有银子没有？没有银子就休要再提，免得连累我。"

钱文放说："还是得你先动手，我再给。你再好好想一想，这么容易办的事，办了就有十两银子，到哪里去找？"

店小二说："我到现在连你的真名实姓都不知道，我替你害死人，你早就拍屁股走了，还会给我银子？就等着官府抓我去抵命吧。"

钱文放说："我姓马，叫马温。"

"还牛瘟呢，编个假名谁不会编，只有银子编不出。"店小二心里琢磨，这人肯定没有那么多钱，如若有，不会不拿出来了，我也懒得去冒那个险了。便对钱文放说，"你赶快离开这里，再来纠缠，我去告官，官府几个铜钱还是会赏我的。"

店小二说完，走了。

钱文放快快地牵马，心里叹道："唉，钱少了办不成事，全怪了毛豹那混账，不知跑到哪里去了，我从不做蚀本的事，非找到他将钱拿回不可！彭永钊，暂且放你一马。"

钱文放骑马离开，朝来路而去。

彭永钊也决定走了，对彭根说："彭根，这一要动身回去，我感觉就好多了。"

彭根说："我估摸，我们回到家，伯父也该到家了。"

"已有两年没见到父亲了，真想见到他啊！"

两人收拾东西出房，一到旅店店堂，店小二拦住："喃，两位要走了，但还得把煎药的柴火钱缴清。"

彭根怒道："今晚房钱都已经结了，难道还不够柴火钱？"

彭永钊说："给他给他。"

彭根不情愿地给店小二钱。店小二说："嘿，还是这位少主明事理，少主你还得感谢我呢，不然的话，只怕你就走不动了。"

彭永钊说："你这话中有话，能否讲个明白？"

"要讲明白吗，可不能白讲。"店小二做出个得给钱的手势，"这可是个天大的秘密。"

"睬他干什么，走！"彭根将店小二拨到一边。

彭根牵来马，扶彭永钊上马时，问："能骑吗？"

彭永钊说："能骑能骑。这一能回家了，便不由地想到杜工部的诗，我取其后四句略改。"随即吟道，"白日放歌须纵酒，青春作伴好还乡。即从中原往湖北，便下襄阳向衡阳。可惜尚不能纵酒啊！"

彭根跃身上马："到了衡州，我陪你好好痛饮一番。"

钱文放朝来路而去，骑马冲出黑松林后，勒住马，见右边隐隐还有一条路，寻思：右路可往安定县城，毛豹拿了我的包袱，包袱里有钱，他肯定在县城哪家赌场或妓院，一进赌场妓院，不把钱花光是不会走的。我去安定县城只找赌场妓院，定能找到他。

钱文放催马朝右路而去。

钱文放的判断没错，毛豹到了安定县城安定镇，正在赌场里豪赌。

赌场内人声鼎沸。

毛豹哈哈大笑，将一堆钱扫到身边。

"毛大爷，你手气这么好，再来一局。"赌场一伙计说。

"老子这手气确实好，可你毛大爷知道见好就收，所以你毛大爷赢得多，输得少，老子明日再来。"

毛豹收起钱便走。

赌徒们嚷：

"你不能走，不能走，哪有赢了钱就走的！"

"人走可以，把钱留下！"

"不能让他走！"

几个赌徒上前拦住毛豹。

"嘿，要惹得老子拳头发痒是不是？老子念你们输了钱，不计较。"毛豹伸出一只手一推，将几个赌徒推得踉踉跄跄。

毛豹哈哈大笑，走出赌场。

毛豹来到河边妓院，走进去后直接上楼，进入他包的妓女房间。

"哟，毛大爷回来了，今儿个又是盆满钵满吧。"

毛豹掏出一把赢来的钱："拿去！"

妓女笑盈盈地收起钱，拿出一杆烟枪："毛大爷，你手气那么好，试试这个，精神更好，赢得更多。"

毛豹一掌扇去，将妓女手里的烟枪扇到地上："你要老子抽那玩意，是想让老子变个鸦片鬼吧，老子变了鸦片鬼，这一身武艺就废了，老子没了武艺，赢了的钱都带不回来。"

一巴掌扇得妓女捂着手嘤嘤哭后，毛豹说："扫兴。"便往外走，妓女忙拉住："毛大爷，毛大爷，你可别走，人家的手是被你打痛了嘛。"

毛豹打开她的手："老子到外面走走。"

"毛大爷，你不生我的气了啊，早点回来喔！"

毛豹走出妓院，碰上钱文放。

钱文放喊："毛豹！"

毛豹一怔："嗨，老钱，钱先生，你怎么到这里来了？"心里想，这王八蛋还真来要包袱了。

钱文放说："毛豹你太不讲义气、不守信用，定好的事你没完成，拿了我的包袱，偷偷地来这里风流快活。"

毛豹说："老钱你是读书人，学富五车，怎么不讲道理，我说要在途中设伏，你说不必，要我径直进那黑松林便能得手，结果害得我差点送了性命。"

钱文放说："谁想到他带的一个家人那么厉害。"

毛豹说："老子还没找你补偿差点送命的损失，你倒说我拿了你的包袱，那包袱是你交与我的，我又没从你手里强拿。"

钱文放说："虽是我交与你的，但你出了黑松林后为甚不来寻我，害得我连吃饭的钱都没了。"

毛豹说："老子差点送命没听你说一句安慰的话，你没钱吃饭关我甚事！"

钱文放心里暗想，这厮倒会抓理，要从他手里硬夺吗，不是他的对手，若去找官府，一则我的身份不能暴露，二则毛豹若将追杀之事说出，等于将自己送给官府，官府若报知彭玉麟，我就成了砧板上的肉。只得说："好，好，我就不说你偷偷地来这里风流快活了，你如今将那包袱交还于我，就算你用了一些钱，我也不追究了。"

毛豹说："老子捡了一条命，还能不来这里快活快活？你速将那'偷偷'二字去掉，我就还包袱给你。"心里说的却是，还想要我还钱，呸！老子给他点厉害瞧瞧，也算出出黑松林那口气。

钱文放无奈地说："去掉，去掉，你不是偷偷来这里的，是因为慌乱中误走到这里来的，行了吧。"

毛豹说："这还差不多。包袱藏在河边林子一棵老树尖上的老鸹窝里，你随我去取，钱嘛，是用掉了一些，做了赌资，不过我的手气好，赢了钱，现在我有的是钱，你那包袱里原有的钱全部还你。"

钱文放说："毛豹你想骗我，包袱怎能放在老鸹窝里？"

毛豹说："我能放在身上吗？赢的钱也藏在那里，不藏好，都会被妓院老鸨想方设法弄个精光。我毛豹人粗心不粗，刚才我包的那贱妇劝我吸大烟，被我扇了一个耳光，她以为我不知道，这是老鸨设的计，让我抽大烟抽上瘾，所有的钱就会乖乖流进妓院。玩归玩，想算计我毛豹，没门！老子把钱藏在老鸹窝里，谁能找到？谁能取到？老钱你说对不对？"

钱文放想，跟他去也无妨，我是他的雇主，他敢怎样？再则，赌场伙计也说他现在有的是钱，既然有钱，他不会在乎我那些钱。

钱文放便跟着毛豹往河边走，走进河边树林深处，毛豹站住。

毛豹以手随便指着一棵树："在那树顶上，那儿有个老鸹窝，瞧见没有？我上树去取下来。"说完随手脱下罩衣。

钱文放抬着头找老鸹窝，毛豹将罩衣往他头上一蒙，对钱文放脚下一个扫腿，将钱文放绊倒在地。

钱文放挣扎喊："光天化日，你……你敢这样对我？"

毛豹大笑："此刻你什么光也看不到，什么日也见不着，老子也要你尝尝差点送命的味道。"

"你……你……"

"再叫喊，掐死你！"

毛豹将蒙住钱文放脑袋的罩衣扎个严严实实，将钱文放捆到树上，然后搜钱文放的身，搜出一些碎银。

毛豹将碎银在手掌里抛了抛："还说连吃饭的钱都没了，这不是钱？现在你就真的没钱吃饭了呢！你可以饱尝饿得要死的味了。你放心，死是死不了的，总会有人从这里经过，你就等着喊救命。老子该离开这安定县了，你日后若能找到老子，算你赢。"

毛豹扬长而去。

被蒙头绑在树上的钱文放只能在心里哀叹，想不到我钱文放一生专算计人家，这次被个粗野武夫算计了。

"唔，唔，来人啊，救命！"

被憋住发出的声音只能如呻吟。

一只老鸹在他头顶盘旋。

彭永钊和彭根回到了衡州老家渣江，彭永钊妻子并三个儿子从农舍里惊喜迎出。

两个十二、三岁的儿子齐喊"父亲！"最小的儿子则抓着母亲的衣襟。

"我终于到家了。"彭永钊说完，站立不稳，彭根连忙扶住。

"永钊，永钊，你怎么了？"永钊妻着急地喊。

彭根说："永钊在途中患病，又连日奔波，虚弱所致。"

彭根和永钊妻、两儿子忙将彭永钊扶进屋里，放置于床上。

躺在床上的彭永钊声气低弱："我回家了，还是在家好啊！"

妻子忙去烧水、做饭。两儿子围在床前问这问那。

彭根走进灶屋，对永钊妻说："兄嫂，永钊在京城朝考得中，由吏部带领引见，圣旨着内用，不予外放，这本是大好事，在京城当差，不日还可将嫂子接去，谁知圣旨虽然不予外放，能否留在京城却要抽签，永钊抽签分在刑部当主事，却是在山西司行走。因离家已半年，故而他请假回家看看，不料在途中一黑松林处，不知是何仇敌，欲刺杀永钊，被我挡住，交锋之间，突降暴雨，电闪雷鸣，永钊被淋湿透，住进旅店便病倒在床……"

"路上有人刺杀！唉，"永钊妻叹口气，"这是我家爹执法太严，得罪人太多，仇家蓄意报复。还幸亏有你在他身边。"

"是啊，彭大人铁面无私，被称为彭打铁，还有人喊他彭阎王，怎能没有仇家。再说了，要是彭大人给京城哪位大人打个招呼，以他的声望、身份，永钊还能不留在京城吗？"

"家爹是从不为自家事去找人帮忙的，你看这土屋，他若略略帮忙，不早就变成青砖房了。"

彭根说："彭大人、伯父自己新建的房子也是草楼。他也应该快回来了。"

永钊妻说："我知道，永钊最想见的还是他父亲。只是他如今这个样子，若见到父亲，父亲又该责备他从小不喜运动，以致身体羸弱。得赶快让他复原，免遭责备。"

彭根又想起胡郎中对彭永钊诊断所说的话："少主人是风寒浸骨，风寒之所以浸骨，乃日前劳累思虑过度，未能休养，又长途奔波，且遇惊吓、暴雨淋头，淤积突发，以致染成重症……少主这病，没有两三个月是难好的啊！而且只能在此调养，不宜继续赶路……"

"胡郎中说他不宜继续赶路，可他病情稍好，便又连日赶路，他这病，恐怕又已复发了。唉，怪我怪我，未能阻止他。只有速去请郎中。"

渣江僻壤，只有乡里郎中，彭根请来了史郎中。

这史郎中可就不像胡郎中，行规得讲一点的，茶是必须先喝的，但他不抽烟，不需水烟筒，彭永钊家里自然不会有水烟筒，若要，得到人家那里去借。

史郎中慢慢喝完茶，到床边为彭永钊把脉。

史郎中把脉比胡郎中快得多，很快就把完脉，摸摸花白长胡须，说："永钊这病无大碍，我给他开两剂药，服后包好。"

大凡说"包好"的，这就玄了，切切不可轻信，大凡相信的，最后要倒霉。彭永钊就属于倒霉者。但这乡里，没别的郎中啊，况且史郎中在乡里的名气大，是老郎中，蓄有花白长胡子。乡里人看病，必说去请老郎中，"只有那个老郎中，包好"。

史郎中几笔开完方子，接过钱，彭根送他回家。彭根再回来时，自然已到药铺按史郎中的方子买了药，提着捆成一叠的中药包。

永钊妻忙煎药，煎好药，倒进碗里，双手捧着，用口吹，吹了又吹，试试不烫了，端到床边，一调羹一调羹地喂进永钊嘴里。

原盼着如史郎中所说的，吃了包好，谁知彭永钊病情反而加重。

"这可如何是好？如何是好？"永钊妻慌得不知所措。

"只有赶快送府城就医。"彭根忙去牵马，旋又松掉缰绳，想，他只恐已受不了马儿颠簸。

彭根遂借来一辆板车，推着彭永钊去衡州府，永钊妻跟在后面，不停地抹眼泪……

还未到衡州，彭永钊已撒手西去。

史书载：彭永钊因医药误诊，在衡阳病卒。年三十三岁。

第十七章 单骑入粤

一　兑现诺言：以寒士始，以寒士终

彭玉麟得知独生子去世，急忙赶回衡州，是年三月二十三日，彭永钊葬于衡州府城北瓯架山。第二日，弟弟彭玉麒赶到哥哥家——退省庵。

彭玉麒一进草堂，哭伏在地："哥啊，我无子嗣，就这么一个侄儿啊……哥啊，父亲早早去世，母亲带着我兄弟二人艰难度日……"

彭玉麟要他别说了，说起过去更伤心。彭玉麒说："可我兄弟二人就永钊这一独苗，如今他英年早逝……"

彭玉麟说："我不是还有三个孙子吗？"

彭玉麟对孙子招手，大一点的两孙子跑来，一个依偎在彭玉麟身边，一个依偎在彭玉麒身边。

彭玉麟心里说：这俩孩子，怎么这么懂事？就像已经知道我的心思。

依偎在彭玉麒身边的是次孙彭见绥。

彭玉麒紧紧搂抱着见绥。

彭玉麟说："玉麒，我已知你意，见绥不用吩咐，即依偎在你身旁，你二人已是爷孙情笃，今以见绥承嗣你为孙，我还有两个孙子，你也有一个孙子，咱彭家后继有人。"

彭玉麒忙说"谢兄长，谢兄长"。一把抱起见绥，两行老泪潸然而下。

彭永钊下葬后的第五天，二十八日，彭玉麟即自衡州起程，又开始巡阅长江水师并长江防务。

放着两江总督硬是不当的彭玉麟，天天在长江上奔波。

长江两岸景色由春到夏，由夏到秋，由秋到冬，又由冬到春……

两岸景色随时令变化，焦山、江阴以下至吴淞，炮堤由旧变新，由低变高，由平缓变险峻，炮台气势恢宏，一尊尊隐伏的大炮如猛兽潜踞……

彭玉麟则日见憔悴、毕现老态。

巡阅使船队继续行进，这一日，到了焦山。

彭玉麟下船上焦山，步入焦山军营，正在与军营将士交谈时，军营外传来：

"圣旨到——"

彭玉麟忙出外接旨。

传圣旨者宣读："彭玉麟巡阅长江水师宣力有年，任劳任怨，交部从优议叙。"

彭玉麟接旨后对传圣旨者说："还烦你复旨时，代我而言，彭玉麟巡阅长江乃本职本分，无须从优议叙。"

传圣旨者说："行行行，彭大人，你这是接圣旨最畅快的一次，等于给了我面子，我定向太后、皇上转达你的话。"

没过多久，又一道圣旨追踪而至。

那一天，彭玉麟进了两江总督府。

左宗棠大步迎出，一见彭玉麟，有点惊讶地说："哎呀彭大人，你怎么如此憔悴？"

彭玉麟说："实不瞒你，旧创旧症又复发几次，亦咯血数次，这身体，不修理修理是不行了。"

左宗棠说："我早就说过，你在这总督府不比整天在长江上遭风吹浪打更利于调养吗？有句俗话：江风吹白少年头。何况你这老头。嗨呀，光顾说话，快请进去坐。"

二人进内坐下。

左宗棠说："上次在这府中，我说你辞去两江总督回衡州养病，不出三个月又会出来，你却回家才五日……嗨，那事不能提，你看我这嘴巴，总他娘的不会关风。嗨，你怎这么久都不来看看我老左？"

彭玉麟说："实是因对焦山、江阴、吴淞一线不放心啊！"

左宗棠说："这回来了，多住一些日子，就在我这调养。"

彭玉麟说:"我担心的防线现已事竣,准备回衡州好好养一养病。故特来看看你。"

"好,好,这回我俩好好叙一叙,"左宗棠说,"该住到这府里了吧。"

彭玉麟还未答话,外面传来:圣旨到——

"彭玉麟接旨!"

彭玉麟一听声音:"又是何宗。"

左宗棠说:"何宗来了,又有你老彭的好事。"

何宗大步走进:"彭玉麟何在?"

彭玉麟忙跪下,左宗棠跟着跪下。

何宗宣读圣旨:"着彭玉麟补授兵部尚书,俟简阅事毕,迅速来京。钦此。"

宣读完圣旨,何宗说:"彭玉麟,这回不要我多说什么就会接旨吧?"

彭玉麟想说但没说,缓慢地答道:"彭玉麟接旨。"

彭玉麟一说接旨,何宗笑了:"彭大人,请起来吧。"

左宗棠心里说:"老彭肯定又会请辞。"

何宗说:"多谢彭大人,这回没让我为难。"

"何大人,我实在是不愿当京官啊!"彭玉麟说,"不过这回,一定隔几天再请辞。"

左宗棠为自己的猜测准了而笑:"何大人,别站着和老彭说,请坐,请坐。"

三人一坐下,何宗就说:"左大人,今儿个咱都说些不能在外面说的话,差我来传要彭大人进京就任兵部尚书,我本就不想来,寻思彭大人又会不愿意,早先那兵部右侍郎一职,他请辞,从未到任;漕运总督一职,他力辞,给辞掉了;两江总督,又是力辞,同时举荐左大人,左大人补授,他又给辞掉了。这回的兵部尚书,彭大人,我就不知你能不能辞掉了,当然,彭大人肯定又是以须调养身体为由。左大人,你也给说说,当京官难道不比整天在长江上遭风吹浪打更利于调养吗?"

左宗棠大笑:"何大人,你最后这句话,我来这总督府时便对彭大人说过了,我说,你在这总督府不比整天在长江上遭风吹浪打更利于调养吗?"

何宗亦笑:"彭大人,该你自己说说了。"

"我已说过了,我实在是不愿当京官啊!"

"那两江总督呢,总督不是京官吧?"何宗说。

"何大人,你看看我这身子骨,比你上次见我,是不是又差许多了?"

何宗说:"确实差了许多,但这不正是你天天在长江上颠簸,日晒雨淋江风吹的吗?江风吹白少年头啊,何况你这老头!"

左宗棠又大笑:"何大人,怎么我在这总督府说的话,你在京城都知道?长了顺风耳吧?"

彭玉麟说:"明日我便回衡州,于退省庵再写辞呈,这次是真得好好在老家将息将息了。否则,下次只怕就见不到何大人、左大人了。"

左宗棠说:"何大人,你来之前,我才说了要老彭在这府里多住些日子,老彭也答应了。你这一来,他明天便要走,你可得替我将他留住。"

彭玉麟说:"我答应在这里多住些日子了吗?我可还没来得及回答,何大人就来了。何大人,不知你有没有空,若有空,请随我到乡下去看看如何?乡下清静啊!"

"我还正是有趟差事要去湖南。待先去长沙办完差,便来衡州看望彭大人。"

何宗想,正好就此去察看一下他的居所,倒要看看他的居所究竟是个什么样。

退省庵草楼大门贴着一幅门联:

喜有空林能引鸟,恨无隙地再栽梅。

彭玉麟回到退省庵的当夜,便在挂满梅图的草楼书屋里,写请辞兵部尚书的奏折。第二天,要人将写好的奏折交衡州府转送后,如同卸下了一副重担,吟诗画梅,过了几天轻松日子。晚上亦睡得安稳,就连一夜暴雪,草楼被大雪压垮一隅,他犹自不知。

早晨起床,见外面一片银白,他兀自欣喜,找出皮子已破裂数处的羊皮外褂穿上,戴上冠缨已褪成黄色的帽子,正欲下楼外出赏雪,彭根匆忙来报:

"大人,大人,不好了!"

"多次对你说过,不要喊大人,怎么不长记性!"

"是,伯父,不好了。"

"漫天琼玉,有何不好?"彭玉麟指着漫天飘舞的雪花。

彭根说:"这楼房被压垮了。"

"楼房被压垮了?我怎安然无恙?"彭玉麟跺了跺脚,"稳当得很嘛!"

彭根说:"楼房右角全被压塌,杂屋垮了。"

"杂屋垮了,有甚关系!"

"所养老鹤被折断翅膀,死了。"

"老鹤死了,快去看看。"彭玉麟忙往外走。

说楼房被压垮了,他若无其事;说楼房右角全被压塌,杂屋垮了,他若无其事;一说老鹤,他立即急了,因为这只老鹤他已饲养多年,他不在家时便托人饲养,须知,鹤与梅,总是有着超凡脱俗的意味。

被压垮的杂屋里,一只白色老鹤在做着最后的挣扎。

彭玉麟喊:"哎呀,快抢救啊!"

彭根说:"已经不行了。"

彭玉麟抱起老鹤,老鹤在彭玉麟怀里抖了抖,不动了。

"唉,老鹤啊老鹤,你陪伴我多年,每当我外出,都托人照料,谁知这天降瑞雪,却把你给坑了,可这能怪谁呢?怪老天,老天降雪,明年可是一个好收成。"

彭根说:"怪这草屋太不牢固。伯父,该建几间青砖屋才行了。"

倘若草楼全被压塌，那……"

彭玉麟说："我这草楼主体坚固得很，无妨。待天晴后，将压塌的加固一下便行。你先将老鹤安葬，我为它写一祭文。"

彭根接过老鹤，往外走。

彭玉麟走进雪地，慢慢踏雪，思吟悼诗。

踏雪刚踏到草堂大门，彭根抱着老鹤快步返回。

"嗨，你怎么又抱着老鹤回来了，难道它又活了？"

彭根说："衡州知府陪着朝廷官员来了。"

"呵，定是何宗来了。咱去迎接迎接。"

彭玉麟和彭根才走数步，衡州知府陪着何宗出现。

"你俩怎地徒步赶来？也是乘兴踏雪？"

何宗说："骑马而来，马匹拴在那边，我等来见彭大人，怎敢不提前下马。"

"我现是一介草民……"

彭玉麟还没说完，何宗打断："彭大人肯定已经请辞，但朝廷尚未下旨，怎能说自己已是草民，何宗拜见兵部尚书。"

衡州知府说："下官拜见兵部尚书。"

"免了免了，怎能如此，你二人前来看我，那是看得起我啊！快请到我这草堂坐坐。"

何宗边走边看草楼，心生嘘叹：真是茅草盖顶、竹篾围墙啊！

衡州知府看着彭根抱着的死老鹤，问彭根："这是怎么了？"

"唉，一夜大雪，将草楼压塌一角，杂屋被压垮，这只老鹤竟被压死了。"

"哎呀，太险太险，这草楼当废弃，另建新房。"衡州知府赶紧说。

彭根说："我也对大人说了，要他建几间青砖房，可大人说这草楼主体坚固得很，无妨。待天晴后，将压塌的加固一下便行。"

"待会儿我对彭大人说，这草楼若是出事了，本府怎么向朝廷交代？"

草堂内，有一盆用炭灰掩盖着的木炭火。木炭火盆四周有几条矮凳。

"二位大人请坐，咱们围炉说白话。"彭玉麟蹲下，拨开炭灰，以嘴吹火，俨然老农。

衡州知府忙说："我来，我来，彭大人，这吹火我行。"

衡州知府蹲下猛地一吹，炭灰被吹得"噗"地四下溅起，溅他脸上，赶紧揉眼。

何宗说："你会吹什么火，只会'扒灰'。待我来。有扇子没有？"

彭玉麟递过一把破蒲扇。何宗接过，以扇轻扇木炭，木炭开始跳起火苗。

"有趣吧，咱们来个自烹香茗，不亦乐乎？"彭玉麟拿来一个砂罐，灌上水，将砂罐置于炭火上。

炭盆里的火渐旺，砂罐很快发出咕噜声。

彭玉麟抓一把粗茶叶，扔进砂罐，说："我们乡里这叫煮茶。"

砂罐散发出阵阵茶香。何宗不由地以手往鼻撩砂罐喷出的热气："嗯，真香，真香。"

衡州知府说："我去拿茶盅。"

"得用茶碗。粗瓷碗喝粗茶，那才出味。"彭玉麟拿来四个粗瓷碗，摆放于火盆四周，以衣襟包住砂罐把，抓起砂罐，往粗瓷碗里筛茶。

筛好茶，将砂罐置于炭火旁，彭玉麟说："二位大人，请喝。"

何宗端起粗瓷碗，吹一吹，轻喝一口："这就叫农家风味啊！"

彭玉麟说："比之京城的细盖碗茶，如何？"

何宗又喝一口，放下茶碗："细盖碗茶固然精致，但怎及这茶味之浓。"

"老夫就喜喝这种茶，喝了热乎，浑身舒畅。"

彭玉麟大口大口连续喝茶时，何宗看着彭玉麟的羊皮外褂，忍不住说："彭大人，你这羊皮外褂是哪一年置办的？都已破裂不堪，也该换一件了。"

衡州知府跟着说:"彭大人,你这帽子也该换一顶了,冠缨都发黄了。"

"品茶品茶,品茶时谈这些俗事,有损清雅。"

何宗指着彭玉麟已喝光的茶碗:"你是品茶吗?你是渴极了在喝水,像头牛。"

彭玉麟说:"我难道是'老牛喝水不抬头'?"

两人笑。这要好的大官们在一起,和常人一样,也是爱开玩笑的。

这时彭根进来,彭玉麟便喊:"快来,快来,坐下品茶。"

彭根端起早为他筛满放在火盆边的那碗茶,一口喝光,抹抹嘴巴:"我哪会品什么茶,图个热乎。"

这一"图个热乎",何宗、衡州知府不由地笑。彭玉麟也笑,这话等于说的就是他。

"这有什么好笑,"彭根不解,"我们都是这么喝的。"

何宗笑得更厉害,边笑边问彭玉麟:"这位是……"

"我的侄子彭根。"

"怎不见你的仆人?"

彭玉麟说:"昨晚下雪,他们各自回家照料去了。"

"怎么此时还不见来?"

"放他们的假。今天你们二位来了,不要愁没饭吃,彭根会做。你们既品了乡里粗茶,待会又饱餐一顿乡里饭菜,这等雅趣,到哪里去寻。"

衡州知府想,彭玉麟这草楼被压塌一隅,我可是亲眼所见,尽管他只是说些喝茶吃饭的事,但若不由我提出替他新建,日后能不怪罪于我?遂说:

"彭大人,你这草楼也该修造成青砖瓦房吧,若再来一场暴雪,大人在这草楼万一出点事……下官怎么向朝廷交代?……"

他还未讲出可由下官代劳建房的话,彭玉麟就说:"瑞雪兆丰年,大好事,这么大的一场暴雪,多年不遇,尚且只压塌草楼一隅,压垮杂屋一间,可见我这草楼何等坚固,只是可怜了那只老鹤。但老鹤本已到残年，能得此雪葬，亦是它的福分。"

"彭大人，你既已说到残年老鹤，我也就不忌言了，"何宗说，"令公子早夭，你不建新房也罢，总得置些田产以为防老计吧。"

"何大人，我还是那句话，得兑现初始的诺言啊，'彭玉麟以寒士始，以寒士终'。"

这一说出"得兑现诺言"，何宗和知府都不知该如何再说了。

二 终于被安了个罪名："抗旨鸣高"

彭玉麟在兑现"以寒士始，以寒士终"的诺言，朝中却有人要参劾他了。

这天一退朝，翰林院侍讲盛昱和两广总督张树声之子张华奎便赶往李鸿章府，将有关事情向他汇报。

盛昱虽然只是个从四品的侍讲，但也是中央政府的官员，以敢谏著称，他和张华奎很讲得来，两人常一起上谏。这上谏虽有风险，但容易出名。为规避风险，他俩往往是看李鸿章的意思而定到底谏不谏。

这天在紫禁城养心殿东暖阁，慈禧说："上月，何如璋上了个折子，说法国侵略越南，事已危急，请派知兵大员出关督师。你们可有什么要说的吗？"

御史光熙说："臣以为，法国军队已占领越南河内，越南政府不断向我国求援，法军不断挑衅我边关，请于彭玉麟、岑毓英二人中酌简一人，督师前进，示以必战，令李鸿章坐镇天津，以为后图。"

"知道了，退下吧。"慈禧得养神了。她的养神并不是真养，她是在思谋究竟该不该援越，如果派人出关督师的话，究竟派谁去呢？

盛昱把上朝的事略说了一下后，问李鸿章："御史光熙请太后于彭玉麟、岑毓英二人中选一人，督师边关，中堂大人以为谁更适合呢？"

李鸿章说："彭玉麟连兵部尚书之职都不到位，如何要他督师？"

"是啊，圣命已下数月，他彭玉麟又是请辞。"盛昱说，"这个人，真的成了专以辞官为业的人了。"

张华奎想，我父亲张树声虽然现任两广总督，但曾被彭玉麟参劾，日前他来信，说盛昱对彭玉麟老是辞官不满，嘱我有机会便和他联手。今日这机会来了。便说："盛大人说得对，老是违抗圣命的人，就算让他督师，他又来个请辞，怎么办？"

李鸿章说："老彭这个人性子倔，好特立独行，你说他违抗圣命，他违抗的是什么，是给他加官他不当。若换了你，你是求之不得。你们这样说他，有失公允，有失公允。"

李鸿章这话，看似为彭玉麟说话，其实是撩火，得把盛昱给撩起来。

盛昱说："中堂大人，虽说彭玉麟屡次辞官辞去的是高官，要他干个巡阅长江的差使他又乐意。但他这实际上是抗旨鸣高，以此来抬高自己。"

"抗旨鸣高？！"李鸿章故意重复一句。

张华奎说："是啊！他若不屡屡辞去高官，谁知道他，不就是原来的一个功臣而已。"

"你这话又不对。"李鸿章说，"天下人谁不知道彭玉麟，奇才嘛！"

"功臣也好，奇才也罢，他这种风气不能长！"盛昱说，"如若人人都像他，朝廷还怎么用人。"

张华奎立即说："如若人人都像他，都不愿当官，都没人当官，朝廷没有官了。"

张华奎这话，使得李鸿章心里说：这小子不像他爹，怎么出如此浅薄之语，都没人当官，没有官了，笑话。

盛昱说："我得参劾他，我才不管他是不是功臣、奇才。"

张华奎说："我也不管他是什么，盛大人，我和你联名参他！"

"你们到底要参他什么啊？"李鸿章拖长声音。

盛昱说："就参他抗旨鸣高！"

"对，就参他抗旨鸣高。"张华奎立马跟着说。

盛昱说："腹章我已想好：兵部尚书彭玉麟奉命数月，延不到任，抗旨鸣高，不足励仕途退让之风，反以开功臣骄蹇之渐，应予严惩。请速饬来京。"

"好，这奏章拟得好！抗旨鸣高，开功臣骄蹇之渐。"张华奎赞道。

李鸿章说："盛侍讲你文章锦绣，倚马可待啊！"

这话，也听不出到底是真夸他还是有别的意思。

张华奎说："盛大人，奏章加上我的名字。"

张华奎这话等于开会到了该表态的时候，他立即表态。

该做总结了的李鸿章却总结说："别凑合到一块了，谁愿参谁就去参。"

这话，又让"散会"后的盛昱和张华奎一起琢磨了很久，认为中堂大人这是说的反话，得两人联名一同参，联名的分量重。正当两人达成一致时，盛昱又说，不对，中堂大人这不是反话，"谁愿参谁就去参"，是要我俩各参一本，但参劾的意思得差不多。

参劾彭玉麟的奏折到了慈禧手里。

"这个彭玉麟，也是太不像话。"

在养心殿后殿休息的慈禧站起，略微走了几步，又故意对李莲英说："盛昱那个折子说了些什么啊？"

李莲英小心翼翼地回话："翰林院侍讲盛昱说，兵部尚书彭玉麟奉命数月，延不到任，抗旨鸣高，不足励仕途退让之风，反以开功臣骄蹇之渐，应予严惩。请速饬来京。"

慈禧说："'奉命数月，延不到任。'这话倒也不错。'应予严惩'，是得好好惩罚惩罚。"

李莲英更加小心，做好听懿旨的准备，可不能遗漏一字。

慈禧却坐下，想，"抗旨鸣高"，这个罪名倒也亏得盛昱他们能想出来。"

慈禧忽然"扑哧"一笑，自语："彭玉麟这个老头，爱'抗旨'不假，可要说他'鸣高'，他鸣什么高？当年我在这东暖阁召见他，命他署理兵部右侍郎，半个月后，他就上奏请开这个缺，回籍养病。而那巡阅长江，无一日不兢兢业业。连漕运总督、两江总督都不愿意当的人，他还鸣什么高，鸣高对他这个老头又有何用处？至于'不足励仕途退让之风，反以开功臣骄蹇之渐'，仕途退让能有什么风？有几个愿意退让？也就是他彭老头而已。若功臣都像他这么退让，我也不用担心了。"

"李莲英，你认为呢？"

李莲英只顾揣摩她忽然"扑哧"一笑的意思，听到的是说"得好好惩罚惩罚"，遂答："应该惩罚。"

慈禧又微微一笑："嗯，应该惩罚。"旋又轻声自语，"彭玉麟参劾过的人不计其数，且查核过左宗棠、刘坤一、涂宗瀛等诸多大员被参劾的诸事；没有人参一参他也不行，但得让彭玉麟知道。臣子们相互对立，才难以结党。"

慈禧对李莲英说："传下去，将盛昱参劾彭玉麟的折子宣示在邸报上，得让彭玉麟自己看到，兵部尚书之职仍留到那里，倒看他来不来赴任。"

邸报到了衡州，知府看后，立即带着邸报来到退省庵，彭根迎上："知府大人来了。"

"彭大人呢？"

"在书房。"

衡州知府说："可否让我一睹彭大人的书房？"

彭根说："我先去禀报一声。"

楼上书房里四壁皆是彭玉麟画的梅花，每幅梅花各展铁骨，各显傲态，均配有所题梅花诗。其中一幅题诗为：

太平鼓角静无哗，直北旌霓望眼赊。

无补时艰深愧我，一腔心事托梅花。

彭玉麟正在挥毫画梅。

"伯父，知府大人来了。"

"要他稍等。"

"他说想看看这书房。"

"那就请他上来吧。"

守候在楼梯口的衡州知府立即上楼。

"彭大人。"

"喔，待我画完这最后几枝。"

衡州知府看着四壁的梅花，啧啧有声。欲求一幅，但不敢开口，眼光最后盯着了那幅题有"太平鼓角静无哗，直北旌霓望眼赊"的梅花，不禁念出声来："……无补时艰深愧我，一腔心事托梅花。"

"彭大人，你并没有在静养啊！'无补时艰深愧我'，大人在草楼仍心忧天下。"

彭玉麟说："聊以寄性而已。知府大人前来，必有指教。"

"彭大人切莫这样说，我是给你送邸报来了。"

"知府大人亲自来送邸报，定是那邸报有关于我彭玉麟的事。请到草堂去坐，你慢慢喝茶，我慢慢看。"

两人下楼，进入草堂，彭玉麟坐到桌旁展开邸报，端着茶碗的衡州知府不时偷觑彭玉麟的脸色，估摸他会大怒。

彭玉麟看到所刊盛昱参劾奏章，念道："兵部尚书彭玉麟奉命数月，延不到任，抗旨鸣高，不足励仕途退让之风，反以开功臣骄蹇之渐，应予严惩。请速饬来京。"

彭玉麟放下邸报："抗旨鸣高，开功臣骄蹇之渐，应予严惩。"

彭根说："伯父，这个盛昱是什么人，竟然这样诋毁，他难道不知道伯父天天在吃药吗？知府大人，我伯父前些天还咯了血。"

彭玉麟说："盛昱这位侍讲，措辞倒是不错啊！"

彭根、衡州知府几乎同时说："伯父（大人），你还夸他？！"

彭玉麟说："抗旨鸣高，开功臣骄蹇之渐，这罪名足以让彭玉麟在这草楼喝茶都喝不成了。"

衡州知府说："邸报上还有张华奎的参劾奏章，意思和盛昱的差不多。张华奎是现两广总督张树声的儿子，难道是张树声……"

"不看了。"彭玉麟说，"管他张树声、张华奎。若较真，后面还有更大的，知府大人想必也知道。"

衡州知府说："彭大人该上折子驳他们。"

彭玉麟说："他参他的，我自在这草楼，其奈我何？"

三　要他去抵御法军，会不会又抗命？

法军大举进攻，越军节节败退。

越南政府向清政府求援的急报一件接一件抵达北京。

在紫禁城养心殿后殿的慈禧不断思索：左宗棠、曾纪泽等主战；李鸿章主和。这到底该如何才妥？那该死的法国，还要向我广东进犯……

慈禧正在举棋不定时，李莲英奔进来，兴奋地说："启禀太后，好消息，刘永福率领黑旗军与法军交战于河内附近之纸桥，大获全胜，击毙法将李维业等多名将领。"

慈禧精神陡然为之一振："这消息可确切？"

李莲英说："才传来的捷报。众大臣已在外面候着。"

"好，让他们候着。"

慈禧自言自语："这法军也不足为惧嘛。一个刘永福率领的民军就能大获全胜，这仗可打！看来左宗棠、曾纪泽等主战是对的，击败法国入侵者，以使其不敢小觑我大清。然法军又有向广东进犯的动向，两广总督张树声能拒敌吗？得派一军事大员前往广东。那张树声是淮系将领，不能再派淮系的人去，同一个派系的人联在一起，不能不防！"

慈禧又不停地思索。她猛然想到：有了，派彭玉麟去！彭玉麟是湘系水师统帅，正好和张树声相互掣肘，且他的军事能力远胜于张树声，可保广东无恙。

慈禧立即走出。大臣们忙拜叩。慈禧说："起来吧。"

大臣们一分立两旁，慈禧就说："越南危急，我大清边关亦危急，皇上决定派兵援越。"

主战派顿时振奋："皇上圣明，太后圣明！"

慈禧说："法军狼子野心，又有犯我广东动向，皇上意欲派彭玉麟前往广东，会同张树声妥筹布置。你等认为如何？"

"彭玉麟年事已高，在老家疗养伤病，前着署兵部尚书又请辞，臣担心：'廉颇老矣，尚能饭否？'"一大臣说。

慈禧根本不理睬，顾左右而言：

"彭玉麟已经请辞朝廷多少次任命了啊？"

吏部熊再答道："彭玉麟曾三辞安徽巡抚、两辞漕运总督、请求开缺兵部侍郎，在第三次巡阅长江水师完毕后，又两次请辞署两江总督，今年又请辞兵部尚书，若算上巡抚之前的，实际辞官八次，请开缺九次，请开除差使六次。"

慈禧说："你记这个倒是记得挺清楚啊。"

熊再一听，心里不由地打鼓，太后说我记这个倒是记得挺清楚，到底是褒还是贬？

慈禧接着说："实际辞官八次，请开缺九次，请开除差使六次，这是个真的不要官、不要钱的人啊！他请辞兵部尚书，可没准奏，他还是兵部尚书。只是他这次请辞，却有参劾他的人呵！"

盛昱、张华奎等参劾彭玉麟的人立时不安。

"我若是准他辞去兵部尚书，若是听信了参劾他的话，此时怎么去请这位雪帅？那又得费一番麻烦。话又说回来，这个雪帅啊，每次为朝廷立下大功，第一件事便是请辞官衔。先不说巡抚、两江总督，单说那漕运总督吧，就该有多少人想谋那个肥缺，以为我不知道……你们说说看，他为什么要这样？有人说他是'高尚自喜''孤洁自矜'。真不知高尚孤洁有什么不好？你们说说，啊！"

无人敢应答。稍倾齐声："太后圣明！"

"就这么定了。拟旨！"

就这么定了后，当然也就是"散朝"，走出的大臣中有人悄悄议论：

"两广总督张树声是淮系，彭玉麟是湘系，湘淮二系素不和，他两人共同指挥对敌，若一个说往东，一个说往西，那仗怎么打？"

"彭玉麟拒不任两江总督、兵部尚书，这次要他去边陲抵御法军，他会不会又抗命呢？"

又一期最新邸报到了退省庵。

这邸报相当于内参，能看到的人和能看的人都是按级别而定，又有点类似中央文件，规定了发至哪一级，甚或是只有哪些官员能看。就连寄送方式都有规定，如刊有参劾彭玉麟的那一期邸报，由衡州知府送到退省庵，那是要让够资格看的官员都知道彭玉麟被参劾及被参劾的罪名，让这些官员看到后再让彭玉麟看。这一期的邸报则是由快马专递，直接送到彭玉麟手上。须知，如何宗所说，他请辞兵部尚书，但朝廷并未批准，他还是兵部尚书；慈禧则说出个中"奥秘"："我若是准他辞去兵部尚书，若是听信了参劾他的话，此时怎么去请这位雪帅？那又得费一番麻烦。"可见慈禧之掌控能力，这期邸报，正是要彭玉麟"出山"的先声。

彭玉麟看后交给彭根，说："彭根，你看看这最新邸报。"

让彭根看邸报，似乎有点违反"保密"规定，但一则正如李鸿章所说，彭玉麟"好特立独行"，二则彭玉麟是很会把握分寸的，这期邸报，完全可以让彭根看。

未待彭根看邸报，彭玉麟便说："法军侵略越南，原以为唾手可得，没想到刘永福黑旗军与其相持，且屡为刘永福所败。"

这就是这期邸报的主要内容。

彭玉麟抚须而赞："刘永福，不可多得的战将！可为我用。"

彭玉麟旋拉着彭根："来，你看看我摆设的沙盘。"

彭玉麟拉着彭根进入一偏房。

偏房里,摆放着一个偌大的战略地图沙盘。

彭玉麟指点着沙盘,说:"法军定会侵犯我边关、困扰台湾,并寻衅粤东。我方唯有协力同心,与之决战。若再容忍,成何国体?将来老成宿将日益凋零,恐至民不知兵,兵不知兵,将帅安富尊荣,更不知兵,大局何堪设想!所幸民心坚固,即使官兵不足,民兵尚多可用。为今之计,除主战外别无自强之策。"

彭根说:"原来伯父天天在考虑这些!"

彭玉麟说:"我在请辞两江总督的奏本中便已说了,若乞准回衡州老家静养病躯,得以医治,调治复原,则报国之日正长,断不敢永图安逸。"

彭根说:"可你的病躯还未完全复原啊!"

彭玉麟说:"病躯虽尚未复原,但奔赴前线的准备不能不做。"

"伯父你要亲赴前线?!"

彭玉麟说:"只待朝廷令下!"

话刚落音,草楼外传来:"彭玉麟在吗?"

"说来就来了。"彭玉麟忙走出。

来的是军机处官员,由衡州知府率人陪同。

"彭玉麟接旨!"

"法人自攻占顺化河岸炮台后,迫胁越南议约十三条,该国情形危急。法人并有以大队兵船至广东寻衅之动向,恫喝要求,诡计叵测。广东兵力单薄,守御尚虚,着派彭玉麟酌带旧部得力将弁,酌量招募勇营,迅速前往广东,会同张树声妥筹布置。钦此。"

军机处官员刚宣读完圣旨,彭玉麟便答:"彭玉麟接旨!彭玉麟酌带旧部将弁,迅速前往广东。"

"彭大人请起。"军机处官员说,"彭大人,往常任命,你都是拒之,这次为何当即遵旨?这次可不同于以往呵,与法军开战,朝廷中多人主和,言战之必败,你难道不怕一世英名毁于一旦?"

彭玉麟答道:"彭玉麟早就说过,纵归和局,不过目前苟安,未可为恃。和事可百年不背,而兵事不可一日不防。万万不可幸和而松江海之防也。这次就算豁出老命,将一腔热血洒在边关,又有何惜！"

军机处官员说："彭大人今年快七十了吧？"

"尚差两年，七十当在边关度过。"

军机处官员说："彭大人壮志不减当年，令我等钦佩。我即刻回京复旨。"

彭玉麟说："我当立即回奏，请二位稍候片刻。"

衡州知府说："彭大人有要下官办的，只管派人吩咐便是。下官是否留几个人在这里，随时听候彭大人调遣？"

彭玉麟说："也好。待我调来几个旧部将弁后，即让他们回府。"

说完，即进草楼书屋疾书回奏：

"臣因旧病增加，失血过多，时形昏眩，不敢旷职误公，屡吁天恩开缺，并开除差使，俾臣静养，病痊再图报效。今广东防务吃紧，时事艰难，朝廷宵旰忧勤。臣一息尚存，断不敢因病推诿，遵即力疾出遄，以身报国，毕臣素志。"

四　草楼调兵，一鞭遥指五羊城

第二天清晨，彭玉麟以草堂八仙桌当军案，又展雪帅风采。

彭玉麟喊道："彭根！"

"彭根在！"

"你速往石落塔忠义营，传我言，调李超、金满来此。"

"彭根遵令。"

彭根跑步出草堂，跃身上马。

彭玉麟对衡州知府留在草楼听从调遣的府兵冯全说："你持我给两江总督左宗棠的信函，速往江宁，请左总督于江南调拨湘军振字营、合字营，就近调轮船由海道直赴广东，与我在广东相会。"

"冯全遵令！"

"翟桂，你持我给湖南巡抚潘鼎新的信函，速往长沙，请他调拨毅字营，亦就近调轮船由海道直赴广东，与我在广东相会。"

"是，翟桂遵令！"

彭玉麟又令府兵穆芜："你去荆州，传我言，要水师提督从长江水师抽调水军二百名，以做我的亲兵。亲兵不必来衡州，直接从水路赶往广东，到广州相会。他必问你，为何只抽调二百名而不是更多？你对他说，江海原相表里，海上有事，江防也吃紧，长江水师得力将弁，不便调上陆路。只需由赵武、林道元率二百水军即可。记清楚了吗？"

穆芜大声回答："记清楚了！"

府兵汤铭见彭玉麟未给他下令，赶紧说："彭大人，我干什么？"

"你就暂在这里，听候调遣。"

被派出的四骑分别往湖北、长沙、江宁等飞奔，如同传"六百里加急"军情。

遇驿站，彭根大呼："彭玉麟大人军情急件！"

驿卒急忙牵出一匹马，彭根换马疾驰。

疾驰的府兵冯全遇驿站亦大呼："彭玉麟大人军情急件！"

驿卒急忙牵出一匹马，冯全换马疾驰。

…………

唯府兵翟桂一路加鞭，不用换马，天黑时前面出现了长沙城门。

奉调的李超从石落塔军营急急赶回登丰镇和玉虹所置的家。

已经怀孕的玉虹见他回来："嗨，你怎么回来了？擅离军营？！"

李超说："彭大人派彭根来到忠义营，急调我与金满前往衡州，你快与我收拾几件衣服，我即刻出发。"

"彭大人急调你与金满？！哎呀，那是耽搁不得。"玉虹一边收拾一边又问，"彭大人急调你往衡州，那是去他的老家，不会是彭大人在老家出了什么事吧？"

"胡说！法国军队要侵犯广东，彭大人是奉钦命前往广东督师，带我同行。"

玉虹一听，忙说："彭大人要带你同去抗击法军，那我也要去！"

"又胡说，你一个妇人，怎能赶赴前线！"

玉虹说："老人能去，我一个年轻妇人怎么就不能去？"

"尽说些不着边际的话，哪个老人能去？"

"年近古稀的彭大人啊！"

李超说："哎呀，真是不好怎么说你，你是什么人，你去有什么用，彭大人是去指挥千军万马。"

玉虹说："我是什么人，我是你的老婆，彭大人的义女！彭大人指挥千军万马得有人照顾他的生活，我去的作用比你还要大。"

李超说："你这话倒也不无道理，可没有彭大人的命令，我私自带你前去，我的脑袋还要不要了？"

玉虹说："你这话也不无道理，若真的私自带我前去，我义父是会砍你的脑袋。可我就是要去！我一人偷偷前去，就与你无干了。"

"我不是不想带你前去，你去了也不是没有作用，"李超说，"你若偷偷独自前去，彭大人也许会让你留下，彭大人不是还夸过你吗？夸你有时办事，比男人更有主见。"

李超这话，是故意而为，让老婆高兴，以免再纠缠。

玉虹果然高兴了："对啊，我偷偷前去，既不会连累你挨军法，又能照顾彭大人。照顾好彭大人，也就是为前线做了贡献。"

"行，等我走后，你就独自偷偷前去。可你已身怀有孕，到广东得数月，你进得军营后，正好生产，为我军产下一将士，添一生力军……"

"你别说了，我知道此次不行。你就要离开，难道就不知道说几句别的？"

李超忙说："我要走了，你一人在家，好生保重。"

"你放心，我去和万安老母住到一起，正好相互照料。"

玉虹刚说完，外面传来金满的喊声："嘿，小两口的话说完了没有？我们要动身了。"

玉虹将放有些衣物的包袱扎好，递给李超，送李超出门。

李超问金满："彭根呢？"

"在路口等着。"

"走！"

玉虹说："记着，你们二人要相互照应，更要照顾好彭大人，这次不是跟随彭大人巡江，去边关可是枪林弹雨，出生入死……"

金满打断，大咧咧地说："知道知道，我正巴不得出生入死，效力国家，若战死疆场，正遂我愿。"

李超说："既上战场，大丈夫何惧生死！"

二人飞身上马。

"你们都得给我活着回来！"玉虹大喊。

目送李超、金满走远后，玉虹想，等我生了孩子后，再偷偷前去，给他们一个意想不到。

衡州渣江。府兵汤铭挎刀站立于草楼外，俨然卫士。

彭玉麟在草堂内踱步思索，圣旨命我在湖南招募新勇，不妥。在湖南招募新勇至少得费时数月，招募成军后还得训练，又要数月；由湖南去广东二千余里，新军初立，纪律生疏，虽有军令，难保沿途不滋事端。

彭玉麟果断决定：去广东就地取材！粤中义愤果敢之士尚多，当与两广总督张树声面商，速集团练，照陆营规制，慎选营官，勤加操练，则何惧法人。我必须趁法兵未到之先，赶到粤东参看布置，得抢时间！故，不能按圣命指办，此点，须向朝廷奏明。

彭玉麟迅疾上楼进书房写奏折。这个奏折，和要他在湖南酌量招募勇营的圣旨又相违抗了。

草楼外，去长沙的翟桂赶回，俨然卫士的汤铭忙问："彭大人吩咐的事办得怎么样？"

府兵翟桂跳下马："我得亲自向彭大人禀报。"

汤铭说："得先由我向彭大人禀报，说你回来了。你在这等着。"

翟桂说："嚄，你那样子，像是彭大人的卫士了。"

"那当然，你们一走，我就是彭大人的卫士。待我向彭大人禀报后，彭大人说见你，你才能进去。"汤铭急忙跑进草堂，喊，"彭大人，彭大人，去长沙的回来了！"

"要他进来。"

汤铭跑出，对翟桂说："彭大人说你可以进去了。"

翟桂正要跑进，汤铭又拦住："嗨，跟你说句悄悄话，我俩如若真能当彭大人的卫士，那该是何等威风，远胜于在衡州府当差。你说呢？"

翟桂说："我也正有此意，待那两个兄弟回来，我俩和他们商量商量，都跟随彭大人去粤。"

"太好了，你向彭大人禀报完后，就别回府衙了，"汤铭说，"我俩先在这把岗站好，彭大人满意，就会留下我们。"

"你怎么才在彭大人身边这么两天，就变得聪明了？我凌晨便从长沙往这里赶，正是要让彭大人知道我是能办事的。"

翟桂跑进草堂："报彭大人，湖南巡抚潘大人接大人书函，要我回禀大人，说立即调候补道王之春毅字营，从水路往粤进发。"

彭玉麟说："好！你这来回之快不像府兵啊，你可回去向知府交差了。"

汤铭一见翟桂出来，忙问："怎么样？"

翟桂说："什么怎么样，彭大人夸了我，说我这来回之快不像府兵，却又要我回府衙。"

"要你回府衙？！那怎么办？"

"你在这里，我难道就不能在这里？我先和你一道站岗再说。"

"对，你就到这里和我一起站岗。精神些！"

翟桂立即抖擞精神，和汤铭站立在草楼外，如站在军营大门外一样，左右并立，一动不动。

两江总督府。

左宗棠看完彭玉麟的书函，说："老彭要兵，要多少给多少！"旋即对冯全说，"你回去禀告彭大人，说我老左这就给他调拨湘军提督王永章振字四营、提督陶定升合字三营，乘轮船直赴广东。"

冯全应道："是，我这就回去复命。"

左宗棠说："我所说的调拨振字四营、合字三营是一共七营，你听明白了没有？"

"这回听明白了，共是七营。"

左宗棠说："看来你是被老彭临时抓差派来的，并不熟悉军营规制。"

"禀大人，我原是衡州府的府兵。"

左宗棠笑了："我老左没猜错，老彭一回故里，身边不会带一个亲兵，只好就地抓差。但你说原是府兵，难道现在不是府兵了？"

冯全说："我回去后，就请求彭大人收留我，随彭大人去广东抗敌，不当那衡州府的府兵了。"

"好，就凭你这句话，若是我老左前往广东，定收留你。可老彭要不要你，那就难说了。你稍等片刻，我还是亲自给老彭回封信，免得你说错了，让老彭误以为只给他调拨了两营，仅派两营去有什么用。"

左宗棠立即挥笔回信。

冯全领了左宗棠的回信后，顾不得歇息，立即往衡州赶。

从荆州往衡州的路上，穆芜也不停地加鞭催马。

彭根、李超、金满赶到退省庵。

李超、金满一见彭玉麟，匍匐在地："大人，我们总算又回到你身边了！"

彭玉麟说："快快起来，到草堂喝茶。"

"大人，金满想你啊！"

"大人，玉虹要我代她向大人请安。"

彭玉麟又见到老部下，非常高兴："呵呵，玉虹好吧？"

李超说："玉虹本执意要来跟随大人前往广东，可她已……已身怀六甲。"

彭玉麟更高兴了："好啊！你就要做父亲了。先去喝茶，边喝边说。"

彭玉麟、李超、金满走进草堂。彭玉麟坐下，示意李超、金满坐下。

李超、金满说："我等怎能在大人面前坐下。"

"这是草堂，还不是军营。"彭玉麟说，"坐下，坐下，尽可随意。"

府兵翟桂进来报："大人，去荆州的回来了。"

"嘀，这么快。"彭玉麟盯着翟桂，"我不是已要你回府衙去，怎么还在这里？"

翟桂大声说："禀大人，我正在站岗执勤，抽不出身。"

"我什么时候派你站岗执勤了？"

翟桂尚未回答，府兵穆芜已走进：

"彭大人，长江水师提督已抽调水军二百名，由赵武、林道元等率领，直接从水路赶往广东。"

"好啊！只待江宁的消息一来，我们就可动身了。"

彭玉麟话刚落音，府兵汤铭进来禀报："去江宁的回来了。"

彭根说："不可能，再快也不可能这么快。"

冯全跑进："报彭大人，两江总督左大人已调拨湘军提督王永章振字四营、提督陶定升合字三营，共七营，就近调轮船由海道直赴广东。"

彭根说："你是没去江宁，半路折回，谎报的吧？这个谎报容易，以彭大人派你去的原话回复就行。"

"不得胡说。"彭玉麟止住彭根。

冯全说："小的不敢谎报，有左大人回复的书信在此。"

"快把老左的书信拿来。"

冯全呈上书信。彭玉麟看毕，说："你难道也成了神行太保？"

冯全说："小的去时日夜兼程，换马不换人，未曾歇宿片刻，回来时左大人派火轮送小的抄近路，小的在火轮上好好睡了一觉，然后又是日夜兼程。"

彭玉麟说："你本一府兵，缘何有如此不要命的精神？只有从火线去搬救兵的才会如此啊！"

冯全说："彭大人年近古稀，以老病之躯毅然接旨挂帅前往边关抗拒外敌，小的还能不拼命？！再则，小的体力好，几天几夜不吃饭不睡觉都扛得住。"

"衡州有你们这样的府兵，难得啊！"彭玉麟说，"你可以回家去好好休息休息了。"

冯全单腿下跪："小的不愿回去。"

府兵翟桂、穆芫、汤铭一齐单腿下跪："我等都不愿再回府衙，愿跟随大人前往边关、拼死杀敌！大人若不收留我等，我等跪着不起。"

四人全都双腿跪下。

"起来起来，你们堪为府兵楷模。"彭玉麟说，"但我还得问问知府大人，看他愿不愿意放你们。"

四个府兵仍然不起。

"你们快起来，大人已经答应了。"彭根对冯全说，"我错怪你了，还望宽谅宽谅。"

冯全说："可大人说还得问问知府。"

彭根、李超、金满都笑。

金满说："这种事我已经历过，以为非得要大人肯定地表示。大人说要问问知府，别说要他四个府兵，就是四十、四百，他敢不给？"

冯全、翟桂、穆芫、汤铭立即站起："谢彭大人！谢各位。"

四人跑到草楼外兴奋地议论：

"我们现在不是府兵了！"

"我们是彭大人的兵了！"

"我们算不算彭大人的亲兵呢？"

六十八岁的彭玉麟只带了彭根、李超、金满及四名衡州府原府兵共七人，轻装出发，快马加鞭，日夜兼程，赶赴粤东。史书称之为"彭玉麟单骑入粤"。

秋日高照，马蹄敲打着山岭小路。

金满打着一面大旗，上书"钦差大臣太子太保办理广东军务兵部尚书一等轻车都尉"，中间一个大字：彭。

小路崎岖时，大旗为金满卷起，如同一柄长枪攥在金满右手。

路面较宽时，大旗展开，迎风猎猎。

冬日西沉，一行人马赶路。

寒月高照，继续赶路。

…………

彭玉麟催马登上一山头，看着逶迤山岭，以鞭遥指粤地，慨然吟道：

每年万里事巡行，卅载奔波白发盈。鄂北归装刚系缆，海南奉使又提兵。……赢得小阳春正暖，一鞭遥指五羊城。

第十八章 虎门黄埔

一　湘淮矛盾爆发，不得不走曲线

夜色漆黑，彭玉麟等才在一驿馆下马。

驿丞率驿卒打着灯笼迎接。

"钦差大人，各位大人，这么晚了赶到，委实太辛苦了。"

李超说："我们在上一个驿馆没有停歇，故此来晚。将就一宿，明天清早还得赶路。"

"各位大人，快请进，请进。"

彭玉麟边走边问驿丞："此处已距广东不远，你可听闻有关海事？"

驿丞说："风声日紧啊！听由粤入湘而在此歇息的官员们说，两广总督张树声大人颇为紧张，担心法舰侵犯广州，难以抵挡。过往客商亦有惶惶者，尤以粤商为甚，但百姓并不为之所动……"

彭玉麟听后，想，粤地百姓果然民心坚固，入粤后速集团练之事可成！

驿丞将他们安排住进馆舍。夜已深，但彭玉麟房间灯光仍然亮着。

李超轻轻推门而进："大人，你还没睡。"

"喔，你不也没睡吗？"

"大人有心事？！"

"是啊，"彭玉麟说，"可不知你能否猜到？"

"是否为了即将会面的那位总督。"

"李超啊，我之所以将你特调至身边，就是你的脑子会想问题。即将会面的两广总督张树声是淮军将领，李鸿章的红人；你知道，淮湘两系素有矛盾。我和张树声之间，又曾有过节……"

彭玉麟曾参劾过张树声，以"张树声受人蒙蔽，以致长江水师提标中军要缺任用非人……"为参劾折子。慈禧看了他的折子后，说："张树声是不怎么懂水师，着他去任两广总督吧。"

于是，曾管过水师的张树声到了广东。

张树声到广东后，借差事北上到过李鸿章府邸。

李鸿章问他在广东可还好？他说还好，还好，托大人的福，虽被彭玉麟参了一下，但也就是换个地方而已。只是距大人更远了。

李鸿章说："你那是托太后的福。当年赵继元被他一参，可就给参得什么都没了。"

张树声说："怎么就没人参彭玉麟呢？"

李鸿章说："老彭是严于律己嘛，他有什么能让人参的？你也应该知道他为什么难以被人参劾嘛。"

张树声说："他反正不离开他最熟悉的长江、水师，别的差事都不去。而那水师又确被他整顿得可以，所以……"

李鸿章说："对嘛，所以朝廷屡屡给他加官，他一次又一次地请辞。就是不去。说老彭刚直不假，可他心里会打算盘。这一次，要他来京就任兵部尚书，他又不来。也只有他敢抗旨啊！"

张树声说："这次可参他抗旨。"

李鸿章说："他抗旨可不是这一次了，能怎么着。"

张树声说："得在抗旨后面再加个什么……"

李鸿章说："老彭这抗旨嘛，其实不是真抗，他是以此而鸣清高。"

张树声说："鸣清高？抗旨鸣高！"

李鸿章说："得，你可别在这里给我添什么麻烦，回广东后你想怎么着就怎么着。"

张树声心领神会，回广东后，给他儿子张华奎写了封信，要他联合盛昱等一同参劾彭玉麟抗旨鸣高。但"抗旨鸣高"这四字得由盛昱嘴里说出……

这就是盛昱和张华奎参劾彭玉麟"抗旨鸣高"的真正由来。

彭玉麟讲了他和张树声曾有过节后，说："此去粤东，第一要紧之事，乃是如何与张树声通力合作，使得湘淮两系精诚团结，齐心对付外敌。否则，粤东危矣！"

李超说："湘淮两系不和，朝廷知道，大人参劾了赵继元，赵是李鸿章的亲戚，参劾过张树声，他是李鸿章的旧部，还将李鸿章的侄子李栋才正法，大人和李鸿章……"

"那些都不必说了。"彭玉麟说，"当下要考虑的，就是如何齐心协力，抗击法军。"

李超说："我还是得说一句，朝廷明知湘淮两系不和，却非要派大人办理广东军务，这不是故意为难大人吗？"

"住嘴！"彭玉麟厉声说道，"从现在开始，凡不利于共同抗击法军的话不准说，不利于湘淮合作的事更不准做。违令者绝不轻饶。"

李超忙答："是！绝不说，绝不做。"

"你去睡觉吧，明日天亮即出发，途中打尖。"彭玉麟又叮嘱李超，明日将他所说不准说、不准做的话告诉金满等人。

李超走后，彭玉麟仍在思索，不知张树声是否想到湘淮两军必须精诚团结才能确保粤东无恙！倘若他不这么想，倘若他……又该怎么办呢？

两广总督张树声带着随从在广州镇海楼迎候彭玉麟。

"彭大人，你可来了，我可是如久旱盼雨露啊！"张树声一见彭玉麟就说。

彭玉麟说："我一路上都在想着张大人嘀！"

这虽然都是官场客套话，却也不假，张树声在盼着彭玉麟来，彭玉麟来后，可分担他的责任，这个责任是掉脑袋的责任：如果法军向广东大举进攻，广州失陷，他张树声跑不了，彭玉麟这个钦差更得排在第一，先得替他挡一挡。与外兵交锋，大清朝可是从未赢过的呵！彭玉麟确是一路都在想着他，想着要如何才能和他同心御敌，湘淮两军精诚团结。

"客套话"一说完，张树声大笑。彭玉麟亦笑。

张树声说："彭大人，我知你素不喜迎来送往，故只在此等候，你不会责怪吧？"

彭玉麟说："知我者，张大人也。"

张树声说："知张某者，亦彭大人也。"

这话又各有含义。当然，两人又笑。

张树声说："彭大人，一路辛苦，请进请进，好好歇息歇息。"

彭玉麟说："张大人，安排我居住这镇海楼，正合我意，就请同进，我俩好好叙谈叙谈。"

张树声说："彭大人鞍马劳顿，还是歇息好后再说吧。"

彭玉麟说："你知道彭某只要心里有事，是无法歇息的。"

"好，那我就和你同进。"

一走进张树声在镇海楼为彭玉麟安排的寓舍，最打眼的是摆在客厅的一套工夫茶茶案茶具。这是广东独具的特色。

彭玉麟、张树声二人对坐。张树声安排的"服务人员"立即为他们泡工夫茶，演示茶艺。

"停，停！"彭玉麟对"服务人员"说，"不就是喝口茶吗，何必如此麻烦，泡一大壶放那就行，我们自己来，你走吧。"

"服务人员"只得停止"演艺"，看着张树声。

"走吧走吧。"张树声挥了挥手。

"服务人员"赶忙退出，但心里不解，哪有来到广东的大官不喝工夫茶的，第一次遇见。

张树声说："彭大人，我刚来这广东时，也和你一样，这什么工夫茶，麻烦！可喝了几次后，嘿，确是别有风味，也就喜欢上了。"

彭玉麟说："张大人，我在这方面还是如同粗人，喝茶嘛，不就是图个解渴，像这么个小小茶盅，得喝多少盅才能解渴，不如大碗茶，痛快。"

彭玉麟笑。张树声跟着笑。

"张大人，还是请你给我介绍介绍当下广东沿海及省城防务。"

"彭大人如此性急！"

"不急不行啊，朝廷将如此重任交付我俩，若稍有差池，我俩都无颜面对朝廷，面对百姓啊！"

张树声心里想，何止是无颜面，只怕到时候无脑袋，但说出的还是句实在话："彭大人，对于军事部署，尤其是海防，张某自知弗如雪帅，还得请雪帅最后定夺。"

彭玉麟说："张大人，你知道彭某喜欢直来直去，你就别说客气话了，先讲讲现有部署。"

张树声说："雪帅未到之前，我召集粤省各司道镇将，就沿海及省城防务进行过多次商讨，但意见不一，之所以说盼雪帅来如久旱盼雨露，并非客套，乃是实话，是等着雪帅来，确定最佳方案。"

彭玉麟说："那就这样吧，我所调八营人马如今日未能全到，明日必然全到，俟他们一到，你我即率各营将领并粤省各司道镇将去实地视察。"

张树声说："如此甚好。只是去海上风浪颠簸，雪帅还需多歇息几日再去为妥。"

"彭某在长江上早已颠簸惯了，习惯的就是风浪。如同……"彭玉麟本要说如同张大人喝这工夫茶，但立即打住。

张树声猜到彭玉麟会说如同他习惯了喝工夫茶，故意问："如同什么？"

"如同住进这镇海楼，习惯。为甚习惯，彭某在老家的退省庵是草楼，草楼怎能和镇海楼相比呢，但都有一个楼字。且此楼名'镇海'，张大人安排得太妙，咱俩就是要镇海嘛！哈哈哈哈。"

"哈哈哈哈，彭大人这么一说，咱俩镇海是镇定了。"

"张大人，那就这么定了，即日前去视察。"

"好，我去安排。"

张树声走后，彭玉麟要彭根、李超立即将这什么茶案撤掉！"广西边关已频频告急，竟还有心思喝什么工夫茶。"

镇海楼会客厅成为彭玉麟的临时指挥室。

第二天上午，赵武、林道元、查敏、张召来到。

"报雪帅，长江水师二百名已经全到，请雪帅下指令。"

"好！林道元回水师兵船随时听令，赵武、查敏、张召就留在我身边。你们先去见见李超、金满他们吧。"

赵武等四人走出，与守候在外的李超、金满相见，欢喜不已。

正当战友重逢时，提督王永章、陶定升、候补道王之春来到。

"报雪帅，王永章率振字四营前来报到！听雪帅指令。"

"陶定升率合字三营前来报到，听雪帅指令！"

"王之春率毅字营前来报到，听雪帅指令！"

"好啊！"彭玉麟兴奋地说："振字营、合字营、毅字营，八营人马全到了！你们三位将军，明日即随我去虎门一带视察。"

两艘轮船出海，驰赴虎门一带。

第一艘轮船上为两广总督张树声及随从与广东各司道镇将。

随后的轮船上是钦差办理广东军务兵部尚书彭玉麟及李超、赵武、彭根等随从与振字营、合字营、毅字营的提督王永章、陶定升、候补道王之春。彭玉麟站在船头，以伸缩望远镜仔细观察。

张树声所乘轮船上的将领们本就不想去虎门，此时便忍不住议论：

"不是已经定好主守黄埔吗，怎么还要来这虎门看什么？"

"我们在广东这么些年，难道还不知该将主守阵地放在哪里？"

"是啊，他彭玉麟刚到，人生地不熟，就将我等都喊到这海上来……"

张树声喝道："不得随便议论钦差大人。"

"总督大人，你得和他说说，这不是浪费我等的时间和精力吗？"跟随张树声多年的淮军将领潘泷不以为然地说。

"要观风景也用不着我们这么多人陪同嘛！"和潘泷资历相当的孟浒嘲讽。

"你等陆战尚可，若要论水战，能与雪帅相比？他要来此视察，自有他的道理。不得多嘴。"

"好，好，不说不说。"

"不说就不说，我等也只有耐心看看海上风景。"

彭玉麟的望远镜里出现沙角、大角。两山对峙。

彭玉麟令赵武通知前船，靠岸登山。

张树声所在船上的将领又发出埋怨：

"在船上看看海景也就算了，还要爬山。"

"爬到山顶观赏海景，才能一览无遗嘛。"

"得，他一个老头要爬山，咱们就跟着爬呗，还能爬他不赢？"

…………

潘泷对张树声说："张大人，你也这么大年纪了，你就别陪他去爬了。"

孟浒跟着说："张大人，你就在这船上歇着，何必去受爬山之苦。"

张树声说："你们有完没完，这是军事视察，有不同看法以后再说嘛。"

两艘轮船分别停泊，放下小艇，然后靠岸登山。

张树声和彭玉麟一同往山上爬。

张树声爬得气喘吁吁。

潘泷欲搀扶张树声，被张树声推开。

彭玉麟说："张大人，歇息一会儿吧。"

张树声说："彭大人，你老病之身，怎么比我的耐力要好啊？"

彭玉麟说："我是在巡阅长江时，经常攀登两岸高山，检查炮台或修筑炮台，在衡州老家养病时，亦登后山以为锻炼，故此比张大人略有耐力。"

张树声说："是得锻炼、锻炼。走。"

"不急，张大人歇息后再走，我安排了五天时间，得将入海口并沿海、省城四周都看个仔细。"

潘泷一听彭玉麟的话，心里怨道："我的个老爹，还要陪他五天！"

彭玉麟率先登上沙角山顶，俯瞰海面。

张树声爬上山顶，喘气坐于石上。潘泷、孟浒亦喘气，坐于张树声旁边。

潘泷、孟浒欲对张树声说什么，张树声以手势止住。

彭玉麟仔细观察了入海口后，往山顶另一方向走去，张树声费力站起，往彭玉麟所在处走，站到彭玉麟身边，显得老态龙钟、疲惫不堪。

张树声的确是有病，但他手下的潘泷、孟浒等也一个个无精打采，这就使得王永章、陶定升这两个提督脸露愠色了。赵武更是忍不住欲呵斥，立即被李超止住。

湘淮矛盾已显端倪，五天后，正式爆发。

五天后，在两广总督府召开防务会议。

广东各司道镇将领坐于左边。王永章、陶定升、王之春、李超、赵武等坐于右边。

彭玉麟、张树声居中。

彭玉麟指着摊开的地图说："虎门要塞对于广州的防守至关重要。其位于珠江的入海口，在此阻截法军军舰最为有力，且珠江两岸有沙角和大角，两山对峙，是天然屏障。故，应以全力守虎门！"

潘泷说："彭大人，你说要以全力守虎门，请问到底要如何才能守住呢？"

彭玉麟说："我军如果能有大炮船分布于口门内外，不与法军浪战于重洋，专以护炮台而卫前敌，自属握要之图。"

孟浒笑道："彭大人，我军没有大炮船啦，怎么去握要？"

王永章一听这含有耻笑之意的话，怒目而瞪，猛地站起，正欲斥责，李超拉他坐下。

彭玉麟如同没听见孟浒的话："现今大炮船不能卒办，盐务缉私之轮船亦多脆薄，难以出战。"

潘泷说："既没有大炮船，现有的轮船又难以出战，那究竟要如何才能拒敌？"

彭玉麟看了看张树声。

张树声说："不得随意插话，听彭大人说完。"

"所以我军必须加固虎门要塞，修复旧炮台，配备德国克虏伯大炮，并在炮台后面挖掘地道，战时隐匿于地道的士兵既可避免敌炮轰击，又可突然杀出。一旦有急，则拟坚守前敌各炮台，水陆互相策应。寇船若闯入内河，则守口炮台一面轰击，一面以预行备用之木排敝舟沉塞其去路。归路既塞，然后乘风潮，用火舟、水雷以夹攻之，定可创敌！"

彭玉麟停住，环顾左右将领。

王永章等湘军将领频频点头。

潘泷、孟浒等淮军一方无人吭声。

彭玉麟又说："因粤省向无大轮船炮可以出海，兼以目下炮位未齐，只有就现有之炮位炮台先行布置，以守为战。"

张树声对潘泷、孟浒等将领说："你们有何看法？"

潘泷说："张大人要我们说，我就先说一说，彭大人未来之前，我们就已选定黄埔为主守之地，彭大人一来，就要改虎门为主守之处，这也未免太那个什么了吧。"

孟浒说："彭大人才来几天，难道比在这里多年的我们更知道该主守之处？"

"你这是什么话？"王永章说，"你们说要主守黄埔，总该说出个主守黄埔的理由来吧！"

"王提督说得对，你们既然认为该主守黄埔，得说出个为什么该主守黄埔的理由来。"陶定升接着说。

王之春说："我随彭大人、张大人、王提督、陶提督等察看了虎门及广州沿海一带后，也认为应主守虎门，主守虎门的理由，彭大人已说得清楚。然认为应主守黄埔的理由，还请说清楚才好，以便彭大人、张大人决断。"

"嗬，抬出两位提督来吓唬我们不是？"孟浒两眼朝天。

彭玉麟内心已火，竭力忍住，这人怎么如此横蛮，几如混混。但此时不宜斥责。

王永章指着孟浒："刚才那话，哪个地方说错了？要你们说出理由，难道也不行吗？"

潘泷立即指着王永章："你一个湘军提督有什么了不得，敢用手指着我们！"

陶定升说："我湘军没什么了不得，不像你们淮军，打起仗来一触即溃，遇敌便逃……"

淮军将领顿时起哄，湘军将领一齐站起。

彭玉麟拍案而起："你们这是干什么？要本钦差执行军法吗？来人，将提督陶定升带出去！"

门外进来两位亲兵，但不愿动手，看着彭玉麟。

"没听见吗？将提督陶定升带出去。"

两亲兵只得将陶定升带出。

彭玉麟看着张树声。

张树声想，他命人将陶定升带出去，却两次提到提督陶定升，这是警示我，他连提督都要当场带出，我还能不表示一下？

张树声便也喊："来人，"以手指着潘泷，"将他带出去。"

进来两卫士，将潘泷带出。

被带出站在外面的陶定升怒目横视潘泷，潘泷一副毫不在乎的样子。

"还有谁要再说不利于淮湘两军团结的话吗？"彭玉麟环视。

湘军、淮军将领皆默然坐下。

彭玉麟说："张大人，现在得请你谈谈了。"

张树声说："彭大人要我讲，我还是得重申曾对彭大人说过的话，对于海防江防，我是远不及彭大人的。故也只能综述一下各司道镇将领此前的意见，我军没有大炮船，难以抵挡法军军舰，为保广州，还是将主要兵力放在黄埔为好，黄埔为广州近郊，可发挥我军陆战之长。虎门虽为要塞，也只能忍痛放弃。当然，最后还得由彭大人定夺。彭大人，你说呢？"

"那就暂议到此。"

防务会议无果而散。

彭玉麟回到镇海楼，便对陶定升说："陶提督，委屈你了，望勿见怪。"

陶定升说:"我知那是雪帅为免双方冲突而不得已之为。可张树声手下那些人也太无规矩了,竟敢嘲笑雪帅,嘲弄我湘军。"

彭玉麟说:"我来此的路上,最担心的就是湘、淮两军不能精诚合作,今日之事,两系矛盾显露,广东各司道镇将都是张树声的旧部、淮军将领,要抗击法军,保全广东,湘、淮两军若彼此猜忌,大事危矣!故,陶提督,还得请你和王提督他们说说,以大局为重。并请相信我彭玉麟,定能化解矛盾。"

陶定升说:"雪帅放心,我和王提督他们去说,以大局为重。只是,他们也不能太过分。"

陶定升走后,彭玉麟思索,张树声难道是因为没有参倒我,这次故意在防守上和我作对?他明明知道只有守住虎门才能保省城无恙,却非要主守黄埔,倘若法军攻陷虎门,广州失陷,让朝廷唯我是问?我个人倒是事小,可这是国家安危啊!

彭玉麟喊道:"李超。"

李超应声而进。

"来来来,李超,你在这里单独跟我说说,对于主守黄埔还是主守虎门,你认为到底该守哪里?"

李超说:"毋庸置疑,必须守住虎门!"

"难道张树声的主守黄埔毫无道理?"

李超说:"张树声虽然年已六十,但毕竟是经历过战阵的老将,并不糊涂,他所说只能综述一下各司道镇将领此前的意见,便是明显的为自己开脱。他最后又说还得由大人定夺。并特加一句:'彭大人,你说呢?'意思很明显,若守虎门失误,是大人你的责任;若守黄埔失误,是为部下所迫……"

"继续说。"

"所以我认为,要达到大人所说'湘、淮两军齐心协力抗击法军''主守虎门',只有说服张树声。当然,大人可请朝廷另派大员来接任两广,但淮军会不服。别看张树声似乎在淮军将领面前有点黏糊,其实威望颇高。"

彭玉麟笑道:"要怎么才能说服他呢?除了我亲自主动去找他,

一次不行，再来二次，二次不行，再来三次……"

李超说："大人已有说服他的办法。"

"我有什么说服他的办法，我说的办法就是一而再，再而三地去找他慢慢谈。"

"大人非要我说？"

"要你说。"

"要说服张树声，得有和李鸿章关系好的人。"

彭玉麟大笑："李超啊李超，你完全可以入参戎幕。"

李超说："但要找个既和李鸿章关系好，又识大局的人，实是不易。"

彭玉麟说："我已想到了一个人。"

"是谁？"

"郑观应！"

"郑观应！那个学问家、商人？"

"对，就是那个学问家、商人，但他可不是普通商人，他是李鸿章聘请的轮船招商局总办。"

"李鸿章聘请他为轮船招商局总办，定与李鸿章的关系非同一般。"

彭玉麟说："他与李鸿章、盛宣怀等人交往甚密，其人见识远大，而且又是广东人，他若到来，定能助我。"

李超说："可他现为轮船招商局总办，用什么名义要他来呢？"

彭玉麟说："他这个总办，还是候选道，我上奏朝廷，请调他来总办湘军营务处事宜。他必然入幕佐助。"

彭玉麟说完又叹口气："唉，为了让张树声和我同心抗拒法军，不得不走曲线啊！"

二　郑观应解虎埔之争

在彭玉麟和两广总督张树声意见不一，为主守虎门还是主守黄埔争执不下时，法军已占据越南山西，将进犯台湾、琼州（今海南省），琼州备御空虚。彭玉麟多次主动找张树声"做工作"后，郑观应来到广州。

这天，郑观应走进张树声设在黄埔的行营。

张树声一见郑观应："嗬，郑大人，你什么时候回广东的？也不事先告知一声，我好来接你。"

郑观应说："张大人，可别这样喊我，担当不起，担当不起。你还是喊我郑先生。"

"行，喊郑先生就喊郑先生，李中堂大人也是这样喊你的。郑先生，你是专程来我这里还是顺便？"

郑观应说："不但是专程而且是专事来访。"

"专程专事！难道是为了虎门和黄埔之争？"

"张大人料事如神，我就是为虎门和黄埔之争而来。"

张树声说："先别管他什么争不争，你既然来了，先喝茶，喝茶。"

张树声亲自为郑观应泡工夫茶。

郑观应端起茶盅，抿一口："还是喝这家乡茶有味啊！"

张树声说："还别说你这广佬，我来这里后，也爱上了这一口。"

两人相视而笑。

"张大人，咱们边喝茶边说。"

"说虎门和黄埔之争吗？"

郑观应说："我是为张大人考虑，不说不行。"

"是为我考虑？"

"确是为张大人考虑，"郑观应说，"但我俩应该不会起争执。"

"那你就先说一说。"

郑观应说:"张大人连行营都设在了黄埔,看来是要力守黄埔了。但我却和彭玉麟的看法一致,必须主守虎门!"

张树声说:"是彭玉麟要你来做说客的?"

"岂止是彭玉麟的说客,"郑观应说,"我已奉调来总办湘军营务处事宜,入幕佐助于他。"

"这么说,你是来说服我主守虎门!"

郑观应说:"张大人,恕我直言,你弃虎门守黄埔之据,是魏源'守外洋不如守海口,守海口不如守内港'之说,然时况已变,魏源之说,乃根据其时我方无炮船、无水雷之实况,今日则不然,我方已有炮船、水雷,虽说炮船尚小,不能出战外洋,但可扼守海口。故,虎门非但不能轻易放弃,就是南洋(南海)、琼州一带也必须派重兵把守,拒敌登陆。否则,形势危矣!形势若危,岂止是彭玉麟一人之责,张大人你也同样难辞其咎啊!而且,朝廷追查责任,你恐在彭玉麟之上。"

就是郑观应这么一来,这么一说,使得张树声开始改变态度,郑观应当湘军营务处总办并没多久,但不仅给彭玉麟出了不少破法军之策,还到暹罗(今泰国)、西贡、新加坡等地调查了解敌情,他还使得彭玉麟对待洋务的观念大为改变。彭玉麟原来对洋务并不感兴趣,不支持,尽管他的涤生兄曾国藩开洋务运动之先河,曾国藩去世后,李鸿章是洋务运动之首,他素与李鸿章不和,但这也只是他不支持洋务的原因之一,主要原因还是观念,就造大炮船军舰而言,因他在与太平军作战时,屡屡以舢板冲锋陷阵取胜,故仍然认为应多造灵活小巧的火轮、炮船,而造军舰、购买军舰是浪费银两,……是郑观应使得他的观念有了根本性的转变,他后来为郑观应出的那本有名的《盛世危言》所作序言中便有"当今日之时势,强邻日逼……不能不因时而变"。

张树声听完郑观应的话,沉思一会儿后,说:"郑先生,李中堂大人是否也有此虑?"

郑观应说:"李中堂大人是否有此虑,我不敢断言,但朝廷不日定会下诏,加强对琼州的防御。至于彭玉麟,为了湘淮两军同心拒敌,他也想过迁就主守黄埔之议。"

张树声说:"怪不得彭玉麟主动来找过我几次,没谈主守虎门,而是只讲如何让淮湘将领消除隔阂。"

郑观应说:"平心而论,彭玉麟是为了大局。他那个倔老头,能对你如此礼让,实属罕见。而他之所以更坚定了防守虎门的决心,张大人,实不瞒你,是郑观应坚决支持。"

"郑先生,你能如此直言,张某谢过了。"

张树声正要继续说,外面报:"彭大人到!"

"正说他,他就到了。"郑观应笑道。

张树声说:"快快请进。"

"嚄,郑先生也在,我还以为你回香山老家去了。"

郑观应说:"彭大人来,定是朝廷下了诏命。"

"郑先生有先见之明啊!"彭玉麟说,"张大人,朝廷来了诏命,以法国已占据越南山西,将进犯台湾、琼州,据以为质,诏命杨岳斌往福建筹办海防,琼州备御空虚,命彭玉麟相机调度。故特来与张大人相商。"

因郑观应的一番话,张树声已有和彭玉麟联手之意,又见他来找自己相商琼州之事,遂立即说道:"哎呀,朝廷诏命彭大人'相机调度',彭大人还来与我相商,彭大人你这又是为了让我消除成见啊!我张树声岂是不晓大局之人,彭大人你来得正好,我就当着郑先生的面,与彭大人约定,其一,虎门要塞不能放弃,弃黄埔之力守而主守虎门;其二,淮军定与湘军通力合作,听从彭大人调遣。"

彭玉麟说:"好啊!张大人,只要我俩同心协力,何惧法军进犯广东!"

张树声说:"彭大人,就请你将具体部署说与我听,我立即调派人马。"

彭玉麟说:"为加强琼州防御,委派王之春督率四营开赴琼州。张大人你看如何?"

张树声想,他竟然将自己从江南调来的湘军八营调出四营前往琼州，这个气概大啊！当即回答："甚好，甚好，我即刻调遣四营归彭大人直接指挥。"

彭玉麟说："张大人爽快！这样，我将张大人所调四营与我所留的四营调至虎门，驻扎于沙角、大角两山上，迅速修复旧炮台，配备克虏伯大炮，在炮台后面挖掘地道，严阵以待。"

三 "渔民"奸细

一声令下，王之春率四营湘军急速往琼州开拔。

炮车辚辚，战马萧萧，渡过琼州海峡。

在虎门沙角、大角，彭玉麟亲自带领将士，夜以继日，修复旧炮台，构筑新炮台，挖掘地道。

一座一座的炮台立起，一尊一尊的德国克虏伯大炮被拉上山。

金满来报："彭大人，我抓到了一个奸细。"

"喔，你抓到了一个奸细？"

金满喝道："将奸细带过来！"

冯全、翟桂押着一"渔民"过来。

彭玉麟问金满："你如何判定他是奸细？"

金满还未回答，被抓的"渔民"就大喊："大人，大人，我只是个捕鱼的，哪是什么奸细，我正在捕鱼，被这位军爷抓了，求大人放了我，我家老母还等着我拿鱼回去换钱吃饭啊！"

彭玉麟一听，想，他家老母还等着他拿鱼回去换钱吃饭，可不能耽误人家。

"金满，你怎能随便抓人，快将他放了。"

"大人，他确是奸细，不能放！"金满急了。

"证据何在？"

金满说："我和冯全、翟桂在附近巡逻，此人鬼鬼祟祟，躲在灌木后面偷窥我炮兵阵地。"

"大人，冤枉啊！""渔民"说，"我只是好奇，见这么多军爷在忙忙碌碌，还有大炮，忍不住想仔细看看，可又害怕军爷，因此躲在灌木丛后……"

金满立即问道："你说你正在捕鱼，你的渔船现在何处？"

"我的渔船……渔船，泊在那边。"

"到底停在哪里？"

"在，在那边悬崖下。"

"在那边悬崖下，你怎么到这里来的？"

"我，我游水过来。"

"你水性很好嘛，游水竟然不湿衣服！"

"我是脱光了游过来的，上岸后再穿上衣服，就这么一套衣服，舍不得打湿，家里没钱买啊！""渔民"说完便做出副可怜兮兮的样子看着彭玉麟，"大人，你得可怜我啊！"

金满说："你捕的鱼放在船上吧？"

"对，对，都放在船上。"

"你捕的鱼都在船上，肯定是捕了不少，衣服又舍不得打湿，"金满对冯全说，"你去闻闻他身上，有没有鱼腥味？"

冯全闻了"渔民"衣服后，说："没有鱼腥味，只有汗臭味。"

金满大笑："老子在长江边上长大，老子天天捕鱼捉虾，还能看不出一个真假渔民？你这个样子，打鱼不会打，吸鸦片会吸，你就是个大烟鬼！"

金满一把将"渔民"抓起，伸手从他裤腰带下抓出一个玩意儿。

金满从那"渔民"裤腰带处抓出的是个伸缩望远镜，比较小，袖珍，外国货，渔民的裤子是大筒吊裆裤，小巧的望远镜塞在裤腰带往下处，容易让人误以为是撑起的那玩意儿，金满开始也以为是撑起的那玩意儿，吃海鲜吃多了，特别是生蚝，说是立竿见影，所以那"渔民"总是弯着腰，但被这么一审一吓，还能那么撑着吗？金满就产生了怀疑，结果伸手一抓，抓出的是这个玩意儿。

"那是，那是我捡来的，觉得好玩，便拿出来望一望。"

"再搜他身上，仔仔细细地搜！裤裆里也不要放过。"

这一搜，又搜出一张纸、一截细木炭。

冯全将搜出的纸交给金满，金满展开，纸上画有图形、图像，写有几行字。

金满说："这字太潦草，我懒得去认，这画的却分明就是我们炮台。大人请看。"

彭玉麟接过一看，对奸细扬一下那张纸："看你这纸上所写之字，你也是个读书人，为何要当内奸？"

"渔民"奸细喊："大人饶命，饶命！小的因吸食上了鸦片，有人答应给钱……"

"是法国人给钱吗？你见过法国人？"

"渔民"奸细说："小的没见过法国人，是一个师爷说法国人给银子给他，他有的是银子，凡刺探出有价值的军情者，由他发十两足银一锭。大人，可不只是小的一人干这个勾当，有一大窝，都想得他的银子。"

"一个师爷？有一大窝？那师爷叫什么名字？"

"快说！不说老子一刀剁了你！"金满喝道。

"我说，我说，那师爷姓钱，叫钱，钱什么放，小的一时记不起了。"

彭玉麟说："钱文放！"

"钱文放？！那个狗娘养的，他怎么到了这里？！"金满疑惑。

"你知道自己的罪行吗？"彭玉麟问"渔民"奸细。

"知道，知道，小的这是里通外国。小的也不想卖国，可染上了该死的毒瘾，只要有人给钱，就顾不得礼义廉耻了。"

"你如今是想死还是想活？"

"渔民"奸细忙喊："想活，想活。求大人饶我一命。"

"你如果想活，就去将那钱文放抓获。"

"我，我怎么能抓住他？"

金满说："大人，我带人去，我认识钱文放，要这内奸带路，保证将他擒来。"

彭玉麟要赵武和金满装扮成渔民，押着内奸一同前去。

"渔民"奸细说："各位大人、将爷，小的一定带路，可小的烟瘾犯了，能不能先赏小的一点大烟……"

"渔民"奸细哈欠连天。

金满说："你这也配称是个读书人、那什么什么儒家弟子。"

"渔民"奸细一边打哈欠一边说："当……当官的也有许多人抽，哎哟，我实在受不了了。"

赵武问奸细："你家里还有一点鸦片没有？"

"有，有，还有一点。"

赵武对彭玉麟说："大人，是否先将他架到他家里，让他抽一口后再要他带路？不然的话，他去不了。"

"让他抽什么抽，给我用鞭子抽，抽完后押着去修地道！"彭玉麟最厌恶抽鸦片。

"渔民"奸细立时嚎叫："大人，大人，我带路，我去！"

"渔民"奸细有气无力地带着装扮成渔民的赵武、金满来到距鸦片烟馆一箭之地处。

"渔民"奸细指着鸦片烟馆："二位大爷，就在这里面。"

金满说："你不是自己要抽鸦片了，把我们诳到此处吧？"

"绝对不敢，绝对不敢。"

"你若敢诳我们，老子就一刀结果你！快走，带我们进去。"金满以藏着的腰刀刀柄戳着他的腰。

赵武对"渔民"奸细说："你知道他在里面的哪间房里吗？"

"渔民"奸细说："这个不知，得进去找。"

金满对赵武说："赵哥，钱文放不一定认识你，你先随他进去找，我在门外守着，一发现后，我来确认。"

"就这么进去找，钱文放在暗处，我们在明处，恐他会生疑逃跑，得装作是去抽烟的。再说，这家伙不让他抽一口，他一进烟馆就会瘫叫。"

赵武将"渔民"奸细一推:"走,你进去后先抽几口,我装作是你真正的大爷,没办法了只好让你来。"

"渔民"奸细立即说:"大爷,你就是我的大爷,大爷,可我身上没钱啊!"

赵武说:"你大爷我替你付钱。"

"哎呀大爷,你这是救了我的命了。我抽几口后,保准带你找到钱、钱怎么放,钱什么放。"

赵武和"渔民"奸细走进烟馆。金满躲在一棵树后。

"渔民"奸细进入他"常居"烟房,忙往烟榻上一躺,点枪烧泡过烟瘾。

过完烟瘾,"渔民"奸细来了精神。

来了精神的"渔民"奸细对赵武耳语:"大爷,这回你看我的。"

"渔民"奸细领着赵武走到一房间门外。

"渔民"奸细敲门:"钱大爷。"

无人应。

"渔民"奸细推开门,房间较素雅,不同于烟房,然不见人。

"渔民"奸细轻轻地喊:"钱大爷,我给你带了位大爷来,他身上有你要的'上等好货'。"

这话一完,钱文放走出。

钱文放从暗间走出,暗间为屏风遮挡,但直接走进屏风看不出暗门。是为防官府偶尔突击搜查烟馆、保护烟馆老板所设。

"渔民"奸细说:"钱大爷,这位是麻大爷,我嫡亲大爷。"

钱文放说:"你说你马大爷有'上等好货'?"

"渔民"奸细说:"是麻大爷,麻大爷要十两足银一锭。"

钱文放说:"'货'呢?得先看'货'。"

赵武在心里想,他娘的,弄得真的像做大烟买卖一样。可他究竟是不是那个钱文放呢?

"渔民"奸细说:"'货'我已经看过,是那个'虎'字头的。"

"'虎'字头的？！快拿出来。"

"渔民"奸细说："我这位麻大爷性子多疑，连我都怀疑，怕我和你钱大爷一同设套，骗了他的好'货'不给钱，说是一进这烟馆，是你钱大爷的地盘，收了'货'，人被赶出，弄不好还将他捆了，说是烟土贩子，送交官府。他还说官府对烟馆可以睁一只眼闭一只眼，烟土贩子官府必抓，这一送进官府……"

"怎么这样啰唆，'货'到底在哪里？"

"渔民"奸细说："钱大爷，这不是啰唆，我这位麻大爷办事向来谨慎，他如果没有这谨慎，也搞不到'虎'字头的'货'，那什么炮台炮位炮型，全被他搞到。"

"要你别啰唆你还要啰唆，到底在哪里？"

"麻大爷本要我喊你出去，到他约定的地方交货，一手交货一手收钱。是我说钱大爷是办大事的人，绝不会少了你那一锭足银，他这才跟来，但还喊了个弟兄，在门外候着，'货'在门外。麻大爷说在烟馆外面不怕你钱大爷不给钱，他俩还可以跑，不怕被你钱大爷抓着。"

赵武想，这个大烟鬼，抽了大烟，假话能一套一套地编。

钱文放说："去看看，是真'货'就付钱。"

"渔民"奸细走前，钱文放跟在他身后，赵武随后。

一出烟馆门，躲在树后的金满看得真真切切，猛地跳出，喝道："钱文放！"

钱文放一看，大惊："你是金满？！"撒腿便跑……

四　没想到又被你缉破

撒腿便跑的钱文放被赵武一个钩腿绊倒在地，旋即被金满抓起举过头顶，恨恨地欲往地上一摔，赵武忙喊，使不得，得将他交与大人审讯。

钱文放被带入山上指挥所，彭玉麟喊道："钱文放！果真是你。"钱文放竟毫无畏惧，应声喊道："果真是我，你又怎的！"

金满"啪"地抽了钱文放一个耳光，一脚将他踢跪：

"你这个奸贼，还敢如此嚣张，你害得我金满差点成了千古罪人。只以为再也找你不到，没想到你又来到此地，当起了内奸卖国贼的头头。彭大人，这号奸贼还审什么，交与我，拉出去一刀砍了！"

彭玉麟说："你且莫急，待我问他几句。钱文放，你是受谁指使？从京城来到广州，竟网罗人刺探我军情报，出卖给法国，你也是中国人，为何要做此卖国投敌之事？"

钱文放说："彭玉麟，你不要再问，我钱文放来此，无人指使，乃是我向你下过战书，你难道忘了我假冒李中堂之名要你释放谭祖纶的那封书信了吗？我屡屡败于你手，心有不甘，在石落塔，我的计谋全被你识破，最后落得个只身逃亡，我也曾雇毛豹追杀你儿子，谁知阴错阳差，反而差点死于毛豹之手。"

钱文放在安定县城安定镇跟着毛豹去河边树林"取"包袱，抬头去看毛豹所说的老鸹窝，被毛豹将随手脱下的罩衣往他头上一蒙，脚下一个扫堂腿，将他绊倒在地，捆到树上，并搜走了他身上的碎银。毛豹扬长而去后，被蒙头绑于树干的钱文放心里叫苦，想不到我钱文放一生专算计人家，这次被个粗野武夫算计了。只得"唔，唔"地喊，"来人啊，救命！"

被憋住发出的声音只能如呻吟。

就在钱文放以为必死无疑之际，来了个掏老鸹窝的混混。

混混拿着弹弓戏耍而来，胡乱朝树顶射弹丸，发现了钱文放：

"噫，那是什么东西？"

"唔唔，救命啊……救命……"

混混说："原来是个人啊！"上前将蒙住钱文放脑袋的罩衣掀掉。

钱文放长嘘了一口气，忙说："恩人，恩人，请你快快将我解开。"

混混说:"嗨,你喊我恩人,可从来没人喊过我恩人,好玩,好玩。"

钱文放说:"恩人,我是遇上了强盗,强盗抢走了我的包袱,将我捆绑在这里,恩人快将我解开,我给你钱。"

混混说:"你的包袱都被抢走了,还有钱啊?"

钱文放说:"你将我解开,我就有钱给你。"

混混说:"先别急,恩人不恩人,我先拿你练练弹弓,看打得准不准。"

钱文放忙说:"别打别打!"

混混说:"我不打你脑袋呢,若打你脑袋,把你打死了,还怎么当恩人,只能成凶手。"

混混站至稍远处,以弹弓弹丸朝钱文放身上射去。钱文放被打得"哎哟""哎哟"。混混乐得大笑。

混混玩够了,将钱文放解开,伸出手:"拿钱来,你亲口说的,将你解开,就有钱给我。"

钱文放想,倒霉透顶!只有糊弄他先去吃点东西。便说:"我还有些钱寄放在朋友家,可我实在饿得走不动了,我俩先去找个面馆吃碗面,吃完面就去拿钱给你。"

被人抢了捆绑在树上,还说有钱寄放在朋友家,想糊弄老子,没门。混混心里这么想着,嘴上说:"行啊,你就慢慢走,去找家面馆,我替你买碗面条,还打二两烧酒,待你吃饱了再去取钱。"

钱文放一听,心里暗喜,喝了酒,我就要你身上的钱变成我的,你身上总有几个钱。

混混要钱文放在前面走,他跟在后面。跟在后面的混混想,前面有个粪坑,上面盖着些树枝杂叶,看我要一耍他。

混混说:"喂,我看你那走不动的样子,不如做好事做到底,我来扶着你走。"

钱文放忙停住:"好,好,待会儿重重谢你。"

混混搀扶着钱文放,走到掩盖的粪坑旁。

混混说:"我将捆绑你的绳索解开后,怎么就没听见你喊我恩人了?"

钱文放说:"再谢恩人。"

混混说:"去你的吧!"将钱文放一推,钱文放掉进粪坑。

混混大笑:"你以为老子真的相信你有钱寄放在朋友家的话啊,老子天天在这一带混,没有不认识的人,谁家来了个朋友亲戚,老子全知道。"

混混笑着甩开两手走了。

钱文放在粪坑里挣扎。

"彭玉麟,我自打在石落塔输给你后,就尽是背运,接连被毛豹、混混算计,落得个形同乞丐……"

"钱文放,这不是你尽走背运,你本身就是个混混,"金满打断他的话,"你说的那毛豹等人比你更混,你就只能被他们算计。"

钱文放不理睬金满的话,只顾自讲:"彭玉麟,你是我的克星啊!但我岂能善罢甘休,我脱身后回到京城,得知你来广东,我便赶来,只要令你失陷省城,朝廷自会拿你是问。原听闻张树声主守黄埔,断定这广州自会失陷,孰知你又说服张树声,重新修复虎门炮台,故悬赏让人刺探军情,只要将虎门防守之详情交与法军,虎门定被攻破,虎门一失陷,广州完蛋,你彭玉麟也完蛋。没想到又被你缉破。彭玉麟啊,我钱文放今世算服了你,我尽管用尽计谋,仍斗不过你。今日落入你手,便是我的死期已到,但不须你动手,我早已准备好了。"

钱文放突然对金满说:"你那后面是谁?"

金满转身去看,腰间挎刀暴露在钱文放面前,钱文放抽出金满腰刀,往自己脖子上一抹。

金满见钱文放抹了脖子,觉得自己被临死的钱文放又耍了一下,使得审讯无法进行,正怨自己大意,已听得彭玉麟下令,令他带一队兵士,专事海上巡逻,将虎门警戒线扩大,凡遇可疑人员,严格讯问,不得让奸细再有可乘之机。又令赵武带一队兵士,将那贼窝端了,并将全城大小烟馆都封掉,同时造出声势,捉拿内奸叛贼。

"渔民"奸细说:"大人,我帮你们抓了钱文放,可算立了一功吧?许多烟馆都在小巷里,还有地下烟馆,我再给你们带路,还有我知道的一些帮钱文放干这勾当的人,一并去抓来,该可以将功折罪了吧?"

"你还敢讲条件!"赵武斥道。

彭玉麟说:"只要你带路将那些同伙抓来,可免你一死。"

"渔民"奸细连忙跪下:"谢大人。"

"渔民"奸细带路,赵武带领士兵没费多少工夫就完成任务,令大烟鬼排成一列长队,押着走上山来。

大烟鬼们爬坡爬得气喘吁吁,各种怪相尽显。

不少干活的人停下,或好奇、或鄙夷不屑地看着走来的大烟鬼们。

彭玉麟也看着这些人走近。

大烟鬼们一到山顶,纷纷如散架一般歪倒在地。

"起来!起来!不准坐下,都站起,站好!"士兵边喊边将大烟鬼们揪起,或踹一脚、踢起。

"渔民"奸细指着其中几个,说:"那几个是干我原来那勾当的。"

彭玉麟令赵武将那几个奸细带去审问,余下的押去挖掘地道、强制戒烟。

"渔民"奸细说:"大人,我可以回去了吧?"

"你去当他们的队长。"

"渔民"奸细立时兴奋:"我当队长?!好呢,我这大烟不戒也不行了。还是戒了好,戒了好。"说完,对着那些大烟鬼喊道,"你们听好了,彭大人命我当你们的队长,你们得听我的指挥,谁要是怠工,皮鞭伺候;谁敢逃跑,立即斩首!"

第十九章 彭张联手

一　欲亲自率勇出关，北宁已经惨败

两广总督府再次召开军事会议，湘军、淮军、粤军将领共聚一堂，气氛已是空前和谐。

湘、淮、粤将领进来便互相问候，并互请就座。

张树声主持："请钦差兵部尚书、雪帅训示。"

彭玉麟说："无谓训示，就是给各位讲讲粤防部署，还须听取各位的意见。"

彭玉麟指着地图："虎门防区，以娄云庆五营驻扎沙角，王永章、刘树元二营驻扎大角，互成掎角之势，法寇军舰来犯，用克虏伯大炮轰之，可谓一线；再以靖海水师营分泊，水陆相依，以固省城门户，是谓二线。同时，我已与张大人会商，札饬地方举办渔团、乡团，举渔民、农民之力，以收坚壁清野之效力，且可清除内奸，为我军筹送后备战力。可称三线。"

粤军提督方曜说："雪帅之部署，将一线、二线、三线连成一体，我完全赞成。"

彭玉麟说："要说这二线之形成，还托方将军亲绘的《近海港汊图说》。"

当虎门工事完毕，彭玉麟请张树声等一同视察沙角、大角时，粤军提督方曜将他亲巡所绘的《近海港汊图说》献与彭玉麟。《近海港汊图说》对彭玉麟构筑第二道防线起了很大的作用。当时彭玉麟就想，此人精明强干，有勇知方，可堪大用。

娄云庆接着说："请雪帅放心，一线有我五营驻扎沙角，定保虎门无恙。"

王永章说："我与刘将军二营驻扎大角，定配合娄将军确保虎门无恙。"

靖海水师参将说："我营保证随时出动。"

彭玉麟说："法寇来犯，我自亲赴前敌。有张大人和众位将军齐心协力，广东当稳如磐石！然，当今沿海外敌，不独法国，日本对我台湾亦虎视眈眈，应以广州为中心，北及闽台，南到琼廉，以至广西，将海防连成一片。须重战、慎战、善战。"

张树声说："将海防连成一片，重战、慎战、善战。好！"

众将领皆兴奋称好后，又有人担心地说，就是不知能否得到朝廷准允，予以实施。

彭玉麟说："在赴粤途中我就向朝廷提出，拟一面协守，一面密咨云贵总督、广西抚臣，各派骁将，率领精兵数千，督同刘永福部，出其不意，攻其不备，疾捣顺化河内及西贡敌营，覆其巢穴，使法军无地盘踞，则犯粤之军势将溃退，并可保全越南。此策虽尚未得朝廷答复，但我还要向朝廷请命：广东布置已就，拟添募陆勇后，由彭玉麟亲率出关，直捣西贡。"

彭玉麟欲亲自率勇出关的请命又未得朝廷答复，法军则向越南北宁发动了进攻。清军东路主力二万余人，竟一触即溃，守军根本没有进行像样的抵抗，便弃城而逃。争先恐后逃跑的清军中竟有携带家眷者、提包扛袋者，指挥官喊几声"不准后退，不准后退"后，自己掉头便跑⋯⋯

北宁惨败，震惊朝野。

彭玉麟召集方曜等将领商讨北宁为何遭此惨败。

彭玉麟说："今日急召诸将前来，是因北宁惨败，两万主力，为何一触即溃，更有甚者，未触即溃？你们只需大胆而言。"

方曜说："恕方曜直言，北宁惨败，和朝廷有直接关系。"

有将领为方曜此话而惊，他竟敢如此直言！

方曜说："众所周知，朝廷素有主战和主和之争，持主和者对朝廷影响颇大，以致越南山西失陷后，朝廷仍诏谕前敌将领'严饬各军，力保完善之地，毋使再行深入'，故前敌将领不敢主动进攻。据我所知，在山西战后至北宁作战前的一个多月时间内，东线我军竟毫无作为，坐待法军增兵进攻，因而被各个击破。此次惨败，令人痛心至极啊！"

娄云庆说："东线乃广西巡抚徐延旭指挥，早就有人说他'平日既无调度之方，临事复无应变之策'，而前线指挥又非一人担当，竟由黄桂兰、赵沃二人共同指挥，两个统领，两军分治，那仗还怎么打？"

潘泷说："提督黄桂兰倒是打过不少仗，他原是张大人的部将，有作战经验，但道员赵沃是徐延旭的亲信，对军事乃外行，北宁防务，是赵沃做主。黄桂兰因赵沃外行，自然看不起他，故彼此不和，两个前线指挥，两人又不和，就如娄提督所言，那仗还怎么打？"

孟浒说："在北宁失陷前一日，广西巡抚徐延旭对于前线紧急情形一无所知。北宁失陷后两日，竟仍然不知。像徐延旭、赵沃这样的昏庸之辈指挥作战，焉能不败？"

彭玉麟在心里想，徐延旭是李鸿藻、陈宝箴、张之洞等人推荐的，唉，怎么推荐一个这样的人，失策啊失策，李鸿藻肯定要受处罚，张之洞不知会不会被牵连，这一下，主和派又要得势了。但黄桂兰是张树声的原部下，张树声恐也难辞其咎，更何况，作为两广总督，怎能对广西军事部署不予纠察。

王永章说："徐延旭自筹办广西边防以来，广西防军由原来的十余营增至五十余营，扩军不可谓不多，但求多而不求精，以致粮饷不敷，兵无斗志，且未经训练，不习火器，临战扩兵而无严格要求，军纪松弛，尤有甚者，将弁贪污腐化，据说该军弁勇有家室者居半，吸食洋烟者居半，这样的军队，怎么能打仗？此次法人进攻北宁，不过是遥遥相击，并未逼攻城池，而该军将士闻警先携妇女而逃，军械饷银全部为敌所得，可恨之至。"

彭玉麟说："诸位不知还想到一点否，为何独有刘永福不败？"

诸将被彭玉麟此话点醒，纷纷说：

"是啊，为何独有刘永福不败？"

"刘永福还没有军械粮饷接济。"

"他的部队还非正规。"

…………

彭玉麟说:"我当上奏,对刘永福部,必须予以大力支援、接济。"说完又自语,"我还想到一员老将:冯子材!如得此人抵御法军,定奏凯歌。冯子材现在怎么样了呢?"

彭玉麟在想着冯子材,而在紫禁城养心殿前殿的慈禧已大怒:"将徐延旭、黄桂兰、赵沃全部革职,解京入狱!"

二 迎来了一个真正的好搭档

徐延旭等被问罪的消息到了两广总督府,张树声的一个幕僚对张树声说:"张大人,徐延旭被革职,解押进京……"

这幕僚还没说完,就被张树声打断:"徐延旭这样的人,压根就不能担当重任,可李鸿藻、张佩纶、陈宝箴、张之洞等人非要推荐他,这些推荐他的人都自命是清流,天天喊的是主战、主战,非战不可,和李鸿章大人唱对台戏。你真要战嘛,就得推荐个能人啊,却推荐这么一个草包。"

幕僚说:"李中堂大人对此该有看法吧?"

张树声不吭声,心里说,这不是明知故问吗,中堂大人能无动于衷,能不要我行动?我已命我儿子张华奎联手盛昱参劾李鸿藻、陈宝箴、张之洞等荐人失察。这次的参劾定能奏效。太后定然转而支持中堂大人,以和为主。

幕僚见张树声不吭声,又说:"大人,徐延旭被革职解押进京,黄桂兰和赵沃也同时被捉拿进京,那黄桂兰……"

"黄桂兰怎么啦?"

幕僚说:"黄桂兰在被捉拿时便已服毒自杀。"

"你想讲的恐怕不是他服毒自杀吧?"

"那黄桂兰是大人的原部下，我是担心……"

张树声说："担心连累到我吧？他是我的原部下不假，可这次他是受徐延旭调派，担任前线指挥，那前线指挥实际上又由徐延旭的亲信赵沃做主，黄桂兰是受了赵沃这个外行的拖累，其实冤屈，可竟服毒自杀，唉，可惜了一员好将。"

张树声这么说，幕僚心里思索：我本想提醒他，作为两广总督，北宁惨败焉能没有连带之责？好要他早点防范，打点京城关系，可他毫不在意，似乎全与他无关，还指示儿子联合盛昱去参劾人家失察，他自己临近前线，不更有未予及时纠察之责吗？唉，人家失察固然难逃罪责，却不知自己也已大祸临头矣！在他这做幕僚我也做到头了。不如趁早辞去。

幕僚便说："张大人，我家父母年事已高，近来屡发旧症，我想辞幕回去照看。望大人准允。"

"哦，你家父母近来屡发旧症，那是得回去照看。"张树声说，"我近来身体也大不如前，人上了年纪，确是一天不如一天啊！"

"谢大人准辞。望大人保重。"

幕僚的"大人保重"话中有话，他偷看张树声脸色，张树声毫不介意。

张树声做梦也没想到，他是李鸿章一派，参劾李鸿藻、陈宝箴、张之洞等又是赢了的一派，赢了的喜悦还未褪尽，他自己这两广总督被开了。

徐延旭被革职，解京入狱后，判斩监候，后改为充军新疆，未离京即病死。清流派主战的李鸿藻被降二级。慈禧趁机改组了以恭亲王奕䜣为首的军机处，自握军机大权，并又一次倒向主和派。就在张树声等以参劾打击了清流派而庆贺胜利之际——

"圣旨到！张树声接旨。"

张树声忙跪下接旨。

"……张树声着开两广总督之缺，仍督所部办理广州军务。钦此。"

张树声茫然接过圣旨。

张树声站起，问宣读圣旨官员："敢问大人，可知道是谁来接任两广总督？"

宣读圣旨官员说："以山西巡抚张之洞署两广总督。这个你都不知道？"

张树声心里顿时一惊，张之洞，他不也是清流派的吗？参劾清流派荐人失察案中不是也有他的名字吗？他怎么反而升了两广总督？他一来，定会找我茬子，趁机报复，我可就有大麻烦了。

两广总督府迎来了新总督。

彭玉麟迎接："张大人，你来担任两广总督，我高兴啊！"

张之洞说："彭大人名震天下，我老张能与彭大人共事，实为荣幸。"

彭玉麟说："嗬，张大人自称老张，则应称我老彭。"

张之洞说："失言失言，我是在亲近的人面前自称老张觉得亲切，怎么敢称彭大人老彭。"

彭玉麟说："难道我在你老张面前让你觉得不亲切？"

张之洞说："呵呵，我那话失言更甚。"

彭玉麟说："那就称我老彭。"

张之洞便喊："老彭！"

"老张！"

老彭老张这么一喊，虽然不可能像革命同志那样两双大手立即紧紧地握在一起，也不可能像洋人那样拥抱，彼此的距离，可就拉得很近了。

彭玉麟说："老张，这总督府我比你先进，就让我先做一会儿寓主，请进，请进，我老彭请你喝茶。"

张之洞跟随彭玉麟进去，两人坐下。

彭玉麟说："这广东兴喝工夫茶，不知你喜欢否？"

张之洞说："工夫茶太费事，我这直隶人还是觉得喝大碗茶省事，不就是解个渴嘛，何必费那个事。"

彭玉麟笑了："老张啊，你和我一个性子，我这湖南人也是嫌工夫茶费事，不就是喝口茶吗，何必如此麻烦。这话，我刚来广东时对张树声说过，我说，张大人，我在这方面还是如同粗人，喝茶嘛，不就是图个解渴，工夫茶用那么个小小茶盅，得喝多少盅才能解渴，不如大碗茶，痛快。"

张之洞说："老彭，咱俩这是不是英雄所见略同啊！"

两人同时笑了。

彭玉麟说："幸亏你老张也说工夫茶太费事，如果你真要喝，我还真拿不出，一是我这身边的人无人会那功夫，二嘛，没那套茶案茶具。张树声那个安徽人倒是喝工夫茶喝上了瘾，故而在镇海楼也给我准备了一套，可我要人撤走，不知放什么地方去了。"

彭根端茶盘走进，茶盘上放着粗砂茶壶、茶碗。

彭玉麟说："来来来，咱俩还是用茶碗喝，谁想喝谁就自己倒一碗。"

张之洞说："你刚才说张树声在镇海楼给你准备了一套茶案茶具？你难道是住在镇海楼？！"

彭玉麟说："是啊，镇海楼那地方不错。"

"不行不行，你得搬到这总督府来住。"张之洞说，"老张我还盼着天天向你请教呢！我这可不是虚话，从现在开始，凡有关军政大事，你老彭说了算。"

彭玉麟说："怎能由我说了算。咱俩一同核商。"

张之洞说："老彭啊，我不是想卸担子，我也不是个卸担子的人，而是你老彭，凡军政大事，几十年来，出过什么差错没有？没有！我这是实话吧。"

彭玉麟说："你这么一讲，我倒是想问，李鸿藻这次被降二级，怎么没影响到你？张华奎、盛昱的参劾中，你可是'榜上有名'。"

张之洞说："我也搞不清，许是朝廷知道，若全听信参劾者的话，将我等全部弃用，仅剩下为此而高兴庆贺的人，恐也不利。其二，许是知道我和你老彭搞得来，这边形势吃紧，故特派我来，我二人同心协力，确保两广无恙。"

"说得好，我二人同心协力，确保两广无恙。"

彭玉麟迎来了一个真正的好搭档。

三　以德报怨，为参劾过自己的人辩护

被开缺两广总督的张树声形容枯槁。他是完完全全实实在在没想到，站队没站错，原本就是李鸿章一派，这次亦是坚定地站在这一边，并且赢了，把清流派给参劾下去了，自己的两广总督却没了，给抹了……

张树声在行营里焦躁不安，一亲信走进："大人，京城来信。"

"快，快拿过来。"

张树声赶紧拆看信件。

张树声看信时，展开信的手在颤抖。

看完信，他弯腰背手踱步自思，信上说我被开缺两广总督后，朝中又有人趁机弹劾我，而且多人落井下石，罗列了我一堆罪名，不但要将我"仍督所部办理广州军务"之任去除，而且应缉拿进京治罪。太后已命彭玉麟和张之洞核查。

张树声不由地搓手，我曾指使人参劾过彭玉麟，这次参劾清流派又搭上了张之洞，如今落到彭玉麟和张之洞手里，两个核查大员都是对头，自己还能不被整死？唉，完了，这回完了！

张树声忽地大声喊："墙倒众人推，我张树声反正已是死老虎，你们就打吧，打吧！"

守候在外的亲兵被他这话惊吓，忙走进："大人，你这是怎么了？"

张树声颓然往椅子上一靠，如同昏厥。

已经不属于张树声的两广总督府里，接到朝廷命令的张之洞找彭

玉麟商量，该如何查办张树声。

张之洞刚喊声彭大人，彭玉麟说："张大人，怎么又忘记喊老彭了？"

张之洞说："这回是和你商量公事，还是喊彭大人为好。"

彭玉麟说："我知道张大人所为何事，是为张树声之事。"

张之洞说："是啊，朝中不少人弹劾张树声，说他枉情徇私，巧取财物，玩视边防，贻误地方，名不副实，难胜重任，不但应将其'仍督所部办理广州军务'之任去除，而且应缉拿进京治罪。太后命我俩核查所参张树声之罪。"

彭玉麟说："张大人，还请你先谈谈对此事的看法。"

张之洞说："张树声虽被免去两广总督，但他原先统帅的淮军各部仍是两广重要拒敌力量，各府州县官吏，也大多是他的亲信，在这时局艰难、急于用人之际，'仍督所部办理广州军务'之任，还是恰当的。"

彭玉麟故意问："你难道就忘了他指使儿子联合盛昱参劾清流派、李鸿藻被连降二级、主和派弹冠相庆，你也差点被累及之事？"

张之洞亦故意反问："雪帅难道也忘了他指使儿子联合盛昱参劾你'抗旨鸣高'之事？"

二人会心而笑。

彭玉麟说："张树声已被免去总督之职，而且重病在身，如再落井下石，我们的人格何在？"

张之洞说："彭大人的意见……"

彭玉麟说："四个字：秉公处理！我俩实事求是地进行调查，查出是什么就是什么，据实上报。绝不以私废公。"

张之洞说："雪帅胸襟，令人敬佩。"

彭玉麟说："张大人之胸襟何尝不亦如此。"

张之洞说："雪帅以往屡辞高官不就，隐身退省庵，可是一旦时局危难，便挺身而出，丝毫不计较职位的高低、权力的大小，就连加固虎门炮台之事，都多次征求张树声的意见，为的是什么？为的就是同心协力以拒外敌。这次为的又是湘淮合力。"

彭玉麟说:"我之所以一见你来便高兴,就在于你能以大局为重啊!"

张之洞说:"雪帅还有一事令我佩服,你历来主战,但未被列入清流,且不说你参劾了赵继元、斩杀了李栋才,那都是李鸿章的亲戚,就以主战主和而言,你和李鸿章是对立面,可李鸿章也对你无可奈何。你哪派都不介入,特立独行能立于不败,难啊!"

彭玉麟说:"我俩这可有互吹之嫌了啊!"

张之洞说:"实话实话。咱还是说张树声。"

"对,说张树声。"

张之洞说:"对张树声核查之事,是否可向他通报谕旨及各条参奏内容,允许他申辩?"

彭玉麟说:"当然可以,咱们是君子行事嘛。"

张之洞说:"那我就去找张树声,向他通报。"

彭玉麟说:"我和你一起去,这样他就放心了。"

"走!"

说走就走,两人来到张树声行营。

亲兵报张树声:"大人,彭大人和张大人来了。"

张树声说:"这么快就来宣布我的罪状了。"

潘泷、孟浒等将领皆有愤愤不平之色。

彭玉麟、张之洞走进。两人先后喊:"张大人。"

张树声说:"宣布吧,宣布我的罪状吧。我张树声早就在候着。"

彭玉麟、张之洞笑。

"你们笑什么,难道还要羞辱我?"

彭玉麟说:"张大人,我俩专程来此,是要向你通报谕旨及各条参奏内容。总督大人,你对张大人说吧。"

张之洞说:"朝廷命彭玉麟、张之洞核查弹劾张树声之罪行。所弹劾张树声之罪行为:枉情徇私,巧取财物,玩视边防,贻误地方,名不副实,难胜重任,应将其'仍督所部办理广州军务'之任去除,缉拿进京治罪。"

彭玉麟说:"张大人,听清楚了吗?我和总督大人商议,定秉公核查。并准许你申辩。"

张树声大出意外:"二位大人,你们竟然将弹劾我的罪行告知于我,并准允我申辩?"

彭玉麟说:"不错,在你未申辩之前,我替你说两句,就我来到广东后与你共事期间而言,'玩视边防,贻误地方'之罪名,不实。至于其他罪名,我和总督大人核查后,定给你一个公正之评。"

张之洞说:"'仍督所部办理广州军务'之任,我和彭大人一致认为,不宜去除。请张大人仍一如既往,该怎么办就怎么办。"

"多谢二位大人啊!我张树声曾对不起二位大人,二位大人不计前嫌,令张某羞愧、羞愧。"

彭玉麟说:"张大人,你身体欠佳,还望静心养治,多多保重,咱们一同要干的事还多着呢!"

张之洞说:"张大人,我们就告辞了。"

张树声起身要送,被止住。

彭玉麟、张之洞走后,潘泷、孟浒等将领都松了一口气。

潘泷说:"没想到钦差、总督大人竟亲自来说明,难得难得。"

孟浒说:"岂止是难得,当是我朝第一先例。"

…………

将领们还没议论完,张树声说:"备马!"

"大人,你……"

"我要出去巡勘地形,还有些防备我不放心。"

潘泷说:"大人,你这身体……"

张树声说:"彭大人不时咯血尚亲自登临炮台,我这个病算得了什么!备马!"

潘泷、孟浒等众将领齐声答道:"是!"

张树声这回是真的豁出去了,他抱病勘察地形,抱病训练部队……他这不是想好好表现,争取朝廷"从宽",而是为彭玉麟和张之洞感动。

张树声如此表率,潘泷、孟浒等将领能不身先士卒,士兵能不精神抖擞？

训练场上，全是洋枪实弹射击，洋枪拼刺。

淮军显示出了前所未有的高涨士气。

彭玉麟和张之洞经过核查后，该做结论上报朝廷了。

张之洞说："彭大人，我俩经这段核查，所参张树声的事宜并不符合事实啊。"

彭玉麟说："据实禀报。我俩联衔上奏吧，奏章就请张大人执笔。"

张之洞说："还是彭大人执笔为好。你曾遵查两江总督刘坤一被参案、湖广总督涂宗瀛被参案，至于提督、总兵、统领则不计其数，就连左宗棠，你也曾奉命核查被参案，朝廷知你从不徇私，这个原两广总督张树声被参案，自然也得由你执笔复命了。"

彭玉麟说："张大人既然谦让，我就执笔，再请你酌正。"

彭玉麟所写回复朝廷的奏章是："臣彭玉麟、张之洞奉旨核查张树声被参一案，经查，张树声实为廉正老成、精勤任事之员，所参'枉情徇私，巧取财物，玩视边防，贻误地方'与实情不符……张树声被参后，尚抱病勘察地形，训练部伍，仍应着其督所部办理广州军务……"

四　力阻和议无果，但愿福建无事

张华奎和盛昱来到直隶总督府。门卫报与李鸿章，李鸿章就说："他俩定是为张树声而来，叫他们进来。"

张华奎、盛昱进来正要行"拜见中堂大人"之礼，李鸿章说："免了。坐吧。"

张华奎说："这次来见中堂大人，是我父亲写了信来。"

李鸿章说:"你父亲写信是要你感谢彭玉麟和张之洞吧?"

张华奎说:"正是。但我还没说信的内容,中堂大人怎么便知?"

李鸿章微笑:"这等小事还能不知?"

张华奎说:"我感到疑惑的是,彭玉麟、张之洞这回怎么……"

"是啊!"盛昱说,"我俩都参劾过彭玉麟、张之洞,尤其是对彭玉麟,直接参劾他'抗旨鸣高',他不可能不知道张树声大人参与其中,这次朝廷命他和张之洞核查张树声大人,他怎么反而为张大人辩护了?"

张华奎说:"我原以为太后命彭玉麟、张之洞核查我父亲被参劾之案,他二人肯定会趁机报复,我父亲定会毁于他二人之手,可完全出乎意料。中堂大人,这里面会不会另有玄机?故特来请教。"

李鸿章说:"你们两个啊,太不了解彭玉麟了。老彭那人,是会权衡大局利弊的,且不说张树声所辖淮军各部,单以广东各府州县官吏而言,是谁的人?大多都是张树声的人,彭玉麟若小心眼,岂不会丢了两广这大局?若丢了这大局,他怎么向朝廷交差?所以老彭之了不得,就在于此!"

盛昱说:"中堂大人,那张之洞呢?"

李鸿章说:"张之洞初到广东,一来他必须依仗彭玉麟,二来他自知军事指挥能力不及彭玉麟,故彭玉麟要放过张树声,他自然附和。他和彭玉麟联衔上奏,反为张树声辩护,亦在于此。"

张华奎、盛昱说:"谢中堂大人点明。"

李鸿章说:"他俩还会有什么玄机,你们就不要以小人之心去度君子之腹了。"

李鸿章这话让张华奎、盛昱听得浑身不自在。

张华奎想,参劾彭玉麟"抗旨鸣高",不就是你授意的吗?此时怎么又说我们是小人之心了。

盛昱心里说,参劾清流派将张之洞列入其中,是你授意,可没想到张之洞反被重用,你也失算了啊!

李鸿章沉吟:"感谢彭玉麟和张之洞保全了张树声吧,其实我也该感谢，张树声毕竟是跟随我多年的人啊！他若被缉拿进京治罪，我何以堪。广东有彭玉麟、张之洞，加上张树声，完全可以放心了，我断定，法军绝不敢犯粤。倒是老夫我又被推到了火盆上，法国突然提出要议和，太后又把这差事交给了我，命我和法国使者福禄诺签约，我能不去签吗？谁能理解我？老彭定然又会骂我了。"

李鸿章没说错，他奉命和法国签订和约，彭玉麟在两广总督府怒骂：

"李鸿章，你个混蛋！你此时若在我面前，我彭玉麟又要揍你！在我广东防守日益坚固，将士一心，不但可阻击来犯之敌，而且可出关击敌之际，你，你竟然和法国……"

张之洞忙劝："别发火，别发火，你这一发火，又会咯血……"

李超也忙说："是啊，张大人说得对，你不能发火，以免旧症突发。"

"我能不发火吗？能不骂他吗？老张你说说，有这样谈判的吗？仅仅两个小时，两个小时就和法国使者达成协议，就算是乡下谈一笔猪仔牛羊的买卖，也得讨价还价老半天，他倒好，两个小时就签了个《中法会议简明条款》，他这不是个顶级混蛋吗？"

张之洞说："李鸿章与法国议和，那是朝廷派他去的，朝廷要议和，能有什么办法。"

彭玉麟说："不行，我得上奏，一定要力阻和议！"

张之洞叹口气："唉，那个《简明条款》确实不像话，承认法国占领越南，将驻扎北圻各防营调回边界，法国商品可从广西、云南自由输入我内地，还说中法两国派全权大臣在三个月后，照以上所定各节会议详细条款。"

"什么三个月后会议详细条款，不要三个月，法军定会对我国发动突然袭击！老张，这是我彭玉麟当着你面说的话，你帮我记着。"

李超、赵武皆惊："不要三个月，法军定会对我国发动突袭？！"

张之洞说："老彭啊雪帅，你怎么能作如此肯定之预料？依据何在？"

彭玉麟说："我给你们分析分析，其一，这个条约等于宣告了我军在北圻的失败，承认了法国对越南的保护权；同意中越边界开放通商，则意味着我国已从援越固边退缩，只能被动挨打了。"

张之洞说："从援越固边退缩这一点，我倒也看到了。"

彭玉麟说："其二，乃最重要的一点，法军并未遭受我军重创，却主动议和，显然是缓兵之计。"

"缓兵之计？！"李超、赵武相互对望。

彭玉麟说："法军将会利用这段时间增调兵力、补充给养。我军囿于条约，定然思想麻痹，在军事部署上，不可能针锋相对，即使有所部署，也只能是消极防御，坐等挨打，而法军调兵快速，故，不出三月，我国必遭突袭。"

"大人，我军有办法避免吗？"李超、赵武同时问。

彭玉麟说："办法？办法之一得靠李鸿章，他也带兵多年，他难道不知道敌之缓兵之计？故，除非是李鸿章又密奏朝廷，签约归签约，备战得照样进行。但这是不可能的。"

赵武说："大人，那办法之二呢？"

"之二，便是全靠朝廷了。可朝廷既令李鸿章签约，还会……"彭玉麟不能再往下说了。

众人无语。

彭玉麟又说："朝廷在这三个月内若不针对法军动态备战，谁敢备战？即使法军舰艇上门挑衅，也无人敢还击。除非是来碰我彭玉麟！法国军舰若敢来犯我广东，一进入我大炮射程内，本帅就命令开火！"

赵武说："先打沉再说。"

李超说："可法军原来叫得那么凶，要进犯广东，近来却全无进犯我广东的迹象了。"

张之洞说："这是因我广东已做好了一切迎击的准备，自雪帅来到广东后，要塞加固，炮台或修复，或新设，安装的全是克虏伯大炮，省城周边，就连港汊都防备森严……"

"别说这些了，此时我最担心的是另一处。"彭玉麟说，"我必须上奏，提醒朝廷千万不要上当！然光说军事，无济于事，须阐明此和议对我国的严重损害。历次和议，我国不是赔款就是割地，抑或二者兼有，可这次，法国为何宁愿不要巨额赔款，只求边境通商？"

赵武说："是啊，这次为何只求边境通商呢？"

彭玉麟说："这是其更大的阴谋啊！我国将要失去的，会是十倍于赔款的利益，以云南而言，物产丰富，一旦通商，云南的山川形势都将被彼探知，他若是真心通商尚无碍，可他绝非仅为通商呵！"

李超说："他探知了山川形势后，一举进犯，便是轻车熟路，我们如何抵挡？"

彭玉麟说："我之忧者，正在这里。故绝不能议和，而应抗敌到底，法国距越南有万里之遥，只要我们与其战之持久，其必如陷泥沼，支撑不住。而将驻扎北圻各防营调回边界，就正好让法军以越南为据点，日后将滋事不断，我边防从此不宁……"

张之洞说："雪帅善于用兵，你说此时最担心的是另一处，可否明言？"

李超、赵武齐说："请大人明示！"

彭玉麟说："法军屡欲占我台湾，基隆首当其冲，何处可对台湾就近支援，被认为是他的最大威胁？"

李超、赵武同声："福建！"

彭玉麟叹道："福建水师危矣！"

彭玉麟虽然预料到福建水师危矣，但他无能为力，他唯一能做的，就是冒着风险向朝廷上书，为了阻止和议，他连夜于灯下疾书长达二千字的《力阻和议片》。

若把他写的《力阻和议片》展开，那是一轴长卷啊！

守候在书房外的彭根端茶欲进，李超接过，轻声地说："待我端进去。"

李超端茶蹑手蹑脚走进。

彭玉麟却将笔一放："不须如此小心，我心愤懑，奏折已毕，正想找你叙谈。"

李超说："大人，我也想借机询问，大人上奏力阻和议，倘若朝廷搁置不睬，怎么办？"

"但愿我彭玉麟所上力阻和议之折能为朝廷采纳。"彭玉麟沉思片刻，又长叹一声，"唉——我曾几次请求带兵主动出击，不得批复，但必须尽臣子之责啊！"

李超想，我得宽慰大人。便说："大人此次所奏，和前几次不同，前几次是请求亲自带兵出击，朝廷念大人年事已高，故不准允，这次是力陈和议之危害，朝廷说不定会采纳呢！"

彭玉麟似乎陡然兴奋："李超，你看一首我在来粤途中所作之诗。"

彭玉麟找出所写之诗，让李超看。

每年万里事巡行，卅载奔波白发盈。鄂北归装刚系缆，海南奉使又提兵。无知蛮族开边衅，急整雕鞍赴远征。赢得小阳春正暖，一鞭遥指五羊城。

赴粤途中，山岭逶迤，彭玉麟骑在马上，白髯飘拂，虽风尘仆仆，然意气风发。他策马登上一山头，以鞭遥指粤地。

李超说："'赢得小阳春正暖，一鞭遥指五羊城。'大人，你还有当年指挥长江水师的雄姿啊！"

彭玉麟却又长叹一声："唉，我知道你是有意宽慰于我，可这次和议之后果，实在是令我担心啊！"

彭玉麟沉吟："条约云：中法两国派全权大臣在三个月后，照以上所定各节会议详细条款。三个月，这三个月内朝廷若能督令东南沿海勿松懈战备，遇敌进犯，即予还击，则幸也。但愿我的预测错误，这三个月内福建无事，至幸也！"

李超说："大人，你别太忧虑了。还是早点歇息吧。"

彭玉麟如未听见，自语："这三个月内，我也只能继续巩固广东防务，别无他策。然防务非单一，须整顿广东积弊，湔除广东政治弊端，方能长久稳固。明日去和张树声一起商议。"

次日大早，彭玉麟便到了张树声行营。

张树声一见彭玉麟到来，急欲行大礼。

彭玉麟一把拉起："张大人，你怎能如此。"

张树声说："是彭大人使得我张树声晚年免受囹圄之灾啊！张树声焉能不大谢。"

彭玉麟说："张大人，你抱病犹巡察地形，操练部属，令我钦佩。"

张树声说："我是想以些许实绩来弥补之前对彭大人的不敬啊！"

"不要再言前事了。"彭玉麟说，"我这次来，是想和张大人商议如何才能整顿广东积弊，如何才能湔除广东政治弊端。"

张树声说："彭大人，你这是要让我在广东最后留下一点政绩，咱俩这就商议商议。"

彭玉麟说："如今朝廷虽派李鸿章大人和法国签订了《简明条款》，但我认为，战备一刻都不能停，张大人，不知你的看法如何？"

张树声说："虽有人称我为淮军二号人物，但自和彭大人共事后，我深为感动，彭大人是一心为国尽劳，所提各项，均被证明无误。故，条约虽签，但战备不能停，我赞成。"

彭玉麟说："那我就先提出第一条，在已签《简明条款》形势下，水师仍应加强训练。可谓'水师宜练'。"

张树声说："陆营战力虽较以前有所提升，但问题仍然不少，这点我心知肚明。故，陆营仍应整顿。"

"张大人提的乃第二条，可谓'陆营宜整'。"

"对，就是'陆营宜整'。"

…………

行营外日光渐移，从上午到中午，从中午到下午，两人共商议出了一十六条。

彭玉麟说："张大人，我俩一同上奏'水师宜练''陆营宜整''教民有别''仓储宜备''琼州宜图''盐务宜变''会匪宜清''沙田宜查''坟禁宜严''水利宜筹'十条，以整顿广东积弊；以'捐摊宜覆''厘金宜核''出入款项宜清''补署宜公''差委宜均''劣幕宜驱'六条，以涮除广东政治弊端。"

张树声兴奋地说："只要做到这十六条，广东何愁不兴盛。"

彭玉麟走出行营时，一轮血红的夕阳正悬于西边天际。

彭玉麟面对夕阳，神色凝重。他在想，今日所议，虽堪慰我心，但已上奏的《力阻和议片》，才是我最忧心的呵！若能为朝廷重视，严饬福建，做好一切迎敌准备，则局面尚可挽回，否则，不堪想象，不堪想象啊！

第二十章 心托梅花

一　未经批准，派出兵轮援闽

法国远东舰队开进台湾海峡，旋进攻基隆。

基隆守军开炮还击。

法舰攻击一阵后，退却。

张之洞得悉这一消息后，立即对彭玉麟说："法军舰果然进攻基隆，老彭，你预料准确。守军奋起反击，已将其打退。"

彭玉麟说："就基隆守军敢于还击这一点来说，了不得！但法军舰之退却，一是遭遇抗击，不愿耗时强攻；二是另有目标。"

张之洞说："诚如你所言，定是福建。"

彭玉麟说："我担心的就是福建。只要福建水师无恙，则台湾无惧。"

法军舰从基隆退却后，舰队开进了福建闽江口。

消灭福建海军，摧毁马尾船厂，占领福州！就是法军统帅孤拔此行的目的。

在未得到朝廷任何指示的情况下，彭玉麟派出了两艘兵轮援闽。此举后被称为率先破除省域之见，在当时却是要承担莫大风险的——擅自出兵！

兵轮派出去数日后，彭玉麟担心地对张之洞说："福建的情势不知如何？我派出的两艘兵轮应该已到马尾。"

张之洞说："别着急，很快就会有电文报告。"

彭玉麟说："这电报虽然已经开通，可京城一些遗老，竟然不准京城设立电报局，说是会坏了京城的风水。以至于发往京城的电报只能发到天津，还得从天津往京城送，京城发出来的则要先送往天津。不知道福州电报局情形如何，该不会耽误军情传递吧！"

在彭玉麟担心福建时，数艘法国军舰已缓慢驶入马尾港。军舰上打着"度假"的中文字样。

于是，最荒唐的一幕开始了。

法军才攻打了基隆，便来福建"度假"，福建官员竟率人上舰表示慰问：

"张佩纶大人嘱我代表他对贵军来此度假表示欢迎。"

通译将他的话翻译给法军官。

法军官故意问："张佩纶是什么人？"

通译又翻译给福建官员。

"张佩纶大人是朝廷钦差，全权办理福建海疆事宜。"

"他自己为什么不来？"

"张大人公务太忙，太忙。"

"什么，他太忙？那么，你们还有何璟、张兆栋、何如璋等人，这些总督、巡抚、船政大臣为何一个都不来？"

"嘿嘿，嘿嘿，这个嘛，我就不知了，总之我是受命来表示我方对条约的严格遵守。"说完，对下面招手，"抬上来。"

给法军的慰问品抬上法军舰，"祝贵军度假愉快"，然后谦卑地告辞、下舰。尽显大清"风范"。

孤拔听了法军官的报告后，狂笑："清国怎么尽是些这样的蠢货，再通知他们，中国军舰在原地不得移动，若要移动，须经我方批准。"

在两广总督府等着军情的彭玉麟焦急地问："军情电文应该已传来，为何还未到？"

李超说："赵武一直在电报局候着，很快就会赶回。"

军情电文已经到了广州电报局，但还得由电报局的译电员翻译出来，这是个新鲜东西，得对着电码本一个字一个字地找，尽管赵武不停地催促快点快点，还是得一个字一个字地找。

译电终于出来了，赵武拿到手上，飞马赶回："二位大人，军电到了。"

"快念！"

"法舰已进入马尾港，可自由进出，并得以热情款待，我方军舰则处在法舰监视之下，不得移动。上令'不可衅自我开'，水师令各舰不准先行开炮，违者虽胜亦斩。……"

彭玉麟大怒，猛地站起，一掌拍在案上："张佩纶受钦命督办福建海疆事宜，他怎能如此督办？！闽浙总督何璟、船政大臣何如璋、福建巡抚张兆栋、福州将军穆图善，难道都是糊涂蛋？！难道就没有一个明白人？对法舰的侵入不但不予拦阻，反而给以热情款待，我方军舰则不得移动，他们这是要干什么？要置福建水师于死地吗？可悲！可耻！"

彭玉麟对赵武说："福建的军舰我管不了，你立即去给我的兵轮回电：不要管那不准先行开炮、违者虽胜亦斩的什么禁令，保持灵活机动，随时准备开炮！一切由彭玉麟承担。"

赵武急匆匆去回电，彭玉麟犹自发火："张佩纶，你枉称清流派首领，嘴里喊主战，临战却是如此窝囊，你之愚蠢赛过宋襄公，给清流派添污啊！何璟，你也曾任过两江总督，你在两江总督任上时，我也曾和你说过兵法之道，时至今日，你竟如此昏庸……张兆栋、穆图善，你们都是误国丧军之人！"

张之洞说："老彭雪帅啊，你且息怒，'不可衅自我开'的训令，可是朝廷下达的啊！"

张之洞此话一出，彭玉麟颓然坐下。

"虽说朝廷有此训令，可张佩纶他们也不应反予以法舰热情款待，我军舰却不能移动，这不是坐等挨打吗？"张之洞说，"真不知道他们脑子里是哪根筋出了问题。但愿……但愿……唉——"

彭玉麟说："朝廷总也应该有个明白人啊！若是左宗棠督师福建，绝不至于此！可如今就算立即派老左去福建，也来不及了，转眼就快三个月，难道福建水师真是大限已至……"

张之洞说："老彭，我俩真正只能无可奈何呵！"

"朝廷、朝廷……"彭玉麟只能在心里怨愤。

夜色，就在"无可奈何"中降临了。

二　母亲、朝廷，皆无法抗拒

彭玉麟回到书房，忧愤不已，疾笔画梅。

这次的梅花不同于以往，虬枝直冲苍穹。

彭玉麟手中的笔疾挥，耳畔回响着张之洞的声音："'不可衅自我开'的训令，可是朝廷下达的啊！"

彭玉麟耳畔又回响着自己无可奈何的声音："朝廷、朝廷……"

彭玉麟笔下的梅花最后一笔：虬枝刺破苍穹，笔墨冲到宣纸外。

彭玉麟掷笔而吟：

"无补时艰深愧我，一腔心事托梅花。"

梅花中忽地走出梅姑。

梅姑如仙女飘忽到他面前。

梅姑喊："彭郎——"

彭玉麟惊喜："梅姑？！你怎么到了这里？"

梅姑说："彭郎忧心忡忡，又在为国事担心？"

彭玉麟说："是啊！每当我心中有事，你为何总能前来抚慰？"

梅姑说："'一腔心事托梅花'，我怎能不知？"

"可你，你……你早已离我而去，怎么能知我一腔心事？"

梅姑说："我不知你谁知你，谁叫我俩青梅竹马……"

青梅竹马——

安庆城内黄家山破败的彭玉麟母亲王氏宅院内，来了童年小梅姑。

彭母对童年梅姑说："姑娘，大灾之年，你父母双亡，就住到我家来吧。"

童年玉麟立即说:"对啊,你就住到我家来吧!"

童年梅姑抹着眼泪点头。

童年玉麟立即上前去拉童年梅姑:"别哭了,我带你出去玩。"

懂事的小梅姑不动,看着彭母。

"唉,瞧你这逗人怜爱的小模样,从今后,我就是你的伯母。"

小梅姑立即对彭母跪下:"伯母大人在上,请受梅姑一拜!"

"好,好,从今后这里便是你的家。你和玉麟去玩吧。"

小玉麟将小梅姑拉起。

小玉麟牵着她的手,两人跑出。

——小玉麟和小梅姑一起玩耍。

——小玉麟追小梅姑,小梅姑边跑边笑。

——小玉麟和小梅姑一同吃饭。

——小玉麟和小梅姑同睡一榻。

后院几株梅花绽开。

小梅姑坐于梅花下,托腮而思。

小玉麟悄悄走近:"嗨!"

小梅姑被惊,嗔:"吓我一跳。"

小玉麟挨着小梅姑坐下:"你喜欢梅花?"

小梅姑点头。

"哎呀,你怎么和我喜欢的一样!"

小梅姑说:"从小父亲就教我画梅花。"

小玉麟说:"我也爱画梅花,我俩一起画吧。"

小梅姑点头,又说:"你教我。"

小玉麟说:"你教我。"

小梅姑说:"要你教我你就教我嘛!"

小玉麟说:"我俩各去画一幅,谁画得好谁就当先生。"

"好啊!我俩这就去画。"

小玉麟和小梅姑共居一室各画梅花……时光飞逝,两人渐渐成了少男少女。

　　院内，梅花盛开。
　　屋内，少年彭玉麟在铺纸挥毫习梅。
　　窈窕少女梅姑飘然走进。
　　梅姑笑盈盈地为他磨墨。
　　一幅梅花画就，梅姑为玉麟暖手，继而指点画作，为画添上几笔。
　　少年玉麟和少女梅姑依然手拉手走到后院。
　　二人依偎指点盛开的梅花。
　　夜幕降临，梅姑点灯。
　　少男少女于灯前喁喁细语。梅姑不时发出柔柔笑语。
　　夜幕下，彭母在内室却心里不满：玉麟和梅姑都大了，二人还是这样形影不离，看来彼此已有心意。不行！梅姑不能做我儿媳。
　　"玉麒，去把你哥哥喊来。"
　　彭玉麒走到彭玉麟房间门外："哥，你出来一下。"
　　少年玉麟走出房门："玉麒，有事吗？"
　　玉麒轻声："母亲喊你。"
　　"喔，我这就来。"
　　少年玉麟又对少女梅姑说："母亲喊我过去，待会儿就回来。"
　　"这么晚了喊你过去，知道有什么事吗？"
　　少年玉麟摇头。
　　"不会是责骂你吧，这两天你做错什么没有？"
　　"没有啊！"
　　"那你就快过去吧，我在我那房间等你。"
　　少年玉麟走出。少女梅姑又补一句："外面没灯，小心。"

　　少年玉麟走进母亲房间："母亲，你喊我有事？"
　　"你父来信，他回衡州老家后，已将旧屋修缮，要我们择日回去。"

"回老家去，太好了！什么时候动身？"

"三日后，这几天你帮着我收捡收捡。"

"好嘞，我去告诉梅姑，要回老家喽！"

"梅姑不能同回。"

"为什么？她也是我们家的人啦！"

母亲说："此处宅院虽已破败，但毕竟还是我王家的祖业，我卖掉几间，以做路费，仍留一间，供她居住，她已长大，住在这里，也等于祖业住宅仍有人守看。再则，你父亲老家的旧屋虽说已经修缮，也不知到底有几间房子，贸然带她回去，只恐连住的地方都没有。"

"那就等我们在老家安顿好了，再将梅姑接去。"

少年玉麟不知道，也不可能知道，母亲说的"梅姑不能同回"，已宣告了他和梅姑的恋情命运。

少女梅姑在她那间很小的偏房内心神不定，伯母这个时候喊玉麟过去究竟有什么事呢？伯父已回他老家，莫非是要玉麟他们都回湖南？他们若回湖南，我呢，会带我去吗？

一阵风来，将油灯吹灭。

少女梅姑一边重新点燃油灯，一边自语："这灯从未被吹熄过，难道是个预兆……"

少年玉麟匆匆走进："梅姑，梅姑，我们要回老家了！"

"果然是要回老家了。"

"怎么，你已经知道？"

少女梅姑"嗯"了一声。

少年玉麟说："你是猜的吧？"

少女梅姑回答的是："伯母不会带我走吧。"

少年玉麟说："母亲说了，我们先回去，等我们在老家安顿好了，再接你去。母亲本要带你同行，但不知老家到底有几间房子，贸然带你回去，恐安顿不好你，让你受委屈。"

少女梅姑心内酸楚："这样也好，你老家是住不下我这一人。"

少年玉麟听出梅姑话中有话，但绝不会往母亲是不愿她去那方面想，还真以为是怕安顿不好，他说的是："你放心，在老家一安顿好，我就来接你。如老家房间不够，我给你砌一间新房，取名梅香阁。"

"多谢你要为我建梅香阁。"少女梅姑强打笑容。

"这有什么谢的，如果连间好房都没有，我怎么来迎你。"

"迎我做什么？"

"迎你做新娘啊！"

少女梅姑脸颊泛上红晕，忙岔开："有要缝补浆洗的，这几日我都给你缝补好，浆洗熨帖，你好回去。"

"好，好，我早点回去，好早点来接你。"

"你是少年不识愁滋味啊！"少女梅姑轻叹一口气。

"什么，我少年不识愁滋味，你难道'而今识尽愁滋味'？有什么愁，不就是分开十天半月，最多半年。对，恐怕是得半年，我得为你建梅香阁。一建好梅香阁，我就来接你。"

少女梅姑心里愈发酸楚，玉麟啊玉麟，你难道就没想到，这是母亲有意隔开我俩啊！你难道真以为这一分开，一年半载就能重逢？我不怪你，你一个男儿，哪会想到这些。我也不怪伯母。自古红颜多薄命，这就是我的命。

"玉麟，你这一去，我们还能见面吗？"

"你怎么问这样的话？我发誓，若不能再见你，我……"

少女梅姑一把捂住少年玉麟的嘴："不准说下去！你如不能来接我，总有一天，我会突然出现在你面前。记住我这句话！"

少年玉麟懵懂应答："记住了。"

少女梅姑瞧着他那样子，"扑哧"一笑："你不是还有一幅梅花没画完吗？明天要收捡东西没空了，现在去将它完成。"

"我把画拿到你这里来画。"

"我已将它带过来了。"

少女梅姑铺开未画完的梅花，为少年彭玉麟磨墨。

少年玉麟续梅完毕，少女梅姑又执笔添上几枝。

画上新梅傲然。

窗外梅花却已凋零。

衡州渣江几间连在一起的土砖屋前。

大姑娘梅姑突然出现在青年彭玉麟面前。

"玉麟——"

"梅姑——"

两人相拥,梅姑泣,然又各自赶紧松开。

梅姑说:"你为什么没来接我?"

彭玉麟说:"我们回这渣江不久,父亲病亡,家遭变故,一贫如洗,我和弟弟外出谋生,旧宅又被人占去,母亲寄住破窑……后虽与弟砌了这屋,但无力再建梅香阁,没有梅香阁,我怎么好来接你。"

"玉麟啊玉麟,我要梅香阁干什么,我只要和你在一起。你可知这么些年,我是如何思念你……"

"我也日夜思你,念你啊!不信你去看我画的梅花,每幅新梅,都是为你而作,画上题诗,可作明证。"

彭玉麟拉着梅姑的手,往他所住土砖屋走。

梅姑甩掉彭玉麟拉着的手:"我得先拜见母亲。"

"母亲走人家去了,这几日都不会回来。"

"玉麒呢,他也长大了吧?"

"长大了,长大了。他陪着母亲去的。母亲这回怎么没要我陪她同去?她许是知道你会来,特意留我在家等你。我若同去,你就会扑空。这就叫缘分。梅姑啊,我俩是有缘分的。"

梅姑笑了。

两人如同少时,手拉手走进土砖屋。

两人依偎着看彭玉麟所画梅花。梅姑不时评点。

夜幕降临,梅姑点灯。

俊男靓女于灯前喁喁细语。

梅姑不时发出柔柔笑语。

梅姑说:"我要你记住的那句话,你还记得吧?"

"记得!"

"我是怎么说的？"

"你说，我如不能来接你，总有一天，你会突然出现在我面前。"

"我来到了你面前吧。"

"来了，来了，我终于把你盼来了。这不是梦，不是……"

彭玉麟将梅姑抱在怀里。

梅姑呢喃而语："不是梦，不是……"

土砖屋外，彭玉麟种的梅花在悄悄绽放。

蓦地，梅姑推开彭玉麟："夜深了，我得去玉麒房里歇息。"

"喔，夜已深了，你太累了，也是该歇息了。"

谁也未动。

"送我过去，送我过去。"梅姑轻声如自语。

"怎么就已夜深，不会过得这么快吧？"

"是啊，怎么就已夜深？"

梅姑歪头，枕在彭玉麟肩膀上。

彭玉麟沉吟："你可还记得，小时候我俩同睡一榻。"

梅姑嗯嗯，似已睡着。

彭玉麟欲取被子给她盖上，又恐动身惊醒。

彭玉麟以自己的衣服裹住梅姑，拥着梅姑屏息静气。

灯光跳跃了几下，跳跃的灯光中，梅姑的眼睫毛在眨动。

跳跃的灯光熄灭。

万籁无声。

…………

雄鸡报晓，东方既白。继而阳光普照、青山葱茏。

厨房柴火大灶台前，梅姑做饭炒菜，彭玉麟加柴烧火。

土屋门前空坪里，梅姑用茶牯搓洗彭家衣服被子，彭玉麟挑水。

屋后小河，梅姑和彭玉麟一同清洗衣服被子。

梅姑和彭玉麟各抓住被子一角，拧干。

拧干的被子衣服堆在木盆里，彭玉麟和梅姑嬉水，如同儿时在那条清澈的小河里一样欢快。

从小河回来，梅姑和彭玉麟晾晒衣物被子。

梅姑为彭玉麟缝补。

各土砖屋房间，梅姑打扫得干干净净，整理一新。

梅姑从整理好的最后一间房里出来，彭玉麟给她端来一碗茶。

梅姑接过茶，对彭玉麟嫣然一笑。

嫣然一笑百花迟。

············

在彭玉麟住房，彭玉麟、梅姑对弈。

三局两胜，梅姑赢了两局。"不行，再来。"这话却是从梅姑嘴里说出。第四局，梅姑输了。二平。

"不行，不行，是你让我。"

梅姑抿嘴笑："你还是去画梅。"

依然是一个画梅，一个磨墨。

暮霭飘浮。

屋内情侣浑然不觉。

梅花图成，梅姑赞叹，不敢添笔。

"我为此梅题诗一首，以咏我俩少时，你可赞同？"

"快写，快写。"

彭玉麟挥笔题诗。

诗成，吟道：

"纸帐低垂来少女，微风荡漾倍春生。吟魂夜夜依香雪，竹榻同眠梦亦清。"

梅姑"扑哧"一笑。

"我又有一首了。"

彭玉麟在另一幅梅图上题诗：

身是朦仙肌是玉，珠含乳蕊粉含胎。春风暗度无人识，博得冰颜笑口开。

"此诗如何？"

梅姑正色："我千里私自来奔，为的是不负前盟，此心似铁，彭郎，你不可负我！"

"我日思夜想，等的就是你！走，我俩去一个地方。"

一弯新月几树新梅。

彭玉麟拉着梅姑来到梅树前。

彭玉麟对梅树盟誓："彭玉麟此生唯有梅姑，梅姑当如梅仙，日夜伴我，形影相随，须臾不离。"

天空忽地一团乌云，将新月遮盖。

一团漆黑。

梅姑抱住彭玉麟："玉麟，玉麟，我好害怕。"

"乌云遮月，有什么可害怕的？"

"我担心，我俩不能永远在一起……"

"谁能拆散我俩？山无棱，江水为竭，冬雷震震，夏雨雪，天地合，乃敢与君绝！"

梅姑呢喃："母亲……母亲……"

荒山，孤坟。

已是官员的彭玉麟站在梅姑坟前："梅姑啊，你怎么能离我而去？我俩都是因母命难违，你为思念我而郁郁早亡。我彭玉麟向你发誓，此生绝不纳妾，从此不近女色，唯有一意画梅。梅姑啊，你是'玉人心似铁'，恰如梅花宁折不弯；我为梅痴，'一生知己是梅花'。我要画一万幅梅花献给你！长歌当哭，以报我梅姑于万一。"

而立之年的彭玉麟在军营画梅。

不惑之年的彭玉麟在官衙画梅。

"知天命"的彭玉麟在巡阅使船画梅。

花甲之年的彭玉麟在草楼画梅。

古稀之年的彭玉麟在边关画梅。

…………

一幅一幅的梅花翻飞，每幅梅花中都映出梅姑倩影。

"梅姑啊，自你不见了后，我为你狂写梅花十万枝，你看，你看，所有的梅花都是为你而作。我为你写下诗词数百首，最忆当年相依时。你且看这首《少小》：少小相亲意气投，芳踪喜共渭阳留。剧怜窗下厮磨惯，难忘灯前笑语柔。生许相依原有愿，死期入梦竟无繇。黄家山里冬青树，一道花墙万古愁。"

梅姑说："彭郎，我此次前来，是因你为朝廷和议之事，内心无比忧愤，梅姑劝你，不应再吟你我悲伤之词，而应咏'英雄气概美人风，铁骨冰心有孰同'。你多加保重，《少小》这首诗，由我带走。"

梅姑倏然不见。

彭玉麟喊："梅姑！梅姑！"

彭根推门而进："大人，伯父，你怎么了？"

彭玉麟猛然醒来。

"伯父，你没事吧？"

彭玉麟叹道："梅姑竟然入梦来了，梅姑知我是因朝廷和议之事内心忧愤，唉，梅姑，梅姑，我俩之事，受制于母亲，母命不可违；如今我这力主抗敌，受制于朝廷。母亲、朝廷，都是无法抗拒的呵！"

三 训令难违，但有一人不受此约束

彭玉麟梦到梅姑，他和梅姑之恋的结局比陆放翁和唐琬更悲，放翁、唐琬尽管也是因母亲被迫拆散，但还是做了一场夫妻，他和梅姑却连一天夫妻都没做。就在他和梅姑重逢的那天，他以为母亲是走人家去了，孰知母亲是去为他定下了终身——一个他从未见过的女子。

彭玉麟对着母亲跪下，恳求母亲成全他和梅姑。母亲说，梅姑无父母，我是她伯母，当可为她做主。我自会为她择一佳婿。

母亲说的是梅姑，眼睛却盯着彭玉麟。那眼光，平素慈祥的母亲的眼光，在那一刻，竟令他不寒而栗。

彭玉麟以头叩地，再三恳求，母亲只迸出了一句话：

"你敢忤母命？"

他只能听从母亲，眼睁睁地看着梅姑成了他人之妇，傻呆呆地娶了母亲所定之人……他想着千里赶来的梅姑说得先见母亲时，他说母亲走人家去了，"她许是知道你会来，特意留我在家等你。我若同去，你就会扑空。这就叫缘分。梅姑啊，我俩是有缘分的。"缘分，缘分，简直是莫大的讽刺。

他唯一能做的反抗，就是生下儿子彭永钊，有了续香火之人后，便再也不与夫人同居。他唯一能弥补梅姑的是，不纳妾，不近女色，终身只为她画梅。

他甚至有点恨自己，那天晚上，为什么不敢和梅姑尽了夫妻之事，什么特立独行，什么遇事果断，遇到自己的终身大事，只能全凭母亲做主……放翁的唐琬，他的梅姑，都是抑郁而亡，唐琬因放翁而亡，梅姑是因他彭玉麟而亡啊！都是受制于母亲，都是母命不可违，由母亲联想到朝廷，由朝廷联想到母亲，无法抗拒的母亲和朝廷呵！

梦中的梅姑，竟然劝他不应再吟与她的悲伤之词，而应吟他所写咏梅之"英雄气概美人风，铁骨冰心有孰同"。

"英雄气概美人风，铁骨冰心有孰同。"

彭玉麟不停地念着，猛地以拳击掌，我的《力阻和议片》虽未被朝廷采纳，朝廷虽有"不可衅自我开"的训令，但有一人不受此约束……

"彭根！"

彭根应声而进。

"去喊李超来。"

李超应声而进。

"呵，你们都没睡。"

李超说:"大人,无法入睡啊!赵武、金满他们都没睡。"

彭玉麟说:"朝廷虽有'不可衅自我开'的训令,但刘永福不受此令约束。如今福建濒危,台湾是法军下一目标。你们连夜筹办,支援刘永福枪支弹药,明日即派人运出,他对法军发动进攻,也许能避免局势进一步恶化。"

候在外面的赵武、金满立即走进,和李超、彭根齐声应道:"得令!"

湘军军营里,连夜捆扎枪支、装运弹药。

淮军军营里,潘泷对军士说:"湘军弟兄们已经在为前线抗法的刘永福支援枪支弹药,我们张帅说,彭大人视我们在粤的淮军为兄弟,彭大人操办的事就是他的事,彭大人指挥,就如他指挥。张帅因有病在身,不能亲自前来……"

"请将军下令便可。"

孟浒说:"支援军火明日就要运出,开启军械库手续烦琐,来不及了,张帅说,就从现有军火中拨运。"

淮军军士立即捆扎枪支、装运弹药。

由赵武和金满押送的枪支弹药送到了刘永福军营。刘永福哈哈大笑。

"多谢彭大人雪里送炭,刘永福正是缺少枪支弹药,故而无法对法寇发动进攻,只能在原地观望。"

赵武说:"刘将军,彭大人说台海局势危急,望刘将军对法军发动进攻,以牵制法军。"

"这个无须彭大人吩咐,我刘永福打的就是灵活机动之仗,瞅得法军防务空虚,老子就狠狠地打;若法军进攻,老子佯败,布下一个口袋阵,把他们引进去,再来个关门打狗。故而法军拿我没办法。此时老子有了枪支弹药,法军将注意力放在台湾、福建,正好趁机打他一个痛快。"

"彭大人说只有刘将军的黑旗军屡败法寇。"

刘永福说:"此话倒也不是虚夸,我打的胜仗摆在那里嘛。我就不理解朝廷的军队，怎么要听命那什么'不可衅自我开'？人家已经将战火烧到你屋门口了，咱中国的马尾港，已经成了法国军舰的港口，你还在那里说'不可衅自我开'，那就只能干等着挨打了。"

赵武说："故而彭大人力上阻和议折，但未得回应啊！"

"说到这个，我倒是要问一句，"刘永福说，"彭大人接济我军火，他就不怕得罪朝廷？我的黑旗军，可是朝廷不认可的。再则，你说这军火中还有一批为张树声淮军所援，张树声一是和我老刘不扯火，二是他背后对彭大人使过绊子，这次怎么又按彭大人的意思行事了？"

赵武说："张树声被开缺两广总督后，京城多人参劾他，要将其捉拿进京问罪。朝廷命彭大人和张之洞大人查核。彭大人据实查核后，认为所参无据，反为张树声辩护……"

刘永福说："彭大人以德报怨。"

赵武说："彭大人不但接济刘将军军火，而且已向马尾派出了两艘兵舰，并交代，不要管那不准先行开炮、违者虽胜亦斩的什么禁令，保持灵活机动，随时准备开炮！一切由他承担。"

"好！彭大人就是彭大人，雪帅就是雪帅，敢于承担。"刘永福说，"请你回去转告，我刘永福也是敢于承担之人，明晚即向法军发动突袭。但我担心的是，陆战只能牵制法寇地面部队，马尾港的法寇军舰，恐怕要对福建水师大开杀戒了。"

四 平时满口爱国、报国的，临战便逃了

福建水师被屠杀的命运已经注定。

这天上午，闽浙总督何璟匆匆走进法国驻福州领事馆。

何璟说："领事大人，你要我立即赶来有何要事？"

法国驻福州副领事说："你们的海军，必须在今日下午全部撤出

马尾,一艘都不准停留,否则,我法国军舰即对你们开战!"

何璟大惊:"这,这……领事大人,怎么能说开战就开战呢!"

副领事说:"我们已经容忍很久了,不能再容忍了。再说一遍,你们的兵舰,必须在今日下午全部撤出马尾!如不撤离,我法国军舰即对你们开战。听明白了吗?我不会再说第三遍了。"

"可……可这马尾港,是,是我们的啊!"何璟结结巴巴地说。

"什么,马尾港是你们的?今天下午就是我们的了!我提前通知你,你是将兵舰全部撤走呢,还是由我们击沉?你自己去选择。"

"领事大人,领事大人,这开战可万万不能开啊!贵军舰在我们马尾港,享受了客人的待遇,我们可没有对不起贵国的地方啊!"

"你这人怎么这样啰唆,送客!"

何璟被赶出。

何璟回到闽浙总督府,着急地喊:"快,快请钦差大人、何大人、张大人、穆图善将军来,有十万火急的事商议。"

钦差命办福建海疆事宜大臣张佩纶、船政大臣何如璋、福建巡抚张兆栋和福州将军穆图善等赶到。

何如璋说:"总督大人,什么事十万火急啊?"

何璟说:"刚才法国领事召我前去,命我福建水师所有兵舰,统统要撤离马尾,如不撤离……"

张佩纶说:"如不撤离便要怎样?"

"如不撤离,他们就要开战。"

几位大员皆惊:"他们就要开战?!"

"是啊,他们就要开战。"

何如璋说:"这开战是说开就能开的吗?"

何璟说:"我也对那领事说了,怎么能说开战就开战呢。我还说了,贵军舰在我们马尾港,享受了客人的待遇,我们可没有对不起贵国的地方啊!"

"是啊,我们哪有对不起他们的地方。"张佩纶说。

"法国人也太过分了,他们的军舰在我马尾港可自由出入,我们自己的兵舰都让着他们,他还要开战。"张兆栋附和。

穆图善说:"那个领事说了什么时候开战吗?"

"就在今日下午。"

几位大员又惊:"什么,就在今日下午?!"

"那领事说,今日下午若所有的兵舰未撤离马尾,他们就要开战。"

"哎呀,今下午就要开战,这,这……我们就算撤离兵舰也来不及啊!"

"岂有此理,岂有此理。"张佩纶跺脚。

"钦差大人,究竟是撤离兵舰还是应战,我们就都听你的了。"

张佩纶说:"撤离兵舰,不行不行,没有朝廷的命令,谁敢撤离!立即应战,也不行,朝廷有令,不得衅自我开。况且已下过命令,无旨不得先行开炮,必待敌船开火,始准还击,违者虽胜尤斩。"

穆图善说:"这撤离兵舰不能撤,那就只有先待敌船开火喽。但我们总得做些准备吧,今下午就开战,那怎么行?"

"不行不行,"张佩纶说,"今日下午就开战,我们搞手脚不赢。"

何如璋说:"钦差大人,要不这样,你们在这里等着,我再去找那领事,要求他们延迟一天开战,双方到明日再战。"

何璟说:"对,你是船政大臣,和法国人的关系还不错,你去找他们,他们会给面子。"

张佩纶说:"也就是延迟一天嘛,应该没问题。"

"我尽力而为。"何如璋说,"但法军要开战的消息,暂时还不能告诉水师将士,以免他们一时激愤,先向法舰开炮。"

"对,对,暂时保密,不能让水师将士得知。你快去快去。如能延迟一天,也好有所准备。"

于是,请求对方延迟一天开战,并且不能让自己的将士知道对方要开战,这种闻所未闻、荒谬至极的事,就在清朝这些大员们身上发生了。

何如璋在法国驻福州领事馆门前下轿,要守卫通报:"请告知领事先生，船政大臣何如璋求见。"

法军守卫说："你是船政大臣？"

"是的，是的。"何如璋忙答，"我和你们领事先生是朋友。我多次来过这里，你难道就没有印象了？我可是记得你，哈哈。"

"莫名其妙，谁认识你？还哈哈笑，走，站一边去，别在这里挡道！"守卫将何如璋往旁边一拨。

何如璋正一正衣冠，正颜厉色："你这种不文明的举动，是会影响中法两国关系的，你得考虑后果。"

守卫狂笑："这福州立马都是我们的了，影响关系？"

"我得找你们领事！找你们领事！"何如璋大喊。

副领事走出来，但如同没看见何如璋，径直从他身边走过。

"哎，哎……"何如璋忙喊。

副领事站住："何先生，你有什么事吗？我很忙，我得去见孤拔将军。有事你就赶快说，给你一分钟时间。"

何如璋说："好，好，我就直截了当地说，贵军今日下午就要对我水师开战，这也太仓促了，能否延缓至明日？"

"什么，太仓促？你们仓促我们不仓促，我们的军舰在这里已经有两个多月了。我们没有耐心再等下去了。"

何如璋说："既然已经有两个多月了，再延缓一日有什么关系？"

"不行！准定于今天下午开战！"副领事说完就走。

何如璋愣了愣，赶忙钻进轿子，对轿夫喊："快，快回总督府。"

孤拔哈哈大笑，对副领事说："我也去过很多国家，像这样的清国官员还是第一次碰到，竟然要求延迟一天，他以为战争是儿戏？我们告诉了他开战的时间，已是绅士做派，他不去立即备战，反死皮赖脸来求我们延迟一天，世上竟有这样的蠢驴，不多见，不多见，我这是开了眼界。"

孤拔掏出怀表看了看："现在已是中午，下午一时五十六分，趁落潮之机，向中国兵舰发起全面攻击！"

副领事问："为什么要趁落潮之机？"

孤拔说："这个你就不明白了吧？"

"不明白。"

孤拔说："你看，我们所有的军舰以及敌方军舰，停泊时都是用缆绳系住船首，船身随潮水涨落而改变方向，涨潮时，船头指向下游，落潮时，船头指向上游，我选择落潮时开战，可使大部分中国军舰位于我方军舰的前方，暴露在我方炮火之下，无法进行有力的回击。"

孤拔说完，便对军官下令："下午一时五十六分，所有军舰，同时开炮，将福建水师给我打沉！将船政局彻底炸毁，将岸上炮台统统摧毁！"

何如璋跌跌撞撞跑进总督府。

几位大员忙问："怎么样，答应延迟了吧？"

"钦差大人，总督大人，巡抚将军们，还是下令准备迎敌吧。"何如璋说完，兀自嘀咕，"洋鬼子、法国佬，不讲交情，平时他有事来找我，我是鼎力相助，能马上解决的，立即给他解决；不能马上解决的，想办法帮他解决。我对他是有求必应啊！可他倒好，这次我去找他，他连声招呼都没和我打，领事馆都没让我进。就两个字，不行。他娘的，可鄙可恨。"

何璟、张兆栋等望着张佩纶："钦差大人，你快下令吧。"

张佩纶说："六天前，朝廷见和谈无望，下令沿海沿江各省加强防备，但对马尾方面，仅指示法舰在内者应设法阻其出口，其未进口者不准再入，并未解除不得主动出击的禁令啊！这一下令开战，那后果、后果……"

张佩纶仍然举棋不定。

张兆栋说："钦差大人，这已经是下午了，再不通知我军准备迎敌，法舰的炮弹就会落下来了，这总督府只怕也不会放过。"

"那，那就通知前敌将士，准备迎敌。"张佩纶说，"我上旗舰，我上旗舰亲自指挥，誓与舰队共存亡！"

张佩纶刚登上旗舰"扬武"号，法舰的炮击开始了。

中国兵舰未及起锚即被敌炮击沉两艘，重创多艘。一艘又一艘的兵舰腾起冲天烈焰。

几枚炮弹，击中旗舰"扬武"号，旗舰险些倾覆，张佩纶吓得几乎晕倒。

两名随从赶忙将他扶起。

"快，快下舰。"才说了"誓与舰队共存亡"的张佩纶，坐上小艇登陆，逃命去了。

福建巡抚张兆栋一看张佩纶跑了，嘀咕一声，他这个钦差大人逃了，我怎能不走？随即低声吩咐随从："快走，不要声张，下舰。"

张兆栋带随从偷偷溜走。"扬武"号开始倾斜。管带兼舰队指挥张成也立即逃跑。

士兵报告驾驶官：

"张佩纶跑了。"

"张兆栋跑了。"

"张成也跑了。"

驾驶官恨恨地骂："这些狗娘养的，平时满口爱国、报国，临战便逃。咱们不走，临死也要拉几个法国人垫背，以尾炮瞄准法国旗舰，狠狠地打！"

尾炮在船身倾斜中瞄准了法国旗舰"富尔达"号。

"轰"！"轰"！

尾炮击中"富尔达"号。

"富尔达"号上五名法国水兵和一个"引水"被炸死。"扬武"号也旋被法国鱼雷击沉。

与此同时，"福星"号炮艇被击中，"振威"号也多处中弹，尽管两舰管带都下令朝敌猛冲，与敌同归于尽，"福星"号且又瞄准法军旗舰"富尔达"号猛烈开火，炸伤敌酋孤拔，"振威"号以最后一颗炮弹击中敌"德斯丹"号，但皆被敌舰击沉，官兵全部殉国。

....

五　朝廷本不可妄议，事实又由不得不议

从刘永福处赶回的赵武向彭玉麟、张之洞禀报："禀雪帅、张大人，支援刘永福的军火已如数交接。"

彭玉麟问："刘永福说了些什么？"

"刘永福说，彭大人接济他军火，难道就不怕得罪朝廷？他的黑旗军，可是朝廷不认可的。"

"喔，说我不怕得罪朝廷。"彭玉麟对张之洞说，"张大人你说呢？其实我是怕得很的哟，若没有张大人支持，彭玉麟敢私自接济吗？"

张之洞说："雪帅胆识过人，我老张只是赞同而已。"

赵武说："刘永福还说，彭大人就是彭大人，雪帅就是雪帅，敢于承担。要我回来转告，他刘永福也是敢于承担之人，有了军火，定向法军发动突袭。但他担心的是，陆战只能牵制法寇地面部队，早已进入马尾港的法国军舰，恐怕要对福建水师大开杀戒了。"

张之洞说："他也看到了这一点！"

"刘永福是个了不得的将才啊！"彭玉麟正念叨着"福建水师、福建水师……"李超手拿电文急匆匆赶进："雪帅、张大人，福建水师全……全没了，船政局、岸上炮台也全被摧毁……"

彭玉麟和张之洞同时"啊"的一声，呆坐于椅上。

彭玉麟呢喃："该来的还是来了。"接着问道，"我派去的那两艘兵轮呢？"

李超说："因事先有大人明令，不要管那不准先行开炮、违者虽胜亦斩的禁令，保持灵活机动！故他们事先已做好准备，没有停泊在法军规定之处，亦不受潮落影响，战事一开，立即主动开炮，击伤法军鱼雷艇两艘。但因火炮威力不够，未能击沉。"

"就这一点，尚堪慰我心。"彭玉麟说，"只是可怜了那些英勇奋战的官兵。"

张之洞愤愤地说："主帅昏庸，主将无能，不预作准备，反而约

束将士不准先敌开炮……"

彭玉麟说："光天天喊开战、天天喊打，而不增强自身实力、不晓军事、不会预测形势、不会把握战机者，实乃误国误民。"

李超说："二位大人，我两艘兵舰请示，是否返回。"

"不用。"彭玉麟说，"法军的目的在台湾，到时朝廷定会令我驰援台湾，要他们加强戒备，就近补充军火弹药。在内河待命。"

"是！"李超忙去回电。

张之洞说："雪帅，那张佩纶虽说昏庸，但在战前也曾向朝廷求援，朝廷命李鸿章、曾国荃分别派出兵舰支援福建。可坐拥北洋、南洋的李鸿章、曾国荃一兵一卒未发、一艘兵舰都未派。何如璋也曾上奏，提出过'先发制人，后发即为人制'。"

"唉，"彭玉麟叹了一口气，"朝廷本不可妄议，但事实又由不得不议，左宗棠老左若还在两江总督任上，他定会派出精锐，很可能会亲自挂帅。在那节骨眼上，朝廷将他调离，改任了曾国荃。"

张之洞说："听说朝廷已谕命左宗棠为钦差大臣督办福建军务。"

彭玉麟说："要派就要早派，我早说过，若是老左在福建，福建不用担心。如今水师已覆没，船政局已毁，再派老左去，他老左能回天？你说，这朝廷不由人议论，行吗？"

张之洞恐彭玉麟继续议论朝廷，忙岔开："彭大人，朝廷关于马尾的电谕应该也要到了。"

张之洞才说完，信使官来了。

"说来就来。"彭玉麟说，"老张，我俩能猜一猜电谕的内容么？"

张之洞说："老彭你先猜。"

彭玉麟说："好，我就先猜。必然是严词训斥福建，着左宗棠查办张佩纶、何璟、何如璋一干人员。"

张之洞说："我猜是申饬北洋、南洋李鸿章、曾国荃未发兵支援福建。"

彭玉麟说："你为何猜是申饬北洋、南洋？"

张之洞说："着北洋、南洋派出兵舰支援福建是朝廷之命，若李鸿章、曾国荃听命立即派出援兵，福建就算败，也不至于如此惨败。张佩纶、何璟等是遵从'不得衅自我开'的训令……再往下我老张可就不敢说了。"

"后面的话你不敢说我本想替你说，但如今再说还有何用？"彭玉麟对信使官说，"你就代宣电谕吧。"

电谕：……《条款》签订后不及一月，法军即挑起观音桥之战，并欲攻广东，然见防备森严，彭玉麟、张之洞二人齐心，遂放弃此企图。马尾海战未开，彭玉麟即派出兵舰驰援，海战既起，所派兵舰率先冲入敌阵，击伤敌鱼雷艇二艘。彭玉麟此举为率先破除省域之见，堪为他省楷模。特命，嘉奖彭玉麟！

信使官将电谕交彭玉麟，走出去。彭玉麟、张之洞相视。

两人几乎同声："我俩都没猜中。"

张之洞说："虽然都没猜中，但老彭你该高兴。"

彭玉麟说："我该高兴受到嘉奖，对吧？老张啊，原来知我者，左宗棠老左也，自你来后，知我者你也。你是明知我高兴不起来，故意如此，电谕中也提到了你，老张你也高兴不起来啊！"

张之洞说："唉，本想调侃两句，缓和下这总督府的郁闷，却无能为力。"

彭玉麟说："老张，马尾惨败，国之奇耻，我俩还能因得个赞扬而高兴得起来吗？咱们还是说说这电谕，再商议下一步如何对付法国人吧。"

张之洞说："这电谕是兵部拟文。"

彭玉麟说："太后亲授。"

张之洞说："太后往常亲授没有这么详细。"

彭玉麟说："太后这次为什么如此细心？"

张之洞紧接一句："而且给我们的电谕发在其他之前。"

彭玉麟说："按理，得先发另两处查办、申饬电谕，待各处都知晓后，才会发给我们此电谕。"

张之洞："是啊，可为什么反而先发？"

彭玉麟说:"老张,你把这个瓜又踢给了我。你明知不说也罢,但我不能不说,不说憋在心里受不了。太后看了彭玉麟所上《力阻和议片》,知彭玉麟所言法国议和是为缓兵之计,然未予采用,未饬令警惕,直至连张佩纶、何如璋等都知形势危急、疾呼求援,犹唯恐法国人抓住'衅自我开'的借口。马尾之惨败,朝廷实乃有不可推卸之责。"

张之洞不吭声。

彭玉麟说:"朝廷之责,其实文武皆知,但有谁敢对第二人说出来?"

张之洞仍不吭声。

彭玉麟说:"只有我老彭敢说出来!我老彭为何敢说,其一,是当着你老张的面,若我对面坐的不是你,我照样不会说;其二,是太后早知我会有怨言。我说不说出来,她都心知肚明。"

张之洞故意说:"太后早知你老彭会有怨言,为何还通令嘉奖?"

彭玉麟说:"在我力辞兵部尚书之时,太后已对我不满,故李鸿章要张树声指使其子联合盛昱参劾我'抗旨鸣高',太后将其奏章刊登于邸报之上,那是给我一个警告,彭玉麟不要以为无甚差错就没人能参劾你,'抗旨鸣高'这罪状就够你受的。其中颇有深意啊。"

张之洞说:"刊登在邸报之上确是有其深意。"

彭玉麟说:"我再替你老张说一句,李鸿章要张树声指使其子联合盛昱参劾清流派,你名列其中,太后怎么反而让你当了两广总督?你若不当两广总督,怎能和我同在广东御敌,且令法军不敢进攻广东?这是因为,战要用我老彭、老左、老张等,和得用李鸿章等,双方人员都不可缺。"

张之洞说:"老彭啊,这话只有你才敢说啊!"

彭玉麟说:"不吐不快,不吐不快。"

张之洞说:"也替我吐了个痛快。"

彭玉麟说:"这次先发电谕嘉奖于你我,是有大战要打了!"

张之洞说:"朝廷真的会对法国宣战?"

彭玉麟说:"这次是不得不战了。我彭玉麟六十八岁奉旨入粤,今年六十九岁,离七十已只差几个月,彭玉麟誓言:七十岁时,要让法国人也尝一次类似于我马尾的滋味。"

第二十一章 收编黑旗

一　越是寂静之处，越有可能出突发事件

光绪十年七月初六日（1884年8月26日），清政府对法国宣战。

八月十三日（10月1日），法军攻陷台湾基隆，随后封锁台湾海峡。

誓言"七十岁时，要让法国人也尝一次类似于我马尾滋味"的彭玉麟，在朝廷宣战令还未到时，便在虎门沙角炮台亲自"执勤"。

彭玉麟戎装披挂、白髯飘拂。

张之洞赶到。

彭玉麟说："张大人，你也赶来了？"

张之洞说："彭大人你年届七十，尚执勤于炮台，我这'后生'焉能不来？"

"好，你来了就好，今日我俩一块执勤。一位是钦差大臣、兵部尚书，一位是两广总督，齐在虎门沙角炮台执勤。但我俩都非青壮，执勤应可开特例，在炮台旁坐一坐，该是可以的吧？"

张之洞笑着说："应该可以。待我翻翻军律。"

彭玉麟说："你两手空空，又未带律吏，到哪里去翻？"

张之洞说："那就先坐下，坐下。雪帅，你来此炮台执勤，除了为激励士气外，当是借登高而望远，在思谋一盘大棋吧！"

彭玉麟说："你亦赶来执勤，恐也是另有思虑吧。"

张之洞说："我是思虑，缺少对法军有战斗经验的将才啊！"

彭玉麟："到目前为止，只有一个人令法军望而生畏，那就是刘永福。只有刘永福和他的黑旗军屡败法寇。罗池一战，击毙法国主将安邺；纸桥大捷，打死法军总司令李威利。刘永福积极抗敌，与法军相持数年之久，多次大败法军，是有大功的人啊！"

张之洞说:"正因如此,雪帅支持他的军火弹药,我立即赞同。"

彭玉麟说:"光靠你我支持些军火弹药,支持一次是一次,况且也应有军饷啊,黑旗军的将士,难道不吃饭就能打仗,难道就没有家属需要供养?"

张之洞说:"你的意思?"

彭玉麟说:"我俩应联名上奏,对'屡挫凶锋,馘其枭帅'、战功卓著的刘永福黑旗军,不应抱有成见,任其自生自灭,而应授以官职,给予合法地位,并接济其军火、饷项……"

张之洞说:"让刘永福直接成为我方将领。"

"对!"

张之洞说:"我和你联名上奏,联名上奏。"

彭玉麟说:"老张啊,我俩总是能想到一处呵!"

张之洞说:"老彭啊,我俩不但能想到一处,而且你总要先走一步。"

彭玉麟说:"我坐在这里未动,哪里先走了一步?"

张之洞说:"你已派人去了吧?"

"派人去哪里了?"

"联系刘永福去了。"

彭玉麟笑:"知我者老张,唯你老张。"

张之洞说:"胆大之如老彭者,我没见过第二人。你是断定朝廷在这个时候定会同意收编刘永福,但若等到朝廷批复下来,再去联系刘永福,旷日持久,将会影响你正在思谋的这盘大棋,故已先派人去,再联名上奏。可若是今日我未来此,你那'兵贵神速'岂不已耽搁了时间?"

彭玉麟说:"知我者老张,知老张者也是老彭嘛,我就知道你也在想着这件事,定会来的嘛。"

张之洞说:"万一我俩的奏章未被准允呢?怎么收场?"

彭玉麟说:"放心,当前的所有一切,就是要打一场大胜仗,用我们湖南话来说,就是要打得法国侵略者喊爷(Yǎ)!若是吃了败仗，我俩就等着被朝廷收拾吧。不过我彭玉麟从不打败仗！"

彭玉麟派出的方曜、金满等一队人马行进在山林间。

十多人，一支小分队，皆骑战马，挎洋枪、腰刀，有的长枪还配有短枪，有的腰刀还配有短刀、标枪、匕首。类似于特种部队。

方曜挥手，小分队停下。

方曜说："原地休息。"

十多个"特种兵"往地上一坐，纷纷议论：

"走了多日，怎么还没到？"

"在这山里转来转去，别转到法国人阵地上去了。"

"应该要刘永福的人来带路才对。"

…………

金满听着议论，心里有火，但想着临出发时彭玉麟的嘱咐，忍住了。

临出发时，彭玉麟对金满说："此次本要派赵武和你同去，但赵武另有要务，故只能由你随同方曜前去。"

金满说："大人放心，保证完成带路任务。"

彭玉麟说："这个我自然放心，然有两点，你必须牢记。第一，你这次是听从方曜指挥，不论何种情形，一是必须听从，二是冷静，遇有你认为不妥之处，须冷静提出你的意见，万不可发火、冲动行事。这一条你能做到否？如做不到，我另换人。"

金满说："能做到，能做到。不论何种情形，听从方曜指挥，绝不发火，事事冷静，冷静而后行事。"

"第二，此次由你带路去见刘永福，路线已绝非第一次运送军火之路，刘永福善于用兵，常出奇兵，打的是出其不意，攻其不备，亦善于保护自身，他的营地定然早已移驻他处，你只能根据所见实际情况，做出正确判断。"

"是！"金满说，"根据所见实际情况，做出正确判断。大人，我还会向山民打听啦，会和山民交朋友啦。"

彭玉麟点头。

"还有一点，此次之所以特派你去，是因为你也相当于是我收编之人。"

金满立即说："我是承蒙大人收留之人。"

"非也非也。"彭玉麟说，"你随我来到粤地后，捉拿奸细、擒获钱文放，端了内奸老窝，铲除滋生内奸之壤，立下大功。但这次见到刘永福后，若经方曜劝说，刘永福仍有不放心之犹豫，你就将你是如何欲谋刺于我，如何被'收编'的事全盘说出。"

"我明白了。大人，当年诸葛丞相常有锦囊妙计交付于部下，大人这也是给我三个锦囊妙计，金满全牢牢地记在这里了。"金满指着自己的脑袋。

金满想到这些，便任凭方曜的士兵议论。

议论变成了牢骚：

"他娘的，这个鬼地方真不是人待的。"

"老天啊，快点带我们出去吧。"

"老天能带你出去？是那个金满带你进来的，去求他吧。"

"彭大人怎么派个那样的人来带路？"

……………

金满装作没听见，一声不吭。

方曜问："金满，你没带错路吧？"

金满心里念着：我得记着彭大人的话，冷静、冷静、冷静回话，冷静发话，冷静而后行事。遂平心静气地说："方将军，我所带之路，确实有点令人犯疑了。犯疑可以理解，因为一直没找到刘永福黑旗军嘛，但发牢骚能解决这个疑难吗？请将军是否要弟兄们先好好休息休息，养足精神？有弟兄愿意的话，也可听听我的分析。"

"嘀，老金你的口才还可以嘛，当过文官的吧？要我们好好休息，养足精神。在这个鬼地方，我们能好好休息吗？还可听听你的分析，听你分析怎么将我们带进迷魂谷了啊？"一个因走路如风绰号"快腿"的士兵嘲讽。

他娘的，若是以往，老子先揍了你再说，可如今，得以大局为重，万万不可和他们斗气。金满压住自己心里的火，对方曜说："方将军，临走时彭大人特意吩咐我，不论何种情形，必须听从方将军指挥。此时如果你让我说，我就说，你让我分析，我就分析一下。我听将军的。"

方曜对部下说："你们都给我闭嘴！"然后要金满讲。

金满说："刘永福善于用兵，常出奇兵，打的是出其不意，攻其不备，亦善于保护自身，他的营地定然早已移驻他处。我们如能轻易找到他，法军不也就能轻易找到他。"

方曜点头："你继续说。"

金满说："刘永福得到彭大人支援的军火后，已对法军发动了好几次突袭，法军时刻在寻机报复。刘永福和法军打过多年交道，他深知法军的套路，法军主动向他进攻时，他不硬顶，往往疏散隐蔽；法军疲惫时，他会突然发起进攻，尤其发挥近战、夜战的优势，诱敌深入，使法兵腹背受敌，陷入他的重兵包围之中。此时依我看来，刘永福正在布置一个包围圈，而我们，其实已在他的包围圈中。"

立即有军士说："我们已在刘永福的包围圈中？！他不会将我们当作法寇围剿吧？"

"胡说！"方曜斥道，"刘永福身经百战，难道连友军和法军都分辨不出？"

"他的手下若来个误会呢？"

金满说："误会绝不可能发生，我们在明处，他的人马在暗处，早就将我们观察得清清楚楚。"

"快腿"说："既然已将我们观察得清清楚楚，为何不现身来接我们？"

金满说："他们若现身来接，同样会惊动法军。黑旗军、法军，其实都在布置口袋阵，就看谁先将谁装进去。若不然，为何我们所经之处，连一个山民都不见？为何我们所见到的两处村寨，连找一个问路的都找不到？只有两种可能，一是躲避法军，一是为黑旗军坚壁清野。此地很快必有一场战斗。具体在哪个地方打响，尚不得而知。"

"看不出，你还真能分析个道道出来。"以力大著称的"特种兵"大力说。

"嘿嘿，我金满跟随彭大人也有些年头了，能不学到一点？越是寂静之处，越是有可能出突发事件。再说了，一到要打仗时，无论彭大人的旧部新将，都称彭大人雪帅，雪帅手下无弱兵，何况我还一直跟在雪帅身边。"

金满刚一说完，猛然提醒自己，我这是怎么了？又要犯老毛病了。得冷静、冷静。便赶紧说："方将军，还得请你指示，我们该如何行动。我只是提个建议，我们的行动更要特别小心，可别突然与法军相遇，故，队伍应分成前队、中队、后队，前队为尖兵队，哨探无情况后，中队再前进，后队若发现情况，立即变为前队，三队之间拉开距离，不管是谁，只要发现有异常，立即打出嗯哨，因为我们不怕惊动敌方，只有敌方怕被我们惊动。若是突然与法军斥候相遇，则立即开火，将法军引出来，好让黑旗军将他们干掉。"

方曜想，好一个金满，不愧跟随了雪帅几年。

方曜正欲表示赞同，"猴子"迸出一句："你要让我们当刘永福的钓饵，让我们去送死啊？！""猴子"是个外号，爬树厉害。方曜所选的"特种兵"个个都有绝招。

方曜顿怒："我怎么挑选出你这样一个人来执行彭大人交付的特殊任务！我们要去见的刘永福是彭大人尊重的抗法英雄，你却说是去当钓饵，尚未见到法军，你就说是去送死，如此蛊惑军心，要你何用！"旋即喝道，"将他的武器收缴！"

"猴子"忙跪下："将军恕罪，我只是随便说说而已，是和金满开玩笑的。"

"随便说说，你知道金满是什么人吗？彭大人雪帅身边的人，放下去都是总兵衔、将军……"

"猴子"忙求金满："金将军，你快帮我说一句，我真是随口乱说的，若遇上法寇，我定以命相拼！"

金满想，方曜绝不是真要处罚，而是为了不让我难堪。我还真得为他说上一句。

"方将军，他是和我开玩笑，请将军别当真。"

方曜说："看在金将军的面子上，暂且饶你。如有人再胡言乱语，定以军法处置。金将军就是副指挥，按他说的意见办！"

金满说："我当尖兵！"心里说，我得干出个样儿给他们看看。

方曜采纳金满的意见，将队伍分成前、中、后三队，前队为尖兵队，由金满挑选人员，金满点了"快腿"和"猴子"，选"猴子"是他有意为之，一则以显得他大度，二则猴子灵泛，这崇山峻岭，就是要走得快和爬树爬得快的，他没选大力，是觉得论力气，自己的蛮力够大了。

二 俨然千军万马

走在尖兵队前面的金满胯下的青鬃马突然一声长嘶，"咴——"，扬起前蹄，在空中踢抖着，身子人立，止住脚步，不肯往前。

一条宽不过丈余的清涧横在马的面前。

清涧里流水淙淙，如琴如瑟，优雅动听；涧滩上砂石闪烁，晶莹璀璨。

金满紧夹马肚，催马跃涧。

青鬃马不肯向前，反倒往后缩，连鬃毛都竖了起来，浑身如打战般筛抖个不停。

金满狠狠地骂一声："娘的，碰见鬼了！"跳下马，欲牵马过涧。

被牵着的青鬃马仍是一个劲地往后缩，且嘶叫声中充塞着战栗的惊恐。

金满自语："难道是这清涧里真有什么鬼不成？老子亲自下涧去看个究竟。"

他将马缰往涧边一株半倒的古树上随意一绕，提腿就往涧下跳。

金满在涧滩刚一落脚，只见一道白光一闪，夹带着一阵腥风直往他脚下卷来。

金满喊声不好，紧缩身子就地往上一跳，躲过那道白光。

那白光一扫未中，急急地转了一个圈，朝金满盘旋而来。

金满双脚一蹬，往右侧飙出数步，盘旋而来的白光倏地扫出一道尾线，金满已来不及躲闪，索性伸出双臂挡住那道疾扫而来的白光，只听得"啪"的一声巨响，金满双臂竟如同被钢鞭击中一般。

金满趔趄了一下，顺势单腿跪地，抽出腰刀，往下便砍。

金满这一刀下去，不唯将扫来的白光砍断，而且直砍进沙砾，但见白光断处，立时飙出洿瀑般的红焰，断了一截的白光晃动着又朝他卷来，他挥刀一阵猛砍，那白光才渐渐散开了，松软了，瘫在地上了，喷出一股一股殷红的血柱。

难怪连青鬃马都不敢下来，原来是这么大的一条白蟒。金满将刀插进挂在腰带的刀鞘。正欲转身，又一道凉气从涧底直往他面门冲来。

金满已来不及躲避，就势往后仰倒，背抵住涧岸。

一条又粗又滑的"绞索"已往他身上缠来。

金满无法取刀，举双手就勒住"绞索"，猛地往沙滩上一滚。

金满和"绞索"在涧滩上翻滚。

涧底枯叶翻飞，沙石横扫，横扫的沙石击打在翻飞的枯叶上，"噼里啪啦"响成一片。

被拴在涧岸古树上的青鬃马惊吓得"咴——咴"嘶鸣，发出一声又一声绝望的惨叫。

青鬃马的蹶子尥得尘土飞扬。

"快腿""猴子"急往青鬃马嘶叫处赶来。

金满随着"绞索"翻滚之际，挂在腰带右边的标枪搁痛了他的身子也提醒了他，他忙腾出右手，也不抽出标枪，就把那标枪头狠命地往"绞索"上一戳，用尽全身力气往里压。

缠紧来的"绞索"慢慢地松开。

金满赶紧爬上涧，才觉得全身已松垮绵软，瘫坐在青鬃马身边。

"快腿""猴子"赶到，往涧下一看：涧滩上两条被杀的黑白大蟒犹在蠕动。

"快腿"说:"金将军,你一人杀了两条大蟒!"

"猴子"说:"金将军,你有神力啊?"

青鬃马用马嘴不停地、轻轻地触摸金满胡子拉碴的脸颊,又张开嘴,噙着金满的衣服,似乎提示他:快起来,走,快走,不能耽搁。

金满站起,抓住马鞍,爬上马背,还未待他催促,那马已兴奋地嘶鸣一声,似生了翅膀似地飞过涧去了……

"快腿""猴子"也想纵马跃涧,却不敢。便各勒马后退数丈,再猛地策马,先后跃过清涧。

尖兵队到达一个叫大岗的地方,已是黄昏。

一支法军静静地伏在大岗两旁长着稀疏青草的岩沙地上。

法军军官发现了金满等三人。

法军军官兴奋地说了一句母语:"刘永福,你专打我们的埋伏,这回你终于忍不住了,要进我们的埋伏圈了。"他立即命令埋伏的兵士,"放这几个尖兵过去,待后面的队伍进来后再开火。"

尖兵队进入伏击圈,这回是"快腿"走在最前面,"猴子"居中,金满走在最后面。

"快腿""猴子"的战马"得得"地从法军士兵身边过去。

金满的青鬃马"得得"地过去时,青鬃马马蹄扬起的沙尘拂到了法军士兵的脸上。

一个法国兵忍不住骂了一句。

金满听见了"叽里咕噜"的声音。

金满不知这是人的声音还是动物的声音,总之是从没听到过的异样声音,立即打出一声尖厉的唿哨。随之取下挂在马上的枪。

"快腿""猴子"一听唿哨,也立即取下挂在马上的枪。

金满朝"叽里咕噜"声发出的地方"砰"的就是一枪。

发出"叽里咕噜"的士兵被金满射出的子弹"碰中"大腿。

"叽里咕噜"变成了"哎哟"的叫声。

金满朝"快腿""猴子"大喊:"朝前冲,冲出去!"

喊"哎哟"的法军士兵恨恨地扣响了手里的枪。

法军军官喊:"不要开枪,前方无路,他们只能返回,返回时再活捉！"

金满一边策马往前冲，一边又朝天一枪。

金满心里喊：方曜，有埋伏，你们不要来了啊！

方曜他们听见了枪声。

前面有敌人，怎么办？方曜略一思索："随我来，齐声呐喊！"

方曜一马当先，但速度不快，军士策马齐喊："冲啊！杀啊！"

喊杀声为山林回荡，俨然千军万马。

法军伏击阵地上的军官听着冲杀的呐喊声，对副官说："原以为他们听见枪声不会来了，怎么还是来了？"

副官说："可能是没听见枪声吧。"

法军军官说："不可能！你上次被刘永福打聋一只耳朵，刘永福可没被你打聋一只耳朵，他两只耳朵都是好的。"

副官说："刘永福没被打聋，可他既然听见枪声，知道这里有埋伏，为什么还要呐喊直冲而来？"

法军军官说："刘永福诡计多端，这回又耍的什么名堂？难道是故意犯兵家之忌？"

副官说："管他那么多，我们火力强大，叫他有来无回。"

法军正准备迎头痛击，方曜在距伏击阵地数百米处却停止了冲锋，但呐喊声不停。

方曜下马。"特种兵"全下马。

方曜命令："就地射击！"

呐喊声突停，排枪朝伏击阵地齐发。

突然停止的呐喊变成枪声，使得法军军官又大为疑惑："这是怎么回事，刘永福这是打的什么仗？"

副官说："听那枪声，人数不多，派些人去将他们消灭。"

法军军官说："天色已晚，他这是想引我们出击。命令，不准妄动！待他们进攻。"

方曜则命令："间隔射击！若法军进攻，立即撤退至林木深处。"

枪声"砰"的一声,稍会儿又"砰"的一声……

方曜嘴里念道:"刘永福你应该已经知道了啊,你该动手了啊!"

三 刘永福的大炮响了

夜色笼罩了山林,刘永福在他的隐蔽地听见了枪声。

部将马鹏对刘永福说:"大帅,这是怎么回事?哪支部队和法军干上了,不会是清军吧?"

刘永福说:"我也有点纳闷,谁他娘的和法军干上了?绝不会是清军,清军若有这个胆量,敢和法军夜战,也不会是缩头乌龟了。"

马鹏说:"开始枪声激烈,突然停了,接着又是隔三岔五响枪,什么意思?"

"这是个高手,肯定是与法军猝然相遇,想冲过去,但冲不过,见天色已黑,故也不怕法军攻击,他那隔三岔五的枪声嘛……"刘永福猛然一拍大腿,"他这是在向我老刘求援。"

马鹏问:"我们援不援助?"

刘永福说:"我若不援助,显得我老刘不讲义气,就是不知从哪里来的高手,来的目的又是如何?但只要是打法军者,都是朋友,朋友有难,自当相助,打夜战又正是我老刘的拿手戏,况且他这正是为我点明了法军的阵地。传令,隐蔽在大岗附近的两队人马,从左右两端向法军突袭!先用炮火向枪声指明地点猛烈轰击,炸他娘个痛快。"

"特种兵"不时对法军阵地"砰"地打响一枪。

大力对方曜说:"将军,再这样下去,我们的弹药会用完,法军若突然攻击,我们怎么抵挡?"

方曜说:"夜幕重重,法军不一定敢出击,他若出击,咱往林子里撤,有甚可怕,再坚持坚持,金满等人若没遇难,枪声也是告诉他们,我方曜和众弟兄没有忘记他们。"

方曜命令,继续间断性射击。

这时而"砰"的一枪,令法军也疑虑,副官说:"将军,前方那支敌军,攻又不攻,退又不退,老是发射冷枪,究竟想干什么?骚扰得我方不得安宁。"

法军军官说:"我也在想这个问题,老是发射冷枪,究竟想干什么?"

副官说:"派支队伍出击,或将他们消灭,或将他们赶走。"

法军官不睬副官的话,自言自语,野狼发现目标,不时对天嗥叫,是在召唤狼群聚集……对方不停地发射冷枪,不也同样是在召唤吗?

法军军官猛然挥手:"提高戒备,注意观察,发现异样情况,立即开火!"

法军军官话刚落音,似突然爆发的海啸,黑旗军的排炮倾泻而来。

炮声一响,"特种兵"们齐兴奋得高喊:

"刘永福开炮了!开炮了!"

"哈哈,我们成了他的炮火引导员!"

"打得好!打得好!全打在法寇阵地上。"

"方将军,我们冲上去杀他个痛快吧!"

方曜说:"且慢,法军若往此处逃窜,我们正好就地拦截。做好阻击准备,待敌人近了,瞄准开火。"

"是!待敌人近了瞄准开火。"

方曜担心的是,金满他们呢?不知怎么样了啊!

金满要"快腿""猴子"往前冲,冲出去,"快腿""猴子"就只顾催马往前,直到追上来的金满大喊:"不要跑了,不要跑了,后面没有追兵。"那两人才各自勒住马。

"快腿"说："奇怪，法国兵怎么没向我们开枪？"

"猴子"说："感谢老天，早早降下夜幕……"

"快腿"说："降下夜幕他们就不开枪了？一阵乱枪我们也逃不掉。"

金满说："他们是怕惊动了我们的'大部队'，枪声一响，'大部队'不进他们的伏击圈了。"

"大部队？！"

金满说："我们是打前哨的，后面岂能没有大部队！"

"对，对，后面岂能没有大部队。"

金满说："但还有一点不能不疑。"

"哪一点？""快腿"忙问。

金满说："我们的'大部队'在外面开了火，'大部队'既然已经开火，不进伏击圈了，法军怎么不派人来追我们呢？"

"猴子"说："是啊，竟任凭我们跑到这里来了。"

"快腿"说："不会有这么便宜的事，我们得小心一点。"

金满说："下马！慢慢前行，仔细观察。"

三人下马，牵马步行。金满走前，"快腿""猴子"随后，呈"品"字形。

刚走不远，金满的青鬃马如遇清涧一样，扬起前蹄，不肯往前。

"莫非又有蟒蛇猛兽？！"金满拔刀在手，往前一看，不由地"哎呀"一声，忙往后退。

"快腿""猴子"赶紧问："怎么了？"

金满直喊："好险，好险！""快腿""猴子"凑前一看，也连喊好险好险。

前面是万丈悬崖。

"快腿"对"猴子"说："我俩命大，若不是金将军在后面喊我俩停下，我俩还在催马往前……这才多远。"

"猴子"说："难怪法国兵不来追赶，原来是条绝路。"

"现在怎么办？只能原路杀出。"

"原路能杀出？"

金满说:"方将军会来救我们,刘永福也会出击的。咱们先找个地方躲藏,见机行事。"

三人往回走,刚钻进林木,炮声骤起。

"轰"!"轰"!火光冲天。

金满说:"是刘永福的大炮!"

"刘永福来了,我们有救了!""快腿""猴子"顿时振奋。

倾听着炮声的方曜不由赞道:"刘永福的炮兵,比我们的炮兵还要厉害啊!"

炮声一阵紧似一阵,终于渐渐减弱,天空飞起的弹火一闪一灭。

方曜说:"刘永福该发动进攻了。"

顷刻间,响起惊天动地的喊杀声。

黑旗军从两面向法军阵地猛攻。

"上马!冲杀过去!"方曜跳上马,边冲边喊:"彭玉麟的队伍在此!"

"特种兵"们齐齐跃上战马,边冲边喊:"彭玉麟的队伍在此!彭玉麟的队伍来了!冲啊,杀啊!"

金满听见了隐隐传来的喊杀声,霍地站起:

"该我们冲出去了!"

"猴子"说:"我们这一冲,万一被黑旗军误会是突围的法寇,怎么办?"

金满说:"边冲边喊,彭玉麟的大军来了,湘军来了!既报与黑旗军,又吓唬吓唬他娘的法国人。"

金满等三人跃上马,往回杀去,齐喊:"彭玉麟的大军来了!湘军来了!"

被轰炸的法军阵地上,法军军官喊:"刘永福的人马从哪里冒出来的?从哪里冒出来的?"

副官说:"还有彭玉麟的人马、湘军。"

"湘军怎么又和刘永福联手了?"

副官说:"赶快撤吧,我们已被四面包围了。"

黑旗军的喊杀声、方曜队伍的喊杀声、金满等的喊杀声交织在一起，越来越近。

法军军官说："撤！这次又让刘永福占了上风。"

法军撤退，但非惊惶而逃，而是一队一队地轮流掩护，有序而退。

黑旗军一面喊杀，一面以火力射击。

四 "师傅"变招

当天晚上，方曜、金满等与刘永福部会师。

刘永福一见金满，便喊："金满，老金，金将军，原来是你们和法军猝然相遇。我还道是哪里来的高手，咬住法军不放，不断以枪声告知我法军所在之地。"

金满说："多谢大帅及时开炮，救了我们。"

刘永福说："凡打法军者，都是我的朋友，朋友有难，自当相助。还多亏了你们探明法军阵地，这几日，一直在跟他们捉迷藏呢！"

方曜说："刘大帅用兵如神，令我等佩服。"

"这位是……"

金满忙说："这是方曜将军，现已奉命兼节制两广陆路各镇军务。"

"呵，蛮大的官啦！"刘永福说，"这么看来，咬住法军，不断以枪声报警，定是方将军指挥的喽。"

方曜说："早知大帅威名，为当今屡败法军第一人，尤善夜战、近战，当时天色已黑，知大帅定会狠狠地痛揍法军，故坚持了一阵而已。若大帅的炮声再晚响一会儿，我们的弹药也快打完，只能往树丛里逃了。"

刘永福大笑："过谦过谦，这么大的官还对我老刘如此谦卑，请坐，坐下来咱们慢慢说。"

方曜说："请刘大帅不要再说我什么'这么大的官'，就喊我方曜便是，方曜只是奉彭大人雪帅之命行事而已。"

刘永福说："我平生只服彭玉麟，你说，我老刘和法国人打了这么多年，有谁接济过我军火，只有雪帅。雪帅他是顶着朝廷的压力支援我老刘军火！谁有他那个胆量？"

金满说："雪帅认为光支援军火不行，还得支援军饷，有打仗的不要吃饭、打仗的家里人不要负担的吗？故，这次雪帅又要我带了些银两来。请容我牵进马匹。"

金满将青鬃马牵进，取下装有银两的褡裢。

刘永福说："雪帅为我想得周到啊！谢雪帅，谢雪帅。"

"雪帅还说，光靠他接济军火、饷银等只能是杯水车薪，须得朝廷正式任命刘大帅，由朝廷按月拨给。"

"喔，雪帅是这么说的？"

"雪帅和张之洞大人已联名上奏。"

"朝廷的答复怎样？"

金满说："雪帅和张大人在奏折中说，我国已对法国宣战，须有能战、善战之大将，截至今日，能屡败法军者，唯刘永福和他的黑旗军。只要刘永福归制，则对法之战必胜。雪帅和张大人愿做担保……"

刘永福追问："朝廷到底如何批复？"

金满说："批复了，不日圣旨就下。"

金满这么一说，方曜想，金满既然已经说批复了，我也只能顺着他的话说，也顾不得那批复不批复了。便立即说："所以雪帅派我和金满来见，先请做好出山准备。"

刘永福说："接受朝廷编制，共同抗击法国侵略者，自然是件好事，我已与法军打了这么些年，保我边关，卫我领土，责无旁贷。只是法寇被打败后，会不会卸磨杀驴？当今朝廷，靠不住，靠不住的。"

刘永福这话一出，金满想起临来时彭玉麟交代的话："此次之所以特派你去，是因为你也相当于是我收编之人……"这是彭大人交付我的第三条"锦囊妙计"，我得赶快使用。

金满便赶紧说："要说朝廷靠不靠得住，我不知道，我只知道彭大人雪帅是靠得住的。因为我金满就是被雪帅收编之人。"

刘永福说："嘀，你原来是干什么的？不妨说来听听。"

金满说："唉，别提以前的事了，我原来是个打家劫舍的。"

"什么，你原来是个打家劫舍的？！"

金满说："人家打家劫舍是劫富济贫，我他娘的是助纣为虐，忠义营原幕僚钱文放为救作恶多端、夺人妻、杀其夫的总兵谭祖纶，许诺我银子，要我去刺杀彭大人，我他娘的立马答应，差点犯下一生最不可饶恕之罪，彭大人曾救了我表妹一命，我却设下埋伏要乱箭射杀他，幸亏彭大人当时未在现场，我反被赵武擒获。我自思必死无疑，彭大人不但饶我不死，还将我收留在他身边，我的那些部下，全部赦免，愿回家的发给生活费，回去好好安生，愿留下的编入军营。若不是彭大人，我金满能有今日？"

刘永福听罢，沉吟："若是到彭大人雪帅手下，倒也未尝不可。"

方曜说："刘大帅身经百战、抗法第一功臣，彭大人朝思暮想，就是想得到你这位常胜将军。方曜虽奉命兼节制两广陆路各镇军务，仍是彭大人部下，彭大人之所以派方曜来，其意明白得很，就是希望刘大帅和方曜同属雪帅调派。"

刘永福说："你就别喊我刘大帅了，我只是黑旗军的大帅而已，朝廷可没封我这个大帅，然抗法终非我黑旗军一力可为，为国家计，我刘永福愿听命于雪帅。"

方曜说："刘大帅以国事为重，将保家卫国放在第一位，请容我方曜一拜。"

"也请受金满一拜。"

方曜、金满以军礼拜刘永福。刘永福忙说："快请起请起，这个我怎么担当得起。来人啊，摆设酒宴！我要与雪帅派来的人痛饮一番。"

酒宴正酣，刘永福突然将酒杯狠狠地往桌上一顿，对部将马鹏说："你带一队人马，去给法国佬放放'鞭炮'，他们虽然败退，却早已跟着我老刘学了不少招数，认为我今日赢了他们，必定松懈，正是他偷袭的好机会。我估摸他们现正在清涧一带集结，你去给我狠狠'敲打敲打'，让他们知道，师傅的东西不是随便学就可以学到的。"

马鹏应道："是！"抓起面前的一杯酒，一口干掉，正欲转身，刘永福又喊道："你'敲打'完后便回来，这酒还等着你呢。"

马鹏走出后，金满问："大帅，你既然预料法寇会偷袭，怎么还请我们在这喝酒？你下道命令，我带湘军、粤军的弟兄们去，狠狠打他一个反偷袭。"

在另两桌的"特种兵"们齐声说："对，对，大帅下令，我们即刻就去！"

"你们只管喝酒喝酒，法寇要偷袭，也得在三更左右，还早着呢！"

方曜说："敢问大帅，怎么断定在三更左右？"

刘永福说："其一，法寇乃败军之师，尽管他们败退后你很难击溃，但他们退却后即使反扑，也得有个集结过程；其二，我营寨方圆数里，皆有伏兵，此次胜仗，他们没有参与，但被打胜的消息激励得按捺不住，此时正兴奋得很，眼睛睁得老大，巴不得有敌军上门，法军仓促反扑，那是送死；只有到了三更时分，都昏昏欲睡，才是偷袭的好时机。我就常用这一招，弄得他们头疼不已。这次我派支人马去'敲打敲打'，是告诉他们，师傅用过的招你们就别用了，师傅换招了。主要还是免得他们来败坏老子的酒兴。"

刘永福大笑。众皆大笑。

刘永福举杯："喝酒，喝酒！"

余下的场面则是，法军刚在清涧附近扎下营寨，马鹏所率人马突然开火。

法军军官气极，喝令"出击！"

刚喘过气来的法军呈散兵线出击，马鹏立即撤退。

法军军官命令追击。天黑如墨，追击无果。

法军撤回。马鹏又杀回，所率人马大声呐喊……

刘永福营寨酒宴还未散，马鹏返回："报大帅，我们轮番三次，搅得法寇不得安宁。"

"来，喝酒喝酒。"刘永福对方曜、金满说，"咱们这酒宴不会有人来干扰了。各位只管尽兴。"

第二十二章 老师老将

一　当今日之时势，不能不因时而变

　　两广总督府。张之洞在和彭玉麟商议如何解台湾之困。
　　张之洞说："雪帅，法军已攻陷基隆，占领沪尾（淡水），封锁台湾海峡，切断我国南北海道，朝廷命我等解台湾之困，该用什么办法？"
　　彭玉麟说："台湾孤悬海外，受强敌围困，自然应该设法突破封锁，竭力援助。"
　　张之洞说："可我们的福建水师没了，连船政局都没了，哪里还有力量去突破法军海上封锁？你原来派援马尾的兵舰，虽又派去援助台湾，但势单力薄，无济于事啊！"
　　彭玉麟说："要解台湾之围，就目前而言，唯有我军攻法军所必救，即力战越南，夺回失地，'越圻渐恢，台围自解'，不但台围自解，而且可振全局。"
　　张之洞说："对啊！海战虽不敌，陆战可制敌。"
　　彭玉麟说："但在越南抗法的只有滇、桂两省军队，兵力薄弱，不足以对法军构成威胁。必须要有四支军队，四军齐发。"
　　"四军齐发？！"
　　"派粤军、湘军出关，滇、桂、粤、湘四军齐发，东西两线同时进攻，定叫法军顾头难以顾尾，必败无疑！"彭玉麟以手捻须。
　　张之洞说："可这粤军、湘军由谁统帅呢？"
　　彭玉麟说："由我亲率出战！"
　　"不行不行，雪帅你去率兵出战，这里怎么办？"张之洞说，"我老张离不了你。"
　　彭玉麟说："张大人怎么能这样讲？"

张之洞说："我说的是实话，我老张对军事并不在行，需要及时得到雪帅的指点，你率兵出战，这里的军事调度我拿不准，会在我手里贻误。你不能去，不能去！我老张坚决不同意。"

彭玉麟说："我也曾向朝廷多次请求带兵出战，朝廷皆不同意。可对法军作战实在没有干将啊！"

张之洞说："方曜和金满去收编刘永福，不知怎么样了？刘永福一正式归编，可不就有了一员干将。"

彭玉麟说："如不出意外，方曜和金满应该就快回来了。朝廷同意我俩收编的批复应该也要来了。"

正说着，李超走进，面带着一股兴奋。

"看你那样子，方曜和金满回来了。"

李超说："报二位大人，方曜和金满回来了，但一身硝烟尘土，我要他俩先去洗涮一番……"

张之洞说："一身硝烟尘土有什么关系。"

彭玉麟说："定是和法军打了遭遇战。让他俩先休息休息。"

李超说："大人还没问他俩是否完成了任务，就要他俩休息？"

彭玉麟说："没完成任务他俩会听你的安排先去洗涮？不但完成任务，而且定然另有斩获。"

"嘿嘿嘿嘿，大人猜得对。"

"什么猜得对，若不了解自己的部下，能让他们各尽其才吗？"彭玉麟说，"今晚我请他们的客，也算接风洗尘。"

"请客归我请。"张之洞说，"你请客又是三个素菜加一碗辣椒炒肉，犒劳前方归来的可不行。"

彭玉麟说："你以为我老彭没钱了吗？这犒劳自然得是大碗肉、大碗酒。"

张之洞说："你还有什么钱，上次你为缓解饷银艰窘之状，与张树声等倡议捐献银两以充海防军费，你自捐银为五千两，可还有二百两没兑现呢！"

彭玉麟说："朝廷不是已经申饬李鸿章、曾国荃不肯援助福建，而唯独我事先派兵舰驰援马尾，故嘉奖于我了嘛，那赏银还没到嘛，赏银一到，可不就能兑现了。放心，不会赖账的。"

"请客"设在镇海楼。

彭玉麟、张之洞、李超、方曜、金满等上楼后，彭玉麟就对方曜、金满说："二位功臣，请坐。"

方曜、金满忙说："我们何功之有，二位大人不先坐，我们哪里敢坐。"

张之洞说："雪帅要你们坐，你们就只管先坐。"

"须先向二位大人禀报此行后，方敢入座。"

彭玉麟说："咱们换个方式，不叫禀报，就听你们讲讲此次见刘永福的故事。都坐下，坐下。还是老习惯，喝粗茶，不拘礼节，咱们将帅畅所欲言。"又对方曜说："方将军你是广东人，喝这大碗粗茶不适应，还是由你自己泡那工夫茶。彭根，去将那泡工夫茶的茶具找出来。"

方曜说："雪帅，若在两军阵前，哪里还容泡什么工夫茶；征战途中，有口水喝就不容易了，还能有什么不适应。"

彭玉麟说："行，彭根就别去找茶具了，也坐下听听。"

彭根正是想听，忙坐下。

彭玉麟说："方将军，这次你和金满虽只带了十多人，但代表了粤军、湘军出关第一阵，你俩把经过仔细说来。"

方曜要金满先讲。金满说："自然得方将军先讲。"

"好，我就先讲。"

方曜便将开始如何寻刘永福不得，军士已有焦躁情绪，金满如何分析判断，又提出将队伍分成前、中、后三队，三队如何行进，金满的尖兵队与敌相遇，开枪报警，他听到枪声后，即带队冲锋呐喊，虚张声势，佯装进攻，到得距敌阵不远处，即下马伏地，以排枪朝敌阵射击，等等，细细叙说。

"目的是让刘永福知道，敌军阵地在此。"彭玉麟说道。

方曜说："正是。其时天色已黑，正是刘永福用兵的好机会。就在我们着急之时，他的大炮响了。不愧是刘大帅，善于夜战，他的炮火,准确命中我们枪弹所指的法军阵地。而后两路人马夹攻,我们又趁机发起攻击。"

金满说:"我等尖兵队三人听到炮响,也立即杀回……"

方曜说:"法军虽败退,但他们的战力不可小觑,就以他们败退而言,虽经炮火猛轰,又有两路人马夹攻,加之我等一面虚张声势,一面趁着夜色乱打,他们仍以火力接替掩护,有序而退,并未惊惶而逃。故其损失不大。"

彭玉麟说:"以实战而知敌方,不夸大战绩,真将军也。"

当方曜说到和刘永福见面,谈及归制,刘永福追问朝廷到底如何批复?金满说批复了,不日圣旨就下时,彭根说:

"金满你好大的胆啊,你对刘永福说朝廷已经批复,不日圣旨就下。朝廷的批复在哪里?"

金满说:"我说的是'不日'嘛,又没说已经下了。"

"那批复呢?"

"彭大人派我去办的差,那批复肯定是没有问题的啦!若有问题,彭大人会派我和方曜去?"

"方将军,你当时是否被金满那话吓一跳?"李超说。

"若在往日,确会心悸。可有雪帅撑着,我方曜也胆量陡增。金满既然已经说批复了,我还能不顺着他的话说?且可省了一番劝说的话语。"

张之洞说:"老彭、雪帅,那批复若还不来,你怎么办?"

彭玉麟笑:"我俩联名上的奏折,老张你这两广总督也得想想怎么办。不过嘛……"

张之洞说:"不过什么,老彭你还有心思转弯子。"

彭玉麟说:"看把你老张急的,刘永福愿意归编,我这心已放下了一半,另有一半,我还得单独跟你交谈,照样得有你支持。"

张之洞说:"又要拉我联名?!这一半你放下了心,我还没放下呢。"

"好、好,先让你放下这一半的心,无把握之事,我彭玉麟会做吗?告诉你,兵部早已给我透露了消息……"

话还没完，赵武大步走进。

彭玉麟说："好，又来了个陪方曜、金满喝酒的。"

赵武听得一头雾水："我来陪什么喝酒？我是来送电谕的。"

张之洞说："快念电谕。"

彭玉麟说："不用念，念也就是两个字。"

张之洞说："准允？"

彭玉麟说："当然是准允。"

赵武说："确是准允二位大人所奏……"

彭玉麟说："老张，放心了吧。"

"嘿嘿嘿嘿，还是有了这电报好啊，省了多少快马加急。"

彭玉麟说："这个好事倒是搭帮李鸿章。我老彭和他老李总是不扯火，但'当今日之时势，强邻日逼……不能不因时而变啊'！这一点，我得讲他老李一句好话。"

李超说："大人，'……不能不因时而变'，这是你为郑观应《盛世危言》所撰序言中的话。"

"你的记性倒是不错。哎，怎么说起电报来了，不讲这些，金满，你接着讲。"

金满说到刘永福在军营要他们只管尽兴喝酒时，彭玉麟便要方曜、金满今晚在镇海楼也只管尽兴，并要方曜将带去的"特工队"军士全都喊来，"这是总督大人特为你们所设的庆功宴！"

彭玉麟接着喊道："赵武、李超、彭根。"

赵武、李超、彭根立即站起，大声应道："在！"

他们以为又有任务，却听得彭玉麟说："你们替我和老张将酒陪好，这次就是醉了，也不算你们犯纪。"

彭玉麟和张之洞一回到总督府，张之洞便问彭玉麟："老彭，刘永福归编，你说你的心已放下了一半，另有一半，还得单独跟我交谈，到底是什么事？"

彭玉麟说："你没把我那话说完，我说照样得有你支持。"

张之洞说："支持，支持。你就快说。"

彭玉麟说："你可是说了支持的啊！"

张之洞说："你所提军务之事，我哪一件没有赞成？"

"好，这可是你亲口答应的。"彭玉麟说，"你先想一想，我们正谋划从东西两线向法军大举进攻，那么，只有谁可担当广西前线的统帅？"

"这个……"

彭玉麟说："只有老将冯子材！"

"起用冯子材？！"张之洞立时不快，心里念道，冯子材，怎么能起用他？不行，不行！这回不能再由着彭玉麟。

二　背后说人好话，误会自当消除

彭玉麟一说起用冯子材，张之洞就说："冯子材已年近七十，早已老朽不堪，怎么还能起用他？我说老彭雪帅啊，你这……这……"

彭玉麟说："冯子材年近七十，我老彭今年正好七十，似乎还没到老朽不堪的地步吧？"

张之洞说："冯子材怎能和你相比，老彭你这是故意自损。"

彭玉麟说："我曾和冯子材共事一段时间，他的军事才能我是知道的，没有几人可比。"

张之洞说："那是他年富力强之际，如今……"

彭玉麟立即打断："廉颇老矣，尚能饭否？"

张之洞说："他原任广西提督，若不是年老力衰，怎么会因病辞职？"

"呵，呵，他之所以因病辞职，其原因我倒是略知一二。"彭玉麟话里有话，"但我不和你说他辞职的真正原因。"

张之洞想，老彭不说他辞职的真正原因，是照顾我的面子，但还是不宜起用。

"总而言之，不管什么原因，他既已辞职，就不宜再委以重任。"

"老张香帅啊，"彭玉麟说，"这香帅可不是我对你的恭维，而是冯子材在人后谈及你，言必称香帅，冯老将军对你，可是尊敬得很啊！再说，他虽辞去提督之职务，却仍在钦州训练团练，时刻准备为国效劳。他若真正有病，还能募兵日夜勤加训练吗？"

"老彭你知道，我和李鸿章也是扯不到一块的，他说冯子材有四不能战。"张之洞听着"言必称香帅"的话，心里舒服了一点，转而以他人的话来阻止。

"嗬，李鸿章说冯子材有哪四不能战？"

"李鸿章说他人老体衰，力不从心，一不能战；腹中无墨，胸无韬略，二不能战；兵械简陋，杀伤力弱，三不能战；新募兵嫩，训练无就，四不能战。李鸿章也是带兵多年的人，他讲的这四点，并非毫无道理。"

彭玉麟大笑："李鸿章，谁最了解他？唯我老彭。李鸿章这是害怕冯子材统兵，冯子材统兵打了胜仗，就等于给他'一贯主和'扇了一记耳光。"

张之洞说："冯子材统兵就能打胜仗？"

彭玉麟说："这样吧，我俩也别因李鸿章的话争论了，我亲自去冯子材那里一趟，先对他考察考察。若拟委以重任，你定然又会支持我的主张。我俩再一道上奏朝廷，如何？"

"你亲自前去考察？钦州距此可有千里之遥。"

"千里之遥有何惧，我来广东时，也曾'一鞭遥指五羊城'。"

张之洞说："雪帅，你已到了古稀之年啊！"

彭玉麟说："我已到古稀之年，冯子材将近古稀之年，此去钦州，可称'老帅请老将'。"

张之洞说："你还没考察，便已说是去请了，他值得你亲自去请吗？说去考察还差不多。"

彭玉麟立即说："考察，考察，我没说不是考察啊，但冯老将军不请是不行的。"

张之洞说："你打算带多少人去？"

彭玉麟说："我来广东时，带了彭根、李超、金满，还有原衡州府四名非要跟来的府兵，这次去钦州，带赵武、金满二人足矣。"

张之洞说："你这次去钦州请冯子材，竟和奉旨来广东相提并论？！"

彭玉麟说："听见没有，你刚才也说是去请冯子材啊。我早就说过，我俩是最好的同事嘛，绝不会意见相左。请出冯子材，定能扭转战局，其重要性不亚于我来广东督办军务。再说了，冯子材得知是你要我去请他，不知该如何感谢香帅呢！"

张之洞听着这话心里舒服，但嘴上说："我可没说是要你去请他，是你自己要去请的。"

彭玉麟说："你不同意，我能去吗？"

张之洞说："行了行了，你不要再将我的军了。我只是担心，你仅带两人前去，太少了。万一路上……"

彭玉麟说："尽管放心！"

张之洞说："我看还是先给冯子材打个招呼吧，要他带人于半路来接。"

"不用，不用，"彭玉麟说，"凡我所去之处，考察也好、核查也好，概不让对方事先得知，只有如此，才能得知真实情况。"

张之洞说："何日起程？我来送你。"

彭玉麟说："又不是出征，何必相送，明日拂晓即出发。"

张之洞说："你这也是千里征程啊！"

第二天拂晓，七十岁的彭玉麟便策马疾奔在去钦州的路上。

赵武、金满紧随其后。二人除佩带腰刀外，皆带有一支洋枪。洋枪用布套裹着，挂在战马上。

金满对赵武说："我还是到前面为雪帅开路吧。"

赵武说："我看你未必能够超过雪帅。"

金满磕马往前想超过彭玉麟，彭玉麟马速更快。

金满几番欲超都未能，彭玉麟哈哈大笑。

三匹马踏着晨光晓露，马蹄"得得"。

马蹄"得得"声中，

——红日喷薄而出。

——红日跃上山岗。

——红日变成白炽骄阳。

三人在一路边饭店下马，彭玉麟对店家说："来六个人的饭菜。"

店家不解地说："客官，你们只有三人啊，还有三人未到吗？要不要等一等？"

赵武笑道："我们这是要将早饭、中饭一起吃了，或者是中饭、晚饭一起吃了，你只管去备办。"

"好咧！"店家心里不免嘀咕，哪里有这么吃饭的，两餐做一餐吃，要不就撑，要不就饿！

"大人，我们年轻倒是没问题，可你……"金满小声地问。

彭玉麟说："赶路要紧。过了这个店，谁知下一店在哪里？肚里有货心不慌。"

赵武对金满说："大人是急着要见冯老将军。"

金满说："我有一事不明，不知当问不当问。"

彭玉麟说："你是想问张之洞张大人为何不愿冯子材'出山'吧？"

"是啊，张大人对收编刘永福那么热心，怎么却对冯老将军……"

"这个跟你们说说无妨，见着冯子材后，讲话也好注意一点。"彭玉麟说，"老张和冯子材，说来话长，还是长话短说。事情的原委还是那个无能的徐延旭。"

赵武说："就是导致北宁大败、后被捉拿进京治罪的前线总指挥？！"

彭玉麟说："清流派要求重用徐延旭，冯子材时任广西提督，他知道徐延旭在军事上是个外行，自然不服，可张佩纶等不知为何非要徐延旭担当重任，排挤冯子材，冯子材无奈之下，称病辞职。其时张之洞已外派为山西巡抚，他也先后两次上奏举荐徐延旭。老张在'排冯'中起了推波助澜的作用啊！"

金满说："徐延旭北宁大败被问罪后，张大人应该改变对冯老将军的看法了啦！"

"问题就在这里，老张仍未改变看法，他和冯子材之间的矛盾可谓非同一般，恐怕不仅仅是'荐徐排冯'，然老张这个总督大人毕竟还是顾全大局，最终同意了我请冯老将军。我对他说，冯老将军非常尊重他，背后言必称香帅。故你们见到冯老将军后，倘若他问起老张，你们就说总督大人本欲亲自来请，无奈抽身不开，只好由彭玉麟代劳。"

"这……这，岂不是有违事实，委屈了大人……"

彭玉麟说："个人事小，国家事大，对敌作战，将帅必须同心。若将帅不和，大事危矣！为了将帅和，说说双方的好话，有何不可？再说，张之洞、冯子材二人，都是识大体、顾大局之人，本来就是都值得赞扬的人嘛。他们之间只是有点小小的误会而已，我们就是要让他俩把误会消除。有句俗话，'谁人背后无人说，谁人背后不说人'。我们要做到不但背后说人好话，而且替人说好话，那矛盾、误会，不就消除了么？"

赵武、金满齐说："多谢大人教诲。"

"嘿，我又有什么值得你们谢，"彭玉麟说，"将两餐饭做一餐吃？"

两餐饭做一餐吃的话刚落音，"饭菜来喽！"

三　不是缴枪而是送枪

三人吃完饭，立即赶路。

夜幕垂落，路旁现一庄园。

彭玉麟要赵武去打听一下，到下一驿站还有多远？若太远便在此借宿，马匹也该休息了。

赵武下马，彭玉麟又说："去人家庄园问路、借宿，人家问起，你还是得喊我三爷。"

赵武走进庄园，不一会儿出来，后面跟着一位年轻的庄主。

"三爷，这位主人说，我们已错过驿站，下一驿站离此还有百余里，附近也无旅店。主人同意我们在此歇宿一晚。"

彭玉麟忙下马："那就麻烦少庄主了。"

"请你们随我来。"少庄主陪着彭玉麟走在前面，赵武、金满牵着马匹随后而行。

少庄主指着一间房："你们三位可在这房里歇息。"

彭玉麟道谢。赵武、金满将裹着布套的枪及其他物什拿进屋内后，走出来，金满问马舍马槽在哪里。少庄主说："实在对不起，本庄早就没有养马，但好像还有一些剩余的草料，就在那后面。"

金满牵着三匹马往后面去。少庄主对彭玉麟、赵武说："你们请早点歇息。"

彭玉麟说："叨扰，叨扰了。"

少庄主走后，赵武对彭玉麟说："这个庄园有点奇怪，怎么就那庄主一人，连个打杂的都没有。"

彭玉麟说："暂且将息一晚，明日还是见驿站便当住下，欲速则不达啊！"

金满喂了马后，走进来就轻声地说："今晚我们得当心一点，大人和赵武先睡，我站岗。"

"喔，你看出了什么？"彭玉麟问。

金满说："这个庄园可疑之处甚多，偌大的庄园没有家丁仆人，却打扫得干净，说明其实有人，只是此时不见；其二，整洁房间其实不少，却只安排一间房给我们，是让我们三人集中一块；其三，那少庄主说他早就没有养马，但马槽尚有新鲜余食，可见他说谎。其四……"

彭玉麟说："我看那少庄主面相并非恶人，可能他另有什么隐情，不必过于怀疑。"

金满说："大人忘了，我原来是干过这等'钓鱼'勾当的，还能不知其中套路？"

彭玉麟、赵武都笑了。

赵武对金满说："你这么一讲，我倒是想起一个值得怀疑之处，我俩将包裹的枪支拿进房里时，那少庄主眼睛直直地盯着，似乎看出那是枪支，或者以为那是金银财宝。莫非他想趁夜打劫？"

彭玉麟问金满："若在当年你想打劫，会将那枪支看作财宝么？"

金满说："枪支包裹得再严实，也不会被当作财宝。是不是财宝，一眼就能看出。"

彭玉麟说："这就对了，这庄园也无肃杀之气，不会有什么了不得的事情发生。睡觉睡觉，明日早起。"

金满说："大人只管放心睡，赵武你也睡，下半夜我喊你。"

金满将枪支取出，关上房门，坐于门口。

庄园寂静。一弯新月时隐时现。

金满被睡意袭击，眼皮打架，终于发出鼾声。

蓦地，庄园火把通明，人声鼎沸。

金满惊醒，一跃而起。赵武亦惊醒，翻身下床。

金满正欲开门杀出，外面传来喊声。

少庄主喊："屋里的人听着，你们已被包围，我们不要你们的性命也不要你们的钱财，只要你们将枪支交出！"

仍躺在床上的彭玉麟说："问问他们，为什么只要枪支，要枪支干什么？"

赵武将门打开，问："你们既不谋财也不害命，为什么只要枪支，要枪支干什么？"

一个举着火把的说："要你们交出枪支就交出枪支，啰唆什么！"

赵武扬起腰刀："这快刀难道不要？"

"刀剑不要，只要洋枪、弹药。"

金满举起枪："我手上这个便是洋枪，若给你们，得问问这枪肯不肯。"

"你们若不缴枪，我们的大炮已对准你们，看见了吗？"

火把照着对准金满等所在的房间的两尊土炮。

赵武就着火光一看，哈哈大笑。

"你笑什么？"

赵武说："那是无法打响的土炮，你们只能用来吓唬百姓。当然，你们可以用来壮胆。"

举火把的说："你不相信，我可真的开炮了啦！"

赵武说："只管开炮，开炮，只是可别炸了你们自己。"

彭玉麟走出来，对赵武说："不得胡闹。"

"是，不得胡闹。我是怕他们那堵塞了的土炮炸膛，伤了他们自己。"

彭玉麟对少庄主说："这位庄主，你们不要别的，只要洋枪，总该说出个缘由，只要说得有理，我手下这两人所带洋枪并弹药一概奉送。"

少庄主说："看你们是外地人，不知就里，就说与你们听听，也好让你们心悦诚服。"

"请讲请讲。"

少庄主说："法寇屡犯我广西边界，杀我广西人，掠我广西财物，无恶不作，冯子材将军在钦州招募兵勇，但缺少洋枪弹药，我等要去投奔，带了洋枪好做见面礼。"

彭玉麟说："冯子材是这么招募兵勇的吗，须带洋枪去做见面礼？"

少庄主说："你知道什么，朝廷所派官军，与法寇或一战即败，再战即溃，或望风而逃，只有靠我们民众自己保卫自己的家园了，冯将军要率民众抗敌，可朝廷不给枪支弹药，只有靠自己筹集，我看你也是个商人，定是在哪里买了枪支回去看家护院，可若是法军打了进来，你能看得住家、护得住院吗？不如将枪支交给我们，我们去冯将军那里，守住边界，你们不也就安然无事了吗？我已将这庄园变卖，筹得资金，你若舍不得购枪之钱，我可用钱买你枪支。话已说这么多，肯与不肯，你立即做出答复。否则，别怪我们动手了。"

"说得好，说得有理，做得更好，"彭玉麟说，"广西有少庄主这等舍家为国之人，何愁冯子材不能击败法军。"

"你，你到底是什么人？这样说话。"

赵武说："这是钦差大人、兵部尚书彭玉麟、雪帅！"

"彭玉麟、雪帅？！"少庄主不太相信，又问，"可是镇守广东，令法寇不敢进犯的彭大人？"

赵武说："不但镇守广东，而且统筹两广。"

"那……那为何到此？"

彭玉麟说："我正是要去请冯子材老将军'出山'担当抗法重任，急于赶路，不想遇上舍家为国的少庄主，广西民心可用，可用。"

举火把的说："既然是钦差大人去见冯老将军，为何就这么两三个人，不可信不可信。"

赵武说："你们难道不知道彭大人、雪帅出访，皆是微服轻从吗？"

"听倒是听说过，可要对得上号啊！"

彭玉麟对赵武、金满说："将枪给他们。"

金满说："真的缴枪？"

彭玉麟说："不是缴枪，是送枪。送枪给自愿抵抗法寇的民众。"

赵武、金满便说："接枪！"各自将手里的枪扔出。

彭玉麟对少庄主说："你如愿意，可随我去见冯子材。"

"行，我跟你去。"

举火把的对少庄主说："这不会是诈我们吧？"少庄主说："他们把枪都给了我们，还有什么担心。"

话刚完，只听得彭玉麟说："赵武，把你的腰牌给他们看看。"

少庄主一看腰牌，"啊"的一声，忙跪下，还未来得及说请求宽恕的话，彭玉麟已说："起来起来，你已是我随行的人了，用不着这些礼俗。你找一匹快马，明天一早咱们就出发。"

举火把的忙对少庄主说："那我们呢？我们怎么办？"

"你们随后跟来。"

四　"四不能战"与"四能战"

一路驰骋，到了钦州，彭玉麟等到了冯子材大营外下马。

冯子材闻讯，大步流星走出。

"冯子材拜见雪帅！"

"老将军快快请起。"

"雪帅，冯子材想你啊！"

"老将军，彭玉麟更想你啊！"

"雪帅快请进，进里面歇息。"

彭玉麟说："老将军，我先给你介绍一个人……"

彭玉麟还未正式介绍，金满便指着少庄主说："老将军，这个人想来找你。"

冯子材说："怎么，他不是雪帅部下？"

金满说："雪帅急于要见老将军，日夜兼程，曾错过驿站，在他庄园借宿一晚，他带人将我们包围，我们将身份告诉他，可他不相信，说钦差兵部尚书出行，为何就这么两三人……"

冯子材对少庄主喝道："你是想要劫财吧？"

金满说："劫财倒没劫，而是收缴了我们两支枪。"

金满仍对"缴出"的枪支耿耿于怀，想要让冯子材教训教训他。

"那枪支不是他们收缴，而是我送给他们的。"彭玉麟知道金满的心思。

"雪帅将枪支送给他们？这话怎讲？"

"他们索取枪支弹药，是要来投奔老将军，说老将军招募兵勇抗击法寇，但缺少洋枪，要带洋枪来做见面礼。"

冯子材说："岂有此理，什么要带洋枪来做见面礼？洋枪可从法寇手里去夺嘛。"

彭玉麟说："老将军不要责怪他，倒是由此可见老将军的威望，在钦州振臂一呼，这位少庄主便聚众响应。有这样的民众，可喜可贺。他们是舍家为国，希望老将军让他们加入抗法队伍。"

"舍家为国？"

"是啊，这位少庄主将庄园都卖了，筹集资金来投老将军。"

"你那一众人呢，在哪里？"冯子材问。

少庄主忙说："我跟随雪帅骑马而来，他们走路，过两天能到。"

冯子材对随从说："你将他安顿一下，待他的人来后，再带他来见我。"

随从领少庄主离开。金满又喊："你的人一到，别忘了再来找我，我教你们怎么使枪。"

冯子材各营正在操练，喊杀声震天。

冯子材陪同彭玉麟往操练场走去："雪帅，你一杯茶还未喝完，便要来察看，还是当年的老作风啊！"

彭玉麟说："老将军，你是了解我的，我就是这么个急性子，几十年了，改不了改不了。"

冯子材说："雪帅考察，从不事先告知，怕的就是有人弄虚作假。"

彭玉麟说："若事先告知，他做好一切迎接准备，你看到的全是假相，受了欺骗，还沾沾自喜，再将假相往上报，一级骗一级，一直骗到朝廷。多少误国害民之事，就是这么发生的。"

冯子材说："雪帅看我这操练场上的情景，可像是临时安排应付的？"

彭玉麟说："我一生戎马，治军多年，操练场上，是耍花架子还是训练有素，想瞒过我的眼睛是不可能的。"

冯子材便说："容我暂避，雪帅自行视察。"

彭玉麟等走进操练场，边走边看。

一营官跑过来："你们是什么人，进来观看，可经过冯将军允可？"

"呵，还有这么个严格规定。"彭玉麟说，"报营官，是冯老将军要我们自行来观看的。冯老将军就在外面，你可去询问。"

"我是得去落实一下。"这营官还真就去询问了冯子材后，才来禀报："请雪帅指教！"

彭玉麟说:"你们继续操练,但可否由我喊几个士兵过来?我想与他们交谈交谈。"

彭玉麟随手点了五个士兵,问他们是哪里人。答,都是钦州人。又问其他那些兄弟呢?说大多是钦州人。

彭玉麟说:"可称钦勇啊!你们是怎么来到这里的?"

都答是听说冯将军为抵御法寇招募兵勇而和同村人来此投军。

"来的人都被留下了吗?"

"没有,没有,"一士兵回答说,"我和十个同村人闻讯赶来,但经挑选,只有六人留下。"

"淘汰近半,非为扩编。"彭玉麟又问:"你们这五人都是那一批留下来的吗?"

"不是,都分散插编,我们五人也是插编而在此营。"

"知道是什么原因插编吗?"

"营官说是冯将军指令,好以老带新,老练勇帮新练勇。"

彭玉麟想,新兵入伍,历来都是集中训练,冯子材却分散插编,可见他的老练勇甚多啊,他是早已做足了"功课"。旋又问道:

"你们参加训练有多久时间了?"

"已有三月,天天操练,从未间断一日。"

彭玉麟又问了一些有关训练的具体事项,回答令他满意,所练皆为实战而非花招。

"好,你们归队去吧。"

五个士兵转身归队,他突然又喊住一人,问道:

"你惧怕法寇吗?"

此人愣了一下,说:"法寇不也是一个脑袋一双手吗,刀剑照样能砍下他的头颅,枪弹照样能射穿他。我怕他个鸟!"

彭玉麟哈哈大笑,心里赞道,钦勇士气旺盛啊!

冯子材陪彭玉麟走进他的营地小会客室兼住房。

"你就住在这里?!"

冯子材说:"就住在这里。"

两人坐下。

"老将军，你英武不减当年，所募钦勇已经训练有素，士气旺盛，强将手下无弱兵啊，彭玉麟甚感宽慰。"

"雪帅过奖。"

"可有人却说你'四不能战'。"

冯子材一听，当即站起："我知道那是谁说的。他身居高位，面对外敌入侵，整天想着的却是'求和求和'，故说我'四不能战'。他说我'人老体衰，力不从心，一不能战；腹中无墨，胸无韬略，二不能战；兵械简陋，杀伤力弱，三不能战；新募兵嫩，训练无就，四不能战'。我却说我有'四能战'！"

"请老将军说说你的'四能战'。"

冯子材激愤地说："我'人老节坚，久经沙场，一能战'；'胸存正义，腹有良谋，二能战'；'赤胆忠肝，保土安民，三能战'；'众志成城，牛犊驱虎，四能战'。"

"好！好一个'四能战'！"彭玉麟霍地站起，"有你这'四能战'，定能将犯我边关之敌击溃。此次我来，就是要请你统兵迎战。你有什么要求只管对我说，我和香帅定全力支持你所要求的一切。"

冯子材当即叩拜："谢雪帅信任我冯子材！冯子材此生夙愿，就是统兵与法寇决一死战。望雪帅给我十八营人马，我定叫法寇有来无回！"

"老将军请起，请起。"彭玉麟双手将冯子材扶起。

冯子材说："雪帅，不瞒你说，我担心的是香帅……"

彭玉麟说："香帅自上任两广总督以来，和我同心协力，对老将军也是赞誉有加，我这老师来请老将军，他就全力支持嘛。"

冯子材说："我知道，香帅对我曾有误会，但我冯子材对他并无成见，只是这十八营人马，他未必放心给我。请雪帅恕我直言。"

彭玉麟说："你定要统率十八营人马？"

冯子材说："我已对前线局势做了认真分析，非十八营人马不能制胜！若只有几营人马出击，无济于事。"

"好，我定说服香帅，给你十八营人马！"

"我冯子材向雪帅保证，让我统率十八营人马，若不能大败法军，让人提我这颗白发人头来见！"

"老将军令人敬佩！我明日即赶回广州，为你调拨人马、军火、粮饷。"

"雪帅千里奔波来此，今日忙碌一天，明日又要策马回粤，雪帅，你也是七十老人了啊！"

彭玉麟说："你年近七十，尚要带兵出战，我虽已七十，千里旅程又算什么！明日清晨我即动身。你不需来送。"

彭玉麟欲走，冯子材突然想起一件事。

"雪帅且留步，我这军营出了个'花木兰'，可能和你有关。"

"呵，出了个'花木兰'？还和我有关？"

冯子材说："一个月前，来了个投军的俊俏少年，但被我这老眼一眼看穿，是个女扮男装的。"

"女扮男装来投军，真是古之花木兰，这说明老将军招募兵勇影响力太大，连女的都赶来了嘛。她叫什么名字？"

"她说她叫李玉，是从湖北来的，恳请我将她留下，且求我不要泄露她是女人，说曾在彭大人雪帅手下当过差，亦曾女扮男装，千里迢迢办过差事，还得过雪帅夸奖。我见她聪明伶俐，又能吃苦耐劳，便要她当了一名火头军。"

"名叫李玉，从湖北而来，在我手下当过差，"彭玉麟说，"还曾女扮男装赴千里之外……难道会是她……这也太不可能了吧。她要来也应该是去广东啊，怎么到广西来了？"

冯子材说："我要人将她喊来，雪帅一见，便知她所说是真是假。"

彭玉麟说："甚好，我倒要见见这位'花木兰'。"

冯子材便对卫士说："去将那个火头军李玉喊来。"

彭玉麟对卫士说："烦你顺便将金满、赵武唤进。"

金满、赵武进来后问道："雪帅，老将军，唤我们何事？"

彭玉麟说："你们且坐下等等，老将军军营中有一位千里迢迢来投军的'花木兰'，待会就到，你们一起见识见识。"

"'花木兰'？老将军的军营中还会有女扮男装的花木兰？"

第二十三章 大举援越

一　再现巾帼从戎

金满、赵武正惊诧：冯子材的军营中还会有"当代"花木兰？！冯子材卫士禀报："李玉已到门外。"

冯子材说："快要她进来。"

练勇穿戴、脸上还有尚未擦尽烟灰的李玉，轻捷走进。

"冯将军，李玉听候吩咐。"

彭玉麟一听声音："玉虹，果然是你！"

"表妹，你怎么到了这里？"金满惊问。

赵武说："原来是你这个'花木兰'！"

玉虹惊喜不已："彭大人！表哥、赵武！我这不是做梦吧？"

彭玉麟说："天还未黑，你能做什么梦？快将你怎么成了老将军营中的'花木兰'说与我们听听。"

玉虹说："李超、金满奉大人令赶往衡州、随大人去广东后的第七个月，玉虹产下一子……"

——替她接生的万安老母抱起婴孩，高兴地喊："是个男孩，是个男孩。有人去广东就好了，赶快将这个喜讯告诉他父亲。"万安老母要玉虹写封信，她去找人，托人带信去。

玉虹说："不用了，李超临走时，我对他说过，生下孩子后，我也要到彭大人那里去为国效力。到时我当面告诉他。"

万安老母说："你也要去广东，孩子怎么办？"

玉虹说："待孩子长大一点后，就由你这位奶奶带啊！奶奶疼孙子，奶奶又正好有个伴儿。"

万安老母笑了："我来带孙子，好，好，我带孙子。"

孩子满了周岁后，玉虹对万安老母说："孩子已经一岁多了，我该去广东了。"

万安老母说:"只要你舍得离开孩子,你就去吧,孩子交给我,你可以放心。只是路途那么远,你一个女子……"

玉虹说:"我扮男装前去。我曾经扮过男装完成了彭大人所交任务,没露出一点破绽。"

"你那次是和李超同行,这次你是单身一人……"

"放心!"玉虹说,"我是见过世面的,知道应付,况且男人能做的事,我照样能做。跟随彭大人打了胜仗,我就回来。"

一身男装的玉虹便登上路程……

"你南下广东,怎么又到了广西?"金满问。

玉虹说:"途经湖南,遇上一群灾民,要去广东,说是自彭大人到广东后,将广东治理得事事兴旺,到广东去容易谋生。我就跟随他们而行,路上又听人说,彭大人要亲自领兵出关拒敌,已经到了广西,我就直奔广西……"

"彭大人确是要亲自领兵出关拒敌,可几次上奏朝廷都未得允准……"

"听玉虹说。"彭玉麟示意赵武不要打岔。

玉虹说:"我到了广西,所带盘缠已经用完,身无分文,正在一筹莫展之际,见到冯将军招募兵勇抗击法寇的告示,我想,我到广东去是为了跟随彭大人抗法,到冯将军手下也是抗法,若在冯将军这里立了功,再去见彭大人,彭大人不定怎么夸我。"

金满说:"你是没钱吃饭了想去当兵吃粮吧?"

玉虹说:"当然也有这个原因,可我要赚口饭吃也不是没有别的办法啊,我去帮人打短工,粗活细活都能干,还能没人要?"

"这话说的倒也是,凭你这身男装,说不定会被人家招为上门女婿。"

赵武这话引得众人都笑,彭玉麟也笑了。

"你们还好笑,"玉虹说,"我当时可是铁了心要当冯将军的兵。于是化名李玉,前去报名,可'招兵官'说我身子骨太单薄,不肯要。"

金满说:"你的假名倒是取得好,李超的李,玉虹的玉,各取一字。但你虽然扮成男子,这身子骨确实太单薄。"

玉虹说:"我和'招兵官'争吵起来,我说我会骑马,你牵两匹马来,我俩比试比试,我若输了,立即离开;你若输了,就得让我进营。"

——"招兵官"要人牵来两匹马。

"招兵官"对牵马的练勇说:"你就和他比试比试。"

牵马的练勇上马,玉虹上马。"招兵官"一声令下,两匹马撒蹄子奔跑起来。

奔跑的两匹马不相上下。

两匹马转过一个大弯,往回疾奔。"招兵官"抓起一支长枪,大声喊道:"我要朝你们开枪了!"

"招兵官"举枪朝奔来的马儿做瞄准开枪状,玉虹来了个镫里藏身,马背上不见了人影。

观看的人一片叫好声。

冯子材也在观看。

两匹马几乎同时到了"招兵官"面前。

"招兵官"对练勇说:"你还骑在马上,你已经被我打中了,滚下马去。"

镫里藏身的玉虹翻上马背,笑道:"我赢了吧。"

"没想到你还有这一手。""招兵官"将李玉的名字登上。

冯子材对"招兵官"说:"你派人将这个李玉带到我那里来。"

冯子材走进营房。"招兵官"对玉虹说:"你的运气来了,我们老将军见你骑马能避枪弹,要重用你了。"

"'招兵官'说冯将军要重用我,谁知见了冯将军后,将军不知怎么看出了我是个女的,说军营不能有女兵,给我盘缠,要我回去。我急了,我说我哪里是女的,分明是个男的,我不走,我骑马赢了你的男兵,我跟'招兵官'打了赌的,赢了就得让我进军营。说话不能不算数。这么着急地一说,等于不打自招。冯将军说,你赢了我的男兵,你还不承认自己是个女的?我更急了,随口便说,我在彭大人雪帅手下当过差，雪帅都夸奖过我，你怎么能赶我走？就是这句话，冯将军答应让我留下，说日后派人送我去彭大人那里，并答应替我保密。只是派我当了个火头军。"

赵武、金满等大笑。

"好，我又夸你一句，火头军也是'花木兰'。"彭玉麟说，"你可向老将军告假，明日随我回广州去见李超。但放不放你走，得由老将军说了算。"

冯子材对玉虹说："我说过日后要派人送你去雪帅那里，我说话得算数啊，正好雪帅来了，怎能不让你跟随雪帅走。我送你一匹战马，你好一路驰骋。"

"拜谢冯将军。"

赵武说："你不要换装，还是这身穿戴，见了李超，你别说话，看李超能不能一眼认出你？"

玉虹说："他认不认得出有什么要紧，我又不是专门去找他。"

彭玉麟说："就是得专门去找他，告诉他，你给他生了一个男孩，十七年后，又是一个保家卫国的英雄！"

次日凌晨，冯子材送彭玉麟等到军营门口。

冯子材说："雪帅，一路保重，我等你的调派。"

彭玉麟说："老将军放心，做好统率十八营人马的准备。"

"届时雪帅一声令下，冯子材定让法寇跪地求饶！"

彭玉麟上马，赵武、金满、玉虹各自上马。

四匹马撒开蹄子。

玉虹在马上转身对冯子材喊："大军进攻之时，我还来当老将军的火头军！"

二　东西二线，四军齐发

彭玉麟等日夜兼程赶回，彭玉麟进总督府，赵武、金满、玉虹走进彭玉麟亲兵驻地。

赵武说："李超呢，怎么不出来迎接我们？"

李超急忙走出："来了来了，雪帅是去总督府了吧？你们怎么没去？"

金满说："雪帅要我们带了一个弟兄来见你，要你好好接待。"

玉虹转身，背对着李超。

李超问："是哪位兄弟？"

金满指着玉虹背："喏，就是这位。"

"这位兄弟，怎么将个背对着我，初来乍到，难道还不好意思？"

玉虹猛地转身。

"你……你是玉虹？！"李超怔住了。

"李超！"

玉虹刚喊出声，赵武就对金满说："走走走，我们走开，别碍事，让他俩好好叙一叙。"

彭玉麟一进总督府，张之洞就问："老彭，这么快就回来了，冯子材那里情况怎么样？"

彭玉麟说："比我还着急啊，日夜念着吧？让我喝口水再说。"

张之洞说："大罐茶早就准备好了。"

彭玉麟将一碗茶一口喝完："冯子材那里嘛，就一句话，老将军风采不减当年、兵勇训练有素、士气高昂，若出战，定是得胜之师。另有一句，冯子材要我代他向香帅问安。他真心感谢香帅信任他啊！"

张之洞说："好！雪帅亲自考察了的，冯子材可以出战。那么，就让他统率两三营精兵准备出关作战。"

还是对冯子材不放心啊！得慢慢说服才行。彭玉麟心里这么想着，故作惊讶："什么，只让他带两三营精兵，我没听错吧？"

张之洞说:"那就给他个准数,三营!"

彭玉麟说:"老张啊,我跟他说的可不是这个数。他也不是只能带三营精兵的将才。这个就麻烦了,让我左右为难。只有烦你给他写一封信,看他怎么回复吧。"

张之洞说:"行,我就给他写封信。"

冯子材收到张之洞的信,展开一看,信上写道:

"……雪帅视察你营,说老将军风采不减当年,兵勇训练有素、士气高昂,若出战,定是得胜之师。故请做好一切准备,但等令下,老将军即率精兵三营……"

冯子材还没看完就将信掷于桌上:"率三营人马出击,他难道全不知法军兵力?雪帅要我做好统率十八营人马的准备,我非得率领十八营不可!我这就立即回信。"

张之洞收到信后,对彭玉麟说:"冯子材的回信来了。"

彭玉麟说:"他怎么回复香帅?"

"他说,要击退犯我边境法军,至少得由他率领十八营,同时还要我保障军火、粮饷供给。他则立下军令状,定击溃法军,若不能大败法军,让人提他那颗白发人头来见!"

彭玉麟说:"这话他已对我说过。只有他才敢立此军令状啊!老张你的看法呢?"

张之洞说:"十八营、一万多人,当年雪帅统率过,此外尚在的只有左宗棠、李鸿章等几人。他也太狂了一点吧。"

彭玉麟说:"香帅你还是受李鸿章说他'四不能战'的影响吧,冯子材却说他有'四能战'!"

"他说他有'四能战',哪'四能战'?"

"'人老节坚,久经沙场,一能战';'胸存正义,腹有良谋,二能战';'赤胆忠肝,保土安民,三能战';'众志成城,牛犊驱虎,四能战'。你觉得他这'四能战'如何?"

未待张之洞回答,彭玉麟又说:"就我亲眼所见,我给他补充一下第四点的'众志成城',他招募兵勇抗击法寇的消息一出,广西民众踊跃报名,唯恐不被选用,我在去钦州的路上,一个少庄主将庄园变卖,自行购买枪支弹药,携强壮乡民前去投军,此人和我同行,求冯子材带他们杀敌。就连从湖北而来的一女子,本要来广东,却到了广西,得知冯子材募兵抗法,便女扮男装前去报名,通过赛马赢了男勇,进入军营。"

"今日还有花木兰?!"

"香帅若不相信,此'花木兰'已被我带来,就在我亲兵驻地。她是李超的妻子。"

"是李超的妻子!来看望李超,却到了广西,得知冯子材募兵,即女扮男装投军,赛马还赢了男兵,不简单、不简单。"

彭玉麟说:"你可喊她来一问,便知要参加冯子材抗法队伍的人是不是争先恐后。冯子材的号召力大啊!民众为保卫家园,同仇敌忾。冯子材所说'众志成城'之言不虚。"

张之洞说:"他那'四能战'确实驳倒了李鸿章说他的'四不能战'。"

彭玉麟说:"我已对冯子材说了,我和香帅定全力支持你所要求的一切。"

张之洞说:"你已经说了全力支持他所要求的一切,那就包括让他统率十八营喽!"

彭玉麟说:"还有军械粮饷,绝对保证及时供给。"

张之洞说:"你既已全部答应,还要我给他写信干什么?"

彭玉麟说:"我说的是我二人一定全力支持。你若不亲自写信给他,怎能得到他立下的军令状?那可是白纸黑字:若不能大败法军,让人提他那颗白发人头来见!"

张之洞说:"老彭、雪帅,我的彭大人,你用的是激将法啊!可军令状虽然立下,若他不能取胜呢,斩了他还是弥补不了战局。"

彭玉麟说:"只要让他统率十八营,确保他的军械、粮饷供应,我为冯子材担保,出战必胜!若他未能击溃法军,我彭玉麟与他连坐!来人,拿笔墨来,我在香帅面前也立下一纸军令状。"

张之洞忙说:"雪帅,雪帅,怎能如此,你是钦差、兵部尚书、总办广东军务，又已受命办理广西军务，其实你定了就行，还非得我张之洞同意不可吗？你这是看得起我老张啊！你身经百战，在军事上远胜于我，我还能不信服你吗？就这么定了，由冯子材统率十八营精兵，我俩保证他的军械、粮饷供应。"

彭玉麟说："香帅还是香帅，关键时刻拿得准。但我还是那句话，冯子材若不胜，责任由我一人承担！"

张之洞说："我两人承担，两人承担。"

彭玉麟说："兵马未动，粮草先行。我俩这就着手调度粮饷、军械。"

两人一议定，很快，前往钦州的路上，由军士押送的各种装满粮饷、军械的车辆络绎不绝，上插三角旗，标注有广东、福建、浙江、江苏、江西、安徽、湖南、湖北、直隶等字样。

粮饷军械调度完毕，彭玉麟、张之洞在两广总督府大堂召开军事会议。

彭玉麟说："我和香帅共同上奏朝廷，请求分军四支大举援越，以缓台围而振全局的奏本已获批准，分东西两路，派出两广由粤军、湘军、淮军、粤勇桂勇钦勇等组成的四支军队与法军决战！"

彭玉麟站起，指着地图："特令，东路冯子材统率十八营由钦州、上思州出边入越，趋那阳；王孝祺率八营从龙州出关入越，趋谅山；莫善喜、陈荣辉带八营由钦州东兴出边，趋海阳，配合桂军作战。西路由唐景崧带领六营，会同滇军和刘永福黑旗军进攻宣光。"

彭玉麟坐下："赵武、李超、金满、林道元、张召、查敏听令！你等率随来的二百亲兵前往钦州，听从冯老将军指挥，明日出发。"

三　此身已许国，吾身即为国所有

李超回到亲兵驻地，告诉玉虹，明日出征。

仍着勇字装束的玉虹说："你明日要去冯将军那里，奔赴前线，我也要去。"

李超说："我是奉令而去，是要和法寇真枪真刀的干仗，你一个女的，怎么能去。"

玉虹说："我原本就是冯将军的火头军。我离开冯将军时，对他说过，大军进攻之时，我还来当老将军的火头军。我得言而有信。老将军说不定正在等着我呢！"

李超说："你虽然穿了这身练勇服，毕竟还是个女人嘛，哪有女人上前线的。"

玉虹说："前线作战不要做饭的啊？没有火头军，将士们饿着肚子能打仗啊？"

李超说："我说不过你，你去找彭大人说。"

"找彭大人就找彭大人，彭大人对我说过，说我虽然是个火头军，火头军也是'花木兰'。这话有赵武、金满作证。花木兰能上前线，我怎么不能上！况且我是他的义女，我要彭大人送义女上前线。"

玉虹说完就往总督府去。

总督府内，张之洞正在和彭玉麟交谈。

张之洞说："老彭啊，你将自己的亲兵干将都送往前线，参与冯子材部作战，也应该留几个在身边嘛。万一有什么紧急情况……"

彭玉麟说："老张啊，前线胜则彭玉麟胜。彭玉麟恨不能亲自统兵杀敌，以雪国耻，还考虑什么身边有没有人。再说，彭根、玉虹、原衡州府兵等，不还都在我身边吗？"

张之洞说："马尾之战，你是唯一派出兵舰出省助战、为率先破除省域之见第一人。刘永福孤军抗法，你又是第一个支援军火饷项之人。你本只需办理军务，却拟定'盐务宜变''水利宜筹'等十条，'捐摊宜覆''出入款项宜清'等六条，以整顿广东积弊、澌除政治积弊。分军四支大举援越，以缓台围而振全局，是你第一个提出，我只是赞同而已，让冯子材统率十八营，又是你亲自去考察，而后力荐力挺。你的全局观和胆略，不能不令我敬佩啊！"

彭玉麟说："我自投戎，此身便已许国，吾身即为国所有。只要不计私利，有何惧哉！"

张之洞正要接话，玉虹闯进。

拦玉虹拦不住的守卫说："他，他硬要进来，说是有急事要见彭大人，一刻都不能耽误。"

"嘀，玉虹，你有什么一刻都不能耽误的急事啊？"彭玉麟对张之洞说，"张大人，这就是那位火头军'花木兰'。"

"看不出，看不出。"张之洞对守卫说，"你没看出来吧，她是女扮男装。"

"女扮男装？是个女的！"守卫出去后犹自嘀咕，"怪不得啰，哪有这么俊俏的男兵。"

"彭大人、张大人，李超他们能上前线，我为什么不能？"玉虹开口便说。

张之洞说："你若没被知晓是个女的，有可能上前线。"

玉虹说："我原本就是冯老将军的火头军。我离开冯将军时，对他说过，大军进攻之时，我还来当老将军的火头军。我得言而有信。"

彭玉麟说："你这话确实是对冯老将军说过，我可以作证。"

玉虹顿时兴奋："是啊，李超还不相信呢，现在有彭大人作证，我可以和赵武、李超、金满他们一起去冯将军那里了。明日就出发。"

玉虹说完，转身欲走。

彭玉麟说："嗨，我同意了吗？"

玉虹回身说："大人已经作证了，还没同意啊？"

彭玉麟说："精神可嘉，但你现在要做的，不是上前线。"

"不上前线我来这里干什么，李超也见了，给他生了个儿子的事也告诉他了。大人，你就让我去吧，我不就是去给前线将士做饭吗，大人说过，火头军也是花木兰，你就再让我当一回花木兰。"

"张大人，听见了吗？她不但赛马胜过男勇，这伶牙俐齿，我都有点招架不住。"彭玉麟说，"张大人，该怎么办呢？"

张之洞说："火头军也是在军营，军营哪能有女的。我派人送她回去。"

玉虹急了："张大人要我回老家啊，我不回去。刚才彭大人说了，说我现在要做的，不是上前线。那么肯定还有别的要紧事。比这次跟随李超他们上前线更重要。"

彭玉麟说："你算说对了，李超、金满都是你的亲人，赵武他们也和你如同兄妹，他们要上前线去与法寇拼杀，战场凶险啊！你要做的，是今晚好好显一显火头军的本事，做出拿手菜，让他们吃好、喝好，明日送他们上前线。你照样留在我这里当你的'男勇'，做些支援前线的后勤事项，有那么多的男兵在做后勤，你还是'花木兰'！前线没有后勤保障，能打胜仗吗？故，你的要紧事，就是做好后勤，迎接他们凯旋。"

彭玉麟这个思想工作做得好吧？先是亲自证明玉虹是说过还要去当冯子材的火头军，让玉虹高兴，以为可以随李超去前线了；继而由张之洞说军营哪能有女的，要送她回去；令玉虹只能退而求其次，最后再说出后勤的重要性，使得玉虹甘愿留下。由高点到低点再平衡。不要以为思想工作只是现代话语，古人早就善此道，只是归于计谋罢了。

第二天，彭玉麟、张之洞等和玉虹、彭根送赵武、李超、金满、林道元、张召、查敏等率领彭玉麟的二百亲兵出征。

玉虹喊："李超——金满——赵武、张召、林道元各位兄弟，我等着你们回来！"

"等着你们回来——回来——回来——"玉虹的声音震荡回响在亲兵原驻地，驻地已是空空荡荡，如同玉虹一样，只能等待着他们回来。只是这二百壮士暨赵武、李超、金满、林道元、张召、查敏等，还能回来吗？

四　带棺出征，以侵略者头颅重建国门

镇南关硝烟弥漫。

法军侵占镇南关后，将镇南关城门炸毁，并在废墟中插上一块木牌，木牌上写着汉字：广西门户已不再存在。但就在当天夜里，有百姓模样的人借着夜色掩护，将一根木桩打入废墟中。木桩上写着：

我们将用法国人的头颅重建我们的门户！

快马飞报两广总督府：急电，镇南关已为法军侵占。

张之洞一听："什么，我四路大军正待出发，镇南关就为法军攻陷了？！雪帅，这……"

彭玉麟斩钉截铁："令冯子材率所部十八营立即出击！另三路同时进击！"

钦州冯子材大营，战旗飘扬，战马嘶鸣。

冯子材各部全副武装、排列整齐。军官配有短枪、腰刀或剑，士兵多持有洋枪，个个精神抖擞。车载火炮一辆接着一辆。

冯子材大步走出，左右跟着他的儿子冯相荣、冯相华。随后则是以马车拉着一副棺材。

冯子材带棺出征，对将士喊道："今日出征，两儿子随我杀敌，我带棺材同行，誓死报国！"

"誓死报国！"将士齐呼。

冯子材跃上战马，老手一挥："出发！"

大军浩浩荡荡奔赴边关。

李超、赵武、金满、林道元、张召、查敏等率彭玉麟的二百亲兵为先锋，亲兵全为骑兵，骑兵队伍疾驰，马蹄扬起滚滚灰尘。

冯子材一到达关内前线，立即召集关内各军将领商议破敌。

"各位将领，国门已为法寇炸毁，国若破，家何存，望诸军同心协力，拼死一战，以法军头颅重建国门！"

各军将领齐声而答："愿听从老将军指挥，以法军头颅重建国门！"

冯子材做了妥善布置后，说："我要趁法寇援军未到之际，亲自率兵向法寇大营发动进攻。"冯子材指着地图，"我向敌大营进攻，敌则必然会来偷袭我军此处,你们在此布下伏兵……"

冯子材又对赵武、李超说:"我再给你们一营兵力,全为轻骑,法军前来偷袭时,你们轻骑营迅速插入其后,将其运载军需物资的辎重队伍消灭,只收缴枪械弹药,其余的全部炸毁,而后构筑工事,阻击其后援部队,不得让敌之援军通过!"

赵武、李超领命而去。

是夜,冯子材父子三人率兵夜袭法军大营。

白发飘拂的冯子材一马当先,两个儿子紧随其后。

法军大营外,突然响起一片喊杀声、枪炮声。

法军大营内,一下级军官向指挥官报告:"前来偷袭的是清军老将冯子材。"

"冯子材来得这么快?!"指挥官无论如何也没想到这一点,以他与清军的作战经验,清军从来就没有这样迅速,更不可能直接攻击他的大营。

指挥官很快做出判断,冯子材这是孤注一掷。旋命令:"不准慌乱,给我顶住!"他又想,冯子材亲自带兵前来偷袭,他的营地必然空虚,我也给他来个偷袭,打他一个措手不及。

"命令,守住营地,不要出击,等冯子材'得胜'撤回时,分兵两路,迂回前进,直捣他的大营。他必无防备,我要活捉他这个老将!"

次日凌晨,法军指挥官亲自带领偷袭的队伍到了直抵冯子材大营的隘口,前锋却突然停止前进。

"怎么回事,为什么不前进了?"

"前方出现一道沿隘口筑成的长墙,两侧设有炮台。"

"冯子材是够快的啊,他还修筑了防御工事,但那是临时构筑,不经一打,用火力将长墙摧毁!通知另一队,分成两部,将两侧炮台攻下。"

命令一下,法军炮火猛轰长墙。

早有准备的冯子材部所守炮台的火炮立即予以还击。

炮火声中,李超、赵武、金满、林道元、张召、查敏等率轻骑营插入敌后。

埋伏在长墙两侧的伏击部队杀出，将法军偷袭部队包围。

枪声、炮声、喊杀声震耳欲聋。

李超、赵武等率轻骑将法军辎重队伍击溃后，哨马来报："法寇增援部队来了。"

赵武下令："将缴获的法寇辎重全部炸毁！"

李超对全体军士喊："弟兄们，为国立功的时候到了，拼死也要将法寇援军挡住！"

一场生死阻击战打响。

法寇援军发动猛烈进攻。

法寇如潮水般涌来，打退一波，又是一波。

法寇的炮火倾泻在阻击阵地上。

炮弹炸起的尘土像冲天而起的巨浪。巨浪往下落时，将席卷起来断裂的树干、树枝、石块，雨点般地四散抛洒。

大地在爆裂中不住地震荡。

炮声一减弱，法军就发起新一轮攻击。

攻击被打退，法军又开炮炮轰。

阻击阵地上，轻骑营阵亡者越来越多。

阻击阵地岌岌可危。

李超对赵武说："法寇的炮火太凶，这样守下去不行，阵地会被攻破。"

赵武说："拼死也要顶住！"

李超说："我们必须来个反冲锋，冲进法寇阵营中去，才能将他们击溃。"

"对啊！冲进去，他们的炮火就施展不开了。"

李超大喊："弟兄们，准备向法寇阵地冲击，听我的命令！"

法军的炮火渐渐减弱，法军的再一次攻击即将开始。

"上马，冲啊！"

一匹匹的战马都甩平了前后腿疯狂地猛冲，马儿大张着鼻孔呼哧呼哧喘出的粗气，淹没在马蹄发出的一片"得哒"声中，扬起的灰尘被涌动而起的风翻卷着，像开了锅的滚水。

李超一马当先。

法军见一个骑兵越冲越近，炮火已不起作用，忙拿起长枪，瞄准射击。

李超来了个镫里藏身，马背上不见了人影。"砰！砰！"子弹从马背上呼啸而过。

李超冲进法国炮兵队中，手中短枪一扬，打倒一个法国兵；挥手一剑，又砍倒一个。

轻骑营和法军混战在一起。张召、林道元、查敏等相继倒下。

赵武挥刀左冲右突，一颗子弹打中了他。

赵武从马上摔下。

赵武的战马继续往前跑了一阵，折转回来，又到了赵武面前。

战马昂首，"咳"的一声长嘶，四蹄不停地刨蹶，似是呼唤骑手继续上马，往前杀敌。

赵武想爬上马，但又倒下。

一个法寇挺着上有刺刀的枪冲过来，对准赵武便刺。赵武就地一滚，法寇刺刀落空。法寇又是一刺刀，刺中赵武手臂。

法寇拔出刺刀，正要朝赵武心脏而刺，金满的战马如同一阵旋风卷地而来，金满扬手一刀，劈倒法寇。

金满下马，抱起赵武。

几个法寇朝金满、赵武围上来。

赵武说："金满，别管我了。"

金满说："要死死到一块。"

话刚落音，李超冲了过来，大喊："赵武、金满，李超来了！"

朝金满、赵武围上来的几个法寇转身朝李超开枪。

金满放下赵武，从后面砍倒一个法寇。

蓦然间，喊杀声惊天动地，轻骑营尚存的军士欢呼："冯将军的队伍来了！"

…………

第二十四章 古今一辙

一 捷报频传，"保关复谅"

两广总督府接到快马飞报："捷电，刘永福在临洮大败法军。"

又一快马飞报："镇南关大捷！冯子材、王德榜等在镇南关大败法军。"

"好，打得好！两天之内，东西两路连败法军，刘永福、冯子材，我彭玉麟没看错你们。王德榜，好样的。"

张之洞兴奋，以拳击掌："他娘的，总算给了外敌一个厉害瞧瞧。"

彭玉麟下令："命冯子材等部乘胜追击！继续给我打，狠狠地打！看法国人还敢犯我边关吗？"

张之洞喊："来人，拿酒来，我和雪帅痛饮一番。"

彭玉麟说："这酒得喝，我也得破戒，但还不到痛饮之时，老张啊，更大的捷报还在后头，那时我俩来个一醉方休。"

卫士端来一壶酒。

张之洞为彭玉麟斟酒："来，老彭，我敬你。"

彭玉麟端起酒杯，一口喝完。张之洞也喝完。

彭玉麟为张之洞斟酒："老张，这一杯我敬你，没有你的配合，怎能大败法军？尤其是调拨军需物资，你功莫大焉。"

彭玉麟又一口喝完："我得回镇海楼去。"

"怎么，要去镇海楼？"

彭玉麟说："我要独自好好思谋思谋，做出统一筹划，将法军彻底赶出越南，解除台湾之困后，得切实巩固海防，要巩固海防，第一要有得力之人督办海防事宜、督察船炮事局，选拔海防水师将领……总之得令外敌不敢侵犯，若有敢来犯者，必歼灭之。要筹划的事太多啊！"

彭玉麟设在镇海楼的作战指挥室墙上挂着巨幅作战地图，地图两旁挂有怒放的新作梅花，室内摆着大型沙盘。

彭玉麟一回到镇海楼便伏案写《筹议海防善后事宜》，他向朝廷建议："分重镇以领水师""练陆军以辅水师""东三省之筹防宜预""台湾以练勇办团为先""学习技艺、增造船炮务求实效"……

不几日，又接连传来捷报："谅山大捷！冯子材、王孝祺会同王德榜、苏元春等部攻克谅山，重伤法军第二旅指挥官尼格里。"

"屯梅及观音桥为我军攻克！"

彭玉麟看着作战地图："好啊，好啊！我要向朝廷为他们请功。'保关复谅'，大功啊大功！"

彭玉麟接着又说："老张呢？他应该来了啊，怎么还没来？"

彭根来报："张大人来了。"

张之洞兴冲冲走进："我来了，来了！我一接到捷报就往镇海楼赶。"

彭玉麟喊："来人，拿酒来。冯子材等连克文渊、驱驴、谅山，紧接着又收复长庆府、观音桥等郎甲以北地区。我俩该举杯为他们庆功。"

"对，为他们庆功。"

男勇装束的玉虹端酒走进，为张之洞、彭玉麟斟酒。

彭玉麟、张之洞举杯："为冯子材他们的胜仗，为前方将士，干！"

二人皆一口饮尽。

玉虹说："赵武、李超、金满他们也该立功了吧？"

张之洞说："肯定立功、立功。"

玉虹说："那我就放心了。"

"是对李超不放心吧？"彭玉麟说，"人之常情，人之常情。"

玉虹忙转开话题："我去给二位大人炒几个菜来。"

彭玉麟说："你去吧，但不用炒菜。还没到痛饮的时候。"

张之洞说："老彭，你说还没到痛饮的时候，那就是还有捷报不断传来。"

彭玉麟说："当然。令各部挥师续进，将法国侵略者彻底赶出去！到那时，我俩再痛饮。"

出去的玉虹并没走，站在作战指挥室外，她听着彭玉麟和张之洞兴奋的话语，心里却不停地想，打了大胜仗，捷报频传，怎么就没有李超他们的一点消息呢？转而一想，对了，他们只顾杀敌，争着立功，哪里还有心思传递消息，就算有这个心思，也没有时间。可……他们该向彭大人禀报一声啊！不会，不会是……呸，怎么往那不吉利的方面去想，呸。

二　不许黄龙成痛饮，矛头直指慈禧

镇南关—谅山大捷威震中外。
中外各大报纸争相报道：
镇南关大捷，冯子材实现"以法军头颅重建国门"的誓言。
清军攻克谅山，法军溃不成军。
镇南关—谅山大捷，为中国与外兵交锋始称战胜第一大捷。
…………
紧接着，"号外，号外，法国茹费理内阁下台！"
…………
张之洞兴奋不已："茹费理内阁下台了，垮了！太好了！我军威武啊威武！"
"来人，备马，去镇海楼，这回我得和雪帅痛饮一番了。"
张之洞大步走出。
张之洞正要上马，信使报："张大人，朝廷电谕。"
"快拿来看看。"
张之洞一看电谕，脸色立时凝重。

"诏命，法国请和，允其所请，宣示中法言和、停战撤兵，命各处我军按期撤回。谕旨不日即到。"

"这，这……怎么能这样呢？这，这得赶快去告诉雪帅啊！"

张之洞匆匆赶到镇海楼。

"什么，停战撤兵？！"彭玉麟大怒。

"电谕如此，雪帅你看看。"

彭玉麟看一眼电谕，扔到地上。

"古今奇闻，哪有大胜之际反而议和的，你见过吗？这种奇耻大辱你能受得了？谁也受不了。撤兵的命令，要下你下，我不下！我得向朝廷上奏，决不能撤兵！"

"可，可不能违背电谕啊！"

"这是什么电谕，"彭玉麟说，"说不定是哪个叛臣贼子自拟的，故意让法寇逃脱。来人，立即致电总理衙门：万万不可先撤兵，中了法国人狡计奸谋。请总理衙门代为上奏。"

彭玉麟又喊："来人，传我的令，统兵诸将仍驻扎原处，一兵一卒也不要后撤！"

"是！令统兵诸将仍驻扎原处，一兵一卒也不要后撤！"

"雪帅……"

"你不要管，有什么事我彭玉麟扛着。你回总督府，装作什么都不知道，全是彭玉麟一人搞的。我要立即写奏本，倘有内外臣子再敢以议和之说而损我国之威、甘于接受外侮者，应交刑部治罪！"

回到总督府的张之洞踱来踱去："老彭那性子，我是说服不了，可不按电谕去办，就是抗旨啊！"

张之洞猛然站住："只有据实上报，只有据实上报，没有别的办法。老彭啊，不是我不站在你这边，抗旨可是你我都担当不起的啊！"

"来人，去发报，发给军机处。"

一卫士走进："大人，该发些什么话？"

"这个，这个，我还是得妥善拟一电文……"

次日，军机处的回电来了。

张之洞接过电报一看：

"谕旨撤兵，谁敢不从，将谕旨给彭玉麟看。"

"谕旨，谕旨，谕旨还未到嘛，就说什么谁敢不从……"张之洞正发着牢骚，又一卫士走进："报大人，军机处又有电谕。"

张之洞说："又来了，我懒得看了，你念一念。"

卫士念道："限东线我军五月五日退至广西边界；西线我军于六月四日前退至云南边界。"

"啊！什么，连具体时间都限定了。进军反击时没见有什么明确表示，只是说你们会商妥办，撤兵倒是规定得详细啊。"张之洞心里骂道，他娘呵！

"大人，是否要将此电谕送与彭大人？"

"你去送什么送，你去送，彭大人会将你骂个狗血淋头。他正在火头上，你知不知道。"

这卫士嘀咕："别说彭大人心里窝火，我心里也窝着火，古往今来，哪里有打了大胜仗反而与败军议和的。"

另一卫士说："是啊，他们打败我福建水师、炸毁我船厂时，怎么没说要议和。如今他的内阁都垮台了，我们却要和他议和。"

"行了行了，我心里照样有火，你们都出去吧，让我静一静。"张之洞心里思索，谕旨没到之前，不能去见老彭。管他五月五日、六月四日，东线退军西线退军。

"他娘哟！"张之洞又骂出了声。

这时传来喊声："圣旨到！"

"唉，说来就来了。"

"彭玉麟、张之洞接旨。"

镇海楼内的彭玉麟已憔悴异常，与指挥大军反击时的样子判若两人，见张之洞走进，说："又来了催促撤兵的'金牌'吧？"

张之洞说："雪帅，实在是没办法了，圣旨已到。电谕要你看。"

彭玉麟说："那就是命令撤兵的'金牌'呵！"

张之洞说："军机处还有电谕：限东线我军五月五日退至广西边界；西线我军于六月四日前退至云南边界。"

"军机处，现在不就是太后掌管吗。拿来我看。"

彭玉麟看了看军机处的电谕，长叹一声，瘫倒在椅子上，猛地往前一扑，喷出一大口鲜血，鲜血喷到作战沙盘上，作战沙盘顿时染红一片。

玉虹、彭根等慌忙跑入。

"大人，大人，你这是怎么了？这可怎么办，怎么办？彭根，快去喊郎中！"玉虹急得跺脚。

彭玉麟摆手，示意不必。

"快拿茶来。"玉虹喊。

彭玉麟吐血略止。玉虹将茶递到彭玉麟嘴边。彭玉麟喝一口，旋即吐出，茶水血红。

玉虹扶彭玉麟坐正，为彭玉麟轻轻捶背。

彭玉麟长叹一声："唉，前线成千上万将士的鲜血，竟换来这么一个结果。何以慰牺牲将士在天之灵啊！"

彭玉麟竭力站起："不行，我还要上奏，和可许，兵不可先撤。否则，谅山以内，南关无险可扼，龙城无处可守，法国忽然进犯，怎么抵御？后患无穷！"

玉虹、彭根轮流守护着的彭玉麟，这天说他不要紧了，要玉虹、彭根出去。

玉虹、彭根只得在门外守候。

彭玉麟写下"请开兵部尚书实缺"后，愤而画梅。

梅花枝枝"怒而冲天"。

彭玉麟笔下画梅，嘴里说的却是："正要乘胜追击，正要痛饮黄龙，'金牌'来了，诏令撤兵，撤兵……"

彭玉麟忽地将笔一掷，蘸墨之笔掷于梅枝上，浸出墨黑一团，犹如巨石压梅。

彭玉麟另拿一支笔，奋笔写下：

日南荒徼阵云开，喜有将军破敌来。
扫荡妖氛摧败叶，惊寒逆胆夺屯梅。
岩廊忽用和戎惯，绝域旋教罢战回。
不许黄龙成痛饮，古今一辙使人哀！

写罢，彭玉麟沉吟："不许黄龙成痛饮，不许黄龙成痛饮……"

他猛然喊道："拿酒来！"

彭根小心走进："伯父，你痼疾尚未痊愈，不宜喝酒。"

彭玉麟说："'不许黄龙成痛饮'，我在这镇海楼总可以独自痛饮吧。"

彭根忙看彭玉麟所写之诗，看完说："伯父，小侄有一言，不知当说不当说。"

"呵，你也变得谨小慎微了，有什么当说不当说的，说！"

彭根说："伯父这诗，最后两句……"

"最后两句犯忌，是不是？'不许黄龙成痛饮，古今一辙使人哀'，怕被人抓住把柄，说我将撤兵订和视为宋高宗令岳飞从朱仙镇撤兵的十二道金牌，直指朝廷。难道不是如此吗？一个电谕，又一个电谕，再来谕旨，全是议和、撤兵，撤兵、议和，还规定具体日期，不撤不行。我们的军队不是都被迫撤了吗？事实如此，有什么可怕，不用担心，我已上奏，请开兵部尚书实缺，撤兵了嘛，还要我这兵部尚书干什么？"

彭根说："那，酒就还是别喝了。"

彭玉麟说："不能'直捣黄龙'，喝酒还有什么意思，不喝，不喝了。"

彭根刚松一口气，玉虹小心走进。

"大人，有一件事需禀报，但你可别发怒，发怒又伤身体。"

彭玉麟说："什么事要我别发怒，还有什么事能让我不发怒，你们怎么都变得谨小慎微了，只管说。"

"张大人派人来报，李鸿章已与法方代表正式签订了和约。"

彭玉麟顿时大怒："什么，已正式签订！李鸿章，我与你势不两立!"

　　稍顷,彭玉麟转对彭根、玉虹说:"你们知道吗,这将会带来一连串后果啊!主和者以签订和约为得计,无复自强之谋;领兵者以和为固然,斗志日衰;边疆要塞又以屡和之故,放松警惕懈弛武备。如果一味以和是从,一旦外寇挟其坚船利炮,联合侵犯,大局不堪设想啊!中国危矣!"

　　彭玉麟说完,一阵咳嗽,又咯出血来。

　　彭玉麟止住咳后,手指北方:"李鸿章,你签你的和约,我照样上我反对和议的奏本。我得继续上奏,继续上奏。"

　　一军士在门外对彭根招手。

　　彭根走到门外:"有事吗?"

　　军士说:"才传来的噩耗,左宗棠左大人逝世了。此时能不能告诉雪帅?"

　　彭根说:"不告诉他不行啊。"

　　"你们说什么?"彭玉麟在屋内问道。

　　彭根忙走进:"左宗棠左大人去世了。"

　　彭玉麟大惊:"老左走了?!什么病?"

　　军士忙走进,说:"因李鸿章要签和约,郁郁而故。"

　　彭玉麟长叹一声:"唉,和约已经签订,他若不知,恐怕走时还能平静一些。"

　　彭玉麟老泪纵横。

三　老梅无花,一腔热血倾冰海

　　原亲兵驻地空空荡荡,大风卷着落叶四处翻滚。

　　玉虹在驻地外翘首以盼,盼着李超、金满他们回来。

　　"已经撤兵了,他们应该回来了啊,怎么还不见影子?"喃喃自语的她心里焦急如焚。

"玉虹，玉虹！"传来彭根的喊声。

见彭根到来，玉虹忙镇定下来，说："你不在大人身边，到这里来干什么？这一段时间，大人心情不好、痼疾时发，身边可不能离人啊！"

彭根说："大人要我来安慰你，将士回来，互相之间话别，耽误几天是常事，所以不能太着急。"

玉虹没答话，眼睛突然直了——前方，隐约出现了马匹，随即传来马蹄声。

玉虹惊喜地喊："他们回来了，回来了！"

跑来的只有一匹马，马上似乎有两人。

玉虹瞪大眼睛："怎么回事，只有一匹马？"

马儿渐近。

玉虹看清了："金满——是金满！"

马儿到达玉虹、彭根面前，金满从马上跳下，接着抱下一人。

玉虹、彭根同时大喊："赵武！"

被抱下马的赵武坐于地上。

金满说："玉虹、彭根，总算见着你们了。"

玉虹、彭根忙去扯赵武，却扯不起。

"赵武，赵武，你怎么了？"

金满说："他身负重伤，还无法站立。"

"李超呢？他没回来？"玉虹忙问。

"李超、张召、林道元、查敏都殉国了，带去的所有亲兵也殉国了。"

玉虹"啊"的一声，几欲晕倒。彭根忙扶住。

金满说："弟兄们都是战死在阻击阵地上。李超是为了救我和赵武啊！"

金满话音刚落，玉虹已放声痛哭：

"李超！我说过要在这里等你回来的啊！你回来，回来，回来啊——"

哭着哭着，玉虹猛然一擦眼泪："李超，你没能回来，我不等你了，我回老家去，我把儿子好好哺养长大，将你和弟兄们的事告诉他。"

玉虹向彭玉麟拜别。

玉虹悲戚地说："大人，我要回去了。"

彭玉麟说："回去吧，回去吧，我也该回去了。我又已上奏，请开兵部尚书实缺，销去粤防及巡阅长江水师差使。只等朝廷允准，便回衡州。"

彭根扶起玉虹，对彭玉麟说："伯父，你现在这身体，怎么能走？"

彭玉麟说："朝廷批复，至少得一月以后，这段时间，正好让赵武疗伤，我则为伤亡将士、参战勇丁、出力的下级文武官员等办理善后、抚恤、奖励事宜。这些事宜办毕，我这身体应该也能踏上归程了。想我来粤，从两江、湖南所调各营，大多战死沙场，所抽调二百名亲兵，如今只有赵武和金满尚在了。为国而战死疆场，本将士之荣光，可没想到落下个这样的'胜利'结局。左宗棠因和议郁郁而故，湖南提督王永章亦郁郁而故于军营……"

玉虹说："大人，那我和你一同走。"

彭玉麟说："你应当先走，儿在家中望母归啊！你回去把儿子好好带大，那不光是李超的后人，也是阵亡将士的希望，抗敌卫国，后继有人。本当要金满送你回去，但他抗敌有功，得让他继续有为国效力而又适合他发展的去处。我要总督张之洞派人送你上顺路轮船，你也是为抗敌出了大力的啊！若论功，少不了你一份，可惜你毕竟是个女的。唉，我怎么变得这么啰唆了，你去准备起程吧。"

张之洞将彭玉麟接到总督府。

彭玉麟坐下，问："张大人，将我接来有何事？"

张之洞说："彭大人，你为将士办的善后、抚恤、奖励等事宜也办得差不多了，到我这里来休养休养嘛。"

彭玉麟说:"我已两次上奏,请求开缺兵部尚书、长江巡阅差使,一开缺就是平民百姓,不要再喊大人了。"

张之洞说:"圣旨未下,你当然还是兵部尚书钦办两广军务的彭大人。我知道你又该画梅了,故已将原来为你在这里准备的书房清理好,笔墨纸砚齐备,你画梅时,我也好到旁边观摩观摩。"

彭玉麟说:"我两腿虽仍乏力,两手尚活动自如,行,我就到你这里休养几日,写一写梅,等圣旨一下,便回衡州退省庵打发余年去矣。"

在张之洞为彭玉麟重新清理好的书房里,彭玉麟新画的一树老梅无花,无花老梅旁题的诗是:

将军报国头甘断,
壮士从军胆亦雄。
一腔热血倾冰海,
从此归家只务农。

彭玉麟放下笔,沉吟:"梅姑梅姑,这是我为你画的梅花中唯一的无花老梅,老梅无花,乃因我一腔热血倾冰海啊!"

蓦然,他的眼前浮现出:

一艘一艘的中国兵舰被击沉。福建水师覆没,福建船政局被炸毁⋯⋯

彭玉麟顿然而言:"即使我归家务农,那海防,海防,海防万不能松懈啊!"

言毕喊:"彭根,我所上奏海防善后事宜的六条对策,朝廷回复了没有?"

彭根说:"这个,好像还没有吧。"

"我得继续上奏,应分重镇以领水师;练陆军以辅水师;东三省应预先筹防;台湾以练勇办团为先;必须学习先进技艺、增设船炮、务求实效;务须广筹粮饷,做好应急准备。概言之,江防海防须连成一片，水师陆军须相辅相成，兵船火炮须同时改进，对外寇须时时警惕……"

彭玉麟将题有"从此归家只务农"的老梅图推到一边，执笔写奏折：《筹议海防善后事宜》。

又一次上奏的《筹议海防善后事宜》刚写完，传来喊声："圣旨到，彭玉麟接旨。"

这次的圣旨是：

"着赏彭玉麟假期三月，回籍调理，毋庸开缺兵部尚书及长江水师巡阅差使。"

四　草楼在寒风中摇曳

彭玉麟回到衡州退省庵"调理"三个月后，又扶疾巡阅长江。

寒风拂面，岸边水师战旗猎猎。彭玉麟病倒在巡阅使船上。

长江水师提督李成谋上船探望。

彭玉麟强撑着坐起。

李成谋说："雪帅，你赴粤之时尚一日奔驰数百里，这才几年时间，竟……"

"是啊，那时'一鞭遥指五羊城'。可今日，唉！"

李成谋说："我知道，雪帅是因镇南关—谅山大捷换来的竟然是同意法国请和、答应其所提条件，悉数撤兵，忧愤而致，可雪帅，不管怎么说，那是你在七十岁时亲自指挥赢下的'中国与外兵交锋始称战胜第一大捷'啊！你该以此宽慰。"

"不说那些了。"彭玉麟对彭根说，"要赵武、金满进来。"

彭玉麟指着金满对李成谋说："金满是我在处决谭祖纶后所收归之人，自从到我手下后，屡屡立功，尤在抗击法军作战中战功卓著，今日我将他交给你，你可予以委任。"

李成谋说:"长江水师提标中营中哨七队尚缺外委,可由金满任之。"

"金满,快拜见李提督。"

金满拜见李提督后,对彭玉麟说:"大人,我怎么能离开你?"

彭玉麟说:"你正是为国效力之时,怎能总是跟在我这老朽身边。李提督既已任你为外委,便是军令。"

金满说:"那我先回登丰镇去看看玉虹和她儿子,然后去李提督营中报到。"

手臂尚吊着绷带,腿也有点瘸的赵武接着说:"李超是因救我和金满而被法寇枪弹击中,我也得去看望玉虹和她儿子。"

"好!是得去看望,何况玉虹也是军营中的'兄弟'。她若是男儿,李提督手下又会添一员智勇双全的战将。你俩亦代我看望玉虹和她儿子,说老夫我念着她娘儿俩。赵武你去后,就地休养,待你的伤痊愈后,我再奏明朝廷,委以重任。你俩这就去准备准备,稍后便可出发。"

安排了金满、赵武后,彭玉麟对李成谋说:"成谋啊,我心里挂着的,是那些阵亡将士啊,虽说已为他们办理了善后、抚恤等事宜,但他们的家属,应当有人看望啊。今日既将金满的事安排妥当,他俩又去看望玉虹,我心甚慰。"

李成谋说:"日后是否请将赵武保荐与我共事?赵将军的威名,我是早知。"

"赵武会是你的好帮手。你身为长江水师提督,务必记住,江防海防须连成一片,水师陆军须相辅相成,兵船火炮须同时改进,对外寇须时时警惕……"

彭玉麟咳嗽起来。

李成谋说:"多谢雪帅教诲,还望雪帅多多保重。"

彭玉麟欲送李成谋,但站立不稳,卫士忙将他扶住。

彭玉麟又扶疾巡阅长江三年,每年自春到冬,直至光绪十五年(1889),因长期风寒侵袭,劳累奔波,七十四岁的他手脚麻痹,行走已须四人扶持,朝廷方诏准开去兵部尚书缺,回籍调理,但仍保留其长江水师巡阅差使。

衡州退省庵又迎来了严冬。
寒风凛冽。
大门题联仍在：

  喜有空林能引鸟，恨无隙地再栽梅。

被寒风刮落的茅草挂在屋檐上，一些茅草在题联上拂来拂去。
彭玉麟由彭根背到草楼楼上。
彭玉麟坐于窗前，画下最后一幅梅花。
"梅姑梅姑，我就要来与你相伴，永不分离了。"彭玉麟说完，手臂无力垂下，手中笔掉于楼板上。
躺在椅上昏昏欲睡的彭玉麟，忽然失声喊道："梅姑！是梅姑来了吗？"
他似乎看到，梅姑站在了他身前。
他听见梅姑说："彭郎，我一直在这退省庵等着你啊！"
"你在等着我，好，好，我俩再也不会分开了。"
彭玉麟这是回光返照。后世有女子叹道：梅姑是天底下最幸运的女子啊！一朝与君知，永世为君念。天底下又哪有像他这样的男人呢？身居高位数十载，不忘当年一荆钗。
草楼外寒风呼啸。
临终前的彭玉麟嘴里不停地念叨："边关、水师、海防……梅姑……"
"边关、水师、海防……梅姑……"声音越来越弱。
草楼在寒风中摇曳，摇摇欲坠，看似会倒塌，然终未倒塌。

         （全文完）

致　谢

　　本书历时六载，期间曲折，终于付梓。特别感谢彭斌鹏先生所提供的资料。彭斌鹏先生非彭玉麟后裔，亦非老乡，然对彭玉麟的高风亮节钦佩推崇之至，多年来致力于彭玉麟资料的搜集，且一心要推出一部讲述彭玉麟惩贪反腐御侮事迹的电视连续剧，其精神之坚韧，令人钦佩。同时感谢向继东先生对本书的支持。